在阅读中展开，人生的可能

CONTENT

肯特文化

我的
斯诺克先生
Mr.S

著——总攻大人

长江出版社

图书在版编目（CIP）数据

我的斯诺克先生 / 总攻大人著.
— 武汉：长江出版社，2018.6
ISBN 978-7-5492-5849-9

Ⅰ.①我… Ⅱ.①总… Ⅲ.①长篇小说-中国-当代 Ⅳ.①I247.5

中国版本图书馆CIP数据核字(2018)第153292号

我的斯诺克先生 / 总攻大人 著

出　　版	长江出版社
	（武汉市解放大道1863号 邮政编码：430010）
选题策划	盛世肯特
出版统筹	柯利明　林苑中
特约监制	李　昂
市场发行	长江出版社发行部
网　　址	http://www.cjpress.com.cn
责任编辑	陈　辉
特约策划	汪海英　方　杏
特约编辑	欧密麦
营销推广	刘　源
装帧设计	周　丽
责任印制	法成海
版式制作	翟程程
印　　刷	北京彩虹伟业印刷有限公司
版　　次	2018年6月第1版
印　　次	2019年6月第1次印刷
开　　本	787mm×1092mm　1/16
印　　张	18
字　　数	351千字
书　　号	ISBN　978-7-5492-5849-9
定　　价	45.00元

电话：027-82926557（总编室）027-82926806（市场营销部）

目 录

中央电视台体育频道正在播放斯诺克中国公开赛决赛。

盛潮汐洗完澡出来，用白色的毛巾擦着湿润的长发，雪白的长腿露出来，白色的浴袍松松垮垮穿在身上仿佛便是最锦上添花的衣裳，曼妙的身材诱人极了。

她站在电视机前，扫了一眼屏幕，比赛正进行到最后最关键的时刻。

解说正颇为激动地说道："这球基本是死球了，宁箴给布朗留的这球没有方向可打了啊，黄球和白球的距离从电视的角度来看也就两厘米，这球基本无解了。"

然后，叫布朗的外国人便紧蹙眉头绕着球桌转了好几圈，其间好几次尝试着击球，最后又都放弃了。他手握球杆，闭了闭眼。赛场响起掌声，这是观众在鼓励他。

这球布朗光看就看了五分钟。

镜头扫到在座位上坐着的一个中国男人，他表情淡漠地坐在那，五官俊美精致，倒不像是职业斯诺克球手，比那些靠脸吃饭的明星还要英俊。

他身上穿着打比赛时斯诺克球手的标配，马甲、衬衫、西装长裤，当然还有领结。

只是，这衣服由他穿起来，那种斯文绅士的感觉反倒比对手那个英国人还浓厚。深灰色的面料，胸口贴着一大片广告标签，那是赚钱的标志，倒是十分符合他目前的名气。

少年成名，七次打出147分一杆清台的成绩，是斯诺克历史上最年轻的满分选手。解说应该是他的脑残粉，在布朗看球的时候不断地刷新着他的履历。

"宁箴属于自信和控制型选手，适应赛场的能力非常强，上个赛季的成绩也相当抢眼，五个排名赛冠军，在全球职业球手年收入里排名一直蝉联第一名。当然，他本场的对手布朗也拿到过澳大利亚公开赛的冠军，不过比起宁箴，在这方面还是稍显弱了一点，压力应该比较大。决赛开局到现在已经打了四十多分钟，目前宁箴比分领先，照现在的局面来看，比赛结果已经十分明确了。"

已经被解说给介绍成冠军的宁箴似乎并不怎么激动，也看不出有多高兴，他坐在那，轻睨了一眼正在找方向的对手布朗，随后收回视线，漫不经心地轻抚着球杆，显得耐心十足。

盛潮汐拿起遥控器关了电视，转身去上妆。她不能在酒店停留太久，还有很多工作等着她。她化妆的功力非同一般，是字面意思的"非同一般"，三两下便将本就出众的五官画得越发风尘俗气，但她似乎不觉，顶着如此糟糕的浓妆换了衣服出门，下楼退房。

出了酒店，寒风凛冽，她裹紧长到脚踝的羽绒服。里面连保暖裤都没穿，光着大腿，踩着长靴，混这个圈子的，全是这个打扮。

到达摄影棚的时候时间刚刚好，今天没堵车，老天爷总算厚待她一回，只是这几天为了今天进棚饿了好久，这会儿腹部虽然平坦而性感，胃里却不怎么舒服。

"你怎么才过来？"一个四十来岁的中年女人瞧见她立刻上前，皱着眉说，"那边都催好几次了，刚才接到临时通知，下午程青青要来用棚，我们的拍摄必须在她来之前结束，你动作麻利点。"

盛潮汐笑笑，没什么脾气地说："钟姐，我没来晚，我们约定的就是这个时间。"

"计划赶不上变化，你得懂得变通，这么多年了，我以为你很清楚了呢。"钟姐有点不屑地笑了笑，力道很大地把她推进摄影棚。盛潮汐踉跄了一下，站在那，直接被钟姐从后面扒了羽绒服，"穿得跟个球一样，你是内衣模特，又不是羽绒服模特，快去换衣服。"

盛潮汐紧握着拳，克制了片刻，赔着笑说："我知道了钟姐，我先去换衣服。"

钟姐没吭声，算是应允了。

盛潮汐转身进了更衣室，那里挂着十几套内衣，有的只能算是刚刚能蔽体，这样就不错了，连情趣内衣她都拍过，这些又算什么呢？

钟姐全名钟白薇，是老板二十几年的情人，关系非同一般，连正妻都不会来和她争什么，所以即便她对每个模特的态度都不算太好，大家也没什么能力反抗她，尤其是盛潮汐。

到了今天这个地步，她已经很少有选择的机会，这么多年都忍下来了，也不在乎这几次了。

她先换了一件还算保守的普通款式。她的身材是真的好，皮肤白得跟玉一样，恐怕洋姐站在她面前都自惭形秽。那双腿，当真是又直又长，比例好极了，腰腹部没有一丝赘肉，上方双峰却有着傲人的围度。这样优越的条件，简直生来就是做内衣模特的料。

只是，可惜了那张脸，浓妆艳抹的，在没有打光的情况下看着，真是风尘极了，不知道的还以为是哪个会所出来的小姐。有了打光，再加上摄影师拍摄的技巧和后期，倒还算能看。

闪光灯此起彼伏地闪着，盛潮汐习以为常地摆出各种撩人的姿态。成片她看过几次，偶尔逛某宝买东西也能瞧见自己的照片，三十块钱一套的内衣，月销量几千件那种爆款，照片上的女人搔首弄姿，看着看着，她总会无意识地掉眼泪。其实有什么好哭的呢，赚钱嘛，什么样子不是赚钱？有钱拿就好了，不是吗？

十几套内衣拍下来，按理说怎么也得一天，但因为下午有风头正劲的影视圈新人程青青要来拍硬照，所以时间就被压缩到了半天。拍摄结束时，盛潮汐已经非常疲惫了。她好几天没怎么吃饭，为的就是拍照时有最佳的身体状态，现在已经饿得快麻木了。

她换了衣服，拉好羽绒服的拉链正准备离开，钟姐忽然又走了进来，笑得不怀好意。

"潮汐，别急着走，老板有点事要我交代你。"

盛潮汐脚步一顿，有些抗拒地皱着眉，抿唇道："钟姐，我现在很累，有什么事可以等明天再说吗？实在不行，下午也可以。"

钟姐倒是很好说话："我就是先嘱咐你一声，也不是什么大事儿，你之前都做过的，老板晚上有饭局，要招待几位贵客，你晚上好好打扮一下，陪着过去。"

这是让她去陪酒。

盛潮汐噎住，半晌没回应，钟姐的脸渐渐冷下来，低声说："潮汐，不是钟姐说你，你有时候就是太死性了，这些事又不是第一次做，还有什么可害羞的？就是陪客户吃个饭，你就算去坐办公室，当白领，也免不得要陪客户吃饭应酬吧？人家又不会真的把你怎么样，做得好还会给你赏钱，你怕什么？这种好差事，玲玲她们几个想去老板还不带呢。"

盛潮汐还是非常反感，转开头说："钟姐，我最近不太舒服，晚上想好好休息。"

钟姐彻底冷了脸，语带警告道："盛潮汐，这不是在跟你商量，只是通知你。当然了，够胆量的话你也可以不去，但你不要忘了，你欠了老板多少钱。"

盛潮汐的工作，明面上看着光鲜，只要拍拍照就可以了，但拍照也是个技术活，做内衣模特的，除了最重要的位置，基本全被人看遍了，虽说模特大多如此，但她心里仍然很不是滋味。

时至今日，想想那笔还未还清的债务，她吸了吸鼻子，强迫自己露出一个笑容。

"我知道了钟姐，你放心，我会准时到的。"

钟姐这才露出笑容，拍了拍她的肩膀说："这就对了，你乖一点，以后的工作机会就会更多。不要钻牛角尖，你毕竟和别人不一样，老板总会多给你一点机会。"

盛潮汐麻木地笑了笑，低声说："钟姐，如果走捷径需要用爬的，那我宁愿不走。"

钟姐僵硬地扯了扯嘴角，意味深长地注视了她几秒，转身离开。

盛潮汐目送对方走了之后，才独自离开摄影棚。

她走之前，看见门口有几个员工正在打扫卫生，一个嘴里念叨着："程青青要来我们这儿拍照啊，她现在那么红，怎么不去更好的棚呢？"另一个人说："谁知道呢，可能来这边方便吧，你把那擦干净了，咱们这儿难得来个腕儿，给人家留个好印象。"

盛潮汐加快脚步，走到了街口附近的公交站台，巴掌大的脸埋在围巾里，只露出一双眼睛，烟熏妆十分扎眼，离远了不仔细看还以为谁给了她眼睛两拳呢。

程青青，这名字这几年真是听到得越来越多，两人的差距也越来越大了。

其实她们本来的差距就很大，盛潮汐从来没法和她比，即便她们从小学开始就在一个班级，但人家完成了所有学业，而盛潮汐只念到大二就不得不辍学工作了。

从小到大，盛潮汐都是别人口中"程青青的小丫鬟"，上学的时候替程青青背书包、替程青青开车门，程青青穿着漂亮的裙子，她穿着对方几年前剩下的旧衣服。那时候她每年生日最大的愿望就是可以和妹妹一样有一件属于自己的漂亮裙子。

可惜，这么多年过去，她快要三十岁了，却还没有实现这个愿望。过去是买不起，没钱，现在仍然是因为穷，舍不得花钱，身上的衣服还是几年前买的。

也许有很多人只知道她是程青青的跟班、丫鬟，永远站在程青青光影后面的角落里无人问津，却有很多人不知道，其实……她们虽然不是一个姓氏，却是名副其实的姐妹。

只是，同父不同母，命就不一样。

盛潮汐很少回家。

今天不知为什么，大概是听见了程青青的消息，她决定回家看看。

当然，那个所谓的家也只剩下她的亲生母亲还守着。

她家在江城老城区一个很偏僻的巷子，房屋老旧，龙蛇混杂，唯一的好处就是房租便宜。

盛潮汐踏进家门，里面正传出哭闹声，她脚步一顿，立刻转身就跑。

"盛潮汐！"

后面有男人在叫她，她加快脚步，最后变成了跑，就像身后是恶魔要吃了她一样。

她拼尽全力离开，不敢回头，生怕一回头看见那人的脸就会忍不住腿软。

她在路边恰好看见一辆出租车，赶忙上前拉开车门坐上去，快速说了地址，车子扬长而去。

追逐她的男人看上去年纪不大，也就是二十几岁，满脸戾气，见她打车跑了，也不再追，站在原地急促地喘着气。

盛潮汐坐在车后座上，鼓起勇气朝后看了一眼，已经看不到那人的身影了。其实她都没看见他的模样，但对方的声音和长相，她这辈子都不会忘记。

他怎么回来了？是钱花完了吗？

想起七年前导致她变成如今这样的一切，盛潮汐将脸埋在手中，努力克制着情绪。

片刻，她放下手，重新抬起头，从背包里拿出化妆棉，擦掉因为哭而彻底花掉的妆容，眼睛一圈一圈的黑，已经看不出本来面貌，泪水混着黑色的眼影流下来，怪吓人的。

其实这样也挺好，虽然丑，至少可以让人看不出她真实的脸，就像戴着一副面具，无论怎样的嘲笑，都不是对着她本来的样子。

回到出租房，她将昨晚剩下的粥热了热吃了一碗，胃里稍稍舒服了一些，便去彻底卸了妆，回到床上，抱起被子里的小猫咪，摸了摸它的头。

它醒过来，很温驯地在她手上蹭了蹭，看样子还不饿。她低头看了一眼床边的猫碗，里面的猫粮少了一些，它懂得自己去吃猫粮，不让她担心，真的很好。

记得第一次看见它的时候，它蜷缩在角落里，身上血迹斑斑，可怜极了，寒风不断地吹在它身上，它几乎就要冻死了。

路边有路过的人，大概也会可怜它，可它缺了一只眼睛，走近看一下，就觉得很吓人，就算想帮帮它，也望而却步。

盛潮汐下班回家时路过那里，看见了它，便把它带回了家，一养就是两年。

她低头摩挲着它的毛发，它不断地往她怀里钻，"喵喵"叫着，显得十分依赖。

她想，这就是她会养它的原因，它和她太像了，即便只是个动物，却很懂得如何照顾自己，不给主人添麻烦，活得小心翼翼，唯唯诺诺。每次她带着糟糕的心情回来看见它，心情就会变得很好，因为她知道，自己不能倒下，它很需要她。

蒙上被子，盛潮汐将自己与外界隔绝开，一人一猫，就这么开始补眠了。

晚上七点的时候，手机准时响起，她掀开被子，拿起手机看了看，是钟姐的短信。

她发来了酒店地址和房间号，并要求她半小时内赶到。

盛潮汐坐起来，目光呆滞地朝前看了一会儿，收拾东西起床。

洗漱过后，她照例化了个浓浓的妆。夜晚的灯光下，浓妆显得有些骇人，并不适合就餐，但她一直是这样的，自从入行开始就是这样，其他人早就习惯了。

给猫咪加了点猫粮，换了新的水，拍拍它的头，盛潮汐就出发了。

七点半时，她准时到达用餐酒店，在服务员的带领下来到包间门口。

她先问了服务员洗手间的方向，随后才吸了口气，摆出虚假的笑容，敲敲门进去。

屋子里已经坐满了人，她一进去，所有的目光都定在了她身上。为了不扫老板的面子，她没有穿羽绒服，腿已经冻得快紫了，天知道最近外面降温，已经零下十来度了，好在她穿着过膝长靴，倒是看不出来什么。

"各位老板好。"她笑着打招呼，低眉顺眼地走到一个中年男人身边，轻声说，"老板，我来了。"

那男人抬起头，还算是张端正的脸，但年纪明显大了，眉眼间有些青黑，应该睡眠不太好。

这就是盛潮汐卖身的模特公司老板，葛杨。

"坐吧。"他指着对面一个男人身边的空位置说，语气十分和蔼。

他总是这样，外人面前永远和蔼可亲，像个叔伯长辈，其实只是笑里藏刀。

盛潮汐听话地走到那个陌生男人身边坐下，他面上皱纹很多，一副苦痛的表情，得有四十多岁了。来之前听钟姐说这一桌的人都不简单，可单看面相，也瞧不出个所以然来。

她低下头，身边的男人给她倒了酒，似乎对她的打扮不太喜欢，放下酒杯便不再言语。

其实这样最好了，这样她就达到目的了，以前有些荤素不忌的客户，即便面对这样的她仍然动手动脚，那才叫人心烦为难。

葛杨张罗着几个男人端起酒杯喝酒，作为陪酒的人，盛潮汐要比老板们喝得多，还要劝酒。她端着自己的酒杯，闻着里面的洋酒味道，档次不低，后劲也很大，喝了几口她就开始晕乎乎的，可老板们还觉得不够，再次给她倒满，她赔着笑又喝了一杯。身边的男人应该心情不太好，按着酒瓶又要给她倒酒，她匆忙用手遮住杯子，粉底太厚，脸红了都看不出来。

"老板，对不起，我不胜酒力，真不能再喝了。"

她充满歉意地说着，眼睛里带着哀求。她这样的状态反而让对方的行为愈演愈烈，他倒也没做什么，就是非要让她喝酒。葛杨在那边轻轻笑了一下，盛潮汐一怔，遮住酒杯的手就拿开了。

她欠葛杨很多很多钱，她不像别的模特，是按套收费的，拍一套多少钱，然后和公司分成，四六或者七三，再不济也是五五。

她没钱可拿，不管拍了多少照片，钱都是直接进公司的账，公司会每个月给她勉强足够维持生计的薪水，所以不管她每个月赶了多少场，拍了多少套照片，拿到的钱都是那么一点。

她和公司签的是卖身契，真正的卖身契，从二十岁开始，十年的时间，她只能按照这样的标准来工作，如果她想摆脱，除了需要赔付高额的违约金，那笔葛杨替家里还清的债务，也将落在她头上。

模特这一行，吃的就是青春饭，葛杨花了一笔钱买下她十年的青春，等她三十岁后脱离这行，也许身上的肉已经不再紧致，面容也会出现皱纹，到时候她要学历没学历，年纪又那么大，更没攒下什么钱，又该怎么活呢？

无论未来该怎么样活，现在她都必须这样坚持着。

她已经坚持了七年，还有三年，她就可以彻底脱离这些了。

这样想着，盛潮汐又喝了一杯酒，身边那人好像心情好了一些，掏出几百块钱扔给她，她看着红色的钞票，即便已经醉了，却还是本能地说着："谢谢老板。"

酒过三巡，她实在忍不住，拿起包捂着嘴离开了包间，她要吐了。

进屋之前，她就已经问过服务员洗手间的方向，因为她早就料到会这样。其实，很久以前她是滴酒不沾的，那时候这些东西离她很远，现在一切都不一样了。

酒店的洗手间设计，是中间一个男女共用的洗漱室，两边分别是男厕和女厕。

跑到洗漱室，盛潮汐已经忍不住了，直接趴在流理台的洗手池上开始吐。她拧开水龙头，哗啦啦的水不断流出来，她一边吐一边咳，难闻的酒味呛得她眼泪都出来了，脸上、头发上都是水。尽管如此，那些难闻的味道还是弥漫在她身上，怎么都洗不掉。

吐得差不多了，她才慢慢关了水龙头，直起身，透过镜子看着自己狼狈的样子。

浓妆掉了一半，依稀可以看见真实的脸部轮廓，她用手背抹掉眼睛和脸上的水渍，蹲下去捡起掉在地上的背包，从里面拿出化妆品，开始补妆。

身后不断有人来来往往，她看都不看一眼，因为她很清楚别人会用什么样的眼神看她，她习惯了，与其自添烦恼，还不如眼不见为净。

补完妆，她回头准备离开，在洗手间门口却看见了一个人。

他站在那儿，正在抽烟，烟只剩下一半，应该站在这儿有一会儿了。

盛潮汐抬眼朝上看，他身后的墙上面贴着几个字，吸烟区。

他穿着件黑风衣，单手插兜，背影高挑修长，侧脸很熟悉。

她朝前走了几步，他回过头。她已经恢复整洁的样子，他修长的丹凤眼将她上下淡淡地一扫，掐了烟丢到一旁的垃圾桶里，抬脚离开。

她知道这个男人。

早上才在电视里看过他的比赛。

是宁箴。

大名鼎鼎的斯诺克世界冠军，中国台球队明星职业球手。

她收回视线，往包间的方向走去。

虽然她没什么钱，买不起名牌，可混这个圈子七年了，还是能看出不少大牌的。

宁箴的风衣是 Tom Ford，手表是宝格丽，对于一个曾一战便进账近五万英镑的世界冠军而言，这些算不了什么。

她回到包间的时候，气氛有点僵硬，朱雨捂着脸在哭，她好像惹老板的客人不高兴了，葛杨脸上依然带着笑，那巴掌却是实实在在地打下去的，朱雨的脸都肿起来了。

见盛潮汐进来，朱雨立刻好像见到了救星，葛杨也看向门口，招招手，让盛潮汐去陪朱雨刚才陪的人。

那人看着她，眼神挑剔，但也没拒绝，好像还勉为其难似的。

盛潮汐看着他那脑满肠肥的模样，刚刚好一点的胃又开始翻腾，恨不得马上再回去吐一遍。

"别磨蹭，快过来。"葛杨语调和善地说。

盛潮汐知道自己不能迟疑，如果再迟疑，她的结果只会比朱雨更惨。朱雨比她价位高，在公司里还算有点地位，都被那样打，她就更不用说了。

她走过去，在那男人身边坐下，刚坐下就被揽住了肩膀，逼着继续喝酒。

一杯又一杯进肚，胃里烧灼着、翻滚着，她实在没忍住，直接吐在了那人身上，她瞬间怔住，那人也愣住了，反应过来咒骂了一句便拎起身边的酒瓶子朝盛潮汐头上砸去。

她堪堪躲开，但还是被砸到了，血从头上流下来，花了她的眼妆。

葛杨眯眯眼，像强压着怒气，他绝对不是为她抱不平，而是因为她怠慢了客人而不满。

"你先走吧。"

他不阴不阳地说了一句，盛潮汐捂着额头，脑子昏昏沉沉地离开了包间。

她一路朝门口走，想着自己得去一趟医院，穿过自动门，身子晃了一下，她稳住靠了一会儿，直起身想去叫辆车，可刚走到台阶附近，还没下去，就眼一花踩了空，直接朝地面上摔去。

她心道惨了，砸坏了头还有头发挡着，这要是摔伤了身子，没办法拍片，老板还不知道得多生气，他一生气，她的日子就更辛苦了。

她勾起嘴角自嘲地笑了笑，想象中的疼痛却没有来临，有人在她即将倒下的一瞬间拉住了她。由于惯性，她撞进了一个微冷的怀抱，这人应该在外面站了一会儿，身上才会这么冷。

她倒吸一口气，闻到他身上干净好闻的木质清香，眼睛模糊地看着那黑色风衣的面料，忽然想到了什么，抬头去看那人的脸，果然是他。

真巧，方才在吸烟区看见他，现在又在门口碰上他，他还帮了她，这算缘分吗？

就算是，于对方来说，恐怕也只是孽缘。

毕竟她是这样卑贱的女人。

"谢谢。"

盛潮汐道了谢，头上伤口疼得她很快失去意识，她就那样直接靠在了他怀里。

宁箴低头看看衬衣上的血迹，抬手将她推开，放在冬日里冰冷的地面上，转身离开。

寒风吹来，酒店门口，衣衫单薄的女人被冻得瑟瑟发抖，酒店大堂经理很快发现了她，奇怪地在门口看了一圈，拿起电话打了120。

盛潮汐迷迷糊糊的，感觉还沾了点水的睫毛都冻硬了。

几个酒店的工作人员将她扶了起来，让她不至于在寒风中继续躺在冰冷的水泥地上，她轻声谢过对方，对于方才宁箴将她直接放到地上的行为，她不但没觉得生气，反而十分感激他。

他至少还扶了她一下，为她伸过手的人太少，仅仅这么一下，就足够她铭记很久。

真正清醒过来，是在医院的病床上，手机不停地响，她看了看来电显示，是朱雨。

她接起电话，朱雨在那头着急地说："潮汐，你怎么样？没事吧？"

盛潮汐有些感冒发烧，再加上头上的伤，估计得在医院住几天。

"没事，小伤。"她满不在乎地说着，掀开被子下床，想给自己倒点水喝。

她这样的人，没人会来照顾她，没有亲人挂念她，她也没什么说得上关系好的朋友。朱雨过得比她好一些，起码还有个像样的家，赚得也比她多，她现在打电话来，大概是有点抱歉昨晚自己替她受了无妄之灾吧。

"没事就好，我担心了一晚上，一直给你打电话，就是没人接。"朱雨舒了口气。

盛潮汐只是淡淡地"嗯"了一声，她不怎么言语，朱雨也不好再多说什么，又简单聊了几句，嘱咐她好好休息，公司的事不用担心，据说老板特批了她三天假期，钟姐让转告她一下。这要是真的，那也算是因祸得福，哪怕只有三天，可以好好休息一下，也是好的。

医生给盛潮汐的建议是再在医院住两天，可惜住院的费用太高，让她十分肉疼，家里还有只猫等着她，于是当天下午她就强行办理了出院，带了药回家自己上。

不用工作的时候，在家出门她都不怎么化妆，走在街上，异样的眼光也会少很多。她就和街上许多女孩一样，长发披肩，素面朝天，裹得严严实实，不过是万千大众里不起眼的一员。

下了公交车，需要拎着东西走回出租房。为了工作方便，她租的房子位置很好，房租是她生活里最大的一笔开销，房子虽然面积小，但环境不错，出了门走不多远便是中心商业区，再拐个弯就是娱乐街和小吃街。

回去的必经之路上，有一栋非常奢华的大楼，里面汇聚了江城各种大型会所和俱乐部，往常她是不怎么在意的，那种有钱人的销金窟和她关系不大，但今日也不知道怎么的，她侧头看了一眼，她记得，江城台球俱乐部就在这里。

她可能是太闲了，脑子里总是些有的没的东西，她甩了甩头，加快脚步进了大厦附近的小区，回到自己的小天地里，心情比在医院和街上时舒服了许多。

她先去洗了个澡，洗澡时将头发包在浴帽里，避免被水冲到头上包扎的伤口。洗完之后出来，洗了一个苹果，切了切，放在碗里，端着到客厅，打开电视，百无聊赖地换着频道。猫咪跳上沙发卧到她身上，舔了舔毛，接着睡了。

电视信号费每年要缴不到四百块钱，算下来平均一天一块钱左右，这是她为数不多消费得起的东西。

换到体育频道，又在重播台球比赛，解说唾沫横飞，一个不认识的外国人正在击球，白球停在靠近球桌边沿的位置。说实话她不太懂这些的，但听解说讲，这个停球的位置质量很高。

接下来，上场击球的是宁箴，又见到他了。解说刚才还说对手的停球质量高，这会儿又说宁箴最熟悉这个套路，也不知是不是因为是自己人，所以更偏爱。

宁箴个子很高，提起球杆俯下身击球时眼神认真专注，样子十分迷人。

她忽然想起昨晚看见他时的情景，有些人大概天生就是要让别人自惭形秽的，只消站在那，就足够令人无地自容。

宁箴将球杆轻轻推出，一步解决了左边的扇面，白球和红球堆挨在了一起，他的对手一怔，再上场时在球桌旁打量了许久，将白球朝红球堆相反的方向击出，几秒钟后，球停下，他面如死灰。

计算角度失误了，白球碰了一下桌沿，回倒一些，直对着唯一空出的红球。

解说"哎哟"了一声，怎么听怎么像幸灾乐祸。

随后，宁箴上场，几乎没有任何丈量就出杆，红球进洞，场上响起掌声。

毫无疑问，最后这场比赛的胜利者是宁箴。他好像总是在赢，她记得好多年前就听过他的名字，那时候她才入这行没多久，对于不可能和她有什么关系的人，也不甚关心。

他就像天上的一颗星，而她是夏虫，不语冰。

随后又休息了两天，盛潮汐便被钟姐抓去工作。有这么廉价的劳动力，没有哪个老板和模特经纪不乐意用，她的工作机会虽然比别人多，可大家都很清楚，她根本赚不到什么钱。

对着镜头摆了一天的姿势，晚上离开的时候，她突然想放纵一回，于是便将脚步转到了住处附近的小吃街。这条街算是当地比较有特色的地方，来旅游的人也很多，有响当当的豪华门店，也有便宜的路边摊，相隔的距离也不算太远。

她走着走着，忽然看见一个熟悉的身影，大晚上的，她依然戴着墨镜，身上穿着能顶公司一年给她发的薪水的高定套装，挽着一个男人的手臂走出一家饭店，笑得十分甜蜜。

是程青青，那个男人有点眼熟，但一时也想不起来是谁，盛潮汐没往心里去，随便找了个摊位点了一碗面和一些烤串，付了钱就等着吃东西。

做模特，尤其是她这样的内衣模特，最要紧的就是保持身材，而她又是易胖体质，随便吃几口身上就肉肉的，所以有时候为了拍照效果好，不被钟姐和摄影师骂胖，她总会好几天不吃饭，七年下来，胃就变得很差，动不动就犯胃病，胃药简直是她最亲密的伙伴，不管走到哪里都会随身携带。

香喷喷的面和烤串上来的时候，拿着筷子，盛潮汐却不知道该不该吃下去。

她看了好久，叹了口气，将筷子放下，站起来准备离开，但忽然，对面坐下一个人。

摊位已经满了，她一个人占着一个桌子，有人来拼桌很正常。

只是，她抬眼看看对面坐下的人，几天之内已经见过他三次。不记得听谁说过，当你和一个人如此频繁地偶遇，那你们之间如果不发生点什么，就太对不起老天爷的安排了。

"不吃为什么要点？"

他戴着口罩，问她话，轻蹙眉头望着她，眼神陌生。

显然，他没认出她，大概因为她今天是素颜，一张清清淡淡的脸，修长的眉毛，干净的脸，双眼皮，大眼睛，披散着一头乌黑的长鬈发，灰色围巾，唇瓣水润，像熟透的樱桃。

"我本来想吃的。"她不确定他说这些的目的，更没想到会在这种地方遇见他。

恰好这时，小吃摊的老板端着碗面出来，一眼就瞧见了坐在盛潮汐面前的宁箴。

他们应该很熟悉，他送完了面碗就走过来笑着说："今天有空过来了？要吃点什么？"

宁箴屈起手指点了点桌子："不用了，这里有。"

老板看了看桌上的烤串和面碗，恍然，又瞧瞧盛潮汐，是探究的眼神。

"那你慢慢吃。"

老板和他告辞，他礼貌地点头，目送老板离开。黑白分明的眸子，口罩遮住了大半张脸，瞧不出表情如何，但依然不减风采。

宁箴解开风衣纽扣，从里侧口袋取出钱包，抽出一张一百块递给她，看样子是要付钱。

盛潮汐一笑，轻声说："不用了，算我请客。"

"无功不受禄。"他并不收回钱。

"你帮过我。"她徐徐说道，"你可能不记得了，几天前，在胜景酒店门口。"她指着自己的头，"一个头上有伤的人，你扶了我一把。"

他微微眯眼，像在回忆。他看着她时，她竟然会心跳加速。

这和刚入行时，被摄影师和其他人看着自己只穿内衣时的心跳加速不一样。

"哦。"他似乎想起来了，收回视线，摘掉口罩，如玉的半张脸便露了出来。

他低着头，收回钱，安静地吃饭，似乎不希望周围的人认出他。

盛潮汐却悄无声息地将围巾拉高，遮住了大半张脸。

"我先走了，祝你吃得开心，还有，谢谢你。"她说完话就站了起来，在他看过来时笑着说，"我在这儿坐着，被别人看到会影响你的。"

毕竟他那么优秀，而她那么卑贱。

她说完话就转身走了，回到正街，进小区前又碰上了程青青。

程青青还是和那个男人在一起，两人正朝一间酒店走去，看样子是要住宿。

脑海中依稀可以想起亲生父亲严厉的家教，也不知道他看见这一幕会作何感想。

仔细回忆，她也十来年没见他了，人都会变，她自己就变了很多，也许他也变了。

她低下头，想直接离开，但路过程青青身边时，程青青忽然拉住了她。

"潮汐？"她语调里带着惊喜，盛潮汐望向她，她一脸的友善，"我还以为我认错了，真的是你？我们有好几年没见了，你这几年过得好吗？"

盛潮汐抿唇不语。女人和女人之间的感情，很少会真合得来，大多是她和程青青这样，今天你不如她，她和你情同姐妹，明天你过得好了些，她便跟你势同水火。

盛潮汐安静地回望着程青青，余光瞥了一眼和程青青在一起的男人，对方也回视着她，她忽然想起了他是谁。

姚垣舟，真是个陌生又熟悉的名字，想不到他如今和程青青仍然有联系。

以前念高中时，她和程青青一起喜欢过这位学长。

他比她们高两届，她们升高一时，他已经读高三，是学校里的风云人物。

那时候，程青青是校花，学校组织什么活动都是她上，在班级里也特别受到老师的喜爱，而盛潮汐嘛……如果程青青是校花，那她就是个笑话。

她这辈子做的最有勇气的一件事，大概就是写了情书给姚垣舟，最后却看见他和程青青一起从楼梯口走出来。

她本来想赶紧走，但被程青青发现了，手里的情书被她抢走，她当着姚垣舟的面大声念了出来，满楼道的同学都听见了。那之后，笑话她的人更多了，大家都说她癞蛤蟆想吃天鹅肉。

现在想想，真是挺有意思的，年少的时候，竟然还有勇气做那种事。

"我听说你在做模特？"她先说了这么一句，盛潮汐就知道不会好了，果然她接下来就说，"内衣模特？"她上下瞄了她一眼，似笑非笑。

站在她身边的姚垣舟却微微皱眉，不着痕迹地放开了挽着她的手臂。

"我赶时间，不耽误你们开房，先走了。"

她说完话就走，不给程青青继续嘲笑她的机会，她口中的话也让程青青有些尴尬。

她没回头去看对方的反应，几乎是跑着回到了家，锁好门，拉下所有的窗帘，关了灯，抱起猫，拉开被子上床躺着。

没吃晚饭，随着时间的推移，肚子越发饿得难受，她实在受不了了，爬起来到厨房煮了几片白菜叶，喝了一大杯水，随后回到床上继续睡。

翻来覆去，还是睡不着。为了不影响明天的工作状态，她从床头柜里拿出安眠药，就着剩下的温水吃了下去。

有了药物辅助，她很快就睡着了。

睡着后，她做了个梦，梦里有个人抱住了她，看不见脸，模模糊糊，甚至没有一个身份。她使劲地往那个人影怀里钻，脑子里很清楚自己是在做梦，可还是想对抱着她的人影说"谢谢"。

谢谢，即便根本没有这样一个人。

今天要拍外景，比基尼系列。

一大清早五点，盛潮汐就被车载到了海边。

说实话，这种天气拍外景，真是要把人冻死。

今天天气还稍稍好些，起码有太阳，海也没冻住，一辆背景车停在海边，她并拢膝盖坐在车顶上，看着潮汐来了又去，总觉得自己的名字真是起得好。

父亲总是那么有文化，用一个名字给她的人生定了型。

苦笑了一下，她摘掉墨镜，很快周围布景的人就准备完毕，这个时候已经是上午九点多。

她腿已经冻得没有知觉，在车里换了内衣，回到车顶上，脱掉了身上的长大衣，在三四度的寒风中只穿着内衣望向镜头。

或许是精神不太好，她眯着眼，有些疲惫，摄影师不悦地说："笑，哭丧着一张脸给谁看。"

盛潮汐努力挤出笑容，在摄影师按下快门的时候控制着身体不要颤抖，就这么拍了两套。拍第三套的时候，海滩上陆陆续续开始有一些别的人。

看看太阳，这会儿得有十点钟了吧，车里还有七八套比基尼没拍，一套比一套性感，早知道就先拍那些，这会儿多了许多陌生人，饶是已经做了七年模特的她，也有点不自然。

她低下头，身上已经冻得发紫，不过没关系，后期会调色修好。

从车顶下来，去车里换了套新的，上衣后面是系带的，带子有些不牢固，盛潮汐很担心拍照时带子会开，在车里调整了好半天，摄影师在外面不耐烦地催促，她叹了口气，就这么出去了。

"你到海里去，跪在海边，然后半边脸面对我，半边脸面对天，做出夏天的感觉。"摄影师提着要求，指着前方，语气不耐烦地说着。

海边？还跪着？看着来了又退的海浪，盛潮汐嘴角抽了一下，低下头，绾起的头发落下了几缕。不得不说，到底是天生丽质难自弃，即便有俗艳的妆容遮挡，她的侧脸还是那么漂亮。隔得远远的，几个男人走了过去，注视着她在海边犹豫了一下，就那么直接跪在了冰冷刺骨的海水里。海风吹过她已经麻木冻僵的身体，她看向摄影师，努力微笑，半边脸朝天，眼睛很亮，没戴美瞳，透露着隐藏很深的艰涩。

有人开始吹口哨，盛潮汐侧头看了看，姿势略僵了一下。

四男一女站在离她不远的地方，都穿得很温暖，似乎只是来看看海。

他们的视线全部定在她身上，她不自觉抬手捂住了胸口，摄影师本来都准备拍了，瞧见这一幕自然不会高兴，态度很恶劣地说："大小姐，我赶时间，你敬业一点行吗？"

盛潮汐收回视线，换回原来的姿势，嘴角带着笑，笑得那么开心，眼睛微微眯着，好像真是被夏日的阳光刺得有些睁不开眼一样。

摄影师掌握了几个角度，还是觉得不够，于是就让助手拿了一盆水过去，用手将水一点点洒在她身上，制造身上有些水珠，刚出水的效果。

盛潮汐冷得发抖，更多的却是不堪，因为方才她看见的那几个人里，有宁箴。

也是因为如此，她才会做出遮挡的动作，惹来一顿漫骂。

算了，何必在乎，说不定人家根本就不记得她是谁。

带着这样的想法，她挺着身子，在摄影师的摆布下拍完了这套衣服，可当他们让她站起来去换衣服的时候，她已经没有力气了。

她吐了口气，对不远处的女工作人员说："能来扶我一下吗？腿麻了。"

对方显得很不耐烦，其实整个团队都很清楚盛潮汐什么地位又是什么性格，她就是那种随便谁欺负老板都不会介意她也不会甩手不干的人。所以，不管什么人，对她都不甚尊重。

"真麻烦。"对方翻了个白眼，迟疑半晌，总算是不情不愿地走过来了。

盛潮汐不去看另一面，她听见宁箴的朋友在低声说话："你们说现在的姑娘，干点什么不好，非要往模特圈啊娱乐圈挤，图什么？就图这个？"

那个唯一的女性也开了口，似乎还挺无语："是啊，大冬天的，穿着比基尼随便给人看，呃……反正我是接受不了。"

盛潮汐嘴角的笑越来越僵了，在女工作人员到达之前，她先一步勉强自己站了起来，但腿又僵又麻，她实在站不稳，险些摔倒，但好在对方赶到了，扶住了她。

"我都来了你还逞什么强，就会给人添麻烦。"

那人老大不情愿地拉着她走，羽绒服后面的装饰品钩住了盛潮汐的上衣带子，她顿觉不好，立刻抬手捂住胸口，果然下一秒比基尼上衣就随着对方和她的距离拉开而扯开，方才吹口哨的男人又开始了，周围人的视线都聚集了过来，盛潮汐彻底麻木，已经不抱任何希望。过去老天爷总是在她绝望的时候再做点什么让她死得更彻底，可今天也不知是怎么了，大概是转了性，最后，情况竟然有了转机。

有人快步走到她背后，将带着体温的大衣披在了她身上，她愣住，回头，是宁箴。

他皱着眉，回头瞥了一眼跟他一起来的其他人，那些人见他这么做，也都闭上了嘴，看上去颇为尴尬。

"衣服借给你。"

他说完话就转身走开，回到那群人中间，也不知低声说了什么，大家便扫兴地一起离开。

盛潮汐都不知道自己是怎么想的，竟然在他离开的时候高声说："我怎么还给你？"

宁箴脚步一顿，回头看着她说："我不要了。"

方才还被宁箴护花行为震惊到的女工作人员闻言立刻嗤笑一声，盛潮汐看了她一眼，披着宁箴的大衣朝他走过去，认真地说："我不喜欢欠别人，如果你不需要我还回，那我就不要了。"她抬手脱掉身上的大衣，也不顾别人的视线，就那么转身走了。

宁箴望着她的背影，绝望里带着坚韧，真熟悉，仿佛看见了曾经的自己。

他微微蹙眉，抬脚追上她，手搭在她的肩膀上，她停住脚步回过身，眼里有清晰的惊讶。

他将大衣重新披在她身上，自衬衫上方口袋取出钢笔，拉过她的手，在手背上写下一串数字。

"我的电话。"

语毕，他收起钢笔，放回衬衫口袋，这种放笔的习惯，就像 20 世纪的人。

"谢谢。"她抿唇道谢，目送他离开，和他同行的人似乎都不太理解他为什么要这么做，但大家都十分识相地什么也没问，跟着他一起走了。

等盛潮汐再次回到车上换衣服的时候，就听见团里有不少人在议论纷纷，大体意思就是，她胆子可真大，是不是穷疯了，居然这么明目张胆地骗人家的电话号码，那人也真是大方，居然就这么给她了，就她那模样，身上青青紫紫的，有什么看头？

盛潮汐瞥了一眼说话的人，那女人个子不高，还有些胖，察觉到她的注视也不在意，还十分鄙夷地回望了她一眼，满脸的看不起。

"是，我的身材是没什么看头。"盛潮汐莞尔一笑，"但是你的，就更加没什么看头了。"

那女人一愣，诧异地看着她，似乎没料到她会反驳。

盛潮汐换好衣服，将手背上的电话号码存进手机里，在存名字的时候，以一种相当微妙的心情输入了"宁箴"两个字。

她当时心里的感觉就是，竟然有一天，我也会有机会认识这样优秀善良的人。

是的，在她看来，宁箴非常善良，至少在场那么多人，只有他愿意为她这样的人伸出援手，而这也不是他第一次帮助她。

冷漠世故的人世间，如今一点小小的恩惠，就足以让盛潮汐涌泉相报了。

回去的车上，开车的朋友实在忍不住，还是开口问了宁箴。

"宁箴，你为什么给那个女孩留电话啊？看她的样子，分明就是想借机骗到你的联系方式，搞不好还认出你了，觉得自己可以攀上你，从此平步青云，一炮而红。"

这话同样是其他人想说的，大家都全神贯注地等着宁箴的回答。

宁箴勾勾嘴角，面目斯文极了，满是书卷气，这样的他，和方才那个女孩，看上去距离相当遥远。

"没什么，本命年，多做善事。"

他简单地回答，不愿多言。他的性格就像他的球风，平静，无波无澜，却又强大，难以掌控。

意料之外的是，盛潮汐并没很快来电话要还什么。

其实这也在意料之中。

宁箴站在台球桌边，白衬衫，黑色西裤，手中握着台球杆，身材高挑极了，球杆让他握得像权杖。

在场的女孩子们眼睛都盯着他这边，他看看腕表，时间差不多了，果然，俱乐部入口很快走进来一个男人，他摘掉围巾，笑吟吟道："我来晚了。"

宁箴不咸不淡："是我早到。"

"外面堵车，天气也不太好，这几天总阴沉沉的，也不知道是不是京城的雾霾吹到这边了。"姚垣舟靠到球桌边问他，"你下个月又要开始打比赛了？"

"1月5日到8日。"他低下头，提起球杆，轻轻击球，红球入网，"伦敦，斯诺克冠军联赛。"

姚垣舟叹息一声说："你总是那么忙，这才回来不到一个星期，又要去伦敦了。"

宁箴对此并不在意："不打比赛，我没饭吃。"

姚垣舟沉默。其实职业球手看起来风光无限，拿了冠军的更是地位崇高，全国人民赞赏，但他们的收入并没有想象中那么高。

一年比赛打下来，宁箴这种出了名的大腕杆，年收入也就五百万元左右，最主要的是他又不喜欢做什么广告代言，许多公司来找，他全拒绝了，否则收入超千万元也不在话下。

这人不爱出风头，大家都很清楚。

这次的斯诺克冠军联赛第一站，报名费、机票、吃住加上练球费用，开销都得球手自己支付，一年比赛打下来，保守估计也得在伦敦花掉二三十万元。而且，这种比赛不比世锦赛，打第一场就有奖金，得进了48或者64才给奖金，像宁箴这样的大腕杆还好，能打到最后，那些进不了排名的选手，很多都是赔钱来打比赛的。

"帮我照顾我的狗。"

一杆清台后，宁箴直起身说出自己今天找他的原因。

其实，他的朋友不多，很多都是别人贴上来，他并不熟悉，叫得上名字的都没几个。

姚垣舟算是他为数不多还算熟悉的人，最开始有交集是因为两人的住处离得近，姚垣舟又是他的理财师，每年他出国打比赛，都会把狗寄存在对方家中，这样联系才多了起来。

姚垣舟点头答应，过了一会儿忽然掏出一个本子，温和地笑着说："帮我签个名。"

宁箴皱起眉，没有动作。

"一个老同学，听说我认识你，非要让我替她要个签名。"他想起程青青眼中迸发的光彩，补充了一句，"她很漂亮，很喜欢你，如果你有时间，我可以介绍你们认识。"

宁箴面无表情地说："我接下来一年都没时间。"

宁箴是 80 后，如今也三十多岁了，到现在都没交过女朋友，也完全不提这件事，比赛打起来一整年加起来也没几天空闲，常常在外奔波。他的教练倒是对这个现状感到很高兴，可作为朋友的姚垣舟，却很担心他的终身大事。

宁箴从来不提他的父母，也没人见过他们，姚垣舟自认还没和对方熟悉到那种地步，所以也心照不宣，但看他三十多岁还没交过女朋友，也实在为他着急。刚巧程青青说欣赏他，想认识他，姚垣舟就想做个牵线人，在他看来，两人还是很般配的。

"就吃个饭，用不了多长时间。"姚垣舟低沉地笑着说，"和你说实话啊，我和她高中时是同学，她那时候就是校花，现在做了演员，就是最近很火的那个《后妃传》里边的女二号，真的是越来越漂亮了。"

说到这，他不知怎么就想起了盛潮汐，那天晚上，也不知她认出他没有。

"我真没时间。"

宁箴不为所动，将球网里的球一个个拣出来丢到台面上，动作轻巧而温柔。

他喜欢做这种事，不需要假他人之手，这样的事让他感觉到安稳。

走到一半，手机忽然响了，他拿出来一看，是个陌生号码，于是直接挂断，不接听。

过了一会儿，手机又响了，这次是短信。

内容很简练，一看就知道是谁。

"有时间的话希望能把衣服还给您。"

脑海中浮现出那日在海边看见的身影，宁箴迟疑两秒，回复了她地址。

很快，盛潮汐收到回复，对方比她更直接，信息里就一个地址，这是让她送过去。

巧的是，这地方离她住的地方很近，就是她知道的那座大厦，里面第四层就是江城台球俱乐部。

思索片刻，盛潮汐将大衣用衣架挂好，套上西装袋，换了衣服，没有化妆，提着衣服出门。

"干什么呢？"

俱乐部里，姚垣舟走到宁箴身边，替他将球取出来，瞟了一眼他的手机，意味深长地笑道："我说呢，不理我也不答应跟我同学吃饭，原来是心有所属了，什么时候认识的？"

宁箴收起手机，不甚在意道："不认识的人。"

"不认识的人会有你的电话号码？"姚垣舟显然不信。宁箴不再言语，他话本来就少，和熟悉点的人讲得还多一些，这会儿也言尽于此了。

不过很快，姚垣舟便没心思再追问宁箴这些事，因为他在俱乐部门口看见一个人。

盛潮汐。

他怔在原地，直直地看着她走过来，眼神怀念。

"潮汐？"

他激动地看着她走到自己身边，低声唤她的名字，她扫了他一眼，问了句："你哪位？"

姚垣舟直接僵在那里。

盛潮汐直接越过他来到宁箴身边，宁箴侧目淡淡地瞧她，她不化妆的时候更顺眼一些。

"您的衣服我拿到店里干洗过，也烫好了，在袋子里。"她将挂钩交给他，脸上的笑容清秀温雅，"上次的事情很感谢您，如果有机会的话，我请您吃饭。"

宁箴还没回答，姚垣舟忽然走过来说："择日不如撞日，就今天去吧。"

宁箴望向姚垣舟，姚垣舟给他使眼色，眼里带着哀求，他大概明白了。

姚垣舟喜欢她。

宁箴再次打量了一下盛潮汐，她穿着很简单，有些熟悉，他微微皱眉，问她："在海边之前，我们是不是见过？"

盛潮汐一怔，她虽然不自信自己美若天仙，但至少也不会让人过目即忘，没想到他还真的不记得她了。

"之前我们在小吃街的摊位上见过。"

她刚说完，姚垣舟就说："你们见过那么多次？"他搭着宁箴的肩膀，"我都没听你提起过你认识潮汐。"

"潮汐。"宁箴跟着念了一遍她的名字，"你的名字？"他问她。

盛潮汐看上去不太想和姚垣舟说话，点了一下头就说："我还有事，改天请您吃饭。"

她转身便要走，姚垣舟拉住宁箴的胳膊，不断小声哀求："兄弟帮帮忙，以后有事尽管说话，就一次！"

宁箴皱皱眉，想起姚垣舟常常在他打比赛的时候帮他照顾狗，便在盛潮汐几乎就要离开他们的视线的时候朗声说："可以今天吃吗？"

盛潮汐脚步一顿，俱乐部的人都因为宁箴这句话看向了她，她也回头望去，尽管她很清楚这肯定是姚垣舟的主意，但她还是没有拒绝。

最后他们决定去吃火锅，还是在小区附近的小吃街，这里交通、生活是真的很方便。

"我时间不多，可以付了钱先走吗？"

点完菜，坐下之后，盛潮汐便开口询问宁箴。

宁箴没说话，她继续说："我养了一只猫，今天还没来得及给它准备新的猫粮，我怕它会饿。"

宁箴想起自己养的狗，下意识点头答应了，这可把姚垣舟急坏了。

"潮汐，你先别走。"他站起来追上去，在门口时终于拉住了她的手臂，"你听我解释，那天晚上的事不是你想的那样，我和青青是偶遇，只是吃了个饭，她在我眼里就和我亲妹妹一样。"

宁箴坐在饭店里，透过包间的窗户看出去，看着他们在门口纠缠拉扯，表情十分冷漠。

"我并没有误会，这和我没什么关系，先生可以请您放开手吗？这里到处都是人，影响不好。"盛潮汐特别和善地说着话，好像真的一点都不生气似的。

姚垣舟皱皱眉，放开了手，白皙英俊的脸上挂着受伤的神情。

虽然已经到了而立之年，可他年轻时身上那种干净阳光的气息仍然存在，这多难得？

过了这些年，他还是和以前一样，会在众人看不见她的时候关心她，会在程青青对她不好的时候私下安慰她，给她买生日礼物。她想起床头柜上放着的那串手链，工作原因，她很少戴佩饰，那串手链，还是高一的时候过生日时姚垣舟送的。

他对她很好，却总是在私下，不曾在人前。那时候她还小，这样就已经很满足，她甚至觉得，如果他在人前帮自己、照顾自己、对自己好，会给他带来麻烦，会让大家连他也看不起，所以他那么做，也挺好的。

可是，她已经不是十几岁的她了，她现在知道，如果一个人真的喜欢你，不会担心你给他丢脸，不会在别人欺负你的时候还在一旁看着，等没人的时候才来心疼你几句。

"潮汐，你就是在生气，我向你道歉，如果你不喜欢，我以后不和青青来往。你都不知道我找了你多久，那天晚上……"

"你真的在找我吗？那天晚上……你还说那天晚上？我走的时候你不是也没拦我吗？"她讽刺地笑笑，心里其实挺难受的。

初恋对一个女人来说有着非比寻常的意义，如果这个初恋之人还足够优秀和迷人，那就更难以忘怀。这么多年，对她好的人屈指可数，这就让姚垣舟的影子在她心里越发深刻。

她说完话就觉得自己太失态了，抹掉眼泪想走。姚垣舟这次没阻拦，但他在她身后说："我怎么没找你？青青拖着我不让我去，耽误了我的时间，我追过去的时候你人影都不见了，我从一号楼找到七号楼，挨家挨户地敲门，最后被保安带走了，你知道吗？"

盛潮汐脚步一顿，诧异地回过头，姚垣舟眼眶有些发红，握着拳说："我知道，你心里对我印象不好，毕竟年轻的时候我很懦弱，明明喜欢你，又因为你不被大家喜爱而不敢表露出来。但现在不是了潮汐，你再给我一次机会，这些年我一直在找你，你给我个机会让我弥补对你的亏欠。"

亏欠？

他对她的亏欠？

要说亏欠，那就是他毕业的时候，她跟着程青青去了送别他的聚会，几个高中生，不会喝酒，点了果汁。位置有限，她不被允许和他们一起坐，于是就躲在一边，刚好有几个小混混看她长得还不错，也没家长跟着，后来……

其实也没什么。

警察赶到了，尽管破了点皮，丢了点脸，被人摸了几下，其实……也没什么。

最难受的，大概是……他就站在不远处，看着她求救的眼神，却没有伸出援手吧。

有句歌词说得好——你是我最简单的快乐，也让我最彻底地哭泣。

不再回忆曾经的事，盛潮汐露出遗憾的表情，清浅地笑了笑说："不好意思，机会我以前给过你的，但是你没有珍惜，现在，机会已经没有了。"

语毕，她转身离开，眼眶有些湿润也没去在意，走得十分果决。

她不知道的是，在她走进电梯，关上电梯门后，另一部电梯便载着姚垣舟去了一样的楼层。

于是，在她站在家门口打算开门的时候，他再次出现在她面前。

她诧异地看着他，他吸了口气走过来，英俊的脸上是熟悉的执着。

"我已经错了一次，不能再错了，你可能会很不喜欢我这样跟着你，但我希望知道你住在哪里，就算你现在还不肯原谅我，不愿意再给我一个机会，但我不会放弃的。"他抬眼看了看她的门牌号，笑着说，"我知道你住在哪里了，听青青说你在做内衣模特，是真的吗？如果是就不要做了，我养你。"

"我养你"，这三个字太重了，光是听听就让人心神不宁。

"你养不起我的。"

那笔钱可不是个小数目，姚垣舟真的愿意替她付吗？这么多年过去，一直喜欢的人终于肯说出光明正大的情话，可惜的是，她已经没有接受的能力。

"你走吧。"

她进屋，关门，门渐渐关上的刹那，她看见了姚垣舟难过的表情。一个人的眼神骗不了人，她能感觉到，他说的是真心话。

他抬着手，满脸不舍地放下来，那么沮丧和失落，但她闭起眼合上门，没有犹豫。

火锅店里。

宁簌看着一桌子菜，三人份，如今只有他一个人吃。

服务员冷静地说："先生，现在国家提倡光盘行动，如果您觉得有压力，可以退回一些，没关系。"

宁簌闻言，表情松动，浅浅地笑了笑，他笑起来那么好看，冰雪消融的感觉，难怪他总是不喜欢笑，他多笑几次，别人哪里还有心情生活和工作？

"那太感谢了。"

他将大多数盘子退回给饭店，按理说老板娘应该不高兴的，可她认出了宁簌，非但不生气，还特别欣赏。

"看看人家，果然是世界冠军啊，就算有钱，也不铺张浪费。"她竖起大拇指，透过包间房门上的小窗户，偷瞄着里面的场景。

宁簌很认真地把留下的菜都吃完了，服务员来收拾的时候，发现他用餐极为讲究，桌面上几乎没什么好收拾的，以往吃火锅的客人走了，桌上很多汤汤水水和芝麻酱，但宁簌这里没有，就和他来的时候一样整洁。他走的时候，还被老板娘求着合了影，收回了退菜的钱。

走出街口，在停车场拿了车，坐在车上，宁簌看着手里被饭店退回来的钱，取出手机，编辑了一条短信发出去。

于是，正在家里烦恼的盛潮汐就收到了宁簌的短信息。

他居然这么快就吃完了饭，还退了不少菜，剩下多一半的钱，希望她拿回去。

盛潮汐想说不用了，可转念想想，那么点钱，她会肉疼，人家却不会稀罕，她要真说不要了，也不知宁箴会不会觉得自己看不起他。

考虑了一下，她还是在短信里又跟对方约了时间，下午忙完了，便立刻朝约定的地方赶。

一天见到两次面，频繁得有点让人误会，如果媒体要做什么文章，这会儿恐怕网上都炸开锅了。不过幸运的是，往日里宁箴过于低调，又不是娱乐圈的人，娱乐媒体便不怎么跟他，他们也曾在宁箴大红的时候跟过几次，实在是好一阵子没收获，才彻底放弃了这位体育界大腕。

不打比赛的时候，其实宁箴比较有时间，不在俱乐部，基本就在家里陪狗。

晚上，他准备出门赴约的时候，家里的狗非要跟着出来，怎么赶都赶不走，他也没怎么为难，干脆直接牵着出来了。反正他们约好见面的地方也不是什么正规的场合，就是俱乐部附近的一个花园，带着狗也没什么。

将车子停在俱乐部的停车场，宁箴便牵着狗朝花园走，路上不少人驻足流盼，他都不甚在意，像是已经习惯了被人观赏。

他养的是一条温驯的……土狗，是的，就是那种街上随处可见的大黄狗，他牵着大黄狗到达花园时，盛潮汐已经在那里等了。

不同那日在海边，她今天穿得很暖和，大衣长裤加雪地靴，长发披肩，围巾系得严严实实。这才是女孩子该有的样子，那日在海边的打扮，他其实也不怎么欣赏。

但至少，他尊重她的工作。

盛潮汐可以从他的言谈举止间感觉到他的尊重。

他出现的第一时间她就发现了，站起来等候他过去，他坐下之际，从大衣口袋里取出手帕垫在椅子上，她以为他有洁癖，片刻后却见他转了个位置，指着那里说："坐。"

居然是让她坐的。

盛潮汐有些发怔，宁箴直接越过他，牵着狗坐到了另一边。

她低头看着他那昂贵的衣裳，心道，自己这破衣服，他又何必介怀她坐不坐脏呢？

"你的钱。"

他不管说话做事，都直奔主题，从不兜圈子，刚坐下就把钱递给了她。

盛潮汐接过钱，目光扫过他的狗，轻声说："它很可爱，叫什么名字？"

宁箴使劲拉着自己的狗，不为什么，只因这只蠢狗不停地往盛潮汐身上爬，兴奋得不得了，就跟色狼见了美女似的，但天知道它是只母狗，而且已经绝育。

"就叫阿黄。"

宁箴到底是宁箴，即便狗狗如此不争气，他依旧面不改色，最后见它实在愿意挨着她，干脆放弃了拉扯。

"不好意思，它似乎很喜欢你。"

他脸上笑容很少，这会儿还皱起了眉，也不知道是不是不同意阿黄的擅自喜欢。

阿黄挺激动地两条爪子搭在盛潮汐的腿上，吐着舌头叫了两声，像在附和宁箴一样。

盛潮汐对动物一向比对人和蔼亲切，因为她知道动物不会给人分三六九等。就像现在这样，这只狗很喜欢她，她也一点都不嫌弃它的亲近，抬手轻抚它的头，一人一狗相处得甚是融洽。

"我家里有只猫，和它性格挺像的，特别黏人，都不像只猫。"

盛潮汐低声说着，脸上的表情十分温柔。

没有浓妆的遮挡，她本来的样子显得非常好看，宝蓝色的大衣，长鬈发，唇上应该没有擦口红，但还是很润很丰盈，颜色也很好看，眼眸修长而漂亮，眼神温柔似水，顾盼生辉。

只是，她生了这么一双桃花眼，看谁都像含着三分情，再加上她的职业，很容易让人觉得她很轻浮，也不知是好是坏。

"为什么养只土狗？我以为像你们这样的人会养名犬，纯血那种。"盛潮汐见他不说话，就侧头望向他，她发现他也在花园昏暗的路灯下回望着她，眼神很礼貌。

"捡来的。"

他回答得很简单，解开了阿黄身上的绳子，它长得个头不算太大，也不咬人，在花园里跑得很欢实，也懂得避开人群，尤其是避开小孩。

转了一圈它就跑了回来，居然不回主人那里，非要赖在盛潮汐这边。

"它是真的喜欢你。"宁箴想起每次他出国打比赛，把它寄放在姚垣舟那里时，它鬼哭狼嚎的样子，忽然说，"1月份开始我要出国打比赛，如果你有时间，可以帮我照顾一下它吗？"

其实本来已经和姚垣舟说好了的。

但看到阿黄这么喜欢盛潮汐，他忽然又改变了主意。

养猫的人，性格多少有些自虐，会对动物很好，应该也会对它好。

宁箴身边就阿黄这一个伴，出国不能带，又没时间照顾，寄养在宠物店还担心店员对它不好，留它自己在家时，就需要给它找一个放心的主人。

姚垣舟对它不错，但他每次回来都见它模样消沉，听姚垣舟说过几次，他不在的时候，它都不怎么吃饭，不管给它准备多好吃的东西，它都是象征性地吃一口就算了。

盛潮汐对于宁篪忽然的请求感到很意外，说实话，她也没什么时间，养一只猫是因为猫咪很乖，会自己吃饭喝水和睡觉，也会用马桶，但是养狗的话，她不知道能不能照顾好，万一照顾不好，岂不是辜负了他的托付？

只是，看着他的眼睛，她就是说不出拒绝的话。

"当然可以。"

她笑了，笑得可好看了，她忽然发现，除了在葛杨的手下做包身工，每天干一些自己不愿意做的工作，被别人看不起之外，她也是有别的用处的。

宁篪是第一次和女性有这么亲密的接触。

理论上，这真的算不上什么亲密，他们连手都没牵过。

但在他的标准来看，可以一天跟他见多次面，并且有短信交流，又不是训练关系的女性，这些行为完全称得上是"亲密"了。

"谢谢，我回国之后跟你算钱。"

他的意思是，他会支付她帮忙照顾阿黄的费用。

盛潮汐扯扯嘴角，低声说："虽然我没什么钱，但养一只狗还是养得起的，可能它平时吃的狗粮比较贵，但你那里应该有很多吧。你拿过来一些，把它的东西都搬过来就行了，钱这东西，还是不要算那么清了，你帮我两次，我也总该帮你一次。"

"你已经还清了。"他站起来，天色不早，他时间观念很强，已经准备回去，"火锅很好吃，谢谢。"说完话，他半蹲着将绳子拴回阿黄身上，牵着狗绳说，"我该回去了，晚安。"

"晚安。"盛潮汐站在原地，目送他和阿黄离开，阿黄一步三回头，不怎么想走，她忍不住一笑，宁篪看着她的笑，嘴唇动了动，那是个非常细微的笑容。

仅仅如此，盛潮汐也看得有些发怔。

原来，冠军先生笑起来那么好看。

看着他的笑，好像这辈子的烦恼和忧愁，全部烟消云散了呢。

盛潮汐没什么假期可言。

就是偶尔周末的时候摄影师休息了，她便也跟着休息。

恰好碰上元旦，她也能好好休息三天，这个间隙，宁篪便开车载着阿黄和它的行李过来了。

他将车子停在楼下，又看了看短信，核对了一下地址，再抬起眼时，盛潮汐已经站在楼下。

她穿着件长长的毛线外套，里面是毛绒睡衣，慵懒地散着一头长发，干净漂亮的脸上还有些睡意，应该是刚醒来。

"来了，真早。我帮你拿东西，阿黄呢？"她上前随手拎起狗粮，一袋子新的，挺重的，可她拿得好像没重量，宁箴不免有些惊讶。

"这个我来拿。"

他没挑明，却想接过四十斤的狗粮，盛潮汐笑了笑说："没事，我拿就行了，这不算什么，以前在老家的时候，更重的东西我都每天搬来搬去。"

宁箴神色一凝，没再强迫，拿了其他东西后关了后车门，打开副驾驶，阿黄从上面跑下来，特别激动，一点都没有以前被迫住在姚垣舟家里时的消极和不乐意。宁箴看它开心，知道自己这次选对人了。

两人拿着东西牵着狗上楼，进电梯的时候几个邻居看了看他们，宁箴微微蹙眉，等电梯门关上便问了一个问题。

"你们小区可以养狗吗？"他问着，声音清澈低回，幽雅悦耳，"抱歉，我来之前没考虑过这个问题，我和姚垣舟住在一个小区，那里是独栋别墅，并不管这些。"

盛潮汐的觉已经全醒了，不再困了，听见姚垣舟的名字，神色一滞，须臾后说："没事，这里不管的，只要是正规犬，有证件就可以。"

宁箴颔首。

他似乎很关心他的狗，像对孩子那么小心翼翼，体贴入微，应该养了很久的样子。

盛潮汐偶尔看见他看着阿黄的眼神，甚至都羡慕它，至少有那么好的人愿意真心实意地对它好，什么都不求。不是吗？

到了家门口，盛潮汐放下手里的狗粮开了门，还没走进去，缺了一只眼的猫咪就扑了上来。

它大概也没猜到今天还有"外人"和"外狗"来，顺着衣服爬到盛潮汐的肩膀上之后就直接藏到了她的头发里，但这段时间已经足够宁箴看清楚它的样子。

"它的眼睛。"

他点到为止，眼底有些讶然，似乎没料到这样一个精雕细琢的女孩会养这么一只猫。

盛潮汐轻笑着说："和你一样，捡来的。"略顿，她强调，"别误会，不是说你，是说它。"她指了指脖子上的猫，温声说，"进来吧，你拿了好多东西，估计用不完的。"

宁箴拿着东西走进去，这间屋子比起他住的地方，真的太小了，全部加起来还不如一楼的客厅大。只是，这小小的地方收拾得很干净，家具摆得简洁直观，屋子里采光也好，亮堂堂暖洋洋的，门口的鞋架子上有几双女士高跟鞋和长靴，都打理得很好，看得出来主人是个颇有修养的人。

把东西按照盛潮汐的安排放好，宁箴看了一眼从她身上跳下去快速钻到卧室的猫，轻声说："这些东西要用一年，可能还有些不够，用完了你随时跟我说，我打钱给你去买。"他拿出手机，翻出社交软件给她，"加一下。"

盛潮汐看了看，是新浪微博啊，加这个似乎不太合适，想起自己微博上的内容和认证，她有点不堪地侧开头，低声说："不用，用完了我来买就行。"

宁箴并不希望这样。

"这件事本来就是我拜托你，如果你不接受这样的安排，我还是把它送回姚垣舟那里。"他转身便要走，"我不希望麻烦一个人太多事，我记得你说过，你不喜欢欠别人的，我也是。"

这可怎么办才好。

看他还真的开始把东西原路拿回去，盛潮汐无奈地叹了口气，拿出手机说："好，我加你就是。"她搜索了宁箴的名字，加关注，随后道，"这样就行了，我关注你，你就不要关注我了。"

单向关注的话，问题会小很多，毕竟每天关注他的人有那么多，谁会在意一个小小的她。

可宁箴根本不听她的话。

很快，她就收到了"您和宁箴已经成为好友"的提示，顿时面如死灰。

宁箴就关注了十个人，教练、微博小秘书，还有几个一起打过比赛的国内外球手。

这下好了，这么多正经的人里，忽然冒出一个认证是"星光模特公司模特"的女人，不被人家议论纷纷才怪。

她也顾不上别的了，拿着手机开始删微博，把她微博上所有钟姐直接发上去的内衣店铺链接还有内衣照片都删掉，可太多了，一下子怎么可能删得完。宁箴也发现了她为什么要那么说，锁了手机放回口袋，蹲下来摸了摸阿黄的头。

"在姐姐这儿好好住着，我回来就带你回家。"

他说完话，阿黄似有所觉，喉咙里发出很可怜的叫声。

盛潮汐低头睨着这一人一狗，问他："比赛要打一年吗？以前没关注过你们这方面的事。"

宁箴帮阿黄顺着毛说："要打一个赛季，从1月份开始一直到12月，每场比赛之间会有三天左右的时间休息，伦敦比较远，再回国时间上不允许。"

他难得一次性说这么多字，盛潮汐消化了一会儿，随后才说："那你放心吧，这一年我肯定把阿黄养得白白胖胖的。"她略顿，感觉颜色不对，立刻改口说，"不对，是养得黄黄胖胖的。"

宁箴又笑了，他其实性格很好，就是冷情了些，很少笑，总是面无表情，这就给了人他很冷漠的错觉，而事实上，他真的是个好得不能再好的人。

"多谢你。"他站起来，一站起来就显出身高优势了，她本来也算不低的个子在他面前直接成了最萌身高差，"真的多谢。"

他不善言辞的样子，翻过来倒过去都是在谢，盛潮汐朝他一笑，眼波流转，那双桃花眼真是罪魁祸首，犹如牡丹的花心，看着你笑时，不语不动便足以勾走你的心神。

"不用那么客气，互相帮助，我们算是朋友了吗？"

她抬眼问着，像是有些期待，那样的眼神，令人不忍拒绝。

"是。"

其实，连姚垣舟都还没有得到过他如此确切的回答。

不过她不需要知道这些，没有必要。

宁箴转身，他时间观念真的很强，脑子里有一张明确的时间表，到某个时间就必须做某件事。

"我该走了，下午的飞机。"

他抬脚走向门口，盛潮汐跟在他身后，打开门走出去后，他回过身，看了一眼在卧室里和猫咪玩得兴高采烈的阿黄，礼貌地对盛潮汐说："明年再见。"

她点点头，依旧笑着，眼睫长而卷翘，在眼下留下可爱的阴影，略显羞涩的感觉。

"嗯，明年见。"

她话刚说完，再去看他时，他人已经走远了。

盛潮汐目送他进电梯，这样的相处让她很舒服，活到二十七岁，她没想过自己竟然可以收获这样一个朋友，他那么好，甚至不担心她攀上他炒绯闻，毫不避嫌地关注了她的微博，她真是……相当惭愧。

手机忽然响起，她看了看，是钟姐的号码，心里顿觉不好，关了门进屋，刚接起电话，就听见她意味深长的声音。

"潮汐，怎么回事啊，我怎么看见宁箴关注了你的微博？"

盛潮汐的微博大部分时间是由钟姐打理的，她统一管理着公司几个模特的微博，经常会在上面发表一些模特的成片，语气总会写得很暧昧，这样可以招揽粉丝和关注。

她大概是发现盛潮汐自己跑上去删了不少微博，可发了几千条一时半会儿怎么删得完，里面还是有很多性感照片。

要是只是分享图片也就罢了，偏偏还要配上暗示性很强的文字，留言评论里就满是不堪入目的内容。

"你们认识？"见盛潮汐不回话，钟姐猜测道，"你怎么会认识宁箴那样的人？"

在钟白薇看来，盛潮汐几乎每天都在忙着工作，不工作的时候基本都在家里窝着，哪都不去，连个要好的朋友都没有，在公司里也就朱雨因为之前害她被人砸了酒瓶子而和她走得比较近，她怎么会有机会认识宁箴这样的人？

"没有，不认识，可能是他手滑了，我就顺势也回粉了。"盛潮汐漫不经心地说，"钟姐每天帮我发那么多漂亮的照片上去，隔三岔五就上热门，他会看见情有可原。"

"手滑点赞我信，手滑关注我可不信，你真不认识他？"钟白薇充满怀疑地说。

盛潮汐耐心地说："真不认识，钟姐你想想，我要是有那本事，至于混成这个样子吗？"

说得也是，但凡她真有这么大能耐，怎么可能还在葛杨的掌控之下苟延残喘？

"如果真不认识那就有意思了，说不定他看上你了。"钟白薇念叨了几句说，"我会给你安排，你等着。"说完，就挂了电话。

盛潮汐一怔，这是要安排什么？不就是关注了一下，至于这么大反应吗？

事实上，就是至于。

已经有不少人发现宁箴关注了一个名不见经传的十八线小模特，还是特别低俗的内衣模特，微博头像那叫一个俗艳，蛇精脸，P得妈都认不出，一堆人跑到她微博下观光，更有甚者已经开始刷＃盛潮汐滚出微博＃的话题。

看着不断刷新的评论和 @，盛潮汐已经麻木了，她倒不会太伤心，到了这个地步，更艰难的事她都遇见过，她只是没想到这个世界上居然有那么多伤人的词汇，只是有点担心会不会给宁箴造成什么不好的影响。

片刻之后，她忽然发现关注里的人少了一个，她微微一怔，点进去一看，宁箴不见了。

这应该是取消关注顺带把她移除了。

这样其实最好了。

他这么一做，别人很快就开始说他只是手滑，又或者是其他什么，总之他们替宁箴做出了一百种解释，连媒体都不认为是宁箴本人关注了盛潮汐，既然如今误会解除，大家就散了。

不过，盛潮汐微博底下可没那么快就散场，有相当一部分人认为，是她使用了什么龌龊的方法，让宁箴的微博关注了自己，以此来博出位。有的甚至怀疑她盗了宁箴的微博账号。

盛潮汐嘴角抽了一下，觉得他取消她的关注真是太好了，要不然她真会就这么"红"了。

她看看表，晚上了，是该喂猫狗的时候了。

她将微博提醒全部屏蔽，招来屋子里的两个小动物，笑着说："来，吃饭啦。"

阿黄来是来了，就是看上去还闷闷不乐的，往那一趴就不动了，大眼睛翻转着看她，瞧着心情不太好。

动物就是这样，有时候就跟个小孩子似的，一颦一笑都揪着你的心。

"阿黄，怎么了，怎么不高兴了？"她蹲下来，摸着它的头柔声问它。

阿黄给面子地叫了一声，但还是不动。

"我知道了，你想主人了对不对？"

她站起来拿起手机，打开视频软件，在里面搜索了宁箴的名字，很快就出来很多比赛视频，她随便打开一个放在阿黄面前，阿黄一看，立刻站了起来，高兴地叫了两声，像在跟屏幕上的主人打招呼。

"你现在看见他了，能吃饭了吗？你吃饱了，把自己养得好好的，他回来才会高兴。"

盛潮汐还真把它当成了孩子，絮絮叨叨地说着话，阿黄歪了歪头，明显是听不懂，不过等她再把狗粮端过来的时候，它还是开始吃了。

盛潮汐松了口气，琢磨了一下，又打开淘宝，从上面买了许多中国台球队的周边产品，还买了宁箴本人的巨幅海报，买的时候她忍不住笑了，不知道的人估计会把她当成宁箴的狂热粉丝，而其实她买这些都只是为了家里那条思念亲人的狗而已。

宁箴走的第一天，阿黄在盛潮汐家里过得还算不错。夜里的时候，她本来都准备睡觉了，手机却忽然响了起来，她拿起来一看就心慌了，是陌生号码，还是越洋电话，会是谁？

难道是电信诈骗？

抱着这样的想法，盛潮汐本来不想接听，可电话一直不间断地响着，倒不像是诈骗电话那么没耐心，响几声没人接听就挂了，于是她犹豫了一下，还是接了。

"你好？"

她试探性地开口，那边传出一个十分熟悉而有质感的动听男声。

"是我，宁箴。"

他做了自我介绍，盛潮汐心里边就踏实了许多："我还以为是诈骗电话呢，半天才接。你到伦敦了？应该有时差的吧，你怎么不休息一会儿？"

宁箴没怎么回答，只是说："我到了，有件事我得跟你道歉，关注不是我取消的，是教练。"

盛潮汐心里一沉，如果是他本人取消的，她虽然尴尬，但至少不会难堪，换作他教练，她就更加无地自容了。她一点都不想因为自己而破坏他和教练之间友善的关系。

"我考虑了一下，之前的决定的确不妥，给你造成了很多困扰，对不起。"

他是看见那些微博和评论了吗，所以特地打来电话道歉？

盛潮汐受宠若惊道："不用，没事的，我都习惯了，那不算什么，就是影响了你的形象，我很不好意思。"

"这不怪你，是我执意如此。"

他说完，就转开话题，开始询问阿黄的事。

这是怕再说下去她会尴尬了。

他真的很懂得点到为止，体贴和绅士到让人很难不对他产生好感。

越是这样，她越是惭愧，她将阿黄的情况娓娓道来，还说了自己买了很多他的周边，免得他回来看到会误会，以为她暗恋他。

坐在伦敦的酒店里，看着外面一片明亮的异国景色，脑海中浮现出阿黄对着他的巨幅海报兴奋吠叫的样子，宁箴嘴角不自觉地扬了起来。

异国他乡的日子，似乎也没有那么难熬了。

后来几天，阿黄的情况好了很多，盛潮汐每天走之前给它还有猫咪准备好食物和水，回来会再检查一遍。阿黄虽然是只土狗，但很讲卫生，不会乱拉乱尿，教了一次就懂得去卫生间，和猫相处得也算不错，至少能维持表面上的和谐，倒也没给她造成什么困扰。

这样一人两动物的生活，还是蛮充实的，如果没有又遇见姚垣舟和程青青就好了。

这次见面有些奇怪，他们没有一起过来，她先是在门口遇见了前者，随后才看见后者。

姚垣舟从车上下来，站在小区门口，手里拎着早餐。他大老远就看见了她的身影，加快脚步迎上去，也不介意她的浓妆，提了提手里的袋子说："聚德轩的早餐，特别好吃，尝尝？"

她还没来得及拒绝，后面就停下一辆车，车上下来一个用纱巾围着头、戴着墨镜的女子，身段极为眼熟，她化成灰盛潮汐都认识。

她下意识想马上离开，可已经来不及。

程青青笑着开口："我说呢，路上看见车子很眼熟，靠近一看车牌还真是学长，原以为你来这边有事情办，结果是来给我姐姐送饭啊。"

"我姐姐"……多久违的称呼啊，这么多年过去了，以前在同学面前她不承认，在家长面前也没承认过，现在长大了，在前学长这儿承认了，也挺够意思了，她应该感恩戴德，不是吗？

然而，这只是程青青的想法，盛潮汐一点都不在意，似笑非笑地看了程青青一眼，抬脚便走了，头都没回过一次。姚垣舟提着早餐站在那，嘴角的笑僵住，随后垂下来，面无表情。

"学长，你看她什么态度，我好好和她说话，她至少也回我一句啊。"程青青也特别委屈，看了一眼他手里的早餐，嘟囔道，"聚德轩啊，很难买的，排了很久吧？可惜啊，人家不领情。"

姚垣舟长舒一口气，转身离开，也没理会程青青。

程青青愣住，直觉是盛潮汐不让他理会自己，她愤恨地握起拳，过了一会儿又放开，回到保姆车上。她可没那么闲，今天还有通告要赶，方才跟过来也只是想确认一下到底是不是他们。

想不到这么多年过去，盛潮汐本事见长，不但又勾搭上了姚垣舟，竟然还和宁箴扯上了关系。

前几天微博上闹得风风雨雨的新闻她也看见了，还去观摩了一下盛潮汐微博底下的评论，虽然很解气，但她还是闷闷不乐。车上的助理和经纪人赶紧上前逗她，不一会儿她心情就好了起来，这就是差别。

在盛潮汐难过的时候，身边从来没有人，能让她重整旗鼓高兴起来的，只有几声猫叫。

姚垣舟开车追到了盛潮汐工作的地方，他追了一路公交车，她没发现。

她走进去的时候，大家已经在等她了，今天有点堵车，她迟到了。

她已经可以预料到要面临什么狂风暴雨，果然，钟白薇很快走到她面前，面色不善地正要开口责备，就看见了后面追上来的姚垣舟，于是又闭上了嘴。

姚垣舟一身名牌，手里提着聚德轩的早餐，看起来非富即贵，应该是来给棚里某人送早餐的，大伙儿都看向了门口，思索着是哪位那么荣幸，勾上了这么一位少爷，还有能耐让人家勤勤恳恳地来送饭。

"潮汐。"姚垣舟看见盛潮汐时松了口气，还好，他没找错，"早饭都快凉了，你吃了再工作吧。"他上前把早餐袋子递给她，她没接，他执起她的手强硬地塞给她，盛潮汐皱皱眉。

"你回去吧，我不用。"她抗拒着，不肯接，倒是钟姐替她接了过来。

"我来吧，拍完照片再吃，拍照之前吃饭肚子会鼓起来，效果不好。那边有微波炉，我一会儿给她热热，不会凉着吃的，先生不用担心。"钟白薇笑眯眯地说，"您是潮汐的？"

姚垣舟显然不怎么认同她的前半句话，半晌才说："我是她男朋友。"

盛潮汐立刻说："不是，钟姐，他不是我男朋友。"

钟白薇意味深长地凝视了她很长时间，才阴阳怪气地说："潮汐，你是越来越有本事了，老板知道一定会很高兴的。"说完，她看了姚垣舟一眼，面色和善了一些，"小伙子，拍照前真的不能吃饭，这是职业道德，潮汐是内衣模特，是要给别人看的，所以你就别勉强她了。"

说完她就转身走了，挺嚣张的样子，看得姚垣舟都不太高兴。

"这样的工作，这样的同事，你为什么还要干下去？"姚垣舟微怒道，"你别做了，我养你还是养得起的，你要是喜欢工作，我可以介绍更好的工作给你。"

"你以为我想做吗？"她抬眸问他。

"这真不是什么好工作。"他并未直言讨厌，但算是变相坦白了他很不欣赏她目前的行业。

盛潮汐咬了咬唇，轻声说："姚先生，有选择的话我也不愿意做这个，你不知道我经历过什么，就别替我安排人生了。还有，以后也别再说养我了，我说过的，你养不起我。"她转身，闭了闭眼，"姚垣舟，真别再来找我了，我已经不是以前的盛潮汐，你也不用再是以前的姚垣舟。"

说完话，她便离开了，屋子里的一片人看着姚垣舟，他也没觉得尴尬，却非常伤心。

这么多年成长，他战胜了懦弱，赢得了坚韧，却输掉了快乐。

他长舒一口气，落寞地离开，没发现盛潮汐在进去之后，从角落里注视着他离开。

习惯了吗？早该习惯了，习惯一个人回家，习惯陪酒，习惯裸露在人前，习惯无人关心，习惯寂寞。她知道姚垣舟做到这样已经非常难得了，如果她想过得好一点，应该学着接受他。

可是，她无法确定他这样的爱可以保持多久，更无法接受这份爱变质后的结果。

而且，他只看到了她目前工作不好，并不知道她曾经经历过什么，那么不堪的她，早就没资格接受任何一个好人的爱了。

晚上回家的时候，盛潮汐在家门口发现了一束花。

她本以为是姚垣舟放在这里的，走近了蹲下一看，才发现根本不是。

花上别着卡片，卡片上画了一个阴森恐怖的笑脸，落款是她这辈子都不想再看见的那个名字。

她匆忙将花丢到垃圾桶，开门进屋检查了一遍，还好，屋子里没事，料想他也进不来，这么高的楼层，她用的锁也是最好的，他肯定进不来的，肯定。

盛潮汐告诉自己要冷静，不要紧张，她在屋里找到了正在睡觉的阿黄和猫，给它们加了吃的和水就锁好门离开。这会儿她不想在家，她担心那个人再过来，她得出去转转。

她一路左顾右盼地离开，总担心身后有人跟着她，哪里人多往哪去，最后不知不觉地，就来到了小吃街那个和宁箴遇见过的小吃摊。

小吃摊不知为何关闭了，门口挂着停业的牌子，应该有几天没开过了。

路人也有在疑惑为什么没开门的，大概是专门来吃这家面的。这家的面在当地也算特色，十几年来都是一个价钱，料也足，味道也好，旅游的人总会来尝尝。

"怎么停业了呀？是出什么事了吗？"

她听见有人在耳语，路过的一个老爷子听见了，有点伤感地解释说："没什么，就是店主去世了，老板娘关了店，去办丧事啦。"

"去世了？"盛潮汐不自觉问了一句。

老爷子看了她一眼，点头说："前几天有几个小混混在这边闹事打架，店主去劝的时候被他们伤到了，住院之后没抢救过来，去了。"

老爷子和对方应该有些交情，说这话时很伤心，像是要落泪："老安那么好的人，十几年了，物价再涨，他也没多收过一分钱，路过有可怜的人，总会送上一碗面，真是好人没好报啊！"

盛潮汐唏嘘不已，眼角下垂，心酸得不行。

她转身离开，可又想不出别的去处，于是只好回家。

盛潮汐转了一圈，心情平静许多，也没那么害怕了，走出电梯口时，她脸色缓和了下来。

只是，这次在她房门前又有了异常，不是多了东西，而是多了一个人。

"宁箴？你不是去打比赛了？"盛潮汐惊讶地看着他。

宁箴靠在她家门口，单腿弯曲，穿着长到小腿的风衣，看上去有些风尘仆仆。

他抬起头，面色沉肃，薄唇发白，怎么说呢，竟然有点……脆弱。

"不打了。"他紧绷着说，"我来接阿黄。"

盛潮汐上前开门，走近才发现他身上都淋湿了，赶紧把他拉了进去。

"你怎么浑身都是水？我刚从外面回来，也没下雨呀。"

"我去游泳。"他没什么表情地说。

盛潮汐一怔，忍不住笑了："你都穿着衣服游泳呀？"

两人走进去，阿黄立刻冲了出来，看见宁箴的时候愣了一下，然后扑上去欢天喜地地大叫。

盛潮汐去拿了干毛巾过来，轻声说："你把大衣脱了，我帮你熨一下，你这么穿着会感冒的。"

宁箴拍了拍阿黄的狗头，站起来将大衣脱掉递给她道："谢谢。"

盛潮汐没说话，把大衣挂到一边之后晃了晃手里的毛巾："自己擦还是我帮你？"

他接过毛巾，没说话，大概是不喜欢重复地说谢谢，恰好盛潮汐也不怎么爱听。

她拿了挂烫机，将质地良好的大衣挂好，立在一边等水热起来，闲暇的时候就看看正坐在沙发上擦头发的宁箴。他这哪里像是去游泳了，简直像是掉进了河里，不过算了，既然他不愿意说，她也没问。

水热得差不多了，盛潮汐便转身给他烫衣服，宁箴望向她，她的背影窈窕纤细，因为一直注意保持身材，腰线特别好看，以他的手的大小，怕是两只手一捧就全握住了。

怎么会想这些？

他收回视线低下头，细碎的黑发遮住了眼睛，越发衬得脸上肌肤白皙如玉。

"好了。"烫好她便将大衣拿过来，扫了一眼他的衬衫，笑着说，"衬衫倒是干的，可别是你用体温给暖干的。"

宁箴稍稍侧过脸，他此刻沉默的样子让盛潮汐想起漫画里的人，棱角分明的脸，瘦瘦高高的身材，灰色衬衫，黑色长裤，棕色的皮鞋，眼尾上挑，碎发遮住了大半眉眼，依稀可见那黑发之后有双明亮的眼，眼睛里倒映着她的身影。

"没事。"他抿唇说完，站起来把毛巾折好递给她，"谢谢。"

盛潮汐收过来，见他穿上大衣就知道他要走，踌躇片刻还是说："你等一下。"

她转身进屋，不知在弄什么，宁箴便趁这个时间开始收拾阿黄的东西。

等他都收拾好的时候，她也出来了，手里拿着水杯和药片。

"吃片感冒药，不然你明天肯定得感冒，这么冷的天，穿着一身湿衣服走了很久吧？怎么不去换身衣服再过来，阿黄在我这里过得挺好。"她说着，注意到宁箴在看她卧室里的大海报，就贴在床头上方的墙上，往常都是挂婚纱照的位置，此刻悬挂着他本人的巨幅海报。

盛潮汐回头看了一眼，有点尴尬地笑着说："我挂在那里，阿黄吃饭的时候刚好可以看见，吃一点就看看，吃一点就看看，就像你在喂它一样。"

海报上的男人穿着绅士优雅的三件套西装，系着领结，手握台球杆，面对镜头时表情平淡，眉宇间尽是矜贵清冷，透着一股浓浓的禁欲气息。

见他只是看着，却不说话，盛潮汐有些窘迫地解释说："它走了我就摘掉，你别介意，我没别的意思。"

宁箴闻言，慢慢收回视线，道："挂着吧。"

"什么？"

他弯下腰，拿着阿黄的东西离开，盛潮汐赶紧上前帮忙，牵起阿黄，拎起它的玩具袋子，跟在宁箴身后一起朝外走。

猫"喵喵"叫着出来，阿黄回头看了一眼，走几步，朝它吐吐舌头，然后又跑回了宁箴身边。

猫很怕生，宁箴在这儿，它就不过来，毛茸茸的脚犹豫了半天，还是缩回了房间里。

盛潮汐柔声说："这几天它们相处得挺好，以后有机会，你带阿黄来找它玩。"

宁箴看着她说："我会。"

不知为何，被他这样看着，盛潮汐有些耳根发热。

两人一起下了楼，他的车就停在小区里，她居然都没看见。

到了车子边，她帮着他往后座上装东西，装得差不多时，还是忍不住问："你今年一年都不打比赛了吗？"

宁箴一边整理东西一边说："也许吧。"

盛潮汐实在是很好奇为什么，但也不太好直接问，他们还没有熟悉到那个地步。

"如果打,会再跟你说。"收拾完东西,他直起身关上后车门,"报名费都交了,住宿也都安排好了,本来在练球,听说一个朋友去世了,就直接回来了,教练不太高兴。"

不太高兴?应该是非常生气吧?

今天已经4号了,明天比赛就开始了,他居然回来了,可以想见教练有多生气。

一个朋友去世了?盛潮汐不由得想起她刚刚在小吃摊那听见的消息,随后又赶紧否定了自己的猜测。虽说小吃摊的老板和宁篾也认识,但应该只是经常去吃饭的客人和老板之间那浅薄的交情,不至于连去世的消息都通知他,他更没必要放下比赛直接回国参加葬礼。

宁篾看了她一会儿,不知出于什么心情,说了一句话。

"就是那次在小吃街上,你请我吃饭那个摊位的老板。"

他这么一说,算是肯定了她的猜测,盛潮汐微微发怔。

一个小吃摊的老板去世了,能重要到让他抛下比赛回来吗?

"几号出殡?"她压低声音说,"其实,我刚刚去了一趟小吃街,也听说了这件事,之前还在想该不会是他吧,没想到真的是。我们也算有一面之缘,可以的话,我也去送送他。"

宁篾露出一个很浅的微笑,眼神有些奇异地带着执着,他斯文地抿起唇,低声说:"后天。"接着很快就继续道,"我来接你。"说完,他拉开车门上车,开了车窗朝她点点头,阿黄从副驾驶扑过来,不舍地朝盛潮汐叫唤,宁篾平静地说了句"再见",随后便发动车子离开了。

盛潮汐看着他的车子消失在小区里,动了动脚步,身后不远处的垃圾桶那有人在打扫。最近小区物业抓卫生抓得很紧,这些年纪都很大的保洁员就得加班加点,可有的业主完全无视他们辛苦扫出来的环境,仍然随地乱丢垃圾,另一面又常跟物业抱怨卫生打扫不及时。

盛潮汐走过去,捡起地上的几个饮料瓶子和孩子们丢掉的零食袋子扔进垃圾桶,保洁员瞧见,露出善意的笑容。

"谢谢小姐。"

盛潮汐笑笑,和她道别,慢慢往回走。

三百六十行,本该每一行都无高低之分,可事实上并非如此。

"人生而平等"——这是她听过最好笑的笑话。

酒吧里,五彩缤纷,喧闹异常。

站在台上，音乐是韩国组合的《上和下》，盛潮汐和朱雨几个女孩子在跳舞，充满了暗示的舞蹈动作惹得台下众人欢呼雀跃。

她脸上挂着虚假的笑容，眼神瞟到坐在沙发上的葛杨，对方眯了眯眼，她瞬间转开视线，和其他人一起继续着舞蹈动作。

今天，这间酒吧被星光模特公司包场了，用来举办年会。

而现实是这根本不能叫年会，不过是葛杨发了许多请柬，请了一堆在经济来往上比较频繁的大客户，来看她们这些姑娘表演。

这些女孩子，进公司的时候都怀着做模特的梦想，可真走进来才发现，一旦入了这个圈子，要做什么就由不得自己了。不管换到哪家公司，除非你红了，成了名模，否则这种状况永远不会改善。

比起其他人，盛潮汐的情况要更糟糕一些。

时间倒退回今天早上。

葛杨亲自打电话让盛潮汐到公司去见他，说有好事要告诉她。

她很清楚这是反话，葛杨找她从来都没有好事。

也许，从十年前，在街上发传单的盛潮汐被葛杨相中开始，就注定了她今天会是这样的结果。

葛杨坐在办公室里等她，她敲门进去，他好整以暇地给她倒上茶水，那股亲热劲，不知道的估计还以为他平日里和她关系真的有多好。

"潮汐，我都听白薇说了，你最近工作很用心。"葛杨似笑非笑地看着她。

他的眼神让她感觉很不舒服，盛潮汐侧开头轻声说："没有，还需要再努力。"

葛杨闻言轻轻一笑，意味深长道："是吗？你的意思是说，你现在没努力吗？"

"我不是这个意思。"她立刻否认。

葛杨也不介意，继续笑着说："你现在不努力，都能勾搭上宁簇那样的人，你要是努力一点，我岂不是要每天给你擦鞋了？"

盛潮汐闻言立刻看向他，拧眉解释说："老板，不是你想的那样，我和宁先生不熟，那是个误会，他可能是手滑了。我看见他关注我的微博时也很激动，不过他很快就移除粉丝和取消关注了，这就是个乌龙。"

"是吗？"葛杨似乎不太相信，慢条斯理道，"我听筱云说，你在海边拍外景的时候就遇见过宁簇，他还给你披了大衣呢，你不是要走了他的电话号码？"

筱云就是那次出外景盛潮汐反讽的那个个子不高的微胖女孩。

看来她跑去告状了。

盛潮汐扯了扯嘴角，诚恳地说："那是个偶然，老板，您相信我，我对您一直很忠心。"

"我当然相信你了，你不要怕，我不是也没说什么吗？"葛杨笑眯眯的，像尊弥勒佛，"我就是随便问问，你要是能认识宁箴，那也是你的造化，说不定你哪天飞上枝头变凤凰了，还可以拉我一把呢，对不对？"

盛潮汐低下头，不言语。

葛杨漫不经心道："哦，对了，你看我，聊起闲话就把正事儿给忘了。"他笑起来，很高兴的样子，"今天早上你老公来找我了，说是没钱花了，我心想，那可是你老公啊，我怎么能让他没钱呢？那不是显得我太小气了？所以我就应了他的要求，给他拿了钱花。"他又将盛潮汐的茶杯朝前推了推，轻笑道，"怎么不喝茶啊？怕我下毒吗？"

盛潮汐已经听不见他后面说了什么。

她脑海中只有那一句话。

葛杨又给那个男人钱花了。

"老板，您为什么不先通知我一声？"她站起来，有点着急，"您给了他多少钱？我和他已经没关系了，我以为您早就知道了，十年前我们不是说好了吗？我再做三年，就可以还清您了。"

葛杨露出疑惑的表情："我们谈过这个吗？难道他不是你丈夫吗？我记得你们是在村里面摆过酒的，全村人都去喝喜酒了。"

盛潮汐面如死灰，紧握双拳，眼泪在眼眶里打转，最后仰起头，不让它们掉下来。

"您又给了他多少钱？"她咬唇问。

葛杨遗憾道："也没多少啦，你再做个七八年就能还清了。"他将对方留下的收条递给她看，盛潮汐接过来，看完之后已经彻底绝望了。

五十万元。

她忽然发现，不管她多努力都无法逃脱这个牢笼。

她原以为这十年过去，她就可以彻底逃离这个圈子，可现在她发现，她只不过是别人砧板上的肉，只要对方不想放手，她就得任人宰割。

她所有的努力和坚持，在这些人眼里根本不值一提，她奋力地反抗和挣扎，在他们看来，是那么可悲与不堪。

她现在只想大声反驳葛杨，告诉他，她早就和那个人脱离关系了，她和他的关系从来不是他说的那样，他们不是夫妻，从来不是！

"喏，这是续约合同，你签了吧，反正钱你老公都拿走了，你肯定也没意见，对吧？"葛杨将合同丢了出来，所有的条款仍然是十年前那样，只是在结束年限那，又加了八年。

她的卖身契，又要延长八年了吗？

本以为还有三年就可以恢复自由了，原来，那只是个美丽的梦。

"如果我不签呢？"她扯扯嘴角，"老板，现在和以前不一样了，您贵人多忘事，但我还是要提醒您，我和那个男人，只是被我继父逼着办了婚礼，并没有领证，不算合法夫妻，他不是我的丈夫，过去不是，将来也不会是。十年前我和您签约时，我们三个就已经谈过，你把钱给他，我和他就不再有任何瓜葛，十年过后，我和您也再没有任何干系，为什么您还要把钱借给他？"她有些愤怒地握起拳，"老板，为什么您明知道我的意愿，还要不问我一声就借给他钱？我完全相信只要您不愿意，您就可以把他打发走，您这么做的原因是什么？"

被她不间断地质问，葛杨一点都不生气，反而笑得越发和蔼，但盛潮汐很清楚，这是他发怒的前兆。

"潮汐，你知道的，你很漂亮，也很好用，我当然会舍不得你。而且事已至此，他已经把钱拿走了，我给的可是真金白银，你要是真不想签，也不是没有办法。"他站起来，把合同丢到她怀里，"你可以把这笔钱给我，那我们就还照老合同走，三年之后，桥归桥路归路。"

他走到她面前，居高临下地看着她："五十万元，买你八年，其实挺划算的，我从不做赔本买卖，你知道的。"他嘴角笑意加深，"所以，如果你想脱离公司，就想办法拿五十万元还我。如果你有本事，也可以让宁箴来替你赎身，等你脱身了，就可以去做冠军太太，吃香的喝辣的，站在云端看着我们这群凡人。我是个讲法律的人，绝对不会拦着不放人的。"他抬脚离开，走了几步又回头，笑着说，"哦，对了，在你飞上云端之前，别忘了晚上来参加公司的年会，好好表现哦。"

最后的话，他说得极尽讽刺，讲完之后就走了，留盛潮汐一个人坐在办公室发呆。

不是没想过报警，以前也报过，在被继父押着和那个男人摆了酒之后，她就曾跑到县城里的公安局报过案，可警察来调查走访一圈，全村的人都说她是心甘情愿和那个男人结婚的，没有任何人逼迫她，连生下她的母亲都那么讲，还说她只是和丈夫吵了架，所以才生气这么做，警察又能怎么样？

清官难断家务事。

也许那些村民并不是故意遮掩，而是他们真的那么认为。毕竟在那时候，那个男人还算是村子里比较有钱的人家，谁也没想过后来那个人会染上赌，输得倾家荡产，那时大伙都觉得，辍学嫁到他们家去，在大家看来是非常不错的一件事，女人要读那么多书做什么？

他们从来没想过女方会不愿意，只以为她是不想离开家，使小性子罢了。连她母亲也这么认为，没有读过什么书，一生都长在村子里的母亲，还自以为给她找了一门好亲事，根本无法理解她负隅顽抗的原因。

她就知道，那个男人再次出现绝对不会有好事发生。他和她的继父一样，是一个可以不择手段利用女性的人，继父可以逼她辍学嫁给那个人，那个人自然也能厚着脸皮毁约再来要钱。

她要上哪里去找这五十万元？

葛杨每个月给她的薪水都是十年前的水平，她连吃饭都是问题，哪儿还存得下钱？

盛潮汐慢慢从沙发上滑落到地上，泪水落下来，花了她脸上的妆。

为什么她只是想过普通人的生活就那么难呢？

她不知道这种日子还得过多久，以前还可以劝自己等，再等三年就好了，但现在呢？

她已经厌倦了满身是伤地前进，每一步都像走在刀刃上，钻心地疼。

时至今日，光是前进，对她来说就已经太艰辛了。

年会结束，盛潮汐已经没什么人样了。

满身的烟酒气息，她裹紧大衣从酒吧里出来，人影寂寥。

看看表，已经夜里十二点了，没有公交车和地铁了，盛潮汐身上又没带多少钱，所幸酒吧离她住的地方也不算太远，走个二十分钟也能到。

回家的路上，盛潮汐拿出手机，看了律师给她的回复。

在离开葛杨的办公室的第一时间，她便将合同与她和那两个男人之间的事全告诉了素未谋面的律师，但凡熟悉的人，她就说不出口。

而因为工作时间不允许，她只能在微信上看律师的回复。

看完之后，她只觉得夜风更冷，她抬起头，脸上有点凉意，原来下雪了。

雪才刚开始下，雪花很小，慢慢飘下来，给人十分温柔的感觉。

盛潮汐再次看向手机屏幕，律师给出的回复是，非常不建议她打这场官司。

她和葛杨签合同的时候才二十岁，当时被迫退学，又刚被继父押着跟那个男人摆了酒，每天过了今天不知道有没有明天。在葛杨出现，给了她一条出路的时候，她根本来不及多思考便答应了下来，谁能想到，那时候他就已经在合同里设下了陷阱。

十年了，连继父都已经病逝，葛杨和那个男人还是不肯放过她。

律师说，在合同末尾的条款里，有一条里写着"丙方作为乙方的债款清偿人，应按合同规定及时偿还乙方与甲方产生的一切债款"——这一条乍一看与他们的前情并不冲突，实际上却缺少了非常重要的一项——截止时间。

律师的语音里说："如果没有写截止时间，对方很可能以这一条为缘由进行辩护，你在与甲方和丙方签订合同时已经年满十八岁，鉴于你是个成年人，法院会认为你有履行责任的意识，这对我们是很不利的。我的建议是，可能的话，尽量与对方协商解决吧，打官司对我们不利。"

把手机收回口袋，绝望到底之后是完全麻木，她已经感觉不到什么痛苦了。街道两边亮着路灯，她的影子被拉得很长，从上看去，像一把尖锐的匕首。

如果杀人不犯法，真不敢想象她现在会是什么样子。

盛潮汐自嘲地笑笑，加快脚步回家。孤零零的一个女人走在午夜十二点的街上并不怎么安全，虽然她过得非常狼狈，像一只臭水沟里的老鼠，偷偷摸摸地从铁栏里汲取着外面哪怕一丝一毫的阳光，但她还没有想过死。

人生不易，既然生而为人，即便前路再艰难，也总要努力走下去，这样才不辜负来这世上走一趟。

她每次都这样安慰自己，现在唯一可以支撑她继续活下去的理由，也就是她不想就这么白白死去，她要努力活着，活到坏人被制裁，活到她彻底自由的时候，哪怕那一天真的很遥远。

回到家时，已经快要凌晨一点了，她已经冻僵了，走出电梯时眼睛都看不见什么东西，满满是白色的雾气，等雾气消失，眼前就是一个男人的身影。

他坐在她家门口，手里拿着几张英文报纸，翻来覆去地看。他似乎有点烦躁，也有点疲惫，更多的却是忧虑，眼神充满不安。

听到响动，他立刻看向电梯口，眼底凝聚了希冀，瞧见是盛潮汐之后，嘴角露出欣喜的笑容。

"潮汐，你可回来了，你再不回来我得去报警了！"姚垣舟从地上站起来，也不顾大衣后面的尘土，快步走过来说，"你怎么这么晚才回来？去哪了？你知不知道我多担心，公司收盘之后我就过来了，五点多一直等到现在，你有没有事？"

方才低落沉郁的心情似乎有了些缓和，被人关心的感觉真是很容易就把人从深渊里拉回来。

她抿抿唇，自嘲地笑了笑说："你为什么这么关心我呀，我没事，这不是好端端站在这里？"

姚垣舟闻到她身上的烟味和酒味，眉头渐渐皱了起来，迟疑半晌，还是说："你去酒吧了。"

她反问："你怎么知道？"

"你身上的味道。"他站直身子，有点不高兴地说，"潮汐，你一个女孩子，不要老是去那种地方，你以前不是这样的。"

"我以前是什么样的？你以为我想去？"她上前开门，想起他说的话，侧头问，"没吃晚饭？"

他怔了一下，点头。

"进来吧。"

说完话，她便进了屋，先到卧室看了看，猫粮少了，猫已经睡了，自己钻在被窝里，不仔细看几乎看不出起伏。

她抬手轻抚了一下它的头，它警觉地醒过来，看到是她之后叫了一声，又闭上眼睛睡觉。

盛潮汐长舒一口气，将那些烦恼的事暂时抛却，走出卧室关上门，看了一眼坐在沙发上的姚垣舟说："家里没什么东西，只有方便面，你不介意吧？"

姚垣舟摇头说："没事，其实我们可以出去吃，有通宵饭店还开着门。"

盛潮汐扯扯嘴角："这么晚了，我不想再出去了，我已经很累了。"

面对那些男男女女，保持着脸上僵硬的笑容，她真的已经非常累了。现在终于回到了她自己的地方，她是哪儿都不想去了。

姚垣舟欲言又止地看着她，见她进了厨房便也跟着进去。他站在门口，看她系上围裙在煮面，纤细高挑的背影那么多次出现在他的梦里，他一冲动，就说出了那句话。

"你嫁给我，我们一起生活，好不好？"

盛潮汐心头一跳，回眸望向他，漂亮的桃花眼里有他读不懂的情绪。

"嫁给你？你知不知道你在说什么？"她抿抿唇，笑，"你真傻，姚垣舟。"

姚垣舟不甘心地走上去："我知道这可能有点突然，但我没找到你的时候已经想过很多次这件事，如果你愿意，我们马上就结婚，我带你去见我爸妈，他们一定会喜欢你的。"

"喜欢我？"她勾着嘴角问他，"你真觉得他们会喜欢我？无父无母，连个像样的工作都没有，还……"她说到这儿顿住了，不再继续下去。

姚垣舟皱着眉说："没关系，我可以说服他们，在这之前我会给你找一份好工作，我有很多朋友，这不是问题！潮汐，我爱你，我真的爱你，你相信我，你给我这个机会，让我对你好，让我照顾你，好不好？"

盛潮汐低着头煮面，缄默不语，不回答，但至少也没有马上拒绝。

手机响起来，是短信，她从裤子口袋里取出来看了看，是钟姐发来的，看完之后她就笑了。真有意思，老天爷这是怕她不够心塞吗，一出接一出地安排，只是不知道到底哪一出才是压死骆驼的最后一根稻草。

"潮汐？"姚垣舟见她不说话又走近些，低声问她，"你觉得怎么样？"

盛潮汐转过头说："姚垣舟，我真的已经不怪你了，你不用因为自责为我做这么多。"

姚垣舟皱眉说："我不是因为自责！当然这是一个原因，但你为什么就不愿意相信我更多的是因为爱你呢？"

"因为我没自信。"她很快回答，"而且，我也没办法接受你。"

"为什么？！"他满脸困惑，像是还有些委屈，眼眶发红，心情十分低落。

"因为……"到嘴边的话就是说不出口，她闭了闭眼，关火，把面盛出来，端着朝外走，"因为我不想给你带来麻烦，我现在就是一堆问题，你不要总来找我要答案好吗？"

姚垣舟跟着出来，抿唇不语，坐在沙发边，也不肯吃东西。

盛潮汐把碗推给他，温声说："吃完快回家吧，明天不是周末，大家都要工作，僵持在这里，你累我也累。"

"你是不是有什么事不能告诉我的？"姚垣舟察觉到不对劲，放低声音说，"潮汐，你为什么就是不肯依靠我，你告诉我，我来帮你解决，你别自己一个人扛着。"

盛潮汐一窒，半晌才说："我没事，这件事先别提了，吃完饭回家吧。"

他还要说什么，她直接说："你再说我就直接去睡觉不管你了，也不再理你了。"

姚垣舟这才闭嘴，吃了一碗面就被她匆忙赶走。

关上门之后，盛潮汐靠在门上长叹一声。其实她也不是不识好歹的人，她看得出来姚垣舟这次是认真的，可他越是这样，她越不想拖累他。他现在事业有成，该找的是那种身家清白有学问的女孩，而不是她这种大学都没毕业、经历不堪的人。

即便他愿意，他父母能同意吗？

想想就不能。

既然明知道选择走下去会受到伤害和阻挠，就不要再往枪口上撞了，也别拖累了他。

好不容易有个喜欢自己的人，再害得他受伤，那多不好啊。

现在的她就是一只乌龟，一旦预知到危险，就会缩在自己的壳里不出来，任凭柔情似水、火烧雷劈，都无动于衷。

夜里一点多，宁箴已经入睡。

他睡觉很轻，所以门铃被按响的瞬间他就醒了。

他扫了一眼挂钟，一点半，这个时间谁会来找他？

掀开被子下床，宁箴走出卧室，下楼去开门，在门外看见了醉醺醺的姚垣舟。

"兄弟，打扰了，喝多了，不记得家了，你告诉我一下哪里是我的家行吗？"

姚垣舟靠在门边的墙上，看上去特别脆弱，经不起任何打击。

宁箴抬手指着对面的独栋别墅，惜字如金道："那。"

姚垣舟一下子倒在地上，看着自己家的方向，忽然就开始哭了。

那么一个大男人，平时潇洒极了，工作时认真严肃，非常迷人，作为理财师，他也帮宁箴赚了不少钱，他忽然这么哭起来，宁箴还有点不自在。

"你怎么了？"

宁箴蹲下来，侧眼看着姚垣舟，姚垣舟捂住脸，不给他看，大概也是觉得丢人。

夜深人静的，街坊邻居都是有头有脸的人，放他一个人在门口哭也不是办法。

宁箴思索片刻，把姚垣舟从门口拉了进来，阿黄被吵醒了，跑出来看热闹，闻了闻姚垣舟身上的味道，立刻嫌弃地跑到一边，还叫了几声。

"安静，不要吵。"

宁箴轻声训斥，阿黄这才闭嘴。

"她为什么就是不肯答应我呢？"姚垣舟在沙发上坐好就开始肆无忌惮地发牢骚，"兄弟，她为什么就是不愿意和我在一起呢？我那么差劲吗？"

宁箴站在开放式厨房里准备醒酒汤，适时地回答一句："不差。"

"那她为什么不要我？"姚垣舟哀怨地问。

"大概女人不喜欢死缠烂打的男人。"

对方给出的回答简直是会心一击。

"我好像一直在死缠烂打……"姚垣舟面如死灰地靠到沙发背上，"完了，我是不是彻底没戏了？"

宁箴端着醒酒汤出来，扣住姚垣舟的下巴灌下去，随后把碗放到茶几上，居高临下地俯视着他说："也不一定。你说的是潮汐？"

"对，就是潮汐，你也认识她，她是不是特别美、特别好、特别不一样？"姚垣舟立刻变成了桃心眼，开始细数自己心中储存着的关于盛潮汐的点点滴滴，"我念高三时她才升高一，长得小小只，哪知道现在个子这么高。你都不知道她念书时多可爱，虽然大家都只顾着看青青，但我觉得青青太骄傲了，相反，潮汐总是站在角落里，那么安静，那么温顺，像朵青涩的花苞，说话小声又小心，总之就是特别可爱，特别温柔。"

姚垣舟脸上露出遗憾的笑容，"只是，那时候我有点懦弱，潮汐是青青的爸爸和前妻的女儿，从小就不被家里重视，虽然和青青是姐妹，但吃穿都很差，一直是青青的跟班，不过她学习很好的，可大家还是不太看得起她……你知道，人年轻的时候就喜欢人云亦云，好像你和别人不一样了就是你不合群，我也是……"

他絮絮叨叨着，宁箴坐在一旁的沙发上安静地听，阿黄趴在他脚边，不时翻个身。

"我不知道她现在为什么做这个职业，我打听了一下，她都做了七年了，大学也没读完，可我查不出是为什么，又不好直接去问她爸爸。他们都在国外，就青青在国内，我去问青青的话，潮汐又该不高兴了，她们姐妹俩关系不太好……青青只说高二的时候，我去念大学之后，潮汐就被她母亲强迫带走了，也不知是不是她对潮汐不好……"姚垣舟一把鼻涕一把泪，说了半天才昏昏沉沉地睡过去，宁簾一直坐在那听着，不语不动，做优秀的倾听者。

等姚垣舟没声音了，他才站起身走到他身边，抬手在他眼前晃了晃，转身从客房拿了毯子出来，往他身上一丢，抬脚上楼，继续睡觉。

次日一早，他六点起来晨跑，七点回来，姚垣舟才迷迷糊糊地醒过来，头疼欲裂。

"我昨晚……没说什么吧？"他尴尬地看着宁簾。

宁簾坐在那，因为晨跑出了一身汗，他刚洗过澡，正用毛巾擦头发。

"没有。"他面不改色地说。

"那就好。"姚垣舟长舒一口气，随后犹犹豫豫地说，"那个，你有潮汐的电话吧？"

宁簾奇怪地看着他："你没有？"

"……"尴尬不足以形容姚垣舟此刻的状态，"哥们儿一场，你就别挪揄我了，她电话多少，给我抄一下。"他拿出手机递给宁簾。

宁簾接过来，拿出自己的手机，翻出存着的电话，他不知道她的全名，只记得姚垣舟叫她潮汐，所以就存了个潮汐，姚垣舟看见翻了个白眼。

"你们很熟吗？叫得这么亲热。"

宁簾一边在他手机上输号码一边说："不知道她姓什么。"

"当我没说。"姚垣舟以手做扇在脸侧扇了一下，看了看表说，"哎哟，都这么晚了，我得走了。"

"你不是九点半才上班。"

"我得去接潮汐上班，送她去了我再走，然后下班我再去接她。"姚垣舟站起来说，"我先回去换衣服，你忙着，多谢你收留我，昨晚的事不要告诉别人啊。"说着话，他人就不见了。

宁簾放下毛巾，看着以前一直很平和淡定的姚垣舟变成如今这副疯疯癫癫的样子，突然有点好奇——爱情真的那么神奇吗？

盛潮汐开门准备去上班的时候，就看见姚垣舟等在那，西装革履，打扮得十分讲究。

"你要去参加宴会吗？"盛潮汐纳闷地问，连他为什么出现在这都已经越过去了。

姚垣舟嚏了嚏，笑着说："不是，我就是送你去上班，时间来不及了，咱们快走吧。"他不由分说地拉着她的手腕就走，盛潮汐看着他的背影，抿抿唇，没拒绝。

这件事给了他莫大的鼓励，开车的时候都非常带劲，表现得就跟土豪请的贵族司机似的，WiFi、早餐、饮料、鲜花，样样俱全，连车里都是专门洗过才来，放的音乐都是歌剧。

"你不用这样的。"盛潮汐说。

姚垣舟笑道："没事，这样我高兴。"

她扯扯嘴角，也不再说什么。

其实她有点贪恋他此刻对她的好，有时候也想干脆答应他算了，可只要一想到她答应他之后要经历什么，又要给他带去什么，她就打退堂鼓。

还是想个办法让他彻底死心吧。

他是个好人，她不想害他，更不想耽误他，最好的结果也只是这样了。

车子停在了她说的地址，这是间不错的摄影棚，门口停着熟悉的保姆车。

"那不是青青的车吗？"姚垣舟有点担心，"你今天要和她一起工作？"

盛潮汐笑了："你还挺聪明，昨晚上我的经纪人发短信跟我说，程青青小姐点名要我给她的广告当背景板，就和念书的时候一样，学校搞典礼，她演白雪公主，我演一棵树。"

姚垣舟皱起眉："她怎么能这样？我去找她。"他说着，便下车要进去找程青青理论。

盛潮汐立刻追上去把他拉住，压低声音说："你别乱来，你又不是不了解她，这里这么多人，你要是下了她的面子，以后我的日子更不好过。"

"那就让她这么欺负你？"姚垣舟特别不高兴。

他话才说完，程青青就从里面出来了，他说话声音不小，她明显是听见了。

"我欺负她？"程青青睁大眼睛愤怒道，"姚学长你搞搞清楚，我怎么她了？不就一起拍个广告吗？她怕什么？我会吃了她吗？就不能是我想给她一个出头的机会？难道她要一辈子只做内衣模特吗？等她老了身材没看头了要吃什么？"她话说得很好听，可心里明显不那么想，很快就露了馅儿，表情嫌弃道，"她现在可是明码标价的，姚学长你怎么还对她穷追不舍？你知不知道你眼前的女人都是几手房了？"

姚垣舟闻言立刻打断她说："程青青，你够了啊！"

盛潮汐站在那，淡淡地望向说话的女人，那就是她的妹妹，同父异母的妹妹，身体里流着一半一样的血，太讽刺了。

"我说错了吗？"程青青见姚垣舟如此维护盛潮汐更生气了，"盛潮汐你自己说啊，你过了几手了？你居然还有脸赖着姚学长，你是属于在外面被'玩'够了现在想找个老实人嫁了的那种咯？"

盛潮汐一直沉默着，这会儿可算是开了口，很平静地问程青青："你说我是明码标价，试问谁不是明码标价？程小姐拍电影拍广告不是明码标价吗？"

程青青翻了个白眼："你是真听不懂还是装傻啊？我那是生意明码标价，你标价的可是人。"

其实，昨晚收到钟姐的短信时盛潮汐就料到了会是这样，也不怎么惊讶，只是有点生气，但还可以忍受。她转身想走，姚垣舟却拉住了她。

"不能走，得把话说清楚，不然以后他们真以为你是那种女人。"他执拗地望向程青青，"程青青，从今往后咱们不是朋友了，我警告你，你再乱说话，当着这么多人的面污蔑我女朋友，我一定告你诽谤！你是公众人物，不想惹官司吧？"

程青青诧异地看着他："姚学长，你还真把她当女朋友了？你知道她是个什么东西吗？到处陪酒，老板让她干什么她都不会拒绝，不信你问问她！"她指着盛潮汐，"盛潮汐你说话啊，你就让姚学长替你戴绿帽子是吧，你良心上过得去吗？你真要有种，辞职别干了啊，老老实实找个工作，我也看得起你。"

她应该是知道了什么。

也对，姚垣舟毕竟是外人，但程青青可是和她一个父亲，再次见到她，跑去找父亲打听一下消息，又或者通过哪个亲戚了解一下她身上发生过什么事，都不是什么问题。

姚垣舟打听不到，那是因为他不认识那些人，不知道她出身于哪个农村。

程青青故意摆这么一道，是摆明了要自己彻底翻不了身。

姚垣舟听了程青青后面的话，有些不知该如何反驳，他转过头看着盛潮汐，低声说："潮汐，她都这么说了，咱就别干了吧，你那个什么经纪人应该在这里吧？我们去找她说清楚，以后不在这儿上班了。"

他拉着盛潮汐想走，可她没有动，他不解地回头，眼睛里带着哀求。

盛潮汐忽然发现，她的机会来了，可以让他彻底死心的机会。

"我不能走。"她开口，说得很平静，并不在意别人怎么看她，"我走不了，你走吧。"

"为什么？"他满脸不解，"你到底为什么不能走？有什么是不能跟我说的？只要你开口，我什么都能替你解决！"

程青青在一边环着双臂得意道："你有本事就说啊，让姚学长替你出头啊，你说啊。"

盛潮汐扯扯嘴角，仰头看着姚垣舟："我要五十万元。"

姚垣舟一怔："什么？"

盛潮汐一字一顿道："给我五十万元，我就能走。"

程青青也愣住了，似乎没料到她真的会开口。

钟白薇一直在人群之后看热闹，听见她居然真的说了，立刻转身进屋给葛杨打电话。

　　姚垣舟怔怔地望着盛潮汐，片刻后说："好。"他马上拿出手机，"我先送你回家，一会儿我就把钱给你拿过去，咱不做了。"说着他就去拿车，"你在这等我。"

　　盛潮汐呆滞地看着他，她没料到姚垣舟会这么爽快地答应，本想让他知难而退的。

　　也是，姚垣舟家境不错，工作也是日进斗金，五十万元他应该拿得出来，不会难倒他。

　　可是……不对，不应该这样。

　　她开始有些心慌，说不出是为什么。程青青看她那样子，又看姚垣舟对她那么殷勤，这场面倒显得自己有些咄咄逼人和仗势欺人了。

　　她实在咽不下这口气，在导演催她去拍广告的时候，她转了转眼珠先进去了，心里却一直在想该怎么给盛潮汐添点堵。

　　好在，她很快就想到了。

　　"盛潮汐，你别想拿到一分钱。"

　　坐在梳妆台前，程青青露出了满意的笑容。

　　姚垣舟将盛潮汐塞进车里时，手心里已经全是汗。

　　他跨上驾驶座，深呼吸，发动车子，朝她的住处开去。

　　盛潮汐看了他一会儿，轻声说："我刚才……"

　　"别说话。"姚垣舟立刻打断她，皱着眉说，"拜托你潮汐，现在别说话，你就乖乖回家等着，我一会儿就把五十万元给你送去。你要现金吗？会不会不方便？这样，你把卡号给我，我直接给你转账。"

　　盛潮汐蹙起眉头说："你听我说，我刚刚只是……"

　　"潮汐你别这么说。"他的语气几近哀求，"五十万元买你回头是岸，值，我求你别否定。这样好了，你不用给我卡号了，我帮你存到一张新卡里。"

　　他自说自话地安排着，不允许盛潮汐打断，好像只要她一说出"刚才只是说说而已"抑或"我不要你的钱你让我走"之类的话就会大受打击，彻底沦丧。

　　其实，方才在那么多人面前他的所作所为，真的让盛潮汐很感动。

　　他的确和念书时不一样了，他可以为她遮挡风雨了，但她也能从他仓皇的眼睛里、从他紧握着方向盘的力道上看出来，那已经花光了他所有的勇气。

　　如果接下来再有什么变数，也不知道他是不是还能坚持下去。

　　半途而废的话，最后伤害的不只是他，还有她内心唯一一点希望。

　　盛潮汐烦恼地别开头看向车窗外，车子恰好路过公交站台，站台广告更新换代，变成了中国台球队的代言，宁篾站在最前方，地位可见一斑。

也不知道他这次扔下比赛回来会是什么结果，教练又会如何处理这件事，这几天她都没心思看电视和上网，这件事应该已经闹得沸沸扬扬了吧。盛潮汐还有点担心这位难得的朋友。

其实这担心有点多余，毕竟她自己现在是泥菩萨过江自身难保。

姚垣舟出身书香世家，家中长辈不是从事教育行业，便是从事书画艺术行业，父母曾在同一所大学做教授，如今退休之后便拿着可观的退休金每日写诗作画，风雅至极。

在姚垣舟把盛潮汐送到她家楼下，不听劝告地去准备钱的时候，程青青已经拍完了前几个镜头。她赶着有别的事要做，把其他的镜头推到了下午，她现在正红，公司和广告方都迁就她，但事实上，她根本没什么正事要做，她要做的，在她看来是救人，在有的人看来，则是害人。

她和姚垣舟一直断断续续有联系，念书时两人走得也近，脑子里还模糊记着他家住在哪里。

只要找到小区，随便一打听肯定可以找到他们的住处，毕竟那两位在圈子里也算出了名的大师，桃李满天下，常有学生来看老师又不清楚门牌号的，门卫都习惯了。

程青青打扮华贵，身上都是名牌，肯定不会是什么坏人，门卫也没隐瞒，她问了之后便指了方向给她。

"这会儿姚教授夫妻应该还在家，您要是再晚点来他们可能就出去遛弯儿了。"门卫笑呵呵地说。

程青青甜甜一笑，推了推墨镜说："谢谢你了，叔叔。"

小姑娘不但长得好，嘴也甜，听得门卫舒舒服服，十分高兴，只是程青青转开身走了之后，脸上露出的却是有点嫌弃的笑，足见她在人前的尊重都是装出来的。

她很快就找到了姚垣舟父母住的地方，敲开了门，二老都在家，姚教授推推眼镜，疑惑地看着她说："您好，找哪位？"

程青青笑眯眯道："这位一定是姚教授吧？我叫青青，是姚学长的高中同学。"

姚教授一顿："垣舟的同学？"

"对，高中同学。"程青青摘下墨镜，"您不认识我啦？"

姚教授打量了她一下，恍然大悟道："哦，是小青吧？瞧我这记性，你长大了，更好看了，还做了明星，前几天我和你阿姨还在电视上看到你了呢，快进来。"

念高中的时候，程青青到姚垣舟家里来玩过几次，当然也有其他人一起，都是学校里的尖子生，姚教授对此并不反感。近朱者赤，近墨者黑，有好的玩伴非但不会耽误学习，还会促进儿子的学业，这些孩子在一起，讨论的都是学习，偶尔还会找姚教授请教，他蛮喜欢他们。

程青青算是这些孩子里最伶俐讨喜的一个，她真的很懂如何讨老人喜欢，上学时老师就都喜欢她，父母也对她疼爱有加，这会儿自然也逗得老人欢天喜地。

但是，她很快就露出了遗憾的表情，轻声说："其实，叔叔阿姨，我这次来啊，是有点事想跟你们说。"

姚教授不解道："什么事呀？"

程青青抿抿唇："是跟姚学长有关的，本来这件事我不想参与，可我不能看着他走弯路，这件事我也有责任，都怪我那个同父异母的姐姐……"她红了眼圈，真不愧是演员，演技相当好，"你们可能不知道，我爸和我妈结婚之前，在农村结过一次婚，但我爸是大学生，和那人是包办婚姻，家里强逼着的，根本没感情。后来我爸去省城工作就和她离婚了，有个女儿，也带在身边，和我一起上学。"她叹了口气，"可惜我这个姐姐，一点都没学到我爸的好，倒是把她妈的那些毛病学了个十成十，不但手脚不干净，还……"她一言难尽的样子，"那个时候，她就一直勾引姚学长，不过姚学长家教严，没上当，谁知道他们前几天又碰上了，我那个姐姐她现在真的是……"她捂住脸，"我都不好意思说，叔叔阿姨，是我对不起你们，我姐姐她现在找姚学长要五十万元，我想这可不是个小数目，必须得让你们知道，所以就过来了。叔叔阿姨，对不起，都是我不好……"

姚垣舟的母亲听完就炸了，立刻站起来说："五十万元！？那孩子疯了吗？她要五十万元他就给？"

程青青一脸急切道："可不是！这会儿说不定已经在银行了，阿姨您可得快点去拦着，不然就晚了！"

姚垣舟的母亲姓吴，平时别人都尊称她吴教授，这会儿吴教授也顾不上什么修养了，拿了背包就走，程青青还在那哭哭啼啼，自责非常的样子，搞得姚教授很心疼。

"这不怪你孩子，都怪你那个姐姐，你爸爸怎么会教出这样的女儿？"姚教授非常痛心。

"她念高三的时候就被她妈妈接走了，从那之后我们就很少联系，谁知道她近些年越发不可理喻，估计也是她妈妈没教好……"程青青抹了抹眼泪说。

姚教授皱着眉说："小青你放心，叔叔阿姨会拦住垣舟的，你这样的孩子才是他该交际的对象，他怎么年纪越大越不着调呢？"

程青青的目的达到了，顿时笑靥如花。

吴教授到底是高级知识分子，出了门也没有没头苍蝇似的乱找，先是给儿子打了个电话，套出对方目前的位置，然后开车悄悄赶到那里，停在儿子的车后面，等姚垣舟拿着银行卡走出来上了车，便跟在了他的车后面。

盛潮汐这会儿已经准备离开，她想了很久，虽然她很需要这笔钱，可她不能拿姚垣舟的钱。

他能在那么多人面前维护她，她已经很感动了，如果再拿他的钱，那她可就坐实了程青青对她的指责。她可以跟别人借钱，但不能从姚垣舟那里借，她不能仗着别人喜欢她，就肆意挥霍别人拥有的东西，反而是毫不相干的人，如果对方愿意，她倒是会考虑。

但也仅仅是考虑而已。这是个无底洞，她很清楚。有这次，就会有下次，不断妥协，只会换来对方不断的侵占和欺辱。

她开门出去，想找个地方暂时躲一躲，不让姚垣舟找到自己，然后这件事就这么算了。可她才走到楼下，就看见他的车子到了，她赶紧朝反方向跑，哪料高跟鞋恰好卡在了地板砖上，小区里铺的地板砖有纹理，平时走路还不察觉，一着急就容易出问题。

"潮汐，你去哪？"姚垣舟立刻从车上下来跑过来，"你要走？"他一脸诧异。

盛潮汐一心急，干脆直接脱了鞋，弯腰去使劲拔，这样是比穿着鞋往外拔快点，但因为用力过大的原因，她朝后退了好几步，光着脚踩在冬日寒冷的地面上，彻骨寒凉，姚垣舟马上抱住了她，也不管周围有多少人在看。

"你放开我。"盛潮汐皱着眉要推开他，但已经来不及了。

吴教授从车上下来，看见她一向自律的儿子现在不但要拿钱给贱人，还跟对方在光天化日下拉拉扯扯，简直气炸了。

"姚垣舟！"吴教授大喊一声，吓得姚垣舟立刻松开了盛潮汐。

盛潮汐马上穿上鞋，回头一看，面如死灰。

她见过吴教授几次，在她来接姚垣舟的时候。

她一向记性了得，如今却恨不得自己健忘一些。

第 五 章　嫉　妒

　　"妈？你怎么在这儿？"姚垣舟回头一看，瞧见母亲气势汹汹地站在那，顿时有些尿。

　　"我还没问你呢，你大白天不去上班，跑到这里跟女人搂搂抱抱，你的家教呢？"吴教授快步走过来，指着盛潮汐说，"这是谁？你们什么关系？你要干什么？"

　　姚垣舟抿抿唇说："没什么，妈，我给你介绍，这是我女朋友，她刚才脚崴了，我扶她一下而已。"

　　吴教授气得两眼发花："女朋友？我怎么不知道你有这么个女朋友？她是干什么的？"

　　姚垣舟撒谎说："呃……做文秘的，白领！对，白领！"

　　盛潮汐扯了扯嘴角，料想对方不会相信。

　　吴教授果然也不相信，她冷笑一声说："是吗，做文秘的白领会跟你要五十万元？"

　　这话倒是让盛潮汐有点惊讶，但转念想想，对方会出现在这里绝对不是巧合，那她知道这件事也就在情理之中了。这是个因果关系，她不需要思考就知道是谁制造了这件事。

　　"阿姨，你误会了。"她想解释一下，可对方根本不听。

　　"你别开口说话，我是有素质的人，不想跟你在这里泼妇骂街，你想去哪赶紧去，就是以后别再扒着我儿子不放。我们小门小户，养不起您这尊大佛，开口就是五十万元，还真把我们当豪门了。"吴教授怒极反笑，极尽讽刺地看着盛潮汐。

　　盛潮汐动动嘴唇，最后笑着接受了现状，她点点头，将鞋子穿好，一瘸一拐地离开。

　　解释，是说给愿意站在你的立场来思考的人听的，既然对方打心底里瞧不起她，那她就算如何解释人家也不会相信，她何必多费口舌？

　　只是，就这样走了，今后在小区里的名声也不会太好听了，周围聚集了很多人，都是左邻右舍，大家都看得真真切切，现在怕也要误会了。

　　算了，误会就误会吧，到了今天这个地步，杀不死她的，都只会让她更坚强。

　　其实她没什么地方可去。

　　她应该转身回家的，可已经出来了，走到十字路口，脚踝已经疼得受不了，没办法回去了。

她不回去，还有另外一个原因，她不希望姚垣舟的母亲知道她住在哪一户。谁知道他们今后会不会再有什么见鬼的牵扯，被对方知道自己住在哪一个单元、几层几号，到时候直接闹到家门口，岂不更糟糕。

靠在公交站台附近，抬眼望着隔了一条街的辉煌大厦，前阵子她还在那里见过姚垣舟和宁篪，她折腾了一上午，不但没工作，还搞坏了脚，现在已经到了下班时间，再待在这里，也不知会不会遇见宁篪。

她想着，自己这么狼狈，还是别见这唯一的朋友了，她在心里估算了一下时间，估计着姚垣舟和他母亲应该走了，便强忍着疼痛转身往回走。

哪料当真是怕什么来什么，她刚转身，余光就看见宁篪从大厦里走了出来，他随意抬眼，便对上了她的视线。

盛潮汐也顾不上脚踝的疼了，咬着牙快步离开。宁篪见她走路的样子不太对劲，本来想去停车场，最后还是改变方向过了马路，快步朝她走来。

盛潮汐坚持着走到小区门口，脚踝已经疼得她掉眼泪了。

原来人世间还有这样的疼，比起心疼也没什么区别了，真是领教了。

她又坚持走了几步，手臂忽然被人拉住，她惊讶地侧头，宁篪蹙眉站在那，低头看了一眼她的脚，一言不发地蹲下去，掀开她的裤脚，看见脚踝处的红肿已经不成样子了。

"怎么回事？"他抬眼问她。

盛潮汐很少能用这个角度与他对视，他个子那么高，往常都是她抬头仰视他的。

盛潮汐有点噎住，不知该怎么回答，宁篪正欲说什么，手机忽然响了，他拿出来一看，是姚垣舟打来的。他眼神奇异地扫了她一眼，拿起电话转开身接听。

"怎么了？"他问电话那头的人。

姚垣舟急切地说："宁篪，我求你一件事，我的朋友里就你办这件事我最放心。"

"说吧。"

"我妈刚才跑到潮汐那闹了一场，她崴了脚，估计走不了多远，我得先把我妈弄回家。你现在在哪？在俱乐部吗？你帮我沿路找找，看看她在哪，把她送医院行吗？"姚垣舟语气里满是担心，"她那种性子，肯定不愿意主动麻烦别人，你千万得帮我这个忙，回头我给你免一年年费！"

这么大方，还真不是姚垣舟的风格，看来他是真把盛潮汐装在心里了。

"我知道了。"他应下来，挂了电话，转回身时，盛潮汐已经打算悄悄离开。

"你要去哪？"他沉声开口，长臂一伸便把她拉进怀里，她一怔，仰头看他，他用不容置疑的语气说，"跟我去医院。"

语毕，宁篪直接将她横抱起来，也不顾周围人的注视，像是完全不担心又会搞出什么大新闻。

"你先放我下去，我可以自己走，不用这样的，这样被人看到又会乱说……"盛潮汐紧张地挣扎。

宁篪淡淡道："你不挣扎，我们一会儿就到停车场，你再这么闹，注意我们的人只会更多。"

盛潮汐立马不闹了，腿长就是好，她要走好久的路，宁篪几步就到了，他将她放到副驾驶，动作十分小心，顾及着她的伤口。盛潮汐忍不住掉了眼泪，这太不对劲了，面对程青青的污蔑她没哭，面对姚垣舟的维护她没哭，面对吴教授的讽刺她也没哭，面对脚踝的钻心疼痛她还可以苦笑，可面对这样的宁篪，她竟然忍不住哭了。

"很疼吗？"

半弯着腰倚在副驾驶，宁篪将声音压得很低，他停顿片刻，将她的鞋子脱下来扔到车后座，手法很好地轻揉了一下她的脚踝，好像学过一样。

盛潮汐惊讶地抬起头，她泪眼蒙眬的样子，眼睫下挂着泪珠，嘴唇紧紧抿着，水红里透着些白，只要是正常男人见了，都会忍不住心疼。

毫无疑问，宁篪也是个正常男人。

他似乎叹了口气，又似乎没有，收起手，迟疑片刻，在她头上拍了拍，就像平时安慰阿黄那样。

"一会儿就不疼了。"

他说着话，回到驾驶座，发动车子离开。

在等红灯时，他拿出手机编辑短信，发给了姚垣舟。

姚垣舟已经被吴教授押回了家，正在被狠狠责骂，他偷偷拿出手机，看见上面的信息后松了口气，仰起头对母亲说："妈，你到底是听谁说的，潮汐不是那样的人，她很好！"

"好？！好会跟你要五十万元？！"吴教授抓狂了，"你是不是中邪了？你都三十岁了，怎么突然犯起了二十岁小伙子的毛病，你还要冲冠一怒为红颜，抹了你妈我的脖子不成？！"

姚垣舟无奈叹气："妈，我怎么会呢，我怎么舍得呢？你可是我妈啊。"

吴教授气不打一处来："闭嘴！我不是你妈！我今天把话给你撂在这儿，有我没她，你要是想认我这个妈，就断绝和那个女人的一切来往！"

姚垣舟直接转身进了房间，锁上了门。

吴教授一愣，这还是儿子长这么大第一次反驳她，她顿时更生气了。

"你这个不孝子！年纪大了，翅膀硬了是吧！你好样的，你妈得恭喜你，你成功地让我对那个女人更讨厌了！"

姚垣舟待在房间里，听着母亲的指责，为难极了。

一方面，他很担心盛潮汐，也很心疼她；另一方面，又觉得他们未来的路真的太难走了，如果他们在一起，一定要让她承受父母对她的误会与指责，那他带给她的不就全是伤害了吗？

冷静下来想想，他也能猜到是谁告诉了父母这件事，他下意识将一切罪责怪到了程青青身上，如果不是她，盛潮汐就不会这么突然暴露在父母面前，留下那么差的印象，她好不容易愿意朝他透露一些她的难处，但事情全搞砸了，都怪程青青！

姚垣舟好像终于找到了发泄的出口，拿起手机就拨通了程青青的电话，程青青这会儿正在忙，助理拿来电话时她直接说："不接。"

助理果断挂了，姚垣舟又打了几次，对方都不接。

程青青还算了解姚垣舟，知道这个电话接起来也只是对方的指责漫骂，他现在在气头上，最好的选择就是离得远远的，等他消了气，就算再生气，也会顾及她是个女孩子，那时她再出现就是最好的。

他这个电话，让程青青十分确认自己的"计划通"[1]了，估计这会儿，盛潮汐正在伤心难过吧。

这就对了，盛潮汐要是像以前那样老老实实地跟在自己身后做该做的，她也不会赶尽杀绝，既然她喜欢装模作样，那就得吃点苦头。

这年头，要自尊的前提是，你得有本事。

医院里，医生正在给盛潮汐的脚踝上药。

盛潮汐听着医生的医嘱，无非就是不要再逞强走路，好好养两天就没事了，要是再来那么一出，可就没那么简单了。

宁箴立在一边淡淡地看着，并不着急，耐心十足的样子。

等医生给她包扎完离开，用白布隔开的小区域里就只剩下他们两个人。

见他走过来，盛潮汐赶紧说："你不用抱我了，现在不那么疼了，你扶着我走就行。"

宁箴走过来，直接坐到她旁边，平静地说："休息一会儿再走。"

---

[1] 计划通：网络用语，表示事情正按照自己设想的那样在发展。

盛潮汐一怔，片刻后点头，过了一会儿说："今天花了多少钱？我拿给你。"她作势要掏钱包。

宁篌瞥了她一眼，他的眼睛很好看，像宝石的色彩，清贵别致，侧眼看人时，光华聚集，如果不笑，总会让人觉得窘迫，渐渐无地自容。

"你帮我照顾了阿黄，我还没急着要给你钱，你却跟我算得这么清楚，看来你说我们是朋友，也只是说说而已。"

其实他很少说长句子，能简单明了地表达自己的意思便绝对不会多说一个字，这是她第二次听见他说这么多话。

盛潮汐慢慢低下头，过了一会儿浅浅地笑着说："那多谢你了。"

宁篌摇头，想起那晚姚垣舟喝得烂醉如泥在他家中发疯时说的话。

一开始，他多少觉得这女孩有点与众不同，也曾想过她可能是故意贴上来，想借此一步登天。后来，他主动要求添加对方微博，她百般拒绝，是在他的坚持下才不得不添加，由此可见，她其实并不在意名利。

很奇怪，混这个圈子的女模特，尤其是像她这样条件苛刻艰苦的，怎么会不是为了名利呢？

难不成她是热爱这份事业？

很显然，这不可能。

即便是再自我轻贱的女人，也不会甘愿热爱服务他人、裸露人前的这份工作。

大多，是为了钱，很少一部分，是有什么难言之隐。

她应该是后者。

因为姚垣舟的关系，宁篌此刻对坐在他面前的女人充满了好奇。

他充满了想要了解她的欲望，渴望知道她身上发生过的一切事情。她的神秘和不同让他有些着迷，像一本书，急于翻看到结尾。

他悄无声息地打量她时，她是有感觉的，但她不知道该怎么回应，她唯一可以确定的是，这是一种善意的关注。

她有点无措，宁篌应该没有意识到他身上有何种魅力，他穿着最简单的黑色西装，里面是纤尘不染的白衬衣，系着黑色的暗纹领带，肌肤白皙如玉，眉眼清俊深刻，浑身上下透着一股晨曦时叶片上露水的气质。

他像风一样，拨动着每个人的心弦，却又不留下一点痕迹。

盛潮汐缓缓侧头和他对视，他眼神深邃，丹凤眼修长而富有魅力，不说话时整个人像一幅画。

忽然，他问她："今天发生了什么事？"

盛潮汐有些惊讶他会问起这些，他总是很有分寸的，会很小心地维持一个安全的度，既不献出自己，也不占领别人。他会问她这些，是真的出乎她的意料。

她不回答，他便继续说："姚垣舟说他母亲去和你闹了，怎么回事？"

原来他知道。

沉默片刻，盛潮汐低声说："我有个妹妹，和我不同母亲。她现在是演员，昨天我的经纪人发短信告诉我，她点名要我和她一起拍广告。姚垣舟跟我们俩是同学，我们之间有一些问题……总之，早上闹得很不愉快。"

"怎么会和垣舟母亲扯上关系？"

盛潮汐屏息片刻，豁出去似的说："当时那种情况，他一直逼我和他在一起，我想让他知难而退，所以……"

"所以怎样？"

"所以，我跟他要五十万元。"她无奈地望向他，"后面的事你应该可以猜到了。"

宁箴面上依旧无波无澜，平静如水。

他看着她点点头，漫不经心地思索着一些事。

"你需要五十万元？"

思索到最后，他竟然问了这样一个问题。

盛潮汐拧起眉，看了他好一会儿，没回答。

"看来是你真需要了。"

宁箴慢慢站起来，走到她面前，双手插兜半弯下腰和她对视，她无从躲避，只得望回去，他看了她一会儿，跟她说："五十万元可以解决你的问题？"

盛潮汐点头，又摇头，不知该怎么和他说，苦恼地叹了口气。

"它若很困扰你。"宁箴直起身，居高临下道，"我可以借给你。"

盛潮汐惊讶地望向他，他面不改色道："你可以写一份还款计划给我，如果我认可，就把钱借给你。"他略顿，然后继续道，"当然，前提是，这笔钱真的可以解决你的问题。"

真的可以解决吗？

其实问题不在钱，在人。

那是个无底洞，真正的无底洞，那个男人不会有停止的一天，除非他死了，否则只要他的钱一花完就会立刻回来找葛杨要钱，而葛杨那样的人，只要她还有一丁点利用价值，他就不会放过如此廉价的劳动力。五十万元，买她八年，均下来每个月给她的薪水只是江城这样的大城市保洁员的水平，他何乐而不为？她身材那么好，外面叫价其实很高的，只是她拿不到钱罢了，否则她根本不会过得这么拮据，毕竟拍内衣，价钱一直比服装更高。

盛潮汐舒了口气，摇头说："你不用借给我，这不是钱可以解决的事，眼前是有五十万元，可五十万元拿出去并不能彻底解决问题，他肯定会再给我出难题。"

宁箴注意到了她话里的关键。

"他，是指你的老板，还是指某个人？"他问着，很快又说，"如果不愿意，可以不说。"

盛潮汐低下头，呢喃道："不只是他……你不会明白的，这条路只能我自己走，我自己想办法……谁也帮不了我。"

宁箴也不强求："那么，希望你可以理智地对待这件事，不要走极端。"

盛潮汐一怔，总觉得心里的想法被戳穿了，但最后只是抿抿唇，什么也没说，露出一个微笑。

很快，宁箴送她回了家，直接将她扶到楼上，她回家，关上门，来到窗前，看着他的车子缓缓驶出小区，回想着他最后对她说的那句话，自嘲地笑了笑。

事到如今，不走极端，好像真的无法结束这件事。

葛杨是个无所不用其极的人，她现在还不算老，等到她四十岁，他说不定就会放过她了。可她等不到那时候，真要到那一天，她的人生也就彻底没有希望了。

一个女人的人生有几个四十年？真的人到中年还在做这一行，没有居所，没有家庭，没有孩子，没有存款，她如何支撑自己活下去？

低头看了看腿上的伤，盛潮汐来到厨房，从柜子上拿下一把小匕首，回到镜子前，对着镜子，将匕首在脸上比了比，像在挑选合适的位置。

宁箴开车离开小区后，总觉得哪里不对劲，等红绿灯时，他忽然掉转车头原路返回，将车子停在盛潮汐家楼下，快步走进去上电梯，按下七层的按钮。电梯缓慢地往下走，中间停了一下，应该是有别人上去，他等得有些皱眉，他向来耐心很好的，今天却等不下去，直接转身走了安全通道。

七层的楼梯对于常常健身的人来说不算什么，他很快就到达了要去的地方，来到盛潮汐家门口，不断地按着门铃，却许久都没人开门。

如果不是他刚刚把她送到家，几乎以为她出门了。

尽管她不回应，他还是不停地按着，过了得有四五分钟，门才从里面打开，她光脚站着，脚踝还被包扎着，一只手用毛巾捂着脸，一只手搭在门把手上，额头有些许汗珠。

"是你？我正在洗脸，你落下东西了吗？"

她笑着询问，脸色有些发白，看上去状态不怎么好。

宁箴上前一步，她下意识地后退，他走进来把门关上，忽然抬手扯掉她手上的毛巾，她左脸颊上有一道血淋淋的刀口，还在不断往外涌着血，因为毛巾是墨绿色，用它捂着时倒看不出来。

"你疯了？！"宁箴皱眉说了一句，问她，"医药箱在哪？"

盛潮汐有点崩溃，她站在那，任由血流下来，红着眼睛说："你别管我，这是我的事，只有这样我才能解脱，一旦我没了这张脸，身材也没了看头，没办法再为他做事，他就能放过我了！"

宁箴不理会她的话，她爱说什么他都由着她发泄。他很快找到医药箱，拽住她的胳膊强迫她走到沙发边坐下，她挣扎着不想处理伤口，他直接扯下领带将她的手腕紧紧捆在一起。她狼狈地低下头，血掉在他的手背上，他面无表情地扳起她的下巴，一点点为她止血、包扎，动作熟练，干净利落，专业极了，就好像他也受过这样的伤一样。

很快，她的伤口就被处理好，宁箴将医药箱合上，不去管她被捆着的手，站起来说："我去买祛疤膏，你在家老实待着，如果真想毁了这张脸，你可以再试试。"

她望着他，他此刻的样子有些陌生，她不自觉产生畏惧，以及一种很莫名其妙的依赖。

见她不说话，宁箴才离开。

他回到车上，驱车前往药店，行驶的路上，他戴着蓝牙耳机，拨通了律师的电话。

"宁先生，您说的这种情况，要看这位女士和公司具体签订了什么样的合同，可以的话，您能将那份合同给我看看吗？"

宁箴答应下来，挂断电话，车停在药店门口，他进去买了七八种祛疤膏，咨询了使用方法后，驱车返回。

他回来的时候，她还老老实实坐在那，没有再做傻事。

宁箴也不理她，坐在她对面把药膏摆了一桌子，一样一样研究过来，挑了三样丢给她。

"1号七天，七天后用2号，再用五天后用3号。"

他吩咐着，她点头应下，过了一会儿，他问她："冷静下来了？"

盛潮汐抿唇，再次点头。

宁箴靠到沙发背上，安静地注视了她一会儿，说："把你和老板签的合同拿给我。"

盛潮汐抬眼望向他，有些为难和惊讶。

"如果你真的想脱离苦海，就不要拒绝真正有用的帮助。"他一字一板地说着，眼底翻涌着一种怀念，甚至说得上是感同身受的情绪，"我知道这或许很难，去相信一个不怎么熟悉的人。但这是你唯一的出路，你现在没得选择。"他站起来，声音像来自另一个世界，更像来自灵魂深处，"如果你还想活，想像别人一样平凡度日，就该知道自己此刻最需要什么。"他略顿，带着指责意味，"而不是自残。"

盛潮汐有点不解，宁篪的言行让她觉得他经历过和她一样的困境，可他是世界冠军，是国家队成员，是明星职业球手，他怎么会有这样的过去？

她看着他，就像在医院时他看着她的眼神一样，带着好奇与探究，以及一种奇异的着迷。

天阴沉沉的，随时可能会飘雪。

盛潮汐穿着黑色的呢子大衣，脸上贴着纱布，不顾别人探究的视线，敲开了葛杨办公室的门。

里面的人说了声"进来"，盛潮汐推门进去，不曾犹豫。

她会来，葛杨一点都不惊讶，他惊讶的是她的脸。

"怎么回事？"他紧蹙眉头，也不装和善了，毕竟她的脸毁了，他就没钱赚了。

"老板。"盛潮汐走进来，关好门，低眉顺眼道，"钟姐应该跟您说过吧，昨天早上去上工，跟一个女演员吵了一架，闹得不太愉快，留了点伤口。"

葛杨表情不太好看，钟白薇只说她们吵架了，可没说打起来了。

他站起来，走到她面前，细细打量着她脸上的伤口，阴阳怪气地说："潮汐啊，你可别以为你的脸毁了，我就会放过你，你还欠着我三年加五十万元，你觉得我会就这么算了？"他抬起手来，轻抚过她完好的那部分脸，压低声音说，"就算你毁容了也没关系，顶多修图费点事，用 PS 轻轻一划，脸上的伤疤就能抚平，只是找你约片的人就会少了，不过没关系，平日里公司还有很多打杂的事，我相信你也可以做得很好。"

她就知道事情不会那么简单，一时冲动的后果就是伤害自己。葛杨那种人怎么会因为一道疤痕就放过她呢？他有很多折磨人的法子，会一一在她身上试验。宁篪说得对，她不能再做伤害自己的事，那样不但于事无补，还会让她的处境越来越糟。

"老板，我上过药了，当时就处理过伤口，医生说伤口不算太大，只要按时擦药，不会留下疤痕的。"她抬起眼，认真地说。

葛杨望了她一会儿，才恢复往常的笑脸："那就好，潮汐啊，咱们不惹事，但是也不怕事，要是谁欺负你了，你一定要和我说，就算她是明星是腕儿又怎么样，你是我的模特，我总要给你出出气的，你说是不是？"

场面话说得多好听？而事实上，如果程青青不高兴，要自己跪下来给她擦鞋，葛杨一定会毫不犹豫地把她踢过去。七年了，这个现实她早就看得很清楚。

"老板，这几天伤口要恢复一下，可能暂时无法工作，我来跟您请个假。"

她心里其实很不踏实，她觉得葛杨肯定不会就这么轻易地放过她，一道伤疤换来好几天假期，他不会想她伤口有多可怕，只会想他亏了几天钱。

葛杨表情阴晴不定地沉默半晌，才徐徐说道："好的，伤了就好好休息，只是记得不要拖太久，回来上班的时候顺便把合同也签好拿回来。"他笑眯眯道。

盛潮汐没有很快回答，他逼视着她，她无从拒绝，只好点头。

葛杨这次开心了，挥挥手说："好啦，回去歇着吧，一定要好好养着伤口啊，你也不希望回来之后去扫地，给其他模特端茶倒水洗衣服吧？"

盛潮汐僵硬地扯扯嘴角，点头离开，走出办公室后在公司街角的拐弯处上了一辆车，黑色的越野车，底盘很高，宁箴坐在驾驶座上，从副驾驶的窗户看进去，身材与车相比显得有些单薄。

坐到车上，两边的车窗渐渐关闭，宁箴发动车子，安静地等待她调整情绪。

须臾，她转过头说："我和他说好了。"

宁箴微微颔首，车子朝墓园的方向行驶。

今天他们要去参加小吃摊老板的葬礼，其实对方没多少钱，铺子开了二十来年，价钱一直没变过，馅料又实惠，有时候不但赚不到钱，还得赔钱，这么多年积攒下来，也只剩下一身的岁月痕迹与疲惫。

老板娘原本不想办葬礼的，那是有钱人去世才办的事，她就想着在自己家里，简单地出个殡，让老板入土为安就好，但谁知道宁箴得到消息居然不顾比赛直接赶了回来，还出钱要给老板办一个很好的葬礼，她几番拒绝无效，也只好接受了。

老头子操劳一生，好人不长命，走的时候好好送送他，她心里也好受一点。

墓园在市郊，因为冬季，墓园里大部分树木都光秃秃的，一排排墓碑看过去，有些骇人。

盛潮汐跟在宁箴身后进去，踩着他踩过的脚印，亦步亦趋。

他们到达的时候，人差不多都到齐了，但因为在等宁箴，葬礼还没开始。

老板娘看见宁箴，眼泪就涌了出来，几步上前，含着泪弯腰致谢，宁箴扶住她，看向墓碑的方向，一个年纪和他差不多大的男人站在最前方，抿唇低着头。

"你儿子回来了。"宁箴用肯定的语气说。

老板娘直起身，用手帕抹了抹眼泪说："他也很自责，都没来得及看他爸爸最后一眼，不过……总算是回来了。"

盛潮汐不太清楚他们之间有什么纠葛，但远远看过去，那男人的确满脸茫然和愧疚，如此看来，是真的悔悟，不管从前他如何，以后都会好好对待母亲吧。

其实，她是没体会过多少母爱父爱的，童年成长的经历对她来说不是什么好回忆，能不想的时候她都尽量不去考虑。

老板娘没询问她是谁，只是看了她一眼，道过谢便去准备葬礼。盛潮汐跟在宁箴后面，他站得很靠后，甚至离众人的位置还要有一段距离，隔着好多人看着前方，眼神怀念而苦涩。

"你也不要太难过了。"盛潮汐低声说，"人死不能复生，他总会希望活着的人好好振作。"

宁箴看向她，也许是墓园的背景太枯燥，她的模样越发娇艳。尽管脸上有碍眼的纱布，但依然不妨碍别人注意到她火热的美。她穿着一身黑衣，戴着圆顶帽，风吹过她黑色的长发，有几丝落在唇上，她正欲抬手拂去，他便先行一步。

宁箴的手很凉，没什么血色，指腹轻轻抚过她的唇，发丝随着他的动作落下，他收回手，看了一眼泣不成声的老板娘，忽然困惑地眯起了眼。

"那就是爱情？"

他问着，想起几天前姚垣舟因为盛潮汐不愿意和他在一起而喝得烂醉，半夜跑到他家哭哭啼啼的样子，那是一种和老板娘完全不同的哭，里面有绝望，却不彻底。

盛潮汐看了一眼趴在老板墓碑边失声痛哭的老板娘，轻轻点头说："那就是爱情。"

宁箴很慢地点了点头，自语般道："真奇妙。"

它竟然可以让一个好端端的人失去理智，让一个坚强的人变得脆弱，让一颗死去的心恢复跳动……

"爱情是什么感觉？"他不自觉地问。

盛潮汐一怔，没有很快回答，过了一会儿才说："你看过《画皮》这部电影吗？"

宁箴摇头："我不看电影。"

盛潮汐轻抿唇微笑："那你的生活真是缺乏很多乐趣。"

宁箴像是有些无措，低下头不说话。

盛潮汐接着说："《画皮》里有一句台词，可以用来回答你的问题。"

他看过来，黑白分明的眼睛熠熠生辉，像美丽的宝石。

"爱的感觉就是疼。"她说出来，也低下了头，心跳好像漏了一拍，不由得自嘲一笑，提起那个字，还会想到那个人，想起曾经单纯青涩的初恋，想起它不堪的结果和最不堪的自己。

葬礼结束，宁箴载着盛潮汐回去。

他们最近来往颇多，频繁得甚至超过他和教练。

车子上，盛潮汐从背包里取出一个文件袋，扭头对他说："这是我之前和老板签的合同。"

宁箴闻言接过来放到车前面的台面上，直视前方道："我会拿给律师看。"

盛潮汐迟疑了一下还是说："其实我之前拿给律师看过，他说里面有陷阱，有一条写着我是丙方债款的合法清偿人，丙方的借款都由我来偿还，但没有写截止日期。"

"那还真是不小心。"

宁箴将车子转了个方向，余光瞥了一眼她失落的脸，心里还在琢磨她刚才那句话。

爱的感觉就是疼。

心疼算吗？

他抿抿唇，收回自己放在她身上的视线。

她是姚垣舟喜欢的人。

他不应该这样。

可越是想起这些，心里的情绪越是翻腾。

"姚垣舟很喜欢你。"他忽然说，"为什么不让他帮你？"

盛潮汐诧异地望向他，他不看她，也不说话，她安静片刻，回答说："因为你们不一样。"

宁箴手上一顿，差点踩刹车。

"是吗？"他说得意味不明。

"虽然我没见过您的父母，但我相信，在家里，您应该是决策者。"她娓娓道来，"但姚学长不一样，在他家里，他母亲才是决策者，他的任何决定都要事先通过他母亲，他母亲对我的看法已经很糟糕，不可能让他帮我，如果他执意如此，只会激发家庭矛盾，我不希望我的事再给任何人带来麻烦。"她略顿，压低声音，"还有一点，他不会接受我的偿还，但是你会，这样，我心理负担低一些。"

宁箴差点就拍手叫好了。

"你分析得真对。"

可是他怎么都高兴不起来。

真奇怪。

他好像也变得奇怪了。

宁箴将合同送到了律所。

陈律师研究了一整天才给出一个结果。

和之前盛潮汐得到的结果其实差不多。

陈律师比较好奇的是："这个丙方，也就是李峰和她究竟是什么关系？为什么她要签下这种霸王合同，居然还照着执行了七年之久？"

这同样也是宁箴不解的事。

他坐在车子里，车停在盛潮汐家附近，但他没下车，还刻意停在了其他车后面，不仔细看，几乎没人能看见他的车。

他想起陈律师之后的话。

"要想办法，得先搞清楚他们三个人之间到底为什么签下这份合同，更重要的是了解李峰和盛潮汐之间的纠葛。现在问题不应该从葛杨出发，而是该从李峰出发，他才是这个问题的制造者，其他两个人只是因为他制造出来的问题在各取所需。"

他说得非常直接。

如果想真正解决问题，要找的不是葛杨，而是李峰。

李峰不来找葛杨拿钱，葛杨就没办法再捆着盛潮汐，事情也就迎刃而解。

只是，盛潮汐对这件事并不怎么多言，似乎不想告诉别人他们之间发生过什么事。

宁箴靠到车椅背上，望着车顶，又闭起了眼。

错过了冠军赛，教练虽然很生气，但事情已经发生，要想的不是责怪而是想办法补救。

还好，4 月还有斯诺克世锦赛等着他，在英国谢菲尔德克鲁斯堡剧院举办，参加比赛的都是世界各地的名将，压力自然是有的。

他应该抓紧时间训练了，三个月时间一晃就过去，可他居然出现在这儿。

车窗忽然被人敲响，宁箴侧头望去，盛潮汐站在外面，一脸疑惑地朝里面望，不确定是不是有人在。

他开了车窗，没有说话。

"还真是你。"盛潮汐一脸惊讶，"我看车牌号是你的，还有点不相信，走过来发现车里有个人影，敲敲窗户想确认一下，居然真是你。"

宁箴喉结滑动，还是没说出一个字。

盛潮汐笑了，问他："你怎么来了？是律师看完合同了？"

宁箴这才点头。

"他说，也不是完全没有办法，但他需要知道，你和李峰到底是什么关系，为什么会签下这种不平等合约。"

盛潮汐嘴角的笑容凝固了，半晌才说："必须要知道这些吗？"

"如果你实在不愿意说，也可以不说。我会让他再想想其他办法。"

她看着他的脸犹豫半晌，还是说："对不起……谢谢。你帮了我这么多，我暂时没办法报答你，刚好我正要出去买菜，不然中午留下来吃饭？"

他解开安全带下车，她让开位置，他下来之后低头看着她说："我可以和你一起去。"

盛潮汐有点担心："你真要去菜市场？那里人多口杂的，我担心……"

宁箴转身，从车上取出口罩和墨镜，戴上之后转过脸，已经看不出他五官的具体样子了，只能模糊瞧出应该是个英俊潇洒的男人。

"这样就可以了。"

"……"

其实盛潮汐更担心的是，他接受不了菜市场的脏乱，但其实，那地方宁箴可能比她还要熟悉。

他对菜市场的地址也很清楚，两人结伴而行，几乎不用她说，他就知道该往哪里走。

她一开始没有察觉到，直到他走在她前面先拐了个弯，她才意识到这一点。

片刻后她又平静下来，世界冠军也是要吃饭的，来这里买过菜很正常。

应该是这样吧？

"中午你想吃什么？"她仰头问身边的男人。

他穿着很长的黑风衣，就好像量身定做的一般，不但不显得矮，还衬得他越发身材高挑，走在满是大妈的菜市场里简直是鹤立鸡群，不少来买菜的人都悄悄打量他。

他实在太扎眼，大白天戴着墨镜和口罩出门，虽然可以遮住脸，却反而更惹人注目。

"都可以。"他随意扫了一眼菜摊，道，"那个吧。"

盛潮汐一看，是蘑菇，赶紧上前称了一些，笑着说："那小鸡炖蘑菇？不好让你吃素的，再买条鱼，你喜欢吃什么鱼？"

宁箴低声说："我不挑食。"

盛潮汐点头说："那你在这等会儿，我去家禽区买点东西，那边比较脏，你的衣服太贵了，弄脏了就不好了。"

宁箴欲语，手机忽然振动起来，他低头一看，是姚垣舟。

于是他说："好。"

等盛潮汐转身离开，他才摘掉一半的口罩接起电话，这下子来菜市场陪老妈买东西的小姑娘们都倒吸一口凉气——这哪来的帅哥？

"宁箴！"姚垣舟不等他开口便说，"你在哪呢？家里怎么没人？"

宁箴迟疑片刻，说："我在训练。"

"训练？你训练的地方这么吵？"姚垣舟疑惑地问。

"人多，你有什么事。"他不愿多言。

姚垣舟也不再问，直接说："我稳住我妈了，这几天潮汐怎么样啊，你有没有帮我看着她？"

宁箴抬头扫了一眼家禽区那个窈窕的身影，其实她觉得他鹤立鸡群，她何尝不是？不施脂粉的脸，却靓丽妩媚，连讨价还价的样子都风情万种，也不知是不是他的墨镜自带滤镜。

"看过。"他言简意赅。

"那她怎么样啊？我现在行踪被监视着，根本没办法去看她，她没事吧？是不是特别伤心？你回头帮我跟她说一声，我过几天就给她钱，我的卡现在都被我妈拿走冻结了，不过我还有车呢，我把车卖了，五十万元都有余，我已经挂上网了，让她别急。"姚垣舟叹了口气，"唉，哥们儿，你兄弟我最近真的是……事事不顺，我看我得去庙里上炷香了。"

宁箴后退几步给路过的人让路，瞥了一眼快走过来的盛潮汐说："钱你不用准备了，她现在不需要了，之前让我转告你，我太忙，忘记了。"

"不要了？怎么回事？"姚垣舟急了，"她是不是不愿意和我在一起了？她又去那个模特公司上班了？"

"还没去，但我想，肯定还是要去的。"

事情比较棘手，问题摆在眼前，七年产生下来的矛盾，不是一时半会儿能解决的。

"不行，那怎么行，我都给她安排好工作了，我妈本来就不喜欢她，要是再知道她做什么工作，还不得更讨厌她？"姚垣舟自顾自地说，"我得去找她，不能让她这么干。"说着，他就要挂电话，"先不说了兄弟，挂了。"

宁箴拦住他说："你今天最好别过去。"

姚垣舟不解："为什么？"

"因为……她心情不太好，你应该给她一个缓和的时间。"

宁箴撒着谎，低下了头，看见脚下踩着一片白菜叶，挪开。

"你说得也对，可我不能让她继续做那个工作，我们得努力获得我母亲的认可，这样我们才能在一起！"姚垣舟说得十分肯定。

宁箴沉默片刻，说："我想，你最好先问问她的意思再安排那些事，没人喜欢别人对自己的人生指手画脚。"

姚垣舟沉默，宁箴直接挂了电话，因为盛潮汐回来了。

"你要去忙吗？"她看见他在打电话，"如果是的话就去，吃饭我们可以改天。"

宁箴接过她手里的袋子，面不改色道："不忙，就今天。"

盛潮汐看他拎着充满鱼腥味的塑料袋却一点都不介意，心里产生一种很微妙的感觉，不知道该怎么形容，但挺舒服的。

她的厨艺不错。

屋子小，厨房做饭，难免有味道飘到客厅。

宁箴看了看茶几，拿起上面放着的遥控器，打开电视，鼻息间飘着饭菜的香味，这一幕是很多很多年以前，他最羡慕的。

那时候，他只能从窗户外面看看，被人发现还要打一顿，而现在，他也能体会到真实的感觉是什么样子了。

电视机一打开就是CCTV5，正在播放篮球比赛，解说声音很熟悉，是他认识的人，教练带他和这些人一起吃过饭，大家关系还算不错，但他一直觉得这种关系并不牢靠。

这只是建立在他是冠军的基础上，如果有一天他拿不到冠军，又或者成绩一直十分差劲，电视上就不会再播出他比赛的录像，教练会放弃他，那些所谓的粉丝和爱慕者，也都会走得干干净净。

他现在拥有的一切都来之不易，但都不稳固，没有一样是他能万分确定自己永远不会失去的。

他站起身，本想去厨房，但在路过卧室门口时脚步顿了一下，她床头还挂着他的巨幅海报，床上卧着一只猫，朝着外面，看上去十分可爱。

他靠在门边，打量着这间卧室，在床头柜上发现了烟盒跟打火机。

身后传来脚步声，他很快转身，面对厨房。

"是饿了吗？"盛潮汐没有察觉到他的行为，端着米饭出来说，"都做好了，马上就可以开饭了。"

因为一个人住，她家里没有餐桌，午饭只能在茶几上将就。

她将饭碗放到茶几上，收拾了上面零零散散的画报和杂物，直起身时带着歉意说："抱歉，家里比较乱，也比较简陋，将就一下吧。"

"这样很好。"

他说着，她却不当一回事，只当他是客气，回身去端菜。

宁箴看着她的背影，他刚才说的是心里话。

这样真的已经很好了。

仅仅是这样的饭菜、这样的环境，在很久以前，也只能出现在他梦里。

不过没关系，那时候他的世界是黑白的，现在，他的世界是彩色的。

外面下着雨夹雪，宁箴从训练室出来。车停在路对面，雨混着雪落下来，没出去就感觉一阵冷意，但时间有点来不及，他直接冒着雨雪过了马路，湿着一身衣服开车前往和陈律师约定的地方。

他到的时候，离约定的时间晚了五分钟，但陈律师还在等他，律所二楼亮着灯光。

宁箴走进去，一楼已经没人，他直接上楼，陈律师听见声音出来迎他，见他浑身潮湿，就知道淋了雨。

"怎么不换身衣服就来了？"陈律师赶紧去拿了毛巾给他。

宁箴走进他的办公室坐下，说道："我迟到了。你说。"

盛潮汐的事，陈律师又和其他几个律师研究了一下，电话里说不太清楚，所以希望宁箴来面谈。只是陈律师没想到，宁箴会为了那位神秘的当事人冒着雨雪前来，如此急切。

"如果当事人想解决这件事，最好还是配合一下我们，如果她实在不愿意配合，那这件事成功解决的可能性很小，甚至于，我们可能得付出一点代价。"圆桌对面，陈律师满脸忧虑地说，"是这样的，如果找不到李峰，拿不回那五十万元，想单方面解决和葛杨的合同，恐怕这五十万元还得付给对方，毕竟李峰拿走的是他的真金白银，也打了收条，而盛潮汐和葛杨合同末尾的那个陷阱条款，即便标注了负责期限，这个期限也还没有超过十年。"他按按额角，"未来三年里，如果李峰再来找葛杨拿钱，葛杨再借给他，以此来辖制她，也是可行的。"

总之一句话，问题的根源在李峰，李峰不解决，谁也别想安枕。

"应该有别的办法。"

宁箴坐在对面，精神不太好的样子，擦着头发上冰冷的水滴，眉宇间有些疲惫。

"倒是确实有几个办法，我们可以和葛杨签一个合约终止协议，写明今后三人不存在任何借债关系，也不存在任何主顾关系。"陈律师说，"但要葛杨答应写这个协议，最基本的就是先把那五十万元还给他，他很有可能还会因此敲诈。再者，之前的合同是三方，那么终止协议，也必须三方签字。"

宁箴仰头望着上方："麻烦你了。"

陈律师笑道："哪里的事，咱们是朋友嘛，不过这个女孩是谁？怎么会摊上这种事？年纪轻轻的，也是不容易。"

宁箴勾勾嘴角，没有给出答案，起身离开。

他得抽空见见盛潮汐的老板，还不能被她知道，她如果知道，肯定不会同意。

出了门，他点了根烟，看着雾蒙蒙的天，夜幕已深，街上灯光寥落，因为地面气温低，雨雪落下来很快就开始结冰，开车很不安全。

他鼻子发痒，打了个喷嚏，脑子昏沉沉的。

他没把这些放在心上，驱车回家。这路着实不好走，不能刹车，一刹车车子肯定会打滑，回家的车辆都并排在街上缓慢行驶，打滑的话肯定会出车祸。

手机响起来，就放在仪表盘那，他扫了一眼，上面显示"潮汐"两个字。

他单手握住方向盘，用蓝牙耳机接听，眼睛专注地看着前方。

"喂？"她细微的声音传来，"宁箴？"

"是我。"

他把车速放到最慢，身后有车在按喇叭，他直接无视。

"今天路很不好走，如果你还没回家的话，开车注意安全。"

她快速地说完，像是怕打搅他一样，马上说再见。

宁箴没有说话，过了一会儿才说："谢谢。"接着忽然有些不舒服，咳了几声。

"你感冒了？"电话那头的人有点惊讶地问。

"没有，我在开车。"

"那先挂了吧，到家再说。"

"好。"

于是，电话挂断了，宁箴看着手机屏幕黑下来，行车是安全了，心里却不怎么舒服。

算是安全地回到了家，路上有几次比较危险，但好在都有惊无险。

停好车，进屋时他下意识回头看了一眼对面，没有灯光，姚垣舟不在，他猜测可能是被母亲抓回家了吧。

宁箴收回视线，开门进屋，偌大的屋子里只有一盏灯光，也不算明亮，看东西都很怀旧。

他洗了澡，换衣服。电视机占了一大片墙，可他都没打开过几次。

躺在床上时，头有点疼，他把手机放到床头，手碰到遥控器，想起盛潮汐的话便拿了起来，从媒体盒里点播了《画皮》。

其实他没怎么看，脑子昏昏沉沉的，不多会儿就没了意识，似乎睡着了。

电影放完之后，满屏幕的雪花，屋子里光闪闪，静悄悄，一夜就这么过去了。

次日，教练给他打了十几个电话，都无人接听。

"这小子，又不接电话，不知道跑哪去了！"教练很无语，也有点生气，坐在训练室的椅子上按了按额角，"算了，晚点再打给他看看。"

于是，其他人便先开始训练了。

盛潮汐脸上的伤口恢复得还算不错，可以想见宁簌买来的祛疤膏有多贵，涂上之后效果显著，本来她还有点担心留疤，现在是一点都不担心了。

只是，伤口好得越快，代表着她能不去上班的时间就越短，她想起李峰，想起宁簌说的话，有点为难是否要把过去的所有事情告诉宁簌。

她的过去很丑陋，不说出去，她还能够苟且地和天之骄子做朋友，一旦说出去，她都不知道该如何面对宁簌。

那天中午，他在这里吃饭，她看着他吃饭的样子，很安静，不讲话，吃东西很用心，让做饭的她非常有成就感。

最后，三菜一汤，他们两个人居然都吃完了，他吃得很撑，表情不太舒服，她给他倒了水，他喝了几口，就问她有没有健胃消食片。

想起那会儿，盛潮汐就忍不住笑了，心情好了一点。

她正在收拾房间，擦电视柜的时候，看见了柜子下面抽屉里的医药箱，她拿出来准备整理一下，手触碰到感冒药时顿了一下，想起昨晚给他打电话时他在咳嗽，好像是感冒了。犹豫片刻，她从口袋里取出手机，找到他的电话，手指放在拨通键上踌躇片刻，还是拨了出去。

电话接通，很久都没人接听，她不由得有点担心，又想他可能只是在训练，没听到电话响，于是先挂断了，吃中饭的时候又打了一个，还是没人接。

这下她可是真的有点着急了。

可是着急归着急，她又无能为力，因为她不知道他住在哪里。

他帮了她那么多，现在他可能有事了，她却帮不上忙，这感觉真差劲。

迟疑半晌，她忽然想起宁簌说过，他和姚垣舟住得很近。

姚垣舟的电话她是有的，他肯定知道宁簌的地址。

于是她又给姚垣舟打了电话，这么长时间了，她还是第一次主动联系对方，他倒是给她打过几个电话，但没说几句就挂了，像是被人看管着，不用猜都知道是吴教授。

　　也因此，她不确定姚垣舟能不能接电话，不过好在电话接通后响了几声，还是接通了。

　　"潮汐？"姚垣舟的声音十分惊喜，"你怎么给我打电话了？我真是……"

　　"受宠若惊"四个字还没说完，她就问他："方便接电话吗？"

　　姚垣舟说："方便，今天是工作日，我在上班，我妈看不到我。"

　　"那就好。"她抿了抿唇，问他，"那个，你住在哪？"

　　姚垣舟一愣："潮汐，你问这个做什么？"

　　她沉默一会儿说："不能告诉我吗？"

　　"能，当然能了，我住瑞景山庄C区312栋，你要来找我吗？那我马上请假回去。"他说着就出了办公室想去找老板请假。

　　盛潮汐忙道："不是，我只是问一下，你最近怎么样？"

　　"哦，我最近挺好的。"他有些失望地说，"你呢？我怕我妈再去找你，都不敢去看你，但你千万别误会，我没放弃，你等着我，我很快就拿钱给你。"

　　"我不用钱了。"她说。

　　"哦，对。"姚垣舟心里更难受了，"前几天宁箴和我说了，你不用钱了，你想到解决办法了吗？难道你还要回去做那个工作？那都是一群人渣，你为什么非要和他们一起工作呢？"

　　盛潮汐根本不知道该怎么回答他。

　　她问他："说起宁箴，你和他住得很近？"

　　"是啊，我们两家面对面，我家出门就是他家。"

　　"我知道了，你先工作，我不打扰你了。"

　　姚垣舟赶紧说："不打扰不打扰，你别挂啊，我好几天没听见你的声音了，我……"他话还没说完，门就被人推开，同事朗声来了句："姚总，你的客户来了。"

　　姚垣舟："哎！"

　　盛潮汐跟他道别，挂了电话便换衣服出门。

　　她先去药店买了药，随后打车前往姚垣舟说的地址，下了车之后一回头，就看见了宁箴的家。

　　她走上前按门铃，按了好一会儿里面都没人回应，她有点着急。铁艺门不算太高，因为是工作日，小区里也没什么人，她思索再三，把药往背包里一塞，瞅了一眼今天穿的平底鞋，松了口气，从一边的高坡上往上爬。

　　因为铁艺门上方的包边都是尖锐的，也起到防贼的作用，所以她爬得非常小心，生怕一不留神摔下去直接把命交代在这儿。

还好，她还算顺利地爬了进来，这真是要感谢当初在村里，继父和李峰把她关起来不准她去上学，她逃跑了好几次，跑出经验来了。

双脚在此落地的时候，她的心才回到肚子里，她快步走到房子大门前，看了看底下的密码锁，又在门上找了找，发现门铃之后使劲按了几下，还是没人回应。

要是只是不在家就好了，铁艺门可以爬进来，这个门她可没本事进去。

又按了几下门铃，还是没人开门，她叹了口气，准备打道回府，只是她刚转身，门就被人打开，宁箴面色苍白地站在里面，穿着单薄的居家服，深蓝色衬得他肌肤越发毫无血色，看上去十分虚弱，如她预料中一般。

"是你。"他眼底有惊讶，嘴唇干燥，脸色苍白。

"我打了好多电话你都不接，想起你昨天晚上好像感冒了，就来看看。"

她说完，宁箴侧开了身，她走进去把门关上，问："你吃药了吗？感冒这么严重怎么不去看医生？"

宁箴精神很差，本来话就少，生病了就更不怎么说话，转过身往里面走，直奔二楼卧室，一进卧室就倒在床上蒙上了被子，床头柜上的手机不断地响着，他一点接的意思都没有。

盛潮汐跟在他身后上来，看他那副样子，就像看见自家猫一样，阿黄从床边醒过来，看见她来了顿时一通乱吼，宁箴掀开被子看过来，鼻音很重地说了句话。

"照顾我。"

盛潮汐一怔，点了点头。

生病的人，好像总会跟平时有点不一样。

宁箴紧蹙眉头闭着眼，毫无血色的脸像冷冰冰的玉石，他总是将被子拉过头顶盖着，像是不喜欢窗外的阳光，盛潮汐侧头扫了一眼，起身将窗帘拉上，回到床边后又把他的被子拉下来。

"不亮了，你昨晚没拉窗帘。"她的手指压在被头上，"不要用被子蒙住脸，影响呼吸，你现在本来就病着，这样会更糟糕。"

宁箴睁开眼望向她，眼里有一种形容不出来的情绪，他微微颔首，别开头，闭上眼。

盛潮汐起身去烧热水，她刚转身离开，身后的人又睁开了眼。

他望着她的背影渐渐消失在卧室门口，觉得这像梦一样。

三十多年了，还是第一次生病的时候有不相干的人照顾。往常最好的状态，是醒过来之后躺在医院，然后他的命运就改变了。

宁箴的家很大，一楼有很多房间，全部紧闭着房门，厨房是开放式的，东西也很好找，因为本来就很少。

她烧了热水，倒进透明的玻璃杯，在等待水变得温度适宜时，研究了一下灶台，又找到一些小米。冰箱里空空的，就两个西红柿跟一盒鸡蛋。她皱皱眉，将东西拿出来，把粥煮上，做了个西红柿炒鸡蛋。

将粥盛好，菜装盘之后，水的温度也正好了。

她找了个餐盘，把三样东西装在上面，端着朝二楼走去。

进入卧室时，她发现宁箴好像睡着了，闭着眼躺在那儿，眉头舒展不少，应该是没那么难受了吧。

她轻手轻脚地放下东西，走到床边坐下，床很大，他睡在中间，她有很大一部分空间可以坐。

她打量着他的睡颜，英俊的人大概就是这样，每个方位都找不到死角，即便生着病，也有一种苍白病态的美感，像古代欧洲画作上的贵族。

只是，他的唇太干了，有些破皮，纹理清晰，与平日里水润的薄唇差别太大。

盛潮汐起身拿来自己的背包，从里面取出干净的棉棒，又将水杯里的水倒出来一些，湿润了棉棒头之后，小心翼翼地往他干涩的唇上涂着。

她没有发现的是，宁箴放在被子里的手缓缓握成了拳。他没睁开眼，面上没有丝毫变化，还是那样一动不动地躺着，眉眼紧闭。

棉棒温柔地将他唇上每一个角落都湿润了，他感觉舒适了许多。随后它慢慢撤离，床边凹陷进去的弧度也渐渐起来，盛潮汐应该是站了起来，不知要去哪里。

恰逢这时，放在床头的手机又开始响了，他适时地醒过来，这在盛潮汐的眼中，就是被吵醒的。

"吵醒你了吗？现在感觉好点没？要不要接个电话？"她走到床头拿起手机，扫了一眼说，"是教练的电话。"她递过去。

宁箴没有接，只是看了一眼，上面显示"教练"两个字。

应该已经打了很多吧。

"你接。"

他别开头，不闻不问。

盛潮汐一怔："这不太好吧？万一你教练他……"

"你接。"

他嗓音低沉沙哑，带着病中特有的性感，说话比往常更加简练，应该是嗓子不太舒服。

也是，病了一晚上也没人照顾，嗓子应该特别干了，说话很费劲的。

想起自己感冒时难受的感觉，盛潮汐就有点同情他。看来世界冠军又如何，生病了依然是孤零零的一个人，如果她今天没出现，真不知道他要怎么办。

这样想着，她便接起了电话，还没出声，那边就有个男声带着怒气说："宁箴，你到底去哪了？你知不知今天有训练？你已经耽误了英国的冠军赛，难不成你想 4 月的世锦赛连个排名都打不进去吗？"

盛潮汐下意识看了看宁箴，他不为所动的样子，电话里的男人说话声音很大，屋子里这么寂静，他应该听见了的。

她无声地舒了口气，低声说："先生您好，宁箴他现在不方便听电话。"

教练一听瞬间愣住了："你是谁？"

宁箴这个人他是非常了解的，不近女色，不主动结交朋友，连他都没碰过对方的私人物品，例如手机、信件、电脑等，这会儿居然有女性替他接电话？

"我是他的朋友。"盛潮汐心情复杂地说道，"宁箴得了重感冒，应该是昨晚着了凉，现在烧得很严重，我打算给他吃完药就送他去医院。"

"重感冒？"教练一听就着急了，"他没事吧？他的身体非常重要，可千万不能出事。"

盛潮汐安抚说："没事的，教练您别担心，我一会儿就送他去医院，等他醒过来之后就让他跟您联系。"

教练有些迟疑地说："你是他的朋友？你们怎么认识的？我怎么没听他提起过？"

他似乎和宁箴比其他的教练与选手之间的关系更亲密一些，也更了解对方，所以会直接问出这样的问题。

盛潮汐虽然觉得有些奇怪，但还是回答说："我们认识时间不长，是这样……我今天恰好有点事需要他帮忙，所以过来看看，正好碰上了。"

教练闻言，有了一个暂时的了解，沉吟片刻就说："那么麻烦你了，一定要照顾好他，他不能出任何问题，稍后我会去医院看他，记得到医院之后把地址传短信给我。"

"好。"盛潮汐答应下来，对方又嘱咐了几句便挂了电话。

她收起手机，侧过头来，就发现宁箴已经醒了，目不转睛地盯着她。

"你醒了？"她多少有些不自在，转身去拆开了新买的感冒药，端着水杯过来，"吃药吧。"

宁箴垂眼看了看水杯和药，不为所动。

"要我扶你起来吗？"她有些误解。

宁箴开口，即便嗓音依旧沙哑，音色却依旧动听而富有磁性。

"不要妄自替我安排一切，我不去医院。"

他说着，又闭上眼，拒绝吃药。

他是听见了她和教练的对话，知道他吃完药之后对方很可能就会送他去医院，所以就不吃。

看来平日里再怎么端肃冷静的男人，生病之后多少都会有一些任性。

"那我们就不去医院。"她很快妥协，"你起来吃了药，再吃点东西，然后睡一觉，如果退烧的话，我们就不去了，如果不退烧，我们再做打算，怎么样？"

宁箴复又睁开眼，打量她好一会儿，才撑着床慢慢坐起来，靠在床头，眼神莫名地凝视着她。

吃药时依然是这种情况，他本就生得好看，修长的两道远山眉，白生生的脸，生病之后就好似是个透明的人一般，就像叶片上的露珠，她都不敢用稍微重一点的力气碰他，只怕一碰就会把他打碎。

他眼睛里有些红血丝，但并不耽误那双眼睛的风华，他那般直接而坦诚地凝视着她，他肯定不晓得这会给被看着的人带来多大的压力。

她一直知道他好看的，可没想到，褪去人前无懈可击的冠军形象，私下里，生病时，脆弱一些的情况下，他仍可以好看到这种地步。

盛潮汐端来粥碗，手里拿着勺子，坐在床边的姿势十分温婉，像位美丽贤惠的妻子。

"喝点粥。"她低声说着，不怎么敢与他对视，垂着眼睑喂他吃饭。

他的唇因为方才她用棉棒滋润过后，已经不再干燥，薄薄的两片，润而有光，当白瓷的勺子装着粥送到他的唇边时，在唇瓣上压下一点点弧度，那便是人世间最险恶的诱惑了。

盛潮汐别开头，又给他盛了一勺，冷不防对面的人一声询问。

"为什么不敢看我？"

盛潮汐怔住，还是没有抬头，只说："我在盛粥呀。"

盛潮汐没看见，她说这话时，宁箴勾起嘴角，露出了多日以来的第一个笑容。

"是吗？"

他说着话，语气讳莫如深，她也不再辩驳，继续垂着眼喂他吃饭。

其实粥的味道很清淡，每个人做出来的味道都差不多，可也不知是不是因为他今天生病了，味蕾比较敏感，又或者当真是她煮的粥都比别人煮的好吃，他竟然在不知不觉间就把粥吃光了。其实这很不一样，但盛潮汐肯定不知道，因为她没有见过他曾经生病时，对进食是多么抗拒。

这其实有点奇怪，一个曾经饿疯了的人，对食物的态度应该是像他平日里那样万分珍惜的，哪里会在生病的时候拒绝进食呢？

但就是有这样的人。

也许精神科的医生可以给出一个适当的解释。

但这些在这种时候并不重要。

盛潮汐炒的菜味道不错，清淡平常的番茄炒蛋，颜色漂亮，营养充足，单是看着，就让人很有食欲。

她喂他吃完饭，便起身收拾东西，端着托盘离开之前，屋子里响起了音乐，他看了一眼，是她的手机。

她拿出来瞧了瞧，登时皱起眉，宁簌不用问，也知道是谁。

"我出去接个电话。"她放下托盘拿着手机作势出门。

宁簌直接说："就在这里接。"

盛潮汐停住脚步，想起他对自己的帮助，这些似乎也没必要瞒着他。

于是她顺从地留下来，接听了电话。

"喂，老板。"她谦恭地打着招呼。

葛杨在那头笑呵呵地说："哎，潮汐啊，最近怎么样啊？身体好点了没？"

盛潮汐扯扯嘴角说："好多了，托老板您的福。"

"哪里，好了就行，脸上的伤口恢复得怎么样？"他接着问，最在意的还是这一点。

盛潮汐沉声说："也好多了，只是还有些痕迹，可能要几天才能消除。"

葛杨笑着说："是吗？好了就行，有点痕迹也没关系，我会跟后期说的，你要是身体可以，明天就来上班吧？别忘了把签好的合同带过来。"

盛潮汐为难地看向宁簌，宁簌摇了摇头，于是她抿抿唇说："老板，是这样的，我能再等两天吗？我恰好这两天来月事，也拍不了，所以……"

葛杨有些不高兴了，他好半天没说话，长久沉默之后，他再一次选择妥协，但代价高昂。

"潮汐，你知道我一向待你不错的，当然不会拒绝你的请求，但你也要知道，我给你这么长时间的假期，你要给我什么样的等价回报。"

葛杨说完就挂了电话，盛潮汐本来还不错的心情顿时跌入谷底，顺势坐到身边的椅子上，低下头不再说话。

宁篪是个很懂得察言观色的人。

他可以很轻易地透过别人的假面具看出他的真实情绪。

不过此刻，盛潮汐没有掩盖，她直白表现出了她的恐惧与退却，还有对未来的无望。

多熟悉，只是变了个性别，他好像在她身上看见了曾经的自己。

"不用担心。"

吃过饭，喝过水，嗓子舒服许多，音调也不再沙哑，清朗低沉的男声，带着神奇的安抚效果。

"我会帮你解决这件事。"

只是，很遗憾无法做到让她全身心地相信，将那些不为人知的过往毫无保留地告诉他。

盛潮汐抬起眼，可以从他的脸上看出他的想法。

她欲言又止，最后叹了口气。

宁篪靠在床头，看了她好一会儿才说："有些事是你的底线，不能碰，但应该也有可以告诉我的。"

她复又抬头，他嘴角有一丝笑意，很纯粹的一个笑容。他其实对自己的相貌有十成十的了解，并且很懂得利用它来为自己获得某些想要的东西，只是这些年，他已经很少这么做，因为如今的他已经今非昔比。

盛潮汐心弦一动，起身走到床边，挨着他坐下，垂丧着头说："我不知道姚学长有没有跟你提过我的事，我父母很早之前就离婚了，那时候我才两岁。"

姚垣舟肯定是说过的，只是那是在醉酒的状态下，还有他本人的粉丝滤镜美化，所以和她自己说出来，定然有一些差距，不能全信。

宁篪适时地接话："继续。"

盛潮汐有些尴尬，过了一会儿说："我爸是高才生，是我们村里唯一一个大学生，念的还是清华，念书的钱都是村里的人捐的，大家都心甘情愿。我爷爷还给我爸物色了一门好亲事，就是我妈。"她勾勾嘴角，"我妈年轻的时候长得很漂亮，性格也温和，虽然有点懦弱，但这在选媳妇儿的人来看，不是缺点是优点。"

宁篪用眼睛描绘着她的五官，片刻后说："她一定很美。"

否则，不会生出这样美得足以迷惑人心的女儿。

盛潮汐似乎不觉他话中深意，接着说："我爸回来的时候一度拒婚，后来我奶奶和我妈两个人一哭二闹三上吊，他才答应结婚。"她勉强一笑，"然后结婚一年，就有了我。但是后来我爸到城里来工作，又遇见了念大学时的女朋友，也就是……我妹妹的母亲，后面的事也不需要我说了。"她露出尴尬的表情，"我妈那种农村妇女，大字不识几个，只会种地和做家务活，我爸好不容易有心情和她聊几句，她也听得一知半解，当然比不上有文化的城市女性了。"

宁簌面色凉薄："他们离婚了。"

"嗯。"盛潮汐点头，"然后我爸就和那个女人结婚了，我妈哭得很伤心，让我爸把我也带走，那时候我还特别小，根本不记事，这些都是后来……她自己告诉我的。她说她不想看见和我爸有关的任何东西，包括我。"她自嘲一笑，"所以我就跟我爸走了，我爸是高级知识分子，我毕竟是他的女儿，虽然他和我妈没感情，和那个女人结婚之后工作也很忙，无暇照顾我，但只要我听话，就可以过得还算不错，直到……"

"你妹妹出生。"他抿唇说。

她低下头："我妹妹很漂亮，一出生就集万千宠爱于一身，吃最好的，穿最好的，用最好的，后来我们一起读书，虽然我比她大两岁，但在她念书之前，家里从来没有人想过让我读书，所以我们念同一个年级。"她仰起头，眼眶发红，"我比班级里所有人都大两岁，不知道的人还以为我是留级生，从一开始大家就不喜欢我，老师也是。我的衣服都是妹妹的旧衣服，书包也是她用到不喜欢才丢给我的，家里两个女孩子，可以省一分钱家长都很乐意，我爸也不管，他工作越来越忙，再后来……"

她望向他，他看着她的眼神让她有些无地自容。

那是种可以刺穿她的眼神，眼底带着类似怜悯的情绪，她不喜欢被这样看着，所以转开了头。

"再后来，念到高一时，我认识了姚垣舟，我和他的事……就不赘述了。"她动作轻微地抹了一下眼角，然后扬起一个舒缓的笑容，"他毕业之后没多久，我妈忽然来找我了，说要把我带回家，我爸和她谈了一下，欣然接受。"

"欣然接受"——这四个字说出来，简直像在对她割肉放血。

她嘴角噙笑道："所以我就跟着我妈回农村了，她过得不怎么好，环境也比不了我爸那，但也在我的强烈要求之下，还是让我继续读书。"

她说到这就不再继续下去，好像下面要说的事会花光她所有的力气。她垂着头，默默无语，宁簌注视着她，放在被子上的手慢慢来到她的脸颊边。因为药物作用，他开始发热出汗，手指有些温度，她的脸很凉，碰到温暖的东西，总会忍不住靠近。

她诧异地望向宁簌，他面不改色地回望着她，不言语，便是最好的安慰。

盛潮汐抬手捋了捋耳侧的碎发，直起身，脸颊与他的手便有了距离。

"只是后来啊，我勤工俭学念到大二时，我妈和同村一个多年未娶妻的男人结婚了，说是那个男人总帮她干农活。她一个人在家,饱受非议,还是决定再找一个。"她露出讽刺的表情,"可惜,她没看出来,那个男人只是图她的钱,她攒了那么多年的钱,我念书都不舍得给我,最后却被他挥霍一空。最可恨的是,花光了我妈存下的钱之后,他就开始打我的主意。"

宁箴眉头一皱,不着痕迹道:"他想做什么?"

盛潮汐一笑:"别担心,他没把我怎么样,他只是不想让我继续念书了,觉得那是浪费时间和金钱,毫无用处,还劝我妈支持他的决定,说一个女孩子,读那么多书干什么,古人都说过女子无才便是德。真可笑啊,他一个文盲,居然还知道这句话。"

"你妈答应了?"

宁箴听着,眉头越皱越紧。

盛潮汐停滞片刻,颔首:"她答应了,然后,我就辍学了。"

直至此刻,李峰这个人也没出现,想来,那是她辍学之后的事。

大二辍学,那时也就二十岁,她在星光模特公司已经做了七年模特,从姚垣舟的年纪可以推算出,她今年应该是二十七岁,那么……和李峰的事,应该是在她辍学之后不久了,因为那份合同就是在她二十岁时签下来的。

宁箴不动声色地推算着一些事,盛潮汐也不再说下去,起身将碗和盘子端走,在厨房洗东西的时候,就开始走神。

说了这么多,她那点身世,宁箴知道得真是比姚垣舟都清楚了。

可能比程青青都清楚。

程青青虽然是她妹妹,但不认识她母亲那些穷亲戚,全靠打听的话,也顶多是从爷爷那儿知道一些。母亲在和父亲离婚后,就不再和爷爷那边联系,嫁到邻村之后,就更鲜少有来往,程青青要问什么,家里也给不出太多消息。

真没想到,和她差距那么大的一个男人,最后却是真正着手帮她的人。

盛潮汐将碗筷放好,浓浓的自卑压迫着她的心,她踌躇着是否还需要宁箴来帮自己。

她清晰地感觉到她和这个男人之间隔着一道怎么都无法逾越的鸿沟,他们一个在天,一个在地,离得那么远。

她再次回到他的卧室时,他还没有睡觉,一直望着卧室门口,像在等她。

"你回来了。"他平淡地说。

"嗯。"她走进去,关上门说,"你好好休息一下,我在旁边守着,要是哪里不舒服,就赶紧跟我说。"

其实他只是个感冒而已,她不必如此紧张,但他对此并不反感,甚至说得上欣赏。

"我想你暂时还不能离开那家公司。"

宁箴不打算休息的样子，看着她，说着让她有些发怔的话。

"律师提到过一个解决办法，你可以跟葛杨签一个合同终止协议，签订之后，之前的合同就可以作废。"

他的话让盛潮汐眼中慢慢凝聚希望，他看着那双眼睛，忽然有些不确定是否要说出下面的话。

可这些话，还是必须得说。

"只是，之前你签的是三方合同，那么终止协议，也必须是三方签字。"

"所以……"她沙哑地开口，希望过后是浓浓的绝望，这样的落差让人有些接受不了。

"所以，不只是葛杨，你还要说服李峰，让他在终止协议上签字。"

宁箴的话像死刑判决书一样砸在她身上，她嘴角牵出一抹笑容，他看在眼里，再次开口。

"如果你愿意，我可以帮你来说服他们。"

像葛杨和李峰那样的人，其实很好对付。

他们想要的无非就是利益，是钱而已。

只要有钱，一切都好解决，在钱面前，这根本就不是个问题。

真正的问题在于，盛潮汐是否能够支撑这巨额的付出。

她肯定支撑不了。

那么，问题就变成了，她是否能接受另外一个人来替她付出。

盛潮汐其实非常聪明，她念书时成绩就一直很好，如果当时能坚持念完，毕业之后的发展也不会差到哪里去。

宁箴说要帮她之前，她就已经考虑过自己是不是还得起。

当他再次说出来之后，她的心境已经变了。

她立刻拒绝："不用了，我已经非常麻烦你了，到现在为止你对我的帮助我已经偿还不起了，今后我自己来就行，我自己来。"

宁箴觉得脑子有点乱，但还可以保持清醒。

他看着她说："你有什么计划？"

她没有计划。

但是她没这样说。

"我会安排好的，我自己找他们谈。"她面色严肃，不像开玩笑。

宁箴淡淡地望了她好一会儿，才说："你要是能谈好，就不会有这七年。"

盛潮汐有点慌了，站起来说："你该休息了，生病了就先别费脑子，其他的事情等你病好了再说。"

宁箴不再说话，安静地看了她一会儿，闭上了眼。

看他真的不说了，她松了口气的同时又有点失落，她坐在床边目不转睛地看着他，他的眼睛、他的眉毛、他的鼻子、他的……嘴。

她一样一样看过来，有那么一瞬间她想着，为什么要这样坚持呢，为什么要这么矫情呢，你的确需要帮助不是吗？你的确需要这个男人替你出头不是吗？你累了这么多年，难道不想偶尔依靠一下别人吗？难道你不想过不需要苦恼，只需要等着事情解决，有人愿意为你安排好一切生活吗？

想。

她真的很想。

可是她的自尊不允许。

真是可笑的自尊。

活到这个份儿上，居然还坚持着自尊，那原本她已经不剩下多少的东西，能不可笑吗？

盛潮汐屏住呼吸，她知道，宁箴不会那么快睡着，他那么敏感，应该对她的眼神有所察觉，但他没睁开眼，真是仁慈。

安静的空间，静得落针可闻，她的呼吸他都可以听得清清楚楚。

闭上眼睛之后，听觉更加敏锐了，他面上毫无动静，就像真的睡着了一样，但很快，他感觉脸上一凉，有什么东西落在了他的脸颊上。她的手缓缓抚上来，柔软的指腹抹掉了落在他脸上的液体，那应该是眼泪吧。

其实，她不会知道的，他对她此刻的心情非常清楚，甚至说是，感同身受。

因为，他曾经也经历过这样的为难，这样的困境。

甚至说，他经历的其实比她更糟糕，她现在至少有吃有穿，不至于饿死街头，但那时的他不一样。

宁箴屏住呼吸，很久很久都没睁开眼，久到他都觉得是睡了一觉，再次醒过来时，周围一片安静黑暗，窗帘细密地拉着。他转过头，能看见椅子那边坐着个人，她单手撑头，似乎也睡着了。

屋子里依然很安静，钟表嘀嗒嘀嗒地走着，他拿来手机看了看时间，下午五点钟。

冬日的五点钟，天已经开始变黑，再有半小时，就可以陷入彻底的黑暗。

宁箴慢慢坐起来，掀开被子下了床，动作很轻，睡着的人根本无法察觉。

黑暗中，他慢慢走到盛潮汐身边，眼睛适应光线之后，可以看见她沉静的睡颜。

她睡着的时候很温顺，似乎可以向一切妥协，包括向他妥协，接受他的帮助。

宁箴慢慢伸出手，隔着不到五厘米的距离在她脸颊边停留了一会儿，手的方向还是缓缓下移，来到了她的外套口袋处。

她的手机随意地塞在口袋里，露出一半，他很轻易地便拿了出来。

十分基础款的手机，不具备什么密码功能，他解锁之后，在她的电话本里找到了葛杨的电话，以及一串没有存名字的号码。

这个号码被她存在最后一个位置，其他号码都对应着相应的人名，只有它没有。

宁箴拿出自己的手机，将这两个号码分别存进去，黑暗的空间里，只有手机屏幕亮着光，将他英俊的脸点亮。他眼眸修长深邃，聚集着无限的意味深长，眼睫下有淡淡的青黑，睡眠应该不太好。

片刻后，他将两部手机都锁住，起身回到盛潮汐身边，将她的手机轻轻放回了原位。

一切好像都没发生过一样，他回到被子里，靠在床头睨着睡着的女人，思绪飘得很远。

这难得宁静的一刻被门铃声打断，盛潮汐倏地醒来，望向床上的人，宁箴靠在床头，淡淡地望着她，不曾躲开视线，也不曾做什么掩饰，他相当坦然，无懈可击。

"你醒了。"她站起来，还有些刚睡醒的蒙眬感，他以前见过这样的她，那是他第一次把阿黄送过去的时候。

说起阿黄，它正趴在盛潮汐的腿那睡觉，她一起来，它也瞬间起来了，叫了几声，对应着门铃声。

"我去开门。"

盛潮汐转身想走，却被宁箴叫住。

"等等。"

她回眸，眼神不解，他直接拿起床头柜上的遥控器，打开了一直处于休眠状态的电视机，它从雪花状态切换到了电视画面，那是这栋房子各处的监控画面，包括门外的。

敲门的人个子很高，面目英俊并且熟悉，是姚垣舟。

他手里提着一瓶红酒，站在铁艺门外不厌其烦地按着门铃。

"是姚学长。"她有点不自在，拧眉说，"有后门吗？我先离开这比较好，被他看见我在这的话，误会你就不好了。"

"他会误会什么？"

他用很奇妙的语气问她问题，看她的眼神让她有些招架不住。

她别开头，他适时地收回视线，在她再次想去开门时，又叫住了他。

"不要开门。"他说着，却不解释。

盛潮汐有点犹豫："姚学长应该是想来找你聊天的，我看他拿着红酒……"

"你觉得我现在可以喝酒吗？"

他问她问题，细细的眼眸直接睇着她，她立在那，放弃了开门。

姚垣舟毫不气馁地按了半天门铃，随后又拿出手机，拨打宁篾的电话。

这次宁篾接了起来，他看着监控画面，轻声说："你好。"

"我好不了，你人呢？怎么不在家？"他纳闷地说，"我今天碰上你的教练了，他说你重感冒也不跟他联系，本来想来你这儿看看，恰好我下班了，就说替他来看看你。你不会是病入膏肓，没法下来开门吧？"

宁篾的语气很平静："我在医院。"

盛潮汐看向他，他撒谎。他回望她，四目相对，她先败下阵来。

如果不撒谎，姚垣舟势必要进来，那他会看见她，不知道要如何胡思乱想。

"我带了一瓶好酒来慰问你，快跟我说你在哪家医院，最近总是麻烦你帮忙，你生病了，我这个做兄弟的肯定得尽尽责。"姚垣舟说得十分惭愧。

宁篾似乎笑了一下，说："不用了，我现在很好，明天就可以出院了，酒，以后再给我。"

姚垣舟迟疑片刻，应了下来，电话挂断之后，监控画面上的人看了看手里的酒，转身离开。

"我也该走了。"

他走了之后，盛潮汐也告辞离开，宁篾没回应，就那么看着她，她忽然很不自在。

"我还没吃晚饭。"

在她准备离开之前，宁篾不紧不慢地开口，黑暗里他的声音传来，带着一股神秘而奇妙的色彩。

"药也没吃。"

他又追加了一句，语调拖得很长，说话声很慢。

盛潮汐已经走到了门口。

她背对着他抬起手，将屋子里的灯打开，瞬间的明亮让方才旖旎而诡异的气息立刻消失。

"我去帮你做晚饭。"她放下背包，抬脚离开卧室，还帮他关上了门。

宁篾掀开被子坐起来，在床边待了一会儿，起身去了衣帽间。

他慢慢走过衣架，拿了衬衫、西裤，还有内衣，在盛潮汐去做饭的这段时间，他简单洗漱过后，换上了衣服。

一楼只有厨房那开着灯，她忙碌时没注意前方，做完了饭盛好准备端出去时，才看见他衣着整齐地靠在厨房入口处。细碎的黑发挡住了好看的眉毛，他双手插兜，带着说不出的潇洒恣意，面上的表情一丝不苟，严谨得体，除了脸色依旧苍白之外，与平时没什么两样。

他开口，声音幽雅低回："今天麻烦你了。"

盛潮汐端着餐盘走过去："你怎么起来了？在哪吃饭？"

他抬起手，修长白皙的手指点了一下餐厅的位置。

盛潮汐了然，走过去将东西放下，中午时其实家里就没什么菜了，可以看得出来他平时几乎不怎么开伙，连最基本该常备的东西都没有，她想了半天，才蒸了个鸡蛋羹。

"家里也没什么菜，只能做点这个，你先吃一点，正好你生病，这个营养跟得上。"盛潮汐帮他准备好餐具，身上还系着围裙。她直起身，想回厨房再倒上水让他吃药。那药多少应该是管用的，至少他可以起来了，气色也好了一些。

只是，在她将要掠过站在厨房门口的他时，他忽然抬手拦住了她，手臂揽在她纤细的腰间，她带着油烟味的身体被他拥入怀中。她难以置信地看着他，完全忘了反抗。

"让我帮你吧，当报答你今天照顾我。"

他紧紧凝视着她的眼睛，她无处可逃，抿唇说："你已经帮了我很多，今天只是我在偿还你。"

"没有。"

他侧开头，发丝都贴在了她的脸上，可以想见他们靠得多近。

"我没帮你什么，事情没有任何进展。"

听听这话说的，倒像是他什么都没做一样，其实并不是那样，他做了很多，但是没说，而最重要的，其实不是事情没什么进展，而是……

"那些都不重要。"盛潮汐低下头，想向后撤开身子，但他搂得很紧，她挣脱不了，又担心他病中的身体受到什么损害，所以只能维持着这种暧昧的姿势说话，"你让我明白了很多重要的事。"她终于肯直视他的眼睛，眼神诚恳，"你让我明白，即便前路布满荆棘，也没有关系，只要不回头，一直朝前走就好了，慢点也没关系。你让我明白，要想走到新的地方，就不能守着原来的路，旧路，只能通向深渊。"她略顿，低下头，"你让我想要试试看，自己能付出的最大力量，到底到什么程度。"

宁箴的反应有些耐人寻味。

他静悄悄地看了她好一会儿，才露出一个讳莫如深的笑容。

"我自己都不知道，我给你这么大的影响。"

他说着，放开她，转身离开，不确定要去哪里。

"你去哪？不吃晚饭了吗？"盛潮汐稍稍提高声音问道。

宁箴顿住脚步，转头的那个瞬间，盛潮汐直接看呆了。

其实她也算见过不少帅哥了，姚垣舟就是难得一见的帅哥，再加上在模特公司上班，平日里总要见到各式各样的男模特，更不乏洋模特，一个个出落得卓尔不群、英俊潇洒，可还是没有达到宁箴这种程度。

他怎么会那么好看呢？什么样的父母才能生出这么完美的孩子？他算是难得的骨相皮相都无可挑剔的那种人，回眸时眼尾一挑，嘴角一抿，明明没做什么表情，也没讲什么话，没有一点刻意，可就是……让人舍不得移开视线。

他以后要是不打球了，完全可以进入娱乐圈发展，那些小鲜肉都得靠边站，这张脸就是资本，他站在那就毫无疑问地胜出了。

关于她的问题，他也给出了回应。

"吃。"他沉吟着，"你做的晚饭，肯定要吃的。"

语毕，他转身去了餐厅，坐在椅子上，背对着厨房，她只能看见他线条优美的肩膀。

盛潮汐心里有种异样的感觉，她觉得现在的气氛有点暧昧，可又不敢确定，毕竟宁箴那样的人，让人很难对他产生感情方面的想法，他整个人都有一种神圣感，太庄严了，在心里臆想他就好像亵渎他一样。

她心情复杂地走到餐厅，在他对面坐下。他抬眼看了看她，就是这个眼神，无限意味深长，和以前很不一样，以前他都不怎么笑的，就算笑了，也是很纯正的笑容，可是现在，她总觉得他的笑容里多了点什么。

他没说话，安静地吃饭，将"食不言寝不语"的古训发扬到了极点，等全吃完了，盛潮汐收拾碗筷的时候，他还是没有离开，跟着她来到厨房，站在厨房门口，静静地注视着她。

盛潮汐浑身不自在，想回头让他去休息，可话到嘴边却怎么都说不出来，她甚至没有勇气转身面对他的脸，对着那张脸，好像什么拒绝的话都说不出来，更何况他还生着病。

魂不守舍地洗完了碗筷，她将东西归于原处，摘掉围裙挂回去，转过身后他还站在原地，眼一眨不眨地凝视着她。

那是一双什么样的眼睛啊，美丽的形状，深邃的眼神，从容又优雅的气度，他那么高的段数，那么高的层次，她望尘莫及。

"我该走了，你好好休息。"

她告辞，抬脚越过他离开，她的东西还在楼上，她一声不吭地上去取，下来时他还在原来的地方，双手插兜靠着墙，侧头睨着她下楼，漫不经心的样子，却让她心跳加速。

"我走了。"

她远远地和他道别，他没有回应，纹丝不动地站在那，她一慌神，直接就走了，到门口时开门，却笨手笨脚半天打不开。身后传来脚步声，他慢慢靠近，皮鞋踩在地上发出清脆的声音，最后，他站定在她身侧，挨得很近，握住她的手，轻轻转动把手，将门打开。

"这样开，记住了。"

他轻声教导，微微弯着腰迁就她的身高，温热的呼吸喷洒在她耳侧，她只觉浑身发痒，快要受不了了。

"记住了。"

她垂下眼，他太强大，每次走近她，她的整个世界就动荡一次。

"那我走了。"她几乎落荒而逃。

宁箴看着她的背影，扫了一眼手里的车钥匙。

他本来想送她回去的。

可她似乎不需要。

也罢。

但他还是抬脚跟了上去。

"你是怎么进来的。"

走到铁艺门前，盛潮汐已经发现自己打不开，除非照着原路那样返回，正为难间，宁箴走了过来，问出上面的话。

盛潮汐有点尴尬，但也算坦然，直接说："按了半天门铃没人开门，我有点担心，就爬进来了。"

看得出来宁箴也有些惊讶，他嘴角挑着，上前开了门。

随后，他递给她一样东西，她接过去，是一张卡片和一把钥匙。

"这是什么？"她不解地问。

宁箴淡声说："铁艺门的钥匙，另一张卡片上有那扇门的密码。"他指了一下房子的门。

盛潮汐怔住："你给我这个做什么？我用不上的。"她要推回来，宁箴双手下垂，不接。

"你会用上的。"

他意味不明地说完，转身回去，背影很快消失在门内。

盛潮汐看着手里的东西，说不清心里是什么感觉，有点慌，那种忐忑不是来自恐惧，是来自对未知感情的抗拒。他们差得太远了，天之骄子和臭水沟里的老鼠怎么可能相配呢？低头看看卡片和钥匙，她将这些东西塞进背包，快步离开了这里。

宁箴站在别墅里，透过窗子望着她渐渐消失在黑色的夜幕中，脸上没有一点情绪。

次日，他开车前往训练室，教练已经到了，坐在那等着他，脸色不甚好看。

他瞧见宁箴脸色苍白，说话还带着鼻音，也算确定他是真的病了，心里的不快少了一些。

"怎么那么不小心，你的身体多重要自己不清楚吗？要是实在照顾不好自己，我就帮你请个保姆。"教练板着脸说。

宁箴的教练叫王俊，他们的关系不同于其他球员和教练，他们更亲密一些，王俊年纪不小了，这两个人相处起来，就像是父子一样。

"不用。"

宁箴脱掉外套挂起来，提起他的球杆，来到球桌前，俯下身放杆将红球堆炸开，技艺娴熟，看上去那么可靠和优秀。

王俊很满意的样子，但还是有点担心："你一个人真的行？"

"行。"

他总是不太爱说话，从小就是这样，一直没有改变，王俊早已习惯。

"也罢，你也老大不小了，相信你能分出轻重缓急。"王俊点头，算是放弃了给他请保姆这件事，但过了一会儿他又问，"替你接电话的女孩子是谁？什么时候认识的？"

这简直就是家长的语气，宁箴动作一顿，回头看了教练一会儿，又转回去，继续打球。

半晌，他才低声说："想交个女朋友，可以吗？"

王俊一怔，随后笑了："当然可以了，是我一直忽略了这件事，你也老大不小了，的确该考虑一下个人问题。但是宁箴，你可千万要找个身家清白的女孩子，不要给你带来什么污点。你知道的，现在互联网那么发达，祖宗十八代媒体都能给你挖出来，你身上有光环，是国家运动员，上面有规定，他们不能挖你，但是可以挖你的女朋友。"

宁箴的表情变都没变过，一杆一杆推出，桌面上很快就没有球了。

王俊看得很高兴："不错，二十几年前我看见你，就知道你有天赋，你简直就是为这个行业而生的。"他站起身来到球桌边，拍了拍爱徒的肩膀，"师父为你骄傲。"

对于夸奖，宁箴也不怎么激动的样子，他撑着球杆与王俊并肩而战，人虽然在这，思绪其实已经跑到了很远的地方。

"如果身家不清白怎么办？"

他忽然问出这样一个问题，把王俊吓了一跳。

"你什么意思？你该不会找了一个小姐吧？"王俊愣住了，"宁箴，你可别犯糊涂，别傻乎乎地毁了自己的前程。"

宁箴垂下眼睑："没有，她很好。"

王俊松了口气："很好为什么还问这种问题？这样吧，改天你把她叫来，我们一起吃顿饭。"

宁箴没有反对，点头答应，很快，其他球员也来训练，王俊和宁箴便没有再聊私事。

常常跟宁箴一起训练的，有一位女球员，也是国家台球队的成员，叫魏瑶。前阵子她去打比赛，有好久没见到宁箴，回来时以为宁箴会去英国打冠军赛，本来就没抱什么可以见到他的希望，没想到他会突然放弃比赛回国，这样他们才有了常常见面的机会。

像他们这些职业球员，其实很少会碰到面，因为比赛有时一打就是一年，常年在各地奔波，聚在一起的时间很少。

魏瑶和宁箴很早就认识了，她比宁箴晚进来一段时间，如今也有三十岁了，但还没有结婚，也没有谈恋爱。

她对宁箴的心思，几乎是队里公开的秘密，大家都知道她在等谁，可那个人这些年一直不闻不问，好像真的不知道一样。

魏瑶脱了外套，提着球杆来到宁箴身边，柔声说："宁箴，听教练说你生病了，好点了吗？"

宁箴头也没回一下。

"好了，谢谢。"

他对她总是那么客气。

魏瑶有点失落，轻声说："我本来想去看你的，但是有训练走不开，你自己一个人住，生病了很辛苦吧？"

宁箴动作一顿，直起身，拿起巧克粉擦了擦球杆头，侧眼睨了睨魏瑶。

"我不是一个人。"

他说完，转身走到另一边，继续打球。

魏瑶怔住，诧异地望着球桌对面的男人。他怎么会不是一个人？这么多年了，他从来都独来独往，怎么会不是一个人？

她想问他，可隔着球桌，周围这么多人，如果她问出口，大家都能听见，那样……大家都很尴尬。虽然她对宁箴的感情全球队都知道得很清楚，但王教练并不喜欢球员私下里来往过密，更莫论是恋爱。因为他担心两个球手恋爱，会同时影响两个人的比赛成绩。

最终，魏瑶只得放弃询问，但她不会把这个疑问烂在心里。

她等了宁箴这么多年，从来没想过自己会白等，她不能容忍任何意外发生。

魏瑶找到了姚垣舟。

姚垣舟是宁箴为数不多的朋友之一，也是他的理财经理，同时也是魏瑶的理财经理。

她和宁箴这么多年的关系，在生活和工作很多方面都有重叠的地方，不只是理财，甚至是常用的品牌、常吃的饭店，都是同一家。

魏瑶突然到访，姚垣舟还有点意外，赶紧站起来迎接。

"魏小姐来了，快进来，坐。"他上前把办公室的门关上，替她拉开椅子，非常绅士。

魏瑶扫了一眼他的办公桌，她来过这里很多次，也知道都有些什么。姚垣舟的桌子上总会摆着一张高中毕业时拍的合影，上面人不多，男男女女加起来也就六个人，有个小女孩挺显眼，虽然她往后面躲，但还是不妨碍别人注意到她，因为她是那些孩子里长得最漂亮的。

漂亮的人总是有特权，这个社会便是如此，你生得好，工作、生活、恋爱，都占优势。

"什么风把您吹来了，今天来我这是？"姚垣舟给魏瑶倒了水，放在她面前。

魏瑶坐在她的办公桌对面，迟疑了一下，笑着说："没什么，就是想问问，最近有什么好股？"

姚垣舟恍然，坐到椅子上叹了口气说："这个啊，你打电话给我就行，来一趟多耽误你时间。最近股市不太平，我不建议投放资金进来，不安全。"

魏瑶点头："我也看见了，那个熔断机制很坑。"

姚垣舟笑笑："所以你的钱我都替你做了别的安排，不用担心。"

"我一向很放心你。"魏瑶也跟着笑笑，手放到桌面上，过了一会儿才问，"对了，前几天，宁箴感冒了，你知道这事儿吗？我听教练说，他去看宁箴的时候碰上你了，就让你代劳了。"

姚垣舟恍然，知道她的来意了。这位姑娘对姚垣舟的感情，他是知道一点的，但作为宁箴难得的一个朋友，他也很清楚对方并不喜欢魏瑶，否则也不会多年都没有回应。

他思索了一下，说："是感冒了，不过应该不严重，他去医院看过了，应该已经回去训练了吧？"

魏瑶点头："是回去了……那，是你把他送去医院的？"

姚垣舟皱眉说："不是啊，我去找他的时候他已经在医院了，不在家。"

那宁箴说的不是一个人，应该是有医生在吧？魏瑶这样想着，她实在想不出别的人，她认识宁箴这么多年，还没见过他和谁走得那么近，生病了哪个人能照顾他。

应该就是医生。

心里有了结果，魏瑶也不再磨蹭，又跟姚垣舟聊了几句就走了。

姚垣舟送走魏瑶，拿起电话，拨给宁箴，在等待电话拨通的时候，走到落地窗边，扒开百叶窗朝外看，很快就在大厦底下看见了魏瑶的身影。冬日里，一身红色大衣，很是显眼。

电话过了一会儿才接通，姚垣舟收回视线，回到座位上，笑着说："忙着呢？这么久才接电话。"

宁箴的声音很轻："什么事？"

"必须有事才能给你打电话吗？"姚垣舟有点纳闷，"咱们不是朋友吗？"

宁箴居然沉默了一会儿才回答："算是吧。"

姚垣舟捂住心口："听你这么说，我可是太伤心了。"

宁箴不为所动，事实上，很少有事情和言语能真正影响到他的原则和心情。

"什么事？"

他重复了一开始的问题。

姚垣舟也不兜圈子了，直说道："刚才魏瑶来找我了，问你生病的时候谁把你送去医院的。"

电话那头的宁箴慢慢垂下眼睑，看了一眼车前的公寓楼，没有回答。

"我够哥们吧？她刚走我就给你消息了，这么多年了，她还是没放弃啊。你说她都三十了，为了你还不找，你打算怎么办？就这么拖着？"姚垣舟叹了口气，"这样不太好吧？魏瑶也是个好姑娘，万一把她耽误了，大家心里都过意不去。"

宁箴抬手按了按眼窝，片刻后说："我会找她谈的。"

姚垣舟松了口气："那就行，大家都是朋友，你注意言辞，别闹得太僵。"

"再见。"

宁箴居然直接挂了电话。

姚垣舟看着手机，嘀咕："我话还没说完呢，真是的，这人……算了，我亲自去看看。"扫了一眼日历，这会儿吴教授应该是在参加朋友的画展，没心思来查他的行踪，于是姚垣舟鬼鬼祟祟地离开了公司，驱车前往盛潮汐的住处，想去碰碰运气，看她在不在家。

不是没想过先打个电话，实在是他怕自己打电话过去，盛潮汐就算在家也会为了躲他而离开。他太了解她了，上次吴教授闹成那样，盛潮汐肯定会为了他的家庭和睦而退出，他要是想和她在一起，接下来可是有一场硬仗要打。

想想这些，姚垣舟心里就压抑极了。他其实算是乐观的人，难得会有负面情绪，转开思绪想想，等熬出头之后可以和盛潮汐天天在一起，她每天做饭给自己吃，俩人一起逛街买菜，又觉得多难都是值得的，心情也跟着好了起来。

只是，此时此刻，盛潮汐家楼下就有点热闹了。

姚垣舟正在朝这边赶来，而宁箴，其实在接到姚垣舟的电话时都到了一会儿了。

上午的训练刚刚结束，也不知道为什么，他就把车子开到了这里。他想不出理由，只知道自己开着开着，就到了这里。

他靠在车椅背上，思索着最后一次和她见面时她说的话。

如果她不再需要他帮忙，那他们之间很可能就什么联系都没有了。

不，也许有联系，等他去打比赛时，还可以将阿黄寄养在她这里。

可是，那也是4月份之后的事了，现在还不到2月，这一段时间，对以前的他来说单调而快速，一眨眼就能过去，可对现在的他来说，有些度日如年。

他最终还是没有下车，思考很久，最后发动车子准备离开。

然而冤家路窄的是，他开车离开时，恰好碰上了迎头而来的姚垣舟。

两人的车子面对面开着，双方都可以清晰地看到彼此，姚垣舟愣住了，目光诧异地看着宁箴，宁箴直视前方，似乎瞧见了他，又似乎没有，直接错开车，快速驶离。

姚垣舟将车停在一边，下车望向后面，那辆越野车已经不见了，车牌号和车上的人，都是他熟悉的那个宁箴。

真的是他？

他好像没看见自己。

姚垣舟皱起眉，心里隐隐觉得有些不对劲，但又想起是自己拜托他照顾盛潮汐，又安抚自己不要乱想。

他转身进了单元楼，上电梯朝七层走，这一路心情非常复杂。

等到了盛潮汐家门口，他摆正情绪，试着露出一个轻松的笑容，按下门铃，等着她开门。

盛潮汐很快打开了门，站在门内望着他，并不惊讶，应该是从猫眼看见他了。

"潮汐。"他满眼欣喜地望着她。

盛潮汐冷淡地打招呼："姚学长。"

姚垣舟将背在身后的手转过来，一束花握在她手中，是一生只能送一人的roseonly[2]。

按理说，作为女孩子，收到这样的花盛潮汐应该很高兴的，但她到底和别人不同，只是看了看，没有接过去。

"姚学长，这么贵重的花，你还是送给别人吧。"

之前在公司，不少女模特收到过这种花，不断炫耀着其中的含义和价值，盛潮汐并不感冒，但也了解一些。

她想起吴教授那日的指责，直白地说："姚学长，这么说可能太直接，但……我们还是做朋友吧。"她低下头，"你能来看我，我很高兴，但如果伯母知道你过来，肯定会很生气，我不希望你们产生矛盾。我最近过得很好，你别担心我，好好工作，找一个适合你的女孩恋爱结婚，不要再等我了。"

她说完就要关门，姚垣舟心都碎了，用手扶住门，拦住了她。

"真的不给我一次机会了？"他伤心地看着她，"潮汐，如果你愿意，我们可以一起努力来解决任何事，只要你爱我，你肯定愿意和我一起渡过任何难关，就像我愿意陪你一起一样。"

盛潮汐扶着门的手紧了紧，片刻后似乎下定决心一般，抬起头直视着他的眼睛说："姚垣舟，对不起，但我还是要说，我……早就不爱你了。"

姚垣舟难以置信地望着她，看上去受到了很重的打击。

这样也好，总比再纠缠不清给他带来伤害好很多，她这边是一团乱麻，他本应可以过轻松无虞的生活，不该和她扯上关系。有句话他说错了，如果她爱他，并不会和他一起渡过什么难关，因为他的人生只要远离她，就不会遇到任何难关，她要是真为他好，就该离他远远的。

---

[2] roseonly：高端玫瑰与珠宝品牌。

盛潮汐想关门，姚垣舟看着她的身影在自己眼前一点点消失，在门即将关上之前，忽然问了一个问题。

"我看到宁箴从楼下离开，他今天来过这里？"

他语气干涩，听不出是什么目的，盛潮汐有些疑惑。

"他来过？"

她皱着眉，看着不像在撒谎，她是真不知道宁箴来过。

"算了，没什么。"姚垣舟说完，艰涩一笑，"你好好休息，我改天……改天再来看你。"

盛潮汐想说"你还是不要来看我了"，但不等她开口，姚垣舟就转身走了。

他还是留下了那束花。

她低头看着，最终还是慢慢蹲下来，将花拿了起来。

时间是个可怕的东西，它会将原本深厚的感情慢慢消磨殆尽，也会让本来没有感情的人日久生情。它可以做到很多事，包括毁了一对昔日两情相悦的恋人。

不管是现实，还是心中的感情，都已经不再能容纳他们相爱。

过去的始终已经过去了，没有人能永远活在过去，他们需要走向未来。

盛潮汐看着怀里的花，抬脚走到对面邻居家门口，将花束放下，回家。

她站在门后，从猫眼注视着外面的情况，当邻居家念高中的女儿打开门看见门口的花时，既惊讶又高兴，马上捡起来抱回了家，嘴上还说着："妈，有人给我送花啦！"

盛潮汐收回视线，回到客厅，来到窗前注视着楼下，有不少黑色的车子离开，不确定哪一辆是姚垣舟的。她恍然发现，她乘过他的车子几次，却一点印象都没有。

相反的是，她坐宁箴的车子次数有限，车型、车牌号，却记得清清楚楚。

人的脑子，真是个奇怪的东西。

盛潮汐休息的时间足够长了。

她将近半个月没有去上班。

葛杨的忍耐也快到了极限。

但在他找上盛潮汐催促之前，先有人上门找到了他。

电话响起来时，是个陌生的号码，他常有陌生业务，也没多想就接了起来。

"你好，星光模特公司。"葛杨的语气十分和善，听着就是个好说话的生意人。

电话那头安静了一会儿，才响起一个悦耳低沉的男声。

男声不疾不徐地说："您好，打扰，有笔生意想和您谈，什么时间方便？"

这种说话方式，葛杨是不熟悉的，如果是盛潮汐接起来，一定会立刻知道，是宁箴。

他讲话很有特点，他说的所有话，百分之八十是用句号结尾，很少用疑问句，基本是陈述句，这就让他看起来睿智而先知，运筹帷幄，异常可靠。

葛杨有点疑惑："您要谈的是哪方面的业务呢？"

那边回答得很直接。

"和你手下的模特有关系，我在胜景酒店定了包间，今晚七点，我们见一面。"

葛杨下意识觉得对方不是要谈工作，就是看上了哪个模特，这两种对他来说都比较有吸引力，他是个生意人，对这个完全不抗拒，刚好他晚上有时间，于是很痛快地答应了，并询问了具体包间，到了晚上七点，便准时到达。

他显然精心打扮过，他谈生意和见客户的时候总是这样专业又有气度的模样，十年前他就是用这种和善的老好人模样骗取了盛潮汐的信任。

当他打开包间的门，带着无懈可击的笑容望进去时，看见的就是端坐在椅子上的宁箴。

宁箴手里夹着一根烟，淡淡地吸了一口，漫不经心地扫过葛杨的五官，收回视线，抬起下巴，方向是对面，意思很明显，这是在请他坐下。

葛杨有些迟疑。

他是半只脚踏进娱乐圈的人，手下也有过模特转行演员的经历，对圈子里的风向变化还是比较关注的，尤其是最近谁比较红、谁腕儿比较大。

他对宁箴有些了解。

在他和盛潮汐扯上关系之前，就有些了解了。

葛杨皱皱眉，迟疑片刻，走进去坐到宁箴对面，很快恢复了笑面虎的样子。

"宁先生，久仰大名啊，原来是您约我。"

他半弯着腰朝宁箴伸出手，是想握手的样子，这是善意的表现。

只是，宁箴对于和人渣握手，一向不怎么热衷。

"请坐。"

他不伸手，只说了两个字。

葛杨到底也是混场子的老油条，并不觉得尴尬，收回手坐到宁箴对面，自己给自己倒了杯茶，好整以暇道："宁先生找我是想谈什么生意呢？"他一笑，"你说谈我的一个模特，该不会是潮汐吧。"

宁箴没有否认，他直视对方，像可以透过葛杨伪装的面具看到他皮下腐烂的地方。

葛杨稍稍眯起眼，他比宁箴大很多，一轮总有了，可以做他叔叔。

可就是这样一个年轻人，居然能让他产生一种畏惧感，真是难得。

后生可畏啊。

葛杨不但不生气，还挺高兴的，端起茶杯抿了一口，等着对方的回答。

"是她。"宁箴很直接，"你们那个合同我看了，你帮我找来李峰，一起签个合同终止协议，签完之后她和你们两个都不再有任何关系。"

葛杨眼皮一跳："宁先生为什么不直接让潮汐帮你找李峰呢？他可是她老公啊，她肯定可以找到的。"

宁箴眉目一凝，睨着他不讲话，葛杨见此，继续说："他们结婚这么多年，虽然在一起时间不长，夫妻感情肯定是有的，李峰也一直记挂着她，常跟我问起她的情况，她不可能找不到他。"

话说到这里，宁箴已经非常清楚盛潮汐为什么不肯说出她签下那份合同的原因了。

原来李峰是她的丈夫。

"她以后和你们都没关系。"宁箴执着地强调这一点，"你和他一起，开个价。"

葛杨挑起眉，感觉钓到了大鱼。他早就看出来了，盛潮汐这丫头有出息，总会给他带来意外收获。这丫头还真傍上了宁箴。

"宁先生想好了？算上违约金，那可是一大笔钱。"葛杨露出遗憾的表情，"其实我也很想交您这个朋友，但是您知道的，合同里白纸黑字地写着，就算我不提，李峰也不会不提的，我也没办法，只能按照合同办事。"

"十倍违约金。"

宁箴薄唇开合，就将那笔巨额财富讲了出来，葛杨听在耳中，仿佛钞票已经在眼前飘了。

"是的，十倍。"葛杨笑眯眯道，"李峰这次跟我拿走了五十万元，之前我和潮汐签的合约还有三年才结束，如果她还可以做三年，那笔合同我们就作废，宁先生只要给我五百万元，我负责去说服李峰签下合同终止协议。"

五百万元。

宁箴不是个喜欢参与广告拍摄出风头的人，职业球手的收入基本也全部来自比赛和打比赛时衣服上的广告贴。像他这样蝉联收入榜冠军的大腕杆，纯比赛盈利一年也只有五百多万元。

他要拿出一年辛苦打比赛赚来的钱，来买下盛潮汐接下来的自由人生吗？

葛杨看着他，露出志在必得的表情。

宁箴端起茶杯抿了一口，他们都没点菜，也知道这次来不是真的要吃饭，所以不介意这些。

宁箴凝视着玻璃杯里的茶水，好一会儿才说："那三年，也开个价。"

葛杨愣住，没想到他居然答应了，不但答应了，甚至连那三年，都愿意替她给抹掉。

葛杨很懂得适可而止，他知道自己提出的价格已经够高了，如果再狮子大开口，很可能到嘴边的五百万元就不翼而飞了。盛潮汐和宁箴认识的时间到底还不算太长，他没把握她是否可以让宁箴再出更多的钱。

思索片刻，葛杨笑着说："那我也不客气了，宁先生，咱们交个朋友，那三年，我给你算五十万元。"

宁箴扬起眉，修长的眼睛一眨不眨地盯着他，葛杨被看得太久，心里也没了底，想着莫非他要打退堂鼓？葛杨正要再说点别的稳固一下这笔买卖，宁箴就点了一下头。

"这是我的名片。"他将黑色名片推到葛杨那边，"把你的卡号发过来。"

葛杨闻言，忍不住露出欣喜的表情。他实在有些克制不住，一个红模一年给他赚的钱也达不到这个数字，盛潮汐一下子给他来了这么一笔钱，他可以拿去做很多事，没有人会跟钱作对。

看葛杨一脸贪婪地拿过名片，宁箴别开头说："你找到李峰之后，跟他谈好，再给我打电话。"

他站起来准备离开，葛杨立刻说："我很快就能找到他，宁先生您等着我的好消息！"

宁箴回眸扫了他一眼："这次的合同由我的律师来写，你只需要说服李峰，就可以拿到那笔钱，这样划算的买卖，你一定会做的。"

葛杨不断附和："当然，谁的律师写合同都没问题，宁先生您等我的电话。"

"这件事，不要告诉她。"

宁箴直视着葛杨的眼睛，说出自己的要求，葛杨虽然有些不明白，但还是答应了。这些有钱的大人物，肯定都有点奇怪的趣味，他很上道的，一定可以替宁箴保守好这个秘密。

宁箴不再言语，抬脚离开，他走之后，葛杨没控制住，在包间里哈哈大笑，高兴极了。

宁箴听见里面的笑声，皱皱眉，头也没回过一次。

在家的盛潮汐根本不知道发生了什么，也不晓得宁箴为她做出了什么样的牺牲。

如果知道，她肯定不会接受，而且会和对方断绝一切来往。

这就是宁箴不让葛杨透露这件事的原因。

盛潮汐脸上的伤口已经长好了，没留下一丁点痕迹，现代药物就是这样神奇。

伤口好了，就意味着要去上班，尽管她非常不愿意，但难题总要面对，一味逃避，又逃得了多久？

次日，她去上班时，钟姐看见她，态度和以前明显不一样。

葛杨说过，会把事情办好，也希望和宁箴交个朋友，对于未来可能嫁入豪门的盛潮汐，他自然不会像以前那样亏待。

"潮汐，你来啦。"钟白薇殷勤地上前拉住她的手，亲密得就好像母女一样，"脸上的伤好了吗？那个程青青也是，有点名气就目中无人，都把你打伤了，我都没看见！我要是看见了，看我不打回去。"

她这样的反应，让其他模特也非常吃惊，大家都打量着她们二人，直到钟白薇将公司新接到的一单好生意交到盛潮汐手上。

"潮汐，这个牌子虽然是国牌，但走的也是高端路线，你的气质很适合这家古典优雅的服装理念，老板特别替你谈下来的。"钟白薇将品牌画册递给她。

盛潮汐愣住，翻看了一下画册，是改良的中国风古典服饰，不是内衣。

"钟姐，你确定……老板让我拍这些？"盛潮汐有点吃惊。

钟白薇笑着说："当然啦，我一会儿就让司机送你去摄影棚，你先去歇一会儿，化妆师和造型师马上就到。"

盛潮汐被钟白薇送到了单独的休息室里休息，她走进去的时候，已经有个年纪轻轻的小姑娘在等着，见到她之后恭敬地站起来说："盛小姐好，我姓岳，叫岳豆豆，你叫我豆豆就行了。"

"你是？"盛潮汐拧眉问。

岳豆豆说："是这样的盛小姐，我是钟姐给您找的助理，以后您工作的杂事都由我负责。"

盛潮汐彻底蒙了。

怎么还冒出一个助理了？

这到底是怎么了？

半个月没来上班，忽然都转性变好人了吗？还是她在做梦？

她掐了一下自己的胳膊，会疼，不是梦。

难不成，葛杨又在计划什么可怕的东西？

此时此刻，被她误会的葛杨正给宁箴发短信邀功。

内容无非就是，盛潮汐还留在公司这几天，会对她很好，分配好的工作给她做，还配给她助理和专车。

他这是在向宁箴示好。

宁箴看完，收起手机，提起球杆，继续训练。

王俊走过来指导他，偶然看见魏瑶直直地盯着宁箴，根本没心思训练，就皱起了眉。

"宁箴，今晚你那个女朋友有时间吗？跟大家一起吃个饭。"王俊提高音量说。

魏瑶诧异地看向宁箴，宁箴打完球直起身，没什么表情地点了一下头。

"可以，我会跟她说。"

王俊闻言笑了，招呼着其他人说："宁箴交女朋友了，晚上和大家一起吃饭，一会儿训练完都别走了。"

大伙儿都开始起哄，问宁箴女朋友是做什么的，长什么样子，但宁箴一个都没回答，大家很了解他的性格，也不生气，仍然十分高兴。

等新鲜劲下去，再开始认真训练的时候，宁箴忽然问了教练一件事。

"之前不是说有个代言，是什么代言？"他侧眼看着王俊。

王俊一怔，眯起眼说："你不是不接代言吗？"

宁箴收回视线，面不改色道："最近手头有点紧。"

"紧？"王俊诧异，"我都没见过你花钱啊。"

宁箴眼睛都没眨一下："交了女友，要计划结婚，想买房子。"

王俊恍然，复又笑了，宁箴这样，倒是比以前食烟火许多，但他还是有一点担忧。

"我会帮你安排那件事，不过，你可不要因为恋爱结婚耽误训练。"王俊提醒。

宁箴站直身子点了点头："教练，你不用怕我分心，你最了解我怎么走到今天，我不会让自己有一丝松懈。"

王俊满意了，高兴了，魏瑶却十分伤心，放下球杆，转身离开。

其他人问，她只说去洗手间，但这个过程，宁箴连一眼都没看。

忽然之间的优待让盛潮汐六神无主。

下午结束工作之后，葛杨甚至亲自现身要送她回去，她委婉拒绝，想问问他为什么突然对她这么好，可话到嘴边又没问出来，真怕得到什么更可怕的答案，让她对前路越发绝望。

这一天，本该过得安逸闲适，可因为不安，盛潮汐过得比以前还累。

魂不守舍地回了家，还没走进门，手机就响了，是一个不太常打来的号码，宁箴。

她没有迟疑，很快接起电话，一边开门进屋。

"喂？"

柔和的声音从电话那头传来，宁箴坐在椅子上，看着即将结束训练的其他队友，垂下眼睛，眼睫毛轻轻颤动。

"你在哪里？"

他问着，她也不觉得有什么问题，回答说："刚到家，你呢？"

"我还在训练室。"

"还没结束啊？天都要黑了。"她来到窗前，看看黑蒙蒙的天，随着深冬来临，天黑得越来越早了，"你注意休息。"她叮嘱着，"病好些了吗？"

宁箴"嗯"了一声，片刻后说："你晚上有没有事？"

盛潮汐隐约觉得他可能有事，但又不知道该不该来往。从她决定不再需要任何人帮助那一天开始，就不希望再拖累别人。她连姚垣舟都配不上，更别提宁箴了。她没见过宁箴的父母，但他们必定比姚垣舟的父母更加挑剔，是无法接受这样的儿媳的。她现在也没心思谈恋爱，对这方面十分抵触。倒不是她自恋地认为宁箴肯定就是喜欢她了，而是上一次在他家时，他那个拥抱和靠近的动作，实在让人想不出别的解释。

她想，他可能是因为可怜，所以对她多加照顾，比较亲近吧。

这是最合理的解释了。

"没事。"最终她还是说了没事，轻声问他，"你是不是有话要跟我说？"

宁箴扫了一眼准备离开的众人，他们都商量着今晚要好好喝几杯，魏瑶坐在离他很远的角落，低垂着头，心事重重的样子。

"是。"他也不卖关子，直言道，"我需要你帮我一个忙。"

"什么忙？"她疑惑地问，像是不大以为自己有帮到他的能力。

"我有一个女性朋友，今年三十岁，跟我同样职业。"

也是职业球手？今年三十岁的女性职业球手……盛潮汐脑子里有了一个人选。

自从认识宁箴，她自己都没发觉，她有些反常地关注着这方面的新闻。

"她一直单身。"

他意味不明，她不太能判断他的真实意思。

"你是想让我帮她介绍男朋友吗？"盛潮汐纳闷地问。

宁箴失笑，但没笑出声，魏瑶偶然抬头看他，就看见他这个无奈又温柔的笑。

她从来没见过这样的宁箴，他总是冷静的、理智的、疏远的、高高在上的，他很少笑的，偶尔会因为队友的起哄露出一个冷淡而克制的笑容，点到为止，但从来没有像现在这样。

"不是。"宁箴压低声音，"她一直在等我。"

话说到这里，盛潮汐有点明白他要自己帮什么了。

"她喜欢你。"她笃定地说，"但你……不喜欢她。"

宁篪"嗯"了一声，没继续说。

盛潮汐只好问他："要我怎么帮你呢？"

宁篪沉吟一会儿，温声说："我今晚和他们一起吃饭，希望你也过来。"

"……"她知道了，"你该不会是要我冒充你的女朋友，让她死心吧？"

宁篪没有否认："她年纪不小了，我不希望耽误她。"

盛潮汐有些为难了，不知道该怎么和他说。

他就算要找一个女孩子扮演他的女朋友来让喜欢他的人放弃，也不该找她这样的女人。

"我不太合适吧？"她抿唇说，"我这样的……我担心……"

"你很好，不要担心。"他打断她的话，这是第一次，他很少打断别人说话，有着十足的修养与礼貌，但这次他反常了，"我去接你，你准备一下。"

她还没回答，他就挂了电话，盛潮汐看着忙音的手机，有些为难地皱起眉。

她来到镜子前，看着里面浓妆艳抹的自己，想起宁篪以及他可能拥有的那群朋友，思索半天，认命地坐下来卸妆。

从训练室到盛潮汐家楼下，不堵车的话需要半小时，但现在是下班高峰期，宁篪的车子在路上寸步难行，行驶了一个多小时才到达。

将车停好，他拿出手机，发了短信给她。

盛潮汐已经化好妆，正在换衣服，听见手机响就踩着高跟鞋跑到梳妆台前，看着台面上的手机，来自宁篪的短信显示在上面，很符合他的语言风格，简单的"到了"两个字加一个句号。

盛潮汐无意识地笑了笑，抬头照镜子时才发现自己脸上的笑容，多熟悉啊，那种久违的、发自内心的、轻松的笑容，带着一点欣喜，就像……高中时她看见姚垣舟来找她时那样。她一愣，慌张地转开头，拿起手机，穿好大衣，拎着背包出门。

宁篪在楼下没等多久，就瞧见一个熟悉的身影从楼道口走了出来。

他一直知道，她是好看的，只是有时候用浓妆遮盖了她的美。

然而，化妆这个东西，化得过分之后会减分，化得适当，却会越发凸显她的美丽。

她还是很懂得化妆的，比如说现在，她看上去美丽极了。

宁篪打开车门下去，她恰好走到他面前，笑着说："不好意思，久等了。"

看得出来她很重视这次的"帮忙"，她靠近的时候，夜色中模糊不清的脸越发清晰。

天衣无缝的淡雅妆容，得体的衣着，莹润的唇瓣泛着淡而迷人的蜜桃色，真是看得人食指大动，恨不得……

"我这样可以吗？"她还有些紧张，呼了口气说，"合适今天的场合吗？"

宁箴看着她，眼睛都不曾眨过，听她问话，便转开视线说了句："可以。"他略顿，补充，"很好。"

盛潮汐松了口气："我是第一次做这样的事。"她傻笑着，"还怕有什么不合适的地方，给你带来麻烦呢。"她仍然有些困扰，"但其实，你找我来帮忙，不觉得本身就是个麻烦吗……"

她这样的人，外面说得好听了是个模特、网红，说得难听了……还是别说了。

总之，不管是好听难听，都和宁箴这种人物搭不上边。

她想了半天，皱眉说："要不我编个假名字、假身份，反正他们应该也不会去查……我现在这个样子，和以前拍的那些客片上的模样还是有点区别的，有你在，他们应该不会乱认。"

因为角度问题，盛潮汐没看见，宁箴的眉峰随着她的话语而皱了起来，他忽然直视她，眼神直接尖锐，在路灯的照射下，那张脸端的是眉眼如画、丰神俊朗。

"你只要做你，不需要做任何人。"

他的话让盛潮汐有点不自然，她尴尬地笑笑说："为什么呀？你不觉得我那样安排会更好吗？也更有说服力！免得大家胡思乱想，又或者对你产生不好的印象，我不希望我成为你人生里的败笔啊……"

这话说得，每一个字都透着对他的高看和她的自卑。

宁箴睨着她，问她："你问为什么？"

盛潮汐点头，回望着他，双手握着背包带子，显得有些紧张。

宁箴低下头，在她唇上亲了一下，随后直起身说："这就是为什么。"

语毕，他拉住她的手腕，将她拉到车子副驾驶那边，打开车门，让她坐进去，俯下身给她系上安全带，看着她捂着唇瓣呆滞的模样，并没再补充说明什么，只是关上车门，发动车子前往酒店。

其实，今晚对她来说是一场戏，对他来说，却是一场梦。

总之，到处都透着虚幻，不真实的感觉。

　　这件事不能就这么过去，至少得有一个合理的理由。

　　去酒店的路上，盛潮汐心里不断翻涌着上面的想法，时不时侧头去看看专注开车的宁箴。他可真好看啊，开车都开得那么与众不同，英俊不凡，明明就是简单的黑西装，却穿出了和别人不一样的味道，如玉的肌肤像透明的一样，细碎的黑发明明没怎么打理，可比她见过的男性都赏心悦目。

　　"有话就说。"

　　等红绿灯的时候，宁箴慢慢刹车，放开方向盘，目视前方说了这么四个字。

　　盛潮汐一窒，半晌才笑着说："宁箴，你刚才那个……你进入角色真快，我们还没到酒店，不用做戏。"

　　她将那个吻当成做戏。

　　这对她来说是唯一合理的理由了。

　　宁箴侧头睨了她一眼，眼睛里有她看不懂的情绪。

　　他勾勾嘴角，弧度微小，轻声道："你说是就是吧。"

　　他的视线从她的脸向下，掠过她的颈项和胸前，她大衣里面穿着白色蕾丝的一字领长裙，身材那么好，玲珑曼妙，皮肤格外白皙，像清晨停下的雪，无人踩踏，平整的一面，白得发光。

　　"绿灯了。"盛潮汐忽然开口，目视前方，提醒着开车的人。

　　宁箴收回视线，望向前方，发动车继续前行，停在他们后面的车这才停止按喇叭。

　　那么吵闹，他方才居然都没听见，这不是中了邪，是什么呢？

　　他真是中了她的邪。

　　过了高峰期，去酒店的时间就快了许多，后面又一路绿灯，没多久车子就停了下来。

　　"你停车，我去酒店门口等你。"

　　盛潮汐说完，立刻拉门下车，他望着她快步走向酒店大门的背影，能感觉到她身上那种"落荒而逃"的气息。

她对此十分抗拒，他也感觉得到。

心情不甚愉悦。

停车位也很少。

看来今天来吃饭的人很多。

盛潮汐看见门口的人时，也这样觉得。

这间酒店她很熟悉了，以前葛杨要招待贵宾，都是在这里开包间，因为这是江城数一数二的高档酒店，比较有面子。

越是这样，她越是心里发慌，她来过那么多次，有点担心服务员会不会认识她。

她转开眼，尽量低下头不让别人看清她的五官，然而还是有人关注她。

情况要比她想象的好一点，并不是酒店的人在关注她，而是一个衣着华贵的女人。

她也站在门口，穿着宝蓝色的长裙，披着黑色的长大衣，身材高挑，气质冷艳，看着她的眼神略带审视。

盛潮汐望过去，那是张美丽而陌生的脸，她没见过，于是只能礼貌地点点头。

女人也朝她点了点头，总觉得她很面熟，像在哪里见过。

片刻之后，宁箴出现了，那女人有点激动，看见他身后没人，便快步走上去，朗声说："宁箴，你怎么自己来的呀？你女朋友呢？"她有点激动地说，"是不是你只是开……"

"玩笑"两个字还没说出口，魏瑶就看见宁箴朝台阶上那个漂亮女孩伸出了手，温和地开口说："冷吗？过来。"

他从来没这么温和地跟她说过话，他总是坚硬而冷漠的，她以为他学不会与人为善，此刻才发现他不是不会，只是不对她而已。

盛潮汐从台阶上走下来，扫了一眼魏瑶，心知这可能就是宁箴说的那个人，想起自己今天的来意，尽管十分尴尬，但还是将手放在了他手中。

他的手干燥而温暖，相比她的冰凉，显得那么安稳，值得依靠。

"手怎么这么凉？"宁箴皱起眉，看了看她的衣着，"下次多穿点。"

盛潮汐笑笑，没有言语，但等于默认。

魏瑶僵硬地看着他们亲密无间的样子，紧紧攥着手包，半晌才露出一个牵强的笑容，低声说："你好，我是宁箴的队友，我叫魏瑶。"

是了，果然是她。

盛潮汐打量着魏瑶，对方也在凝视着她。

两个女人给彼此做出评价。

盛潮汐觉得她非常优秀，漂亮，也不算年长，成绩和行业也与宁箴匹配，他们本该是合适的一对，为什么宁箴会不喜欢这么好的女性？

相反，魏瑶却觉得，盛潮汐虽然非常漂亮，却并不适合宁箴。

她身上有一种难以用语言形容的陈旧感，像八九十年代的人，跟他们画风不太一样。

为什么会有这种感觉？为什么还觉得她很眼熟？

魏瑶在走进酒店时，一直在思考这个问题。

她好半天没想出个所以然，直到他们进了包间，宁箴介绍盛潮汐给大家认识。

"我女朋友，盛潮汐，模特。"

他三言两语，将大家好奇的、想问的，基本都给出了答案，从他的眼神可以看出来，接下来大家要谈的，最好还是别牵扯上他女朋友，否则那绝对不会是一件好事。

宁箴坐在盛潮汐身边，帮她摆好餐具，靠到椅背上，相当平静。

王俊进来的时候，一眼就望见了宁箴身边的女孩，年纪应该不大，绝不超过三十岁，五官精致，有一种别样的风情，衣着打扮得体而不华丽，偏向端庄，还算顺眼。

"顺眼"是王俊对盛潮汐的第一印象，在随后的交谈中，他发现她话不多，总是微笑着，有些小心和刻意放低姿态，不参与宁箴与其他人的相处，也不会对其他人的言辞表现出过分的好奇和急切地想要参与其中，这种处事态度，他也还算欣赏。

只是她的职业，王俊不太喜欢。

在他看来，宁箴不应该找一个同行，因为他自己就是个活生生的例子，恋爱、结婚、生孩子会占用一个人大部分的时间，两个人都忙着去打比赛时，家里就空荡荡的没人看顾，有了孩子就更加麻烦，最后可能还得给年迈的老人增添负担，造成无法弥补的遗憾。

他不希望让自己的悲剧再发生在自己的爱徒身上。

然而，尽管如此，他却也不怎么看得上"模特"这个行业。

模特固然都十分漂亮，可这个行业太过抛头露面，如果宁箴真的和这个叫潮汐的女孩有了结果，她愿意做全职太太的话还可以，但可能性不太大，因为一旦她真的和宁箴结婚，曝光率就不是以前可以相比的，她可能会一步登天，她会放弃这种出名的机会吗？

很快，一个女孩敲门进来了，比魏瑶和盛潮汐都年轻，是王俊招募的新队员，也十分优秀。

盛潮汐看见她，立刻转开了头，这人她印象很深刻，因为在很久之前，她和宁箴还不熟悉时，她在海边拍外景，宁箴和一些朋友来海边走动，那时便有一个女孩对她做出了十分苛刻的评价，那个女孩就是这个队员。

"教练，我来晚了，真不好意思。"她坐下，立刻望向宁箴这边，想看看能做他女朋友的是何方神圣，瞧见盛潮汐的时候就愣住了，"哎？怎么有点眼熟？"

其他一直没开口说这句话的男队友都笑了起来，有一个还拉了拉她的衣袖，但她到底年轻，没想那么多，脑子里蹦出一个画面就直接说了出来。

"啊，你不是那天在海边拍比基尼的那个女模特……"她说完话立刻捂住了嘴，看向宁箴，他表情没什么变化，似乎并不觉得那有什么，倒是王俊，立刻黑了脸。

"小南，坐下吃饭。"王俊不希望任何人影响爱徒今日带着女友来和大家见面的场合，即便他内心对他这个女友本来打的五分已经只剩下三分，"盛小姐也别介意，大家都是第一次见面，别客气，忙了一天，喜欢吃什么就多吃点。"

盛潮汐谢过，抿起唇，安静地抬起筷子，偶尔夹一些菜，次数不频繁，吃得很少。

宁箴好像没有受到一点影响，看她吃得少，就用自己的筷子给她夹了很多菜，直到她开始小声地说自己已经吃饱了。

他对盛潮汐的体贴和坚定，让魏瑶看得心酸不已。

她和小南坐在一起，小南一直偷偷望着盛潮汐，这会儿就对魏瑶说："这女的是个内衣模特，网红来的，怎么宁师兄会……"

魏瑶皱皱眉，沉声说："别多嘴，小心教练不高兴。"

王教练对宁箴有多喜爱和看重，大家都很清楚，即便是新来不久的小南也是。听师姐这么说，她也不敢怠慢，尽管不喜欢，还是勉强摆出了好脸色。

盛潮汐只觉得这一桌子人都在戴着面具和她讲话，而她今天，却没有戴上自己那张面具。

她很不舒服，虽然不想吃东西，但因为宁箴一直夹菜，她还是吃了不少，到了肚子里却不消化。

离开酒店往回走的时候，她就开始胃疼，满头是汗，却不发一言。

到了她家楼下，她从嗓子眼里挤出"再见"两个字，拉开车门就要下车。

宁箴方才一直在开车，心里也在思考该怎么善后，他看出她不自在，心情应该不好，烦恼间也没注意到她的难受。

此刻，他望见她捂着胃部离开，脸色苍白，就知道出了问题。

他立刻下车，几步追上她，拉住她的胳膊，看到她满头是汗十分虚弱，也不说话，直接将她横抱起来，迈开长腿进了单元楼，直奔七层她的住所。

"我没事……"她还有些抗拒，想自己离开。

宁箴没看她，也没停止自己的行为，只是面不改色地说了一句："就算要从此跟我断绝来往，也等你有命活着再说。"

胃疼这个问题，可大可小，搞不好真的会要人命。

盛潮汐已经疼得没心思再拒绝了，闭起眼靠在他怀里，呢喃了一句："钥匙在我的大衣口袋里。"

到达她家门外，宁箴缓缓将她放下，她完全没力气，只能倚靠着他站着。他从她的大衣口袋里取出钥匙，手指隔着口袋的布料触碰到她的身体，她瑟缩了一下，浑身发麻。

宁箴用钥匙打开她家的门，猫叫着从里面冲出来，好像有感应一样，转着尾巴在两人身边不断"喵喵"叫，少了一只眼睛的模样有点骇人，落在宁箴眼里，却可爱得像怀里生病的女人一样。

"今天换我照顾你。"

他说完，锁上了门。

片刻后，八楼的楼梯上走下来一个人，看得出来他是为了躲避宁箴和盛潮汐才上去的。

他手里还拿着一束花，面上是复杂而伤感的表情。

姚垣舟低头看看这束花，随手将其丢到楼道的垃圾桶里，转身离开。

当他把盛潮汐托付给宁箴照顾时，心里抱着的想法是，宁箴很负责，会为了完成朋友难得的嘱托照顾好她；还有更重要的一点是，宁箴非常难搞，几乎没有对任何女性产生过感情，他一度以为宁箴是 gay，直到他被宁箴用眼刀子砍了好几刀。

他那么放心地把她交给一个他自认为不可能对她产生感觉的好友，却后知后觉地认识到，也许宁箴以前不曾对什么女人产生感情，只是因为那些女人并不能打动他。

他要好好想一想，该怎么消化刚才看见的那一幕。

盛潮汐的情况不太好。

吃了太多东西，胃本来就不好，又喝了一杯红酒，整个胃现在就跟要穿孔似的。

宁箴把她放到床上，转身出了房间在电视柜附近找到药箱，打开之后翻找了一下，很快发现了胃药，接着便去烧水，等水烧好，便倒进杯子里端进了卧室。

盛潮汐紧蹙眉头闭着眼躺那，身上厚重的衣服看起来很不舒服，宁箴坐到床边，单人床很窄，两个人在上面就显得拥挤而暧昧。

"吃药。"

他将水杯送到她嘴边，药片放在他掌心，她睁开眼，抬手想去拿药片，可胃疼得实在难受，眼泪都出来了，哪里还有力气拿药片。

宁箴没说话，直接用手指捏住药片，低声说了句："张嘴。"

盛潮汐已经没心思想那些旖旎暧昧的事情了，立刻张开嘴，药片丢进来时，她的嘴唇不可避免地碰到了他的指腹，她费力地睁开眼望向他，他直视着她的眼睛，将水杯放到她唇边，她就着水服下药，靠在他怀里疼得吸气。

"谢谢。"她勉强说道。

宁篪就那么抱着她，一点要松开的意思都没有，见她大衣窝得似乎难受，屋子里供暖也不错，她满头是汗，便低下头在她耳边说了一句话："把衣服脱了。"

真是很容易让人想入非非的一句话。

但盛潮汐知道他不是那个意思。

她有些脸红，也不知道是不是因为忍痛，但她穿着大衣的确不舒服。

在宁篪的帮助下，她脱掉了厚重的大衣，只穿着一条白色的长裙，一字领很容易春光外露，但她疼得难受，并没察觉到那些，侧躺在床边，想要拉上被子，宁篪却按住了她的手。

"等着。"

她听了他的话，放弃了盖被子，低头尽量看向他，他已经站起来，来到床尾，半弯着腰，将她黑色的高跟鞋一只一只地脱下去。

不知道为什么，明明该是非常正常的行为，可看着鞋子细长的高跟，还有她纤细漂亮的脚踝，躺在床上的，和站在床尾的人，心里都产生了一种很微妙的情绪。

宁篪放下鞋子，没有看她，紧抿唇瓣为她盖上被子，看着她曲线诱人的身子被被子遮挡住，在心里松了口气。

他从不曾为男性本能的生理反应而烦恼过，今天是第一次。

从某种意义上来讲，盛潮汐真的很有本事，她让一个清心寡欲到几乎可以直接去出家的男人，就那么硬生生地起了反应。

他感觉有些不自在，松了松衬衫领口，抬脚走出卧室，给她关上了门。

但他没有离开。

他必须等到她不疼了、确实好了再说。

药物虽然可以治疗胃疼，但也得确定对不对症，不对症的话，还得想其他办法。

站在狭窄的客厅里，想起自己曾在这里吃过的最好的一顿饭，他摸了摸口袋，取出烟点燃，站到窗口，打开窗户，任由冬日的冷风吹散他吐出的烟雾，这样的寒气让人冷静。

过了有十几分钟，宁篪的烟抽了好几根，他看了一眼清理得干干净净的纸篓里的烟蒂，蹲下来将纸篓上套着的垃圾袋掀开，系在一起，开门出去，丢进了门外的垃圾桶。

他扔东西的时候，也不可避免地看见了垃圾桶旁边的花束，花上的卡片掉在地上，能看见署名带有一个"舟"字。

宁箴皱皱眉，蹲下来将卡片捡起来打开，果然是姚垣舟的名字。

"祝我最爱的人幸福健康——姚垣舟。"

看完内容的下一秒，宁箴就把卡片撕碎丢进了垃圾桶，至于那束花，他直接拿起来放到了对面那户人家的门口，转身回了房间。

站在门后，宁箴又想抽烟，心里压抑而烦恼，对自己的行为深恶痛绝，却不曾后悔。

他取出一根烟，要点燃之前又放弃，塞回去，抬脚走到卧室门口，打开门查看盛潮汐的情况。如果她好了，那么他会立刻离开，他在这里待不下去了。

只是，盛潮汐的情况不但没有好转，反而越来越严重，看见他进来，她伸出手，难受地说了句："送我去医院……"

宁箴直接大步走过去抱她，这次她很顺从，甚至配合地伸出了手臂，环住他的脖子。

"疼死了……"她叫疼，泪眼模糊，眼前的人是谁已经不重要了，只要能把她送去医院，让她不疼，那么让她付出什么代价都可以。

"一会儿就不疼了。"

宁箴毫无意义地安抚着她，替她披上大衣和围巾，抱着她离开了家，开车前往医院。

这个时间，医院急诊也不知有没有人，他走到半路就开始打电话，到了之后已经有人在门口等着，那人穿着白大褂，得有五十多岁了，是位老大夫。

他瞧见宁箴，立刻上前帮忙，后面又出来两个年轻大夫，想帮宁箴抱着盛潮汐，宁箴虽然没说话，却用实际行动表示了拒绝。

他亲自抱着她上了楼，到了诊室，大夫赶忙手忙脚乱地进行了治疗，等推到病房时，已经好了许多。

"这丫头太不注意自己的身体了，这应该是长年节食啊，胃都不成样子了，晚上是不是吃了很多？还喝酒了吧？太凉！这不是自己折磨自己吗？"老大夫语重心长道，"宁箴啊，她现在这情况，比你当初好不了多少，现在的女孩子都是怎么回事，吃得起饭却不吃，非要减肥，以前那么多人连饭都吃不上，不知道要多羡慕她们，真是暴殄天物。"

宁箴坐在病床边的椅子上，看着盛潮汐说："她没事吧？"

老大夫说："还好，你送来得及时，再晚一点，哼……"

老大夫说完话，就告辞离开了，留下宁箴一个人看着床上的病人，病房里安静极了。

盛潮汐躺在床上，意识模糊，半睁开眼看着他，虚弱地说了句："谢谢。"

宁箴没回答，也没动，好像一尊冰雕，保持着离线状态。

盛潮汐很累了，道个谢已经十分勉强，最后直接昏睡过去。

宁筬看着她，其实她何必道谢呢，今晚她的痛苦，都是他给她的。

他在这里守了她一夜，但她并不知道。

第二天早上醒过来，她孤零零地躺在病床上，周围没有人在，只有一份早餐。

她费力地坐起来，手碰了碰早餐的粥碗，还热着，应该放在这里的时间不长。包装袋子上写着聚德轩的字样，盛潮汐记得姚垣舟给她送过一次，那次还遇见了程青青，她当时还冷嘲热讽说，聚德轩很难买。

她的第一反应是，难不成姚垣舟来过？

转念想想，怎么可能，这应该是……

昨晚是宁筬送她来医院的，应该是他留下的早餐吧。

他去哪了？

盛潮汐看了一眼桌面上的手机，拿起来看了看，居然都九点多了，他应该是去训练了吧。

他那么忙，总是很多事情，还有昨天晚上……她有很多猜不透的事。

例如此刻，最猜不透的是，她迟到了，钟姐却没打电话催促，好像她今天就应该休息一样。

她拨通钟白薇的号码，对方过了一会儿才接起来，笑着问："潮汐啊，好点了吗？"

盛潮汐一怔："钟姐你知道我……"

"胃不舒服可是大事儿，你好好休息，以后啊千万不要再节食了，多伤身体啊，影响要宝宝的！"钟白薇好像真为她着想一样，语气极为认真。

盛潮汐半晌才说："钟姐怎么知道我胃出问题了？"

钟白薇一怔，过了一会儿才说："啊，这个，是老板跟我说的，你有什么问题就问他吧。"

说完，对方挂了电话。

从昨晚到现在，知道她生病这件事的除了医院的人，就只有宁筬。

钟白薇说是老板告诉她这件事的，那么，不可能是医院的人和葛杨联系了，真正的答案是什么，呼之欲出。

怎么回事？宁筬为什么和葛杨有联系？

盛潮汐整个人都蒙了。

她看了看桌上的早餐，又抬手摸了摸胃部，最终还是将热粥吃了下去。

身体是革命的本钱，一切事情，都要等先照顾好身体再说。

昨天晚上那样的疼，她是再也不想承受了。

这个时候，宁箴已经开始训练。

巧的是，今天训练室少了一个人，魏瑶没有过来，跟王俊请了假，说是身体不舒服。

王俊多少可以理解，她一直喜欢宁箴，这么长时间了，突然受到昨晚的刺激，会失落一下也正常，但他不会让她因此沉沦太久的。

至于宁箴……王俊皱皱眉，说实话昨天那个女孩他很不满意，但如果她没有影响到宁箴的训练和比赛成绩，他可以睁一只眼闭一只眼，前提是，他们的关系只能存在于地下，不要公之于众，他担心那会有损宁箴目前维持的公众形象。

这件事他得找宁箴好好谈谈。

王俊这样想着，先张罗训练的事去了。

而魏瑶其实没在家休息，她也不见得多失落。

她想起了自己为什么会觉得盛潮汐很眼熟，第二天就再次来到了姚垣舟的办公室。

她一进门，他没有像往常那样热情地来招待自己，只是坐在那儿，看着桌上的照片失神。

魏瑶敲了敲门，姚垣舟才倏地回神，摆出不自然的笑容："魏小姐来了，今天来找我有什么事吗？你没预约。"

魏瑶坐到椅子上，抬手将桌上摆着的照片拿过来，姚垣舟立刻想要拿回去。

"稍等，姚总别介意，我就是想问个问题。"她指着照片上的某个女孩问，"这个女孩是谁呀？和你关系很好吗？"

姚垣舟皱皱眉："你问这个做什么？"

"你先告诉我，我才告诉你。"魏瑶摆出女性特有的任性。

姚垣舟沉默许久，才怅然地说："她啊，算是我女朋友吧。"

"你女朋友？"魏瑶笑了，一脸揶揄道，"那你知不知道，昨天晚上，宁箴带这个女孩子和我们教练还有队员一起吃了饭，说是他女朋友哦。"

姚垣舟怔在那，诧异地看向她，虽然他在心里有过这样假设的想法，却从来没有当过真，还觉得只是自己想歪了，宁箴是他的朋友，怎么会做那种事。也许昨天晚上看见他们一起，没准是盛潮汐生病了不舒服呢？他本来打算下班之后去确认一下的，没想到魏瑶就找上门了。

她这句话，直接将姚垣舟打回了原形。

看来，是他引狼入室了？

他轻嗤一声，笑得极尽讽刺。

姚垣舟的反应在魏瑶的预料之内，但她此次来的目的并不是挑拨他们兄弟之间的关系。

她沉吟片刻，道："姚总，我觉得你的女朋友，你得找她好好谈谈，宁箴是什么人你心里应该也很清楚，他不是那种横刀夺爱的人，所以……"

"所以你认为，问题一定出在我女朋友身上？"姚垣舟表情有点难看。

魏瑶没说话，但她的表情就是默认了姚垣舟的说法。

"魏小姐，很可惜相处这么多年，最后我们要分道扬镳。"姚垣舟站起来冷着脸说，"今后你的理财业务，还是交给其他的理财经理吧，我想我们不需要再合作了。"

魏瑶愣住："姚总这是什么意思？"

姚垣舟面无表情道："我们的价值观有很大不同，所以我觉得没必要再合作下去，双方都累。至于你刚才说的话，很抱歉我宁愿相信是宁箴喜欢上了我女朋友，也不愿意相信是她主动勾引宁箴，不为什么，只因为我认识她时间太久，很清楚她是一个什么样的人。"他斩钉截铁道，"她不会做这样的事。"

魏瑶有些尴尬地笑了笑："那倒是我多事了。"

姚垣舟否认："也不是你多事，我还得感谢你告诉我这件事，我会找宁箴问个清楚的。"

"你要去找宁箴？"魏瑶有些抗拒，"姚总，这件事我感觉你不应该去找宁箴……"

"你喜欢宁箴，所以不想我找他麻烦，把问题都推到我女朋友身上，希望我们吵架，关系变得恶劣，难道你就不怕她因此彻底离开我，跟我断绝来往，和宁箴在一起吗？"姚垣舟扯扯嘴角，自嘲地说，"魏小姐，我相信你也看得出来，女人只要眼睛没瞎，都知道该选我还是选宁箴。"

这带着些自卑的言辞，用这样的语气说出来，还真是让人有点难以接受。

魏瑶觉得自己弄巧成拙了，僵在那儿，半晌才说："不对，也可能是我认错了，那个女孩不是你女朋友……"

"你没认错。"姚垣舟冷着脸，"我前段时间家里有点事，是我拜托宁箴照顾我女朋友的，现在发生这种事，我也始料未及，感谢你的帮助，你可以走了。"他走到门边拉开门，送客的意思很明显。

魏瑶僵在那不想走，她不希望给宁箴带来任何麻烦，但现在的情形显然和她的初衷背道而驰了。

"姚总……"她还想说什么，姚垣舟却油盐不进。

"你可以走了，魏小姐，我会很快把你放在我这里做投资的钱整理出来还给你。"他面无表情，语气冷漠刺骨，魏瑶几乎是被赶了出去。

站在办公室门口，魏瑶百般思索该怎么把这件事给圆上，千万不能让姚垣舟到训练室去跟宁箴闹，那样不但队友们会知道，连教练都会知道。虽然教练肯定不会再允许宁箴和那个女孩在一起，但以宁箴的个性，搞不好会走极端。

这样因为女人和兄弟反目的行为也会给他的整体形象抹黑，那是她万万不希望的。

她离开的一路，都在想要怎么解决这件事，但姚垣舟比她想的动作要快，在她离开后三分钟，他的电话就打给了宁箴。

宁箴这个时间正在训练，电话响也没怎么注意，还是王俊提醒了他。

"手机响了，先接电话。"王俊拿着球杆说道。

宁箴直起身，从口袋里取出手机看了一眼，是姚垣舟打来的，心里多少意识到会是什么问题。那天在小区里，他其实看见了姚垣舟过来，但最后只装作没看见，因为连他目前都没想好该怎么和对方解释这件事。

撒谎，这对他来说是件非常有难度的事情。

"你好。"

他接起电话，后退几步，在椅子上坐下。

姚垣舟那边安静了一会儿才克制地说："你在哪里，我要见你，我有话跟你说。"

"我在训练。"

"是吗？"姚垣舟不信，"你是在训练，还是在潮汐家里？"

宁箴皱起眉："你这话什么意思？"

"你不是应该很清楚吗？宁箴，你在训练是吧，好，我现在就去训练室找你，你等着。"

说罢，他直接挂了电话，一句反驳都不允许对方说，宁箴也没想过反驳。

他将手机随手放到桌上，冷着脸继续训练，和方才没什么区别，王俊都没察觉出有什么不同，继续指导他技巧。

魏瑶赶到训练室的时候，就看见大家正相安无事地训练，登时松了口气。她脱了大衣，扎上长发拿着球杆过来，一步步靠近宁箴，想着该怎么给他提个醒，又或者让他回去休息几天，避开姚垣舟过来吵闹，但还不待她走过去，就已经来不及了。

姚垣舟出现在训练室门口，一眼就望见了正在训练的宁箴，还有离他很近的魏瑶。

魏瑶赶紧上前拉住姚垣舟："姚总，你有什么事等训练结束再说，这里这么多人，被教练看见很不好。"

姚垣舟怒极反笑："他做出这样的事，还会怕别人知道吗？带着我的女朋友去和你们吃饭，他怎么做得出来？亏我拿他当兄弟！"

他说话声音不低，大家已经有所察觉，宁簌回眸望去，手里拿着巧克粉，漫不经心地擦着球杆的顶端，似乎一点都不紧张，又好像已经预料到了会发生什么事。

姚垣舟这会儿最看不得他这副淡定的样子，握着拳推开魏瑶走向他，魏瑶慌了，余光看见宁簌的手机就放在桌上，忽然就想起了盛潮汐。

她赶忙走过去，在姚垣舟逼视着宁簌时，她悄悄摸走了宁簌的手机，躲到换衣间去打电话。

宁簌没有给手机设密码的习惯，因为他的手机里几乎没什么隐私的东西，再加上里面存的电话很少，加起来也就不到十个，他那天带盛潮汐去吃饭又介绍了她的名字，所以魏瑶很快就找到了她的电话。

她赶紧拨出去，心里不断感慨着，没想到自己本来只是想调查一下到底是怎么回事，存的是恶意的心思，最后却又需要人家来收场，真够讽刺的。

电话很快接通，盛潮汐的声音很温柔，听得魏瑶心里不是滋味极了。

"喂，宁簌？"

魏瑶吐了口气说："不是，我是魏瑶，那天晚上我们一起吃过饭。"

盛潮汐正在工作，听见这个声音有点不确定地说："您找我有事？"这明明是宁簌的手机，怎么会被她拿着？

魏瑶也没兜圈子，事实上时间已经不允许她兜圈子了："是这样的，姚垣舟知道了你和宁簌在一起的事，现在跑到训练室来闹，教练和队友都在，我希望你赶紧过来把他拉走。"

盛潮汐惊得站了起来："什么？！"

魏瑶催促道："你赶紧来吧，你来了就知道了。"说完她便快速告诉了对方地址，挂掉电话出去查看情况。

盛潮汐看看自己身上的素色旗袍，好看是好看，可穿成这样出去非得冻死，但电话里魏瑶又说情况刻不容缓，她只能去找钟白薇请假。

钟白薇很好说话的样子，不但答应她暂时离开，还给她配了司机，送她过去，这样一来她也不会冻着了。

盛潮汐没心思去换衣服，披了件大衣就直接走了，在车上还不断催促司机快一点，但到达时还是有些迟了。

姚垣舟已经跟宁簌大打出手。

往日称兄道弟的两个人，此时此刻已经因为一个女人而恶言相向，多可笑，也多可惜。

"宁箴，我拿你当兄弟，把潮汐拜托给你照顾，我也没想着让你白照顾，肯定会想法子感谢你的，可你居然挖我墙脚？！你对得起我吗？你对得起咱们这么多年的兄弟感情吗？！"

姚垣舟的一声声指责成功吸引了训练室的所有人，包括王俊。

他快步走来，拉住姚垣舟的胳膊说："小姚，怎么回事？有事你们单独说，这里是公共场合，你注意一点。"

姚垣舟冷笑："他做出那种事，就该想到会有今天这个结果，也就别怕丢人了，毕竟我都没怕丢人不是吗？被戴绿帽子的人可是我啊。"

三言两语，大家已经判断出到底是怎么回事了。

之前和盛潮汐一起吃饭，大家可是都去了的，当时对这个女孩的印象还止步于"真了不起居然可以搞定宁箴"，现在已经升华为"真牛啊居然还能让宁箴甘心当小三"了，这是一个质的飞跃。

魏瑶也上去拉住姚垣舟，皱着眉说："姚总你冷静一点，不要做让自己后悔的事，现在事情还没调查清楚，万一根本不是你以为的那样，你这么做岂不是同时伤害了两个人？"

姚垣舟一笑："两个人？明明是三个人好吗？最受伤害的人是我才对吧？"

他说了那么多，表达了那么多质疑和愤怒，但宁箴一直置身事外的样子。

他冷眼看着一切，没有任何回应，也不给出任何反应，就点了根烟，站在那冷淡地抽着，好像一个大家长在看着一群熊孩子胡闹。姚垣舟见不得他这副高高在上的样子，想把他从云端给拉下来，这样他心里才舒服一点，于是就那么做了。

他使劲推开魏瑶，直接上前和宁箴扭打在一起，确切地说是他单方面打架，宁箴只是在闪躲，有躲不开的时候，就硬生生地挨他一拳，但就是不还手。

宁箴这副样子落在别人眼中，就坐实了对自己兄弟横刀夺爱的罪名，否则他为什么不反驳？为什么不还手？他沉默不动只有一个原因——理亏。

满场哗然。

王俊气得差点犯心脏病，捂住心口指着姚垣舟和宁箴，其他队员一看教练气成这样都不再袖手旁观，上前拉架，盛潮汐就在这个时候赶到。

她一眼就看见姚垣舟即便被两个大男人给架住，还在不断朝宁箴挥拳头，宁箴的教练捂着心口靠在球桌边，身体状况很不好的样子。

"姚垣舟！"

她喊了他一声，他停住动作看过来，像是有些慌乱。

"潮汐？你怎么来了？"

他推开架着他的两个人，站在那不再朝宁箴挥拳，模样看着有点紧张。

大家都忍不住好奇，这对"情侣"的相处方式可真奇怪，姚垣舟居然会"怕"盛潮汐？现在是她不对，脚踏两条船，他为什么还怕她呢？真是让人百思不得其解。

盛潮汐走到姚垣舟面前，紧蹙眉头道："你疯了吗？你跑到这里来闹什么？马上跟我离开。"

她拉着姚垣舟离开，姚垣舟这次没抗拒，魏瑶刚松了口气觉得事情可算是暂时控制住了，王教练却忽然叫住了他们。

"你们站住，把这件事解释清楚。"王俊脸色苍白如纸，队员本想把他送去医院，但他偏偏不走，就想要个解释，"你们把这里当成什么地方？！这是国家台球队的训练室！你们以为这里是菜市场吗？闹完了就走？你们把国家职业球员当成什么了？！"

王教练还是偏向宁箴的。

以他这么多年对宁箴的了解，他是绝对不会做出这么出格的事情的。

他需要姚垣舟或者是盛潮汐将方才泼在他身上的脏水洗干净，否则的话，他咽不下那口气。

这些年来，从收养宁箴开始，他一直把他当亲儿子养，怎么可以忍受自己的孩子受这样的污蔑和委屈？

盛潮汐回过头，面色僵硬，不去看宁箴的眼睛，低着头说："对不起，我和姚垣舟之间有些误会，这件事和宁箴没关系，大家不要对他有不好的认识……"

她的话还没说完，姚垣舟就听不下去了："什么叫和他没关系？分明就是他喜欢你，想把你从我这里抢走，怎么会和他没关系？他就是卑鄙无耻——"

"姚垣舟你闭嘴！"盛潮汐忍无可忍道，"你有完没完，不要说了行不行？就算宁箴真有这个想法又关你什么事，你是我什么人？我从来没答应过和你在一起，你不要一厢情愿地左右我的人生好不好！"

姚垣舟怔住，诧异地看着她，眼圈发红，有什么东西在眼里闪烁。

"我一厢情愿？不关我的事？"他自嘲地指着自己，不断点头，"好，好，你说得对，一切都是我一厢情愿，你的确没答应过我，是我自以为是，自以为是……"他从口袋里取出一张卡，抿着唇说，"我还没来得及告诉你，我把车卖了，这张卡里有五十万元，你拿去救急吧……那天晚上我去找你了，本来想把钱给你，但是看见你和他一起回来，我当时还在想，你可能是生病了，你们之间没什么，现在看来……"他吸了口气，"是我太傻了，我才是那个多余的人。"他说完话就转身走了，留下一地伤感。

盛潮汐看着手里的银行卡，最后头也不回地追上去，自始至终没看过宁箴一眼。

训练室里一片狼藉，宁箴仰起头看着天花板，王教练长叹一口气，被其他队员送去医院检查。

魏瑶走到宁箴身边，低声安慰道："宁箴，你别难受，姚垣舟只是太着急了，所以误会了，你等他冷静下来好好和他谈谈，事情可以解决的。"

宁箴低头看了她一眼，开口说了闹剧开场到现在的第一句话。

"他没有误会，他说的都是事实，我做了他说的那种事。"

魏瑶难以置信地看着他："你怎么会？你不是这样的人，不可能！"

宁箴表情淡漠依旧，他抬脚跟上送王教练的人，丢下一句话，让魏瑶久久不能释怀。

"我以前也以为自己不是，但我发现，其实我非常自私，并且十分恶劣、下贱。"

他这样菲薄自己，她却无从为他解释，因为连他自己都承认了，她一个外人，要怎么说呢？

魏瑶靠在球桌边，泪水顺着脸颊落下。这么多年了，她等了这么久，唯有此刻才真正意识到，一个人不爱你就是不爱你，不管你多好，不管你等他多久，不管他有没有喜欢的人，他就是不会爱你。而如果一个人真的爱上你了，不管你是不是单身，不管你是好人还是坏人，不管你从事什么行业，他就是爱你，就是离不开你。

爱情里，从不分身份的高低贵贱，分的只是，谁被爱得比较多。

姚垣舟把车卖了，现在没交通工具，来训练室的时候是打车来的，这会儿离开也得打车。可马上就要到下班高峰期，这条路最容易堵车，所以出租车都不怎么过来，他等了一会儿没见到车，盛潮汐紧随其后地跑了出来，他无法面对她，便直接朝不知名的方向跑去。

"姚垣舟你站住！"盛潮汐快步追上去，在他转进一条胡同时拉住了他的胳膊，他不得不停下脚步，僵在那里背对着她，毫无反应。

"你停下，你要去哪？你把钱拿回去，我不要你的钱。"

她把银行卡塞到他手里，他直接将卡扔到地上，抬脚就走。

"你给我站住！"盛潮汐哭了，她不想哭的，她已经很久不哭了，这会儿却再也忍不住，抱住自己蹲下不停地哭，哭得那么伤心，姚垣舟怎么可能还走得了。

他转身，看着她孤零零的样子，最终还是走了回来，蹲在她身边，抿着唇说："你别哭了，我不走就是了。"

盛潮汐根本不听他的话，哭得歇斯底里，像是把这些年来的痛苦和不甘全部哭出来，把这些年没有流的眼泪全部流出来。

姚垣舟彻底慌了，不断自责道："潮汐你别哭，是我错了，是我不对，我不该来找宁箴闹。你从来没正式答应过做我女朋友，是我不对，我不该乱说话，我不该污蔑宁箴，你是对的，我以后绝对不再做这样的事了，你别哭好不好？"

盛潮汐抬起头，泪眼模糊地看了他很久，他终究忍不住，把她拉到了怀里。

姚垣舟轻轻拍着她的背，柔声说："好了潮汐，不哭，我在这儿，我在这儿呢。"

盛潮汐慢慢推开他，站起身来，抬手抹掉脸上的泪水，哑着嗓子说："姚垣舟，我感谢你为我做那么多，但我已经说过很多次，我们不会有好结果的，所以也请你不要再来找我。钱你拿回去吧，把车赎回来，我不需要钱了。"她仰起头，"另外，我得跟你解释一下，那天晚上我和宁箴去陪他的队友以及教练吃饭，是因为那个叫魏瑶的姑娘。宁箴希望她早点死心找个别的人喜欢，所以要我冒充他的女朋友去吃那顿饭。他帮了我很多，我能报答他的方式很少，所以就答应了。我们之间，从来没有你以为的那种肮脏的关系。"她吸了口气，又缓缓吐出来，扯出一个笑容说，"当然，你要是不相信，那我也没办法。事到如今，你们两个，我以后都不会再见了，以后咱们桥归桥，路归路，我谁也不耽误，你们也别再来招惹我。"

她说完话就转身走了，身影那么纤细瘦弱，却好似蕴藏着天大的力量。

姚垣舟怔怔地呆在那儿，想起还是自己提醒宁箴想个办法让魏瑶死心的，如今却又是自己彻底毁掉了他们几个人之间的关系，这一切都只因为他太过鲁莽，就这么跑了过来。

可是，这又怎么能怪他呢？

他只是太害怕了，其实他现在唯一害怕的就是，她把心给了别人。

王教练的情况还好，医生千叮咛万嘱咐，叫他不要再过于激动，但宁箴的事怎么能让他不激动？

所有人都被王俊赶到了门外，病房里只剩下他和宁箴两个人，他看着自己最得意的门生拿刀给他削着苹果，本该是其乐融融的事，现在却气氛低迷，充满了愁绪。

"别削了，我没心思吃。"王俊靠在枕头上，闭上眼睛说，"这里现在也没外人了，咱们这么些年，我可能不怎么跟你说一些体己的话，但一直把你当成自己的孩子。"

宁箴削苹果的手一顿，最后还是继续下去，王俊看了一眼，叹气。

"我和你师娘早早就离婚了，那时候我们俩都是职业球手，没时间带孩子，你也知道，师父长辈的亲人都薄命，走得早，孩子让保姆带着，自然不如自己带，最后……"回忆起那时，他越发伤心，"最后孩子出了意外，我和你师娘都在国外打比赛，没能赶回来处理，最后……白发人送黑发人，他还那么小，比我见到你的时候还小很多很多，还没读过书，就这么去了。"

宁箴将削好的苹果用刀子切成一块一块，沉默安静的样子，王俊平日里是最欣赏的，这会儿却觉得这个孩子太沉寂了，沉寂得有些不正常。

"宁箴，我不知道我说这些话，你是不是听得进去，今天姚垣舟这件事，我也不想再问你究竟是怎么回事，我只想跟你说说我的想法。"

他拖长声音："我第一次见到你的时候，天都那么晚了，又是冬天，你一个瘦瘦小小的孩子，身上的衣服破破烂烂，在市郊小卖部门外的露天球桌上玩，个子也就比球桌高一点，但努力打球的样子让我想起了自己小的时候，还打得那么好……我那时就想，虽然上帝夺走了我的一个孩子，可这个孩子，多像我的孩子啊。"

他勾勾嘴角："所以我就把你带了回来，把你当亲生儿子一样一把屎一把尿地拉扯大，你现在也很有出息，没辜负我的期望，你是我的骄傲。但最近在你身上发生的这些事，我一点风声都没听见，我忽然发现，那个对我无话不谈的'儿子'，变得有自己的秘密了，他有自己的主张，喜欢上了女孩，想买房子，想做代言，但也没耽误训练，我是不反对你的……"

他提起魏瑶："我知道你不喜欢魏瑶，我也不希望我和你师娘的悲剧在你们身上重演，所以很支持你找个不同行的女朋友，但宁箴，这个盛潮汐不简单，姚垣舟为了她跟你反目成仇，今后还不知道会招惹什么事。我不是以教练的身份命令你，我以长辈的身份建议你，好好想清楚，你是不是真的决定了非要她。"

王俊说了那么多，语气和蔼平顺，就像是父亲建议儿子考虑清楚是不是真的要眼前这个女孩一样，宁箴始终低头做着自己的事，等王俊长篇大论说完，他便将插好牙签的苹果盘子递给他。

"吃点。"

王俊看着那一盘子苹果，再次叹气，接过来道："你这样，是没把我的话听进去。"

"我听进去了。"

宁箴站起来,系上西装外套的纽扣。

"我会好好考虑的。"

他说完,最后看了一眼王俊,点头告辞。

王俊没有阻拦,注视着他离开,又看看盘子里的苹果,块儿都一样大,牙签插的地方也都几乎没有差别,这个处女座秉持着完美主义的孩子,为什么会犯下如此大错呢?

从医院离开后,宁箴开着车漫无目的地在城市里流连着,直到夜深,他也没找到一个合适自己待着的地方。

其实可以回家的,但他住在姚垣舟家对面,现在他不想面对姚垣舟,所以不能回去。

那么可以去哪呢?

城市之大,竟然没有一个可以让他容身的地方。

最后,车子停在了海边。江城是沿海城市,今年冬季有寒潮,冷得快,连海都有些冻住,看不到来来回回的海浪了。

宁箴就在岸边的水泥地上,隔着栏杆望着夜幕里看不到边际的海,就那么看到了深更半夜,才驱车回家。

凌晨四点,他到达家门口,摸钥匙去开门时才发现钥匙不见了。

他稍微想想就知道,肯定是今天姚垣舟来闹时把钥匙给落在了训练室,现在训练室已经关了,他也进不去,拿不回钥匙,就进不去家门了。

他忽然想起盛潮汐,她有铁艺门的钥匙,但他随后又想起教练的话,再看看表,这个时间了,何必再去打扰别人。

于是他就坐在门口的台阶上不断地抽烟,不一会儿地上就留下一堆烟蒂。

烟雾包裹着他,他看不太清周围的东西,脑子其实很干净,什么都没想,就是单纯地想抽烟,这样可以释放压力。

他仰起头,看着冬日毫无星光的天空,就那么看了很久,黑色的大衣上几乎凝了霜,一直到天边泛起鱼肚白,他才起身离开,去吃早餐。

走的时候,他还不忘用手帕将地上的烟蒂包起来,一起丢到垃圾桶里去。

时间太早,就算是聚德轩人也还不多,宁箴坐在角落的位置,服务员立刻上前询问就餐需求,他点了粥和小菜,对方走的时候,他又加了一句"双份"。

服务员了然,自觉地为他将另一份打包,倒不是自作主张,而是上一次这位耀眼的先生过来,就是要了双份早餐,另一份打包。

宁箴吃饭的速度慢而精细,七点多的时候才离开聚德轩,驱车前往盛潮汐住的小区。

这个时间还不到上班早高峰，车程还算快，顺顺利利地到了她家楼下。他停好车，拎着早餐上楼，在电梯里按下七层的按钮，盯着红色的数字从"1"慢慢跳动到"7"，电梯门一打开，他走出去往右一看，就是盛潮汐住的地方。

离她出门还有一段时间，她可能还没有醒。

宁箴走到她的房门外，将早餐放下，按了一下门铃，便转身离开。

电梯很快朝下走，他走到三四层时，盛潮汐才打开门，她没见到人，关门时看见了门外的早餐。

她蹲下来拎起袋子，"聚德轩"的字样已经非常熟悉了，在她的人生里，给她买过这种早餐的只有两个人，姚垣舟和宁箴。

她昨天才和前者摊牌，即便他自愈能力再强，再不想放弃，也不会今天就来送早餐。

那么还会有谁？

宁箴吗？

她昨天去训练室，根本没有脸面对他。

她没看他，自然不知道他当时的情绪，也无法判断他现在的想法。

如果真是他送来的早餐，那么他的用意是什么？

感到愧疚？这件事最开始的起因的确来自他，如果他不想出这个办法，就不会发生现在的事，他多少有些责任。但答应下来的人是她，是她考虑不周全，自己一身烂摊子，又怎么能自信地以为会帮到别人。她当时要是没答应，这些事也不会发生。说到底，他们两个人都犯了错，实在没必要各自愧疚，他们都该放自己一马。

不能浪费粮食。

盛潮汐拎起早餐进屋吃了。

吃完饭化妆的时候，看着镜子里憔悴的女人，化妆品都已经无法遮盖她的黑眼圈了。

她一夜没睡，想了很多，她和宁箴还有姚垣舟之间的一桩桩一件件，发现自己可能真的太容易动摇了吧，又或者给了人什么样的错觉，最后才导致这个结果。

也许跟任何人老死不相往来，她就可以安安生生地过自己的苦日子了吧。

化好妆，她下楼时车子已经等在外面，一个小模特上班还有车接送，葛杨步步紧逼的示好让盛潮汐有点招架不住。

她稀里糊涂地过了几天，到了现在这个地步也不能再装傻，之前钟白薇话里的漏洞昭示着葛杨和宁箴有来往，那么，他们会有什么来往？葛杨的突然变化是否和宁箴有关系？他背着他，和葛杨做了什么交易吗？如果是，那他为什么这么做？

盛潮汐想了一路，到公司就直奔葛杨的办公室，只是，在她敲开门进去的一刹那，却看见里面还有另外一个男人。

这一大早的，这个人出现在这里，让盛潮汐好不容易建设起来的心理防线差点崩溃。

"潮汐啊，来上班了？一大早的，有什么事吗？"葛杨和善地问着。

盛潮汐将视线从在场的另外一个男人身上收回，用手指着那人问葛杨："他怎么在这里？"

李峰从沙发上坐起来，因为手里有钱，他过得挺滋润，穿着打扮也人模狗样，和之前在村子里那个穿着汗衫的男人有明显的不同。

"我怎么不能在这儿了？你别装傻了，我为什么在这里你会不清楚吗？"李峰看向葛杨，"葛老板，你说的事我答应你就是了，你也不用软硬兼施了，那小子肯定给了你不少好处，你要我签那个什么终止合同也行，记得把我的好处写明白，否则的话，我是不会签字的。"

李峰说完话，越过盛潮汐准备离开，冷不防盛潮汐紧紧抓住了他的胳膊，隔着衣服他都有点疼了。

"你干什么？"李峰皱眉问道。

盛潮汐转头盯着他："你什么意思？什么终止合同？你想要什么好处？"

李峰正欲开口，葛杨立刻打断说："没什么，潮汐，你先去工作吧，有些事我不能告诉你，我答应过宁先生的。"

听完这句话，盛潮汐已经猜得七七八八了，李峰没有纠缠她，还说出了以上言论，分明是有更大的利益诱惑着他放手。

盛潮汐放开桎梏着李峰胳膊的手，对方这下却不急着走了，打量了她一下说："是长得越来越好看了，可你都二十七了，还有几年青春啊？真不明白那些有钱人怎么想的，只要有钱，什么样年轻漂亮的姑娘没有，在你身上下这么大本钱，图什么？"

盛潮汐看向他，冰冷的视线让他觉得如果再不离开，她可能会掏出一把刀刺向他，于是他赶紧抬脚走了，没再说什么，可他说得已经够多了。

"宁箴给你钱了，对不对？"盛潮汐望向葛杨，一字一顿地问。

葛杨笑笑说："潮汐啊，你一向最懂事了，就别来为难我了，有什么事儿，你直接去问宁先生不好吗？他最清楚。"

看来，他和宁箴真的做了什么交易，最有意思的是，宁箴还不让他告诉自己。

盛潮汐说不清自己心里是什么滋味，可能有点矫情，更多的却是无措和对未知的恐惧。

她今天没工作，直接离开了公司，葛杨一点都不曾责怪她，也不生气，找了别人来替班拍照，还殷勤地派车送她去想去的地方，但盛潮汐没有接受。

她进了地铁站，也说不清自己想去哪里，拿出手机，坐在地铁里信号不是很好，也不知道发短信能不能发出去。

她编辑了很多话，包括疑问和求证，但看着"收件人宁箴"，那一连串的文字最后全部被删除了，留下的只有三个字。

"你在哪？"

宁箴正在开车，听见手机振动便看了一眼，看见上面的内容之后，没有迟疑，直接删除，将手机丢到了副驾驶座上。

盛潮汐等了很久都没等到他的回信，免不得有点心焦，又发了一条。

"我想见你，你在哪？"

手机再次振动，这次它的主人却没有看，宁箴直视前方，打开广播，手指不断地按着音量键，将声音放到最大，震耳欲聋，车外的声音都听不全了，更别提手机的声音。

"为什么不回信？"

"宁箴，回我短信。"

"你不愿意见我？"

连续三条短信又没得到回复，盛潮汐心里彻底乱了。

也不知地铁到了哪一站，她直接下了地铁，踏上电梯离开地铁站，回到地面之后就拨通宁箴的手机，通话音响了很久都没人接听，她烦躁地挂断又打了一次，还是没人接听。

宁箴到达训练室楼下时，手机还在不停振动，他看了一会儿，直接关上了驾驶座的门，没拿手机。

这下，不管是她发来的短信还是打来的电话，他都可以名正言顺地不去管了。

他抬脚走进大厦，头也没回过一次。今天天气不太好，阴沉沉的，他修长高挑的身影慢慢消失在大厦门前，雪花随着他的消失簌簌落下。

快要到春节的江城笼罩在一种新年喜气洋洋的气氛里，树木上张灯结彩地挂着灯笼，可走在这样人烟熙攘的街道上，盛潮汐感觉不到任何愉快和安稳。

她茫然看着手机，从没料想过有一天宁箴会对她的电话和短信不闻不问。

好像她虽然觉得自己的身份地位高攀不起宁箴，却从来没有想过，对方会完全不理会她。

她一味地考虑着远离这个远离那个，可当一个人先一步远离她的时候，那种心理落差，无法用言语来形容。当然，更令人难以接受的是，这个人还可能为她付出了不小的代价。

宁箴的生活无疑是优渥的，他住着独栋别墅，开着昂贵的车子，身上从里到外都是名牌，但那对他来说只是"世界冠军"这个职业的行头，他真正拥有多少钱有待商榷。而就算他真的非常有钱，那也不代表他需要替一个认识不到半年的女人随意花费。

盛潮汐走着走着，就发现自己走到了他的训练室楼下。

她躲到一棵树后面，隔着一条街看向那栋大厦。过了上班时间，大厦门口没什么人，来来往往的车辆有时会阻隔她的视线，她慢慢低下头，长叹一口气，抬起手看着自己的手掌，掌纹混乱，每一条线都充满了分叉，生命线也很短。她有那么一瞬间真的就想"干脆就这样"算了，她这辈子一直渴望自由，跟那两个人断绝一切关系，现在终于有了机会，还进行得十分顺利，她有什么理由拒绝呢？那不是她一直期望的吗？那不是她原以为没指望的事吗？

可她还是不能就这么接受。

她为宁箴做过什么？伪装他的女友？最后还不是被姚垣舟闹了一场，反而给他带来烦恼。照顾生病的他？他最后不也照顾回来了。

病中的人总是很脆弱，当她胃疼得几乎以为自己快死了的时候，是他陪在她身边，体贴地照顾她，将她送到医院，第二天又买来早餐。

说句实在话，那次的医药费她还没有还给他。

这么想想，宁箴真是个冤大头，为一个不相干的人做了这么多，最后却什么回报都没收到，反而惹了一身臊。

盛潮汐放开手，不再想下去，再想下去，她欠宁箴的就会更多了。

雪越下越大，她穿着宝蓝色的长大衣，每一颗纽扣都系着，灰色的围巾围住了半张脸，漂亮的桃花眼紧紧盯着马路对面，就这么一直站到中午宁箴结束训练。

"下雪了啊，下得好大，路上都是了，现在回去有点不安全，要不大家一起在附近的饭店吃一点？"有人这样提议，大家都接连附和，魏瑶看向宁箴，他还没回应。

他站在落地窗边望着外面，雪覆盖了整座城市，街上行人和车辆前进得都十分缓慢，如果要回去，还是等到雪停下，铲雪车将马路上的雪处理一下最好。

"宁箴，你呢？"魏瑶走上前，询问他的意思，宁箴回头看了看她，点头。

"好。"

他答应了。

他这样总是特立独行的人，竟然也会有如此合群的一天。

"教练还在医院，离这有一段距离，我们本来打算中午去看他的。"魏瑶笑了笑说，"看来也只能晚上再去了。"

宁箴没说话，沉默地走向众人，今年特别流行长大衣，训练室的男士们几乎人手一件。

男装的款式无非就那么几种，穿在身上都差不多，几个男人站在一起，偏偏就宁箴显得十分突出。他这个身高，其实可以直接去打篮球了，他穿着大衣站在人群中间，其他人便都被衬成了小短腿儿，几位男士很有心机地后退几步和他拉开距离，让自己的情况好一些。

"魏瑶姐，咱们出发吧？"小南也收拾好了，兴冲冲地招呼着魏瑶。

魏瑶走过去，看着也挺高兴的，能和宁箴在一起，哪怕只是吃个饭，还是大家都在，她也觉得很开心。

"走吧。"她满心欢喜地应下。

就这样，训练室的人全部结伴去大厦附近的饭店吃饭，他们走出大厦，便是一道亮丽的风景线，盛潮汐一眼就瞧见了。

看来姚垣舟来训练室闹这件事没有给宁箴带来什么影响，队员们与他相处仍然十分和善，面目平和，不像她，如果经历了这样的事，再回公司上班，其他同事还不得把她的脊梁骨戳穿？

优秀的人就是享有特权，自古以来便是如此，现实让人无奈。

盛潮汐望着人群里显眼的那个男人，拿出手机再次拨通他的电话，他还是那样走着，一手插兜，另一手自然下垂，漫不经心地望着前方，很快就要走出她的视线了。

盛潮汐朝前一步，因为站得太久，天气太冷，她腿都冻僵了，突然一走就有些控制不住，直接朝一边滑去，脑袋不偏不倚地撞到了刚才用来遮挡身形的树干上，脑子里顿时一蒙，耳边嗡嗡作响，意识有些模糊。

"小姐，你没事吧？"

站在一边的男人过来扶住了她，换作是别人跌倒，他可能就不掺和了，毕竟现在这个社会，万一是个碰瓷儿的，最后只会得不偿失。但盛潮汐这样的美女，站在雪里时间久了脸蛋都红扑扑的，妩媚之中又添了几分可爱，哪个男人能对这样的女人袖手旁观呢？

"我没事，谢谢。"

她道了谢，撑着对方的胳膊从地上站起来，树上枝丫的雪因为她的撞击都落了下来，掉在她身上和头上，本来身上就有不少雪的她几乎变成了雪人。

"小姐在等人吗？"男人热络地聊着天，"已经到下班时间了，你等的人还没来吗？"

盛潮汐望向方才看的方向，宁箴他们的身影已经不见了，她失落地收回视线，低声说了句："哦，可能是有事吧，我不等了，先回家了，谢谢你。"

　　她说完便准备离开，可一转头，却发现宁箴就站在不远的地方。

　　他穿着质地精良的黑色长大衣，系着墨绿色围巾，肌肤白得和雪几乎成一个颜色。他看着她的眼神很复杂，黑白分明的丹凤眼微微眯着，因为围巾挡着，她看不见他好看的薄唇，也就无法判断他的全部表情，更了解不到他现在的想法。

　　盛潮汐有些局促地低下头，身后的男人又走了过来，疑惑道："怎么了？是不是刚才撞得哪里不舒服？我送你去医院吧？"

　　盛潮汐匆忙摇头，抿唇说："不用了，我没事，我等到我要等的人了，谢谢你，再见。"

　　盛潮汐慢慢走到宁箴面前，脑子还有些混乱，她深吸一口气，呼出白色雾气，低下头说："我打了很多电话给你，你都没有回复，你……"

　　"我的手机忘在车里了。"

　　他几个字就解释清楚了，盛潮汐扯扯嘴角，笑得有些自嘲。

　　她沉默时，宁箴的眼神似有似无地落在她身上，从她冻得红红的脸落到冻僵的手上，再加上他那时回头看见她摔倒的那一幕，聪明的人不难判断出原因。

　　"你在这等了一上午。"

　　他说着，眉宇间现出一道深深的刻痕，昭示了他此刻心情不甚愉悦。

　　盛潮汐没说话，后退一步，忽然有点无法面对他，她招架不住此刻他身上散发出来的强烈的慑人气息，然而她无法逃跑，在她刚退一步的时候，眼前的男人就紧紧握住了她的手腕。

第 十 章　你 是 唯 一 的 星 光

"你可以进去找我。"

他抱着她，下巴抵着她的发旋儿，她靠在他怀里，有些无措。她感觉身体渐渐回温，稍稍用力，很轻易便挣开了他的怀抱。

"你看见我了？"她仰头问他。

宁箴皱着眉，儒雅温润的模样因为皱眉变得严肃而苛刻，他没回答，但等同于默认。

"那么远，我还以为你看不见。"她说着，低下头，很快又抬起来，问了她最在意的事，"你是不是给葛杨钱了？他为什么突然肯签合同终止协议了？我今天早上还看见了……"她咬了咬唇，"我还看见了李峰。"

宁箴不知出于何意，轻飘飘地说了一句话，听得盛潮汐有点激动。

"哦，李峰，你的丈夫。"

"他不是我丈夫。"盛潮汐立刻否认，脸色发白，那些噩梦一样的日子好像在她眼前重现，她后退一步，紧握双拳说，"请你确认一下再说，我和他没有任何合法证件，并且也不是自愿和他举行婚礼，你们不要每个人一提起他就说是我丈夫，我没有那样一个丈夫！"

她这样激烈的反应，其实在宁箴的意料之中。

换言之，他有很大一部分意图是故意这么说。

事实上，这也是困扰了他很久的事情。

他无从查证这件事是否属实，只能从葛杨的描述，再加上盛潮汐闪躲的言辞来判断，而这些判断最大的依据还是她的态度，她的态度让他很难确定李峰和她的关系到底如何。

在说出这句话之前，其实他心里已经有了打算。

不管对方是不是她的合法丈夫，只要她不愿意，那就不算数，她为此抗争了七年，已经付出很大代价，没有人可以否认她的意志。

"对不起。"

他很快道歉，两人站在雪里，很快身上头上就都是雪，盛潮汐看了他一会儿，开口说："我们找个地方，好好谈一谈。"

宁篌转头在四周看了一圈，抬脚离开，她下意识跟上去，却发现他过了马路，朝训练室所在的大厦走去。

"在那里不太好吧。"盛潮汐有点担心，"你的队友回来看见我，又该对你有意见了。"

宁篌头也不回道："那件事错在我，是我考虑不周，伤害了你和姚垣舟的感情，你不必自责，该自责的人是我，我和葛杨之间的事，就当是我对你的弥补。"

他不短不长的一句话，就将他替她付出的那么巨大的代价抹掉了，盛潮汐怎么可能认同？

"我虽然不知道你和葛杨达成了什么条件，但葛杨那种人，遇见你肯定会狮子大开口，你……应该也不会跟他谈判，所以……如果你说要用那个弥补我，那我实在承受不起。更何况，你也不需要弥补我，我不但没帮到你，还把你的情况搞得更糟糕。"

她低头说着，最后几乎自语，宁篌停住脚步，站在大厦一楼里侧的一个房间门外，从口袋里取出钥匙，很快打开了门。

他走进去，盛潮汐也跟着进去，屋子里摆设很简单，一目了然，有点酒店客房的样子。

"球员宿舍。"宁篌简单介绍，"应急时可以住在这。"

盛潮汐站在屋子里，宁篌回身将门关上并反锁，随后拉出椅子，示意她坐下。

她看了他一眼，他眼神太强烈，她有点不敢与他对视，最后还是按照他的意思坐了下来。

她落座之后，宁篌走到她身边，一点点解开她的围巾，她被动地低着头，注意到他将围巾解开之后抖了抖，雪花簌簌落下，她感觉脖子那里温暖了许多。

随后，他修长白皙的手放在了她的头顶，她能感觉到他温柔地在她头上拍了拍，随后长发被他捋在一起，他微凉的手指来到她的衣领处，翻领大衣上的雪花也被拍掉了。

他很温柔，动作极轻，几乎小心翼翼，她很难不产生一种错觉，一种他将她当作最疼爱的孩子的错觉。正因为知道这不可能，所以她才能那么确定地判断为错觉。

他对她真的很好，而且几乎无欲无求，他对别人都这样吗？

想到这里，她忍不住抬起头望向他，宁篌没有看她的脸，视线定在她的肩膀处，他的手慢慢落在那里，手指不知何意地摩挲了一下，慢慢收回，这时才对上她的视线。

现在的气氛有点暧昧，盛潮汐感觉耳根发热，她不是小女孩，很清楚她心里现在那种跳动的不寻常。她有些噎住，想说什么来缓解一下气氛，可又开不了口。

这次先转开视线的是宁篌，他靠到一边的桌子上，双手抄兜淡淡地垂下眼睑，盛潮汐迟疑片刻，站起来走到他面前，在他探究的眼神投向她时，她伸手摘掉了他的围巾，抿着唇说："上面的雪化了，你这样系着会很冷。"

于是，两人的围巾叠在一起，放到了那张一看就很久没人睡过的床上。

"你在这里住过吗？"

话题似乎有些跑偏，他们本该谈论葛杨的事，盛潮汐走进来之后问的第一个问题却是这个。

宁箴看了一眼那张床，没什么情绪地说："我成年之后一直住在这里，直到二十五岁买了现在住的那套房子。"

他现在已经是而立之年，换算下来，至少有五年没有再来这里住过。

这偌大的大厦，除了训练室那一层，其实都空荡荡的，没有人住，盛潮汐上次虽然是急着来处理姚垣舟的事情，但也有些察觉到了。

"自己住在这里不寂寞吗？"

其实她想问，为什么不住在家里？她从来没听他提起过家人，甚至没看见过任何和他家人有关的新闻，这和其他从事体育行业的人士很不同，他们就算再低调，也会有家人的痕迹出现在新闻的字里行间。只有他，他不曾提过一句话，特别的是，媒体也没问过他任何关于家世的问题。

对于盛潮汐的疑问，宁箴只有淡淡的一句话。

"习惯了，就觉得没什么不好。"

他说完，起身坐到床边，侧头睨着她说："问你想问的。"

他着急了吗？也对，她今天来这里，无非就是想搞清楚那个问题。

片刻后，她很直接地问："你给了葛杨多少钱？"

宁箴毫不避讳，直言道："五百五十万。"

盛潮汐如被雷劈般愣在原地，其实她也想过那肯定是一大笔钱，否则怎么会让葛杨那样唯利是图的人变得如此殷勤和好说话？她万万没想到的是，这笔钱会那么多。

"什么？！"她眼眶发热，吸了吸鼻子，难受得有些呼吸停滞，半晌才说，"你为什么这么做？这么多钱，你怎么不和我说一声就给他了？这样不行！"她不断摇头，"你已经给了吗？如果没有，赶快停止这件事，这太多了，你不能这么做！"

她不断否定他，他却无动于衷，在她话音落下之后，无情地给出一个答案。

"我已经给了。"

盛潮汐已经不知道该做出什么反应了。

对于葛杨那样的人，钱这东西向来只有进账一说，一旦进账想再要回去，那是门儿都没有，别看他现在脸色很好，一旦真的去找他要，他会立刻化身魔鬼，不但不会还钱，还会变本加厉。

七年了，没人比盛潮汐更了解那个贪婪的人，而正是因为了解，她才绝望。

"这下，我一辈子都还不清了。"她看着他的脸，那张英俊的脸，好像画上的神仙一样，可她看着他心底现出的不是什么对未来的期盼，而是彻底的绝望，"五百多万……"她呢喃着，自嘲苦笑，"五十万我都已经承受不了，现在变成十倍……"

"我从来没有说过要你还。"

宁箴开口，他的话简直如天籁一般，其他人听见怕是高兴得不能自已，盛潮汐却一点都高兴不起来。

"就算你不要，我也不能接受自己亏欠你这么多。"她略顿，到底还是掉眼泪了，她有些激动地走到他面前，带着怒气说，"你为什么要这么做？你明知道我还不起！你这么做只会让我更难受！"

宁箴看了她一会儿，问她："比被李峰和葛杨控制更难受吗？"

盛潮汐没言语，愤怒地注视着他，他继续问："欠我，比欠他们还难受？"

她哽住，低下头握紧双拳，片刻之后又颓丧地后撤，哑着嗓子说："我还不起这么多钱，这笔数额太大了，我只要一想，就觉得自己快要疯了。"她抬眼看他，眼底是深深的无奈和慌乱，"你不会明白的，如果换作你是我，你能接受吗？"

"不能。"

他竟然很快回答，并且十分肯定，盛潮汐一时不知道该怎么办。

宁箴看了她一会儿，说："你就当这件事没发生过，让它成为我们之间的结尾，今后都不要再联系，时间会让你把这件事忘记，你可以开始新生活，而我不会参与进来。"

盛潮汐困惑地看着他："那你这么做为了什么？"

宁箴薄唇开合，却吐不出一个字。

"为了你"三个字，他只能烂在心里。

他不会用这笔钱来逼她和他在一起，也很清楚他们的关系无法持续下去。那天王俊在医院跟他说的话，虽然他没表态，但也都听进去了，他们之间差距很大，如果是曾经，其实没有差距可言，但人不可以活在过去。他和她就算走在一起，也很快就会有一个人撑不住退出，他很了解盛潮汐，一旦她意识到她的存在会给他带来什么她认为的污点，就会毫不犹豫地选择离开。而对他来言，如果不能长久，那就不如不要开始。

宁箴沉默不语，她却绝对不会因为他沉默便放弃追问。

他转开视线不看她，她便站到他面前，逼视着他的眼睛，想从那双眼睛里看出他的真实情绪。

可他到底段数太高，很少有事情可以让他不冷静，她即便看见了他的眼睛，还是瞧不出个所以然。

"你为什么不说话？"

她说话带着鼻音，哭过的眼睛有些红肿，时间随着两人的交谈而流逝，去酒店吃饭的人也回到了大厦，魏瑶站在一层的电梯门口，回头看了眼宿舍的方向，那里没人。

她还记得宁篪忽然抬脚离开时的表情，他那副样子，不知道的还以为出了什么大事儿，而实际上，只是那个叫盛潮汐的女孩摔了一跤。

"魏瑶姐，走啦，不上去吗？"小南见她不进电梯，疑惑地问。

魏瑶迟疑了一下说："你们先上去，我有点累，去宿舍休息一下。"

小南点头："那你好好休息，多睡一会儿，时间还早。"

魏瑶道了谢，目送他们离开，等电梯走了，她便抬脚朝宿舍那边走去。

她知道哪一间是宁篪的宿舍，因为她就在他隔壁，是一开始挑选时，她硬从其他人那换来的。

宁篪宿舍的门关着，从外面看不出门道，于是她开了自己的宿舍门，走进去，关上门，隔着墙侧耳倾听，单薄的墙壁，其实隔断不了多少声音，但不大声说话，也只能听到模糊的人声。

"你说话啊。"盛潮汐已经被宁篪的沉默搞得有点崩溃了，哑着嗓子说，"你这样是什么意思，你想让我怎么办？你到底想要什么？你告诉我啊！"

宁篪始终不说话，他坐到床边，不去看她，她看他似乎十分平静淡定的模样，忽然开始脱衣服。

当她将大衣扔到他旁边时，他才看过去，皱着眉，表情有了些松动。

"做什么？"

他问着，依旧是陈述句的语气，那副不为所动的样子真是可恨到了极点。盛潮汐知道自己这是转嫁了自己对葛杨还有李峰的恨意，她其实该万分感谢宁篪这个大恩人的，人家可是替她出了五百多万元，这笔钱得买下多少东西？她想都不敢想，毕竟她是五十万元都要绝望的人。

"我也没什么东西可以给你。"

她脱掉毛衣，解开长裤的纽扣，一点点褪去衣衫，很快就只剩下内衣。

好在，屋子里有供暖，十分温暖，否则她肯定会因此感冒。

宁篪立刻拿起她方才脱掉的衣服想替她穿上，可盛潮汐直接后退一步，光着脚踩在地上，直视着他说："我这个人，你要不要？"

宁箴将唇瓣抿得没有一丝缝隙，紧盯着几乎与他裸裎相对的女人，半晌才说："我不是为了让你这样。"

盛潮汐笑着说："我当然知道你不是，毕竟我这个人怎么能值五百多万？但我只有这个了。那是五百万啊，就算我一年赚五十万，我都要十一年才能还你，可是以我的能力，大学都没毕业，我能去干什么？倒是有些来钱快的行业，可我就算死也不会去做的。"她看着他，一步步走过去，宁箴错开视线不去看她，她的手直接抓住他的外套，使劲一拉，他的外套很快被脱掉，西装衬衫将他的身材衬得那么完美英挺，她拧眉去解他的西装纽扣，随后是衬衫，在她即将解开他最后一颗衬衫纽扣的时候，他抓住了她的手。

她直视着他雪白精瘦的胸膛，不抬头与他对视，他的声音在她头顶响起。

"是不是必须要我给你指一条能偿还我的路，你今天才会作罢？"

盛潮汐毫不犹豫地说："是。"

宁箴放开她的手，转身拿起她的毛衣，一点点替她穿上，随后是裤子，这个得她自己穿，她看着他，他扫了她一眼，道："我缺一个保姆，你搬到我家，照顾我的起居。"

她一怔，看得出有些错愕，宁箴将大衣穿上，拿起自己的围巾，走到门口准备离开，但在走之前，又追加了一句话。

"一辈子。"

拿五百多万买一个终生保姆，这其实挺奢侈的，像她这样的人，怎么能保证自己一辈子可以赚到五百多万？以她的学历，如果不做模特了，去做个文员，一个月拿着几千块的薪水，年薪能有五万，那都是老板大发慈悲，照这么算，她一百五十年才能还清。

她忽然想起宁箴给她的门钥匙还有密码卡片，他那次说，会用上的，没想到现在还真用上了。

他似乎没想过她会拒绝，事实上她真的不会，因为这的确是偿还他的一个途径，但这样远远不够。

也许，除去保姆，她还需要找份其他工作来偿还这笔债。

这样想想，能够因此脱离李峰和葛杨，是她目前唯一值得高兴的事了。

可是她很担心，自己会因此乐极生悲。

等她穿好衣服从他的宿舍离开时，就在门外见到了等待已久的魏瑶。

宁箴离开时她没出来，就在门里等着，再次听见开门声时，魏瑶才出现。

她就知道，盛潮汐肯定在这里。

她的头发有些乱，衣服看上去和在街上时没什么区别，面貌却有明显不同。

"盛小姐好像哭过了？"魏瑶从背包里拿出一样东西递过去，"可以消除眼部的红肿，很好用的，试试。"

盛潮汐看着她手里的东西，摇头说："不必了，我回去休息一下就行，多谢你。我还有事，先告辞了。"说完，她抬脚便走，但魏瑶拉住了她的胳膊。

"盛小姐很有本事，可以让宁簌带你到这种地方乱搞，但我还是想提醒你一下，上次你和姚垣舟的事已经让教练气得住院，教练对宁簌来说如父亲一样重要，我希望你不要再破坏他们之间深厚的感情。"魏瑶语气诚恳，话里听不出丝毫破绽。

盛潮汐侧眸看了她一会儿，忽然问她："你喜欢宁簌？"

魏瑶冷着脸，不回答，默认。

盛潮汐点头说："你的忠告我听见了，我也回你一句，如果你喜欢他，不该从我这里入手，你应该直接找他。你记住，我永远不会成为你喜欢他的障碍。"语毕，她收回视线离开，这次魏瑶没有阻拦她。

魏瑶很聪明，自然听得出她后面那句话的意思。

她不会成为自己与宁簌之间的障碍，意思是她和宁簌吹了？

的确，看她出来时的表情，应该也是没什么好结果。

魏瑶心里舒服了一点，回到楼上继续训练，但她发现，下午宁簌训练时明显比上午专心，周身气息也比上午少了几分冷冽，倒像是和盛潮汐谈了一个不错的结果。

魏瑶开始困惑，这究竟是怎么了，为什么明明一开始很简单的事情，变成如今这样复杂？

盛潮汐离开这里之后，直接回了家。

一进屋子，她就开始收拾东西，猫站在她脚边跟着转圈，像是要帮忙，热心极了。

其实她的东西不算多，一个行李箱就能够装下，剩下的全是房东提供的。

傍晚的时候，她将一切整理完毕，坐在椅子上拨打房东的电话，交代了自己要退租的事情之后，便将猫装进猫篮子，拎起行李箱离开。

看着住了好久的地方，她多少有些舍不得，因为她的房租还有半年才到期，所以房东说这段时间如果她还想回来，那到时候会再给她续租，对方暂时不会租给别人。

这样的回应，让她心里稍稍踏实了一些。她走进电梯，看着红色的数字不断变动，到了一层之后，就拖着行李箱走在满是积雪的路面上。

这种天气，坐地铁是最安全的，她记得宁簌家的地址，等她到达他家门外时，他也恰好回来，车子刚停进车库，他手里提着一个袋子，看不出来里面装的是什么。

"你回来了。"她难免有些紧张，还有一丝丝尴尬，看了他一眼就转开了视线。

宁箴走到她身边，轻轻说了句"走"便走向铁艺门，很快开了门，望向仍然站在原地的她。

"过来。"

他掷地有声地说着，她无法抗拒，慢慢走上前，与他一起进去，随后他关上门，带她进了宽敞的别墅，在门口的鞋柜里拿出一双崭新的女式拖鞋拆开放到她脚边。

"原本是给可能存在的客人准备的，现在刚好给你。"

盛潮汐看看自己的高跟鞋，之前几次她可没换过鞋，不过今天地上都是雪，直接走进去恐怕会踩脏地面，于是她弯腰换了鞋。宁箴看见她将高跟鞋放到了一边，这永远只放着男式鞋子的鞋架上忽然有了一双高跟鞋，这于他来说代表着什么意义，盛潮汐不会明白。

"我住哪里？"她亦步亦趋地跟在他身后。

宁箴忽然转身接过她的行李，提着就往二楼走，盛潮汐有点发怔，其实她想住在一楼，在二楼离他太近了……

宁箴好像并没意识到她的顾忌，直接将她的行李放在了主卧隔壁的房间，里面整齐摆放着简单的家具和壁挂电视。他回眸望向她，她目光窘迫，他最近越发沉寂冷硬的那颗心却有回温的迹象。

"你住在这儿，缺什么自己添置。"

他说完，越过她离开，去了他的房间。

房门半掩着，她看到他朝衣帽间的方向走去，应该是去换衣服了。

她赶紧关上这间屋子的门，靠在门上还有些反应不过来。

怎么忽然就这样了？

以后她真的可以完全脱离葛杨和李峰，开始自己的新生活了吗？

为什么觉得这一切都虚幻而不真实，好像一场梦一样？

让她走投无路了这么多年的事情，忽然解决的时候，表面上的平和甚至让人没办法觉得那是真的解决了。

房门忽然被敲响，她吓了一跳，随后才想起自己置身何处，冷静了一下说："请进。"

门应声打开，宁箴穿着简单的居家服站在门外，侧眼看了看她，手里拿着玻璃杯。

"怎么了？"盛潮汐发现自从她知道他为她做过什么之后，就没办法很冷静地面对他，即便她自以为已经做好心理准备，真的对上他的视线，还是会很快败下阵来。

"我想你需要一段时间来适应两个人的生活，这三天你可以不用管我。"他倚在门边，"另外，我白天不回来，你可以自己安排时间，随你想去做什么。"

语毕，他关门离开，盛潮汐却越发不安了。

照他说的那样，她根本不能算是保姆了，白天可以随意安排时间，爱干什么就去干什么，那她岂不是去找份别的工作做都可以，只要晚上回来照顾一下他就可以？

这样的生活，让她无可避免地想起了夫妻之间的生活，不正是这样吗？

盛潮汐简直焦头烂额，如果真听宁箴说的做，那她不但没有做出什么回报，反而是从小房子里搬到了大别墅住，生活条件改善得更好了。

糟了，不知为什么，她总觉得，她走进了他精心为她布置的一个温床。

二楼的浴室，要经过宁箴的房间才可以到达，睡觉之前要洗澡，盛潮汐安置好了自己的猫和行李，便拿了换洗衣物，穿着拖鞋走过他的房间，准备去浴室。

宁箴房间的灯亮着，里面人影绰绰，从虚掩的门缝往里看，可以瞧见宁箴半蹲着在和阿黄玩。

难怪她来了之后就没见到阿黄，原来它在和主人玩球，宁箴丢出去，它很快捡回来，这么简单无脑的游戏，一人一狗却玩得不亦乐乎。

宁箴心情应该不错，从他轻抿微笑的嘴角可以看出来，他的背很宽，看上去异常可靠，因为是蹲着的姿势，后背和腰身的衣料有些紧绷，内里的肌理线条都可以看得清清楚楚，还有挺翘的臀……一个男人，身材那么好做什么？连她都自惭形秽了。

忽然，宁箴回头看来，眼神很奇妙，带着些细微的戏谑，轻声问她："好看吗？"

盛潮汐抬脚就走，进了浴室之后还是感觉心跳很快，她抬头照照镜子，镜子里那个女人，满脸通红，俨然一副春心萌动的样子，看得她十分诧异。

她这是怎么了？难不成她对宁箴……她有点慌乱地不敢再想下去，匆忙脱了衣服，打开花洒，站在下面看着身体一点点变得潮湿，乌黑的长发湿着披在背后，她仰起头，温暖的水冲刷着她的眉眼。不用再拍照，她都不怎么化妆，皮肤都舒服了许多，抛开最开始得知宁箴给了葛杨那么多钱之后的绝望和无措，渐渐地她会有一种安稳的感觉，欠葛杨五十万听起来少很多，可他总会想办法把钱加上去，但欠宁箴不一样，哪怕多很多，但她知道那个数字不会变，他也不会想方设法地圈住她。

她洗了一会儿，阿黄在屋子里玩够了就想出去，宁箴不打算出门，无视它的请求，直接把它带到了一楼，随后独自起身上二楼，原是打算回房间，可在开门之前，眼睛不受控制地瞟向浴室那里。

他走得近一些，可以依稀听见里面的水声，有人在洗澡。

这个房子很大，自从买下来就一直是他和阿黄在住，再也没来过其他人，就算是那些队友，也不曾有幸到他家中来做客。

但是盛潮汐不一样。

她之于他的意义，除了他自己，没有人能明白。

他靠在浴室门旁，单手插兜，一手把玩着手里的打火机，有点犯烟瘾，最后却没有抽。在听见浴室里有响动时，他很快转身回了房间，关上门，拉上窗帘，关了灯，屋子里顿时一片漆黑，没了阿黄，连一点响动都没有了。

盛潮汐洗完澡，鞋子上难免有些水渍，她穿着长袖长裤的睡衣，一边擦头发一边回房间，经过宁箴的房门前时，稍稍停顿了一下，才轻手轻脚地离开。

宁箴觉得他这是在给自己找麻烦。

为什么提出这种偿还的方式？这分明是在折磨他自己。

一片黑暗中，他坐在椅子上，眼前除了几个模糊的影子，看不见任何东西。

她很安静，回房间后一点动静都没有，他恍惚中以为，之前的一切只是自己的幻觉，其实这个房子还是他和阿黄在住。

沉默许久，宁箴起身出了门，到楼下准备做点什么吃，可他忽然发现，以前一个人住，都是在外面吃过才回来，上次他生病，盛潮汐做饭时已经把仅有的一点食材都用掉了，现在冰箱里除了点酸奶之外就真的是空空如也。酸奶也是给阿黄准备的，从来没有人抢狗食物的例子，他当然也不想开创先河。

看来只能出去吃，或者去买点东西回来了。

宁箴忽然有点烦，面无表情地上楼准备睡觉，不打算吃这顿饭了。

阿黄快步跟上台阶，收到他冷漠的视线之后乖乖地下去，跑到一楼角落的窝里睡觉。

可是这么早，狗都睡不着，人怎么睡得着呢？

巧的是，在他准备进屋的时候，盛潮汐打开了门，她已经吹干头发，身上是灰色的居家服，宽松肥大，看上去很舒适，却不是美女的配置。按理说像她这样的美女，该是穿着那种梦幻的、带着蕾丝的又或者宫廷风格的睡衣，她这种风格的穿衣法则，还真是和宁箴一模一样。

两人碰了面，一种难以言喻的尴尬油然而生，盛潮汐看了他半晌，他也不进门，她只好开口打招呼："还没休息？"

宁箴沉默不语，她有点不自在，僵硬地继续说："吃过晚饭了吗？"

这问题还真是问到点子上了。

宁箴摇了摇头，总算是肯放过她，打算开门进屋，盛潮汐却叫住了他。

"我去做点晚饭？你想吃什么？"

　　她还真是把照顾他的衣食起居当作了本分工作，这就开始实行了，宁箴倒是不反感，甚至回答了她的问题。

　　"什么都可以，但冰箱里没食材。"

　　还真是在她的意料之中，她脸上没有意外，安静了一会儿说："这样吧，你想吃什么，告诉我，我出去买，我记得小区门口有家不小的超市。"

　　宁箴皱皱眉，半晌才说："不知道。"

　　"不知道？"想吃什么都不知道吗？那可是难办了，盛潮汐琢磨了一下，望向他说，"要不，一起去？"

　　宁箴那双黑白分明的眼睛好像发了光一样，他很快点头答应，进屋换衣服，盛潮汐也回了房间，穿上厚厚的打底裤和裙子，披上大衣，戴上帽子，全副武装地在楼下等他。

　　等宁箴换好衣服下来，就看见她蹲在一楼阿黄的窝边在逗它玩。因为方才宁箴拒绝它的跟随，阿黄好像生气了一样，正闷闷不乐地趴在那儿，盛潮汐白皙的手指点了点阿黄凉凉的鼻尖，阿黄抬眼看看她，哀怨地叫了一声，尽管还是矜持地没做出太大的回应，但尾巴暴露了本性，猛烈地摇晃了起来。

　　"它一会儿就好了。"宁箴下了楼，站在她身边，轻声说，"不能惯。"

　　的确，动物有时候和人一样，一旦太惯着，就会无法无天，肆无忌惮。她想起楼上自己养的猫，它算是最不一样的，从来不给人添麻烦，就像现在，它已经吃过东西自己睡了，虽说方才有点不适应新环境，但看见自己的老猫窝和老猫砂，它很快就接受了现实，安逸得很。

　　"那走吧。"盛潮汐站起来说。

　　宁箴点头，和她并肩离开。他们这样出门，让她恍惚想起自己上学的时候，继母和父亲一起出门买菜，那时候程青青就在后面扒着非要一起去，继母总会给她使眼色，让她不要去当电灯泡，可程青青就是不肯。一到这种时候，继母就会把盛潮汐拉出去做挡箭牌，说什么"你姐姐功课还没做好，你去教教她"……天知道，她的学习成绩其实比程青青好多了，只是老师从来不会夸奖她，继母也从不把她的成绩放在心上。

　　走出门，宁箴就发现盛潮汐表情不太对劲，他也没说什么，只是忽然握住了她的手。她望向他，他面上没有一丝变化，好像刚才并没有做什么超越两人关系的事情。

　　盛潮汐是想扯回来的，可也不知是不是想起了过去，心里太脆弱，竟然有点舍不得离开他温暖干燥的手。

　　他的手很大，可以完全包裹住她的，她低下头，他黑色的大衣袖口可以看见里面白色衬衣的袖子。上次照顾他，她偶然看过一眼他的衣帽间，里面有很多件这样的白衬衣，大体上看不出什么区别，可穿在他身上，却各有各的不同，这应该不是衬衣的原因，而是人的原因。

高档小区的好处就是不但环境好，交通方便，生活起来也很便利，大超市就开在小区门口，二十四小时有人值班。这会儿天还早，超市里正是人多的时候，他们并肩走进去，吸引了不少视线。

俊男美女，总会引来不少关注，再加上宁箴的身份，因为担心别人认出他之后她的存在给对方带来麻烦，盛潮汐便扯回了自己的手，把围巾拉高了一点，只露出一双眼睛。

"你这样会影响呼吸。"

走进超市里面，开始选购商品的时候，宁箴皱着眉提醒。

盛潮汐把鼻子露出来，围巾下的嘴角勾出微笑的弧度，虽然她蒙着半张脸，但眉梢眼角都笑弯了，他知道她在笑。

"这样就可以了，你想吃什么？"

她问他，语调柔和，那么自然，好像他们做过很多次这样的事情一样。

宁箴抬眼望了望，忽然拉住她的手腕朝反方向走，面不改色道："去那边看看。"

盛潮汐愣了一下，还是顺从地跟了上去，她没发现的是，在他们身后不远处，姚垣舟和吴教授走在一起。吴教授正在给儿子的冰箱补充食材，认真挑选着商品，倒是姚垣舟心不在焉的，偶尔往他们离开的方向看一眼，只一眼，就发现有些不对劲。

那个背影他这辈子都不会忘记，那绝对是盛潮汐，除了她，还有谁会有让他看一眼就心里发疼的本事？

他下意识要追上去一探究竟，看看站在她身边拉着她离开的男人究竟是谁，他隐约觉得那应该是宁箴，那个背影那么眼熟，他却不愿意相信。他告诉自己，这一次他要冷静，他相信盛潮汐，相信她上次的解释，也本打算找宁箴好好谈一谈，所以他劝自己要冷静，冷静……母亲还在这儿，不管要做什么，都该等她走了再说。

"这个怎么样？"盛潮汐并不知道那边发生了什么，刚刚又遇见了谁，她手里拿着用保鲜膜包好的蘑菇说，"我记得你喜欢吃蘑菇，来一点？"

宁箴对于她挑选东西的行为保持着一味的认同，从不反对，总是点头，这倒让盛潮汐觉得脚步有点轻飘飘的，整个人心头发虚。

很快，他们的购物篮里就满满当当的了，盛潮汐不但买了蔬菜和米面调料，还买了一些水果，两人一边朝结账的地方走，她一边说："家里有榨汁机吗？回去可以榨点新鲜果汁喝，你应该多补充营养，我总觉得你的脸色不好看。"

一个小孩子从他们面前跑过去，盛潮汐仰头和宁箴说话没注意到，差点被绊倒，还好宁箴及时扶住了她。他蹙眉望向那小孩，对方已经被母亲抓住了，他母亲连忙回身道歉。

"对不起对不起，您没事吧？小孩子不懂事，真不好意思。"那母亲拉住孩子说，"快点给阿姨道歉，不然叔叔要打你了。"

小孩子很任性的样子："那我就叫爸爸打回去。"

"你这孩子！"母亲很无奈的样子，一脸为难地望向盛潮汐。

盛潮汐淡淡地瞥了一眼那小孩，没有跟熊孩子较真的心情，让开身子一言不发地拉着宁箴就走。不多会儿，身后传来对话声，应该是小孩的爸爸来了，那小孩特别生气地告状，说前面的那个阿姨欺负他。

盛潮汐无语地望回去，一个高高大大又很胖的男人站在那小孩儿身边，一脸凶神恶煞，只瞧着就知道对方的孩子为什么那么任性了，真是大人教得"好"。

盛潮汐都听见了，宁箴肯定也听见了，他冷漠地回过头，锐利的目光落在那男人身上。大家都住在一个小区，低头不见抬头见的，又都是有头有脸的人，可能都认识。

恰好，这个男人还真认识宁箴，他们家就住在宁箴西边那一栋，他是早注意到了自己的邻居是世界冠军宁箴，可宁箴根本没在意过周边的人是谁，所以不认识这个男人。

"不好意思不好意思，孩子不懂事，别介意。"那男人居然反过来给宁箴他们道歉，自家儿子可不高兴了，又开始哭闹，那男人直接把他抱起来走了。

"先生、太太真不好意思，我们回家会好好教育他的。"孩子母亲很尴尬的样子，应该也是觉得丢脸，那孩子的确被他们惯坏了，无法无天。

盛潮汐倒是不打算怎样，就是"先生、太太"这个称呼，真是叫得她不得不开口解释……

只是，在她解释之前，宁箴已经冷冰冰地说："那就抓紧回去教育吧。"

语毕，他拉着盛潮汐去结账，直接拿出了他的银行卡，不准备让她掏钱的样子。

她有点抗拒，想自己拿钱，宁箴皱着眉，将她的钱包塞回她手中。

"和女性出来，却需要对方付账，那是男人的耻辱。"

话说到这份儿上，她也不好再拒绝，只好先收回了钱包。

他们离开的时候，姚垣舟和吴教授也出来结账，他再次看见了那两个熟悉的背影，这次，他无比确定，那就是盛潮汐和宁箴。

　　气温到了晚上越发低了，白天下的雪这会儿都结了冰，眼看着还有十来天就要新年，小区里也处处张灯结彩，门上都贴上了春联和福字，只有宁箴家门口冷冷清清的。

　　两人回来的时候，一路上都是宁箴提着东西，尽管盛潮汐一再要求分担，可宁箴压根就不理会，全当没听见。

　　等到了家，他只抬抬下巴，她就心领神会地开锁进屋。两人走进温暖的屋子里时，姚垣舟和吴教授正一路有说有笑地回来，当然，这是单方面的，是吴教授有说有笑，姚垣舟面无表情。

　　"我和你说，这次你王阿姨给你介绍的这个姑娘可好了，也是学金融的，女博士，跟你最般配了，学历一样的人才能沟通，你就别再想着那个大学都没毕业的了，明天老老实实去和人家见个面。"吴教授语重心长道，从她上挑的嘴角可以看出她对这次别人介绍给姚垣舟的女孩非常满意。

　　姚垣舟冷笑一声："你喜欢不代表我喜欢，你这样逼着我去和我不喜欢的人谈恋爱、结婚，跟把我当作你手里过家家的玩具有什么区别？"

　　吴教授愣住，这一路儿子都没说话，她还以为他转性了，心动了，谁知道还有这么一句话在等着她。

　　"你说的这是什么话，我是你妈，我还能害你吗？那个女孩到底哪里好？生活不检点，听说还是做那种卖肉的模特，你就能忍受你未来的媳妇被别的男人随便看？"吴教授言辞尖锐。

　　姚垣舟克制着心里的怒火道："你是我妈，我不能说你什么，但我也请你尊重我的意愿，就算你不喜欢潮汐，也不要那样说她。天下间那么多行业，难道做模特就比别人低贱？收废品的和保洁员就不能抬起头做人？"他一字一顿道，"妈，你可以表达你对潮汐本人的不喜欢，但也请你正视。你是教授，修养那么好，你不应该钻牛角尖！这世上的人，只要是靠自己的本事赚钱，靠自己的双手赚钱，就都应该被尊重。"

吴教授被儿子咄咄逼人的话镇住了，茫然半晌才说："就算这样又能如何？她不适合你啊，就算你和我说通了，你要怎么和亲戚朋友说？你说得对，只要靠双手赚钱就值得被尊重，可道理大家都懂，真正能意识到的有几个？你妈我是教授，这么高的觉悟，都会钻这个牛角尖，难道你指望你和她在一起之后别人不戳你脊梁骨？我丢不起那个人！"

姚垣舟忍无可忍道："说到底你还是怕丢你的脸！你多厉害啊，桃李满天下，我这个儿子就是没出息，一直给你拖后腿，我没能到大学教书，一身铜臭味，跑去给别人理财，赚得再多也不高尚，行了吧！我的人生就该被你操纵，我就该没有自我，我就该不能和自己喜欢的人在一起，我就该不能做自己喜欢做的事，这总行了吧！我这人以后就废了，就是你的玩具了，你爱怎么玩就怎么玩，爱怎么安排就怎么安排吧！"

大声说完这些话，姚垣舟也不顾母亲的反应，直接开门回了家，狠狠地摔上大门，站得离大门几米远的吴教授都能听见那巨大的声音。

她眼眶泛红，泪流满面，指着大门说："你这个不孝子，你真是长大了，翅膀硬了，你不听话就算了，还这么跟你妈说话，我……我……"吴教授捂着心口，差点摔倒，还是路过一直在围观的路人扶了一下。她虚弱地站起来，谢过那人的帮助，从背包里取出药瓶吃了几片药，稳定下来之后就暗下决心，绝对不能让姚垣舟和盛潮汐在一起，照他现在这种心态，要真如了他的愿，以后肯定对媳妇唯命是从，到时候只要媳妇一句话，还不得让他们老两口睡大街？

盛潮汐根本不知道自己什么都没做，就已经被吴教授给判了"死刑"，就算她知道，恐怕也不会有什么反应，因为她已经完全不想再和姚垣舟有任何纠葛了。

她这会儿正忙着给"债主"做饭。

"债主"在一楼最里边的客房里，不知道在做什么，她一个人忙忙碌碌，开放式厨房亮着暖色的灯光，从客房门口望过来，充满了家的温馨感。

"债主"收回视线，又回到了房间里，等盛潮汐全部准备好了，就等他上桌吃饭的时候，他还没出来。

洗了手擦干，摘掉围裙，盛潮汐迈开脚步走向一楼里面那间客房。其实说是客房，是因为她不知道里面有什么，只当是和其他房间一样，摆着床和家具。

真等到了门口，她才发现，其实这个房间比主卧还要大，简直就是一个小型的台球训练室，里面摆着球桌，光线明亮，债主提着球杆站在球桌边，正在认真地练球。

依稀记得他说过，4月份有世锦赛要打，如今马上2月份，即将过春节，过完年，一眨眼就会到4月。他最近因为她的事烦恼很多吧，是不是耽误了训练？

盛潮汐犹豫片刻，敲了敲房门，"债主"回眸看向她，她轻声说："吃饭吧，吃完饭再练习。"

"债主"放下球杆走过来，他身材可真好，男模一样走过来，那腰身，真是让人恨不得立马扑上去抱一抱，肯定手感极好。

盛潮汐收回视线走在前面，后脑勺是没长眼睛的，脑子里却仍然是方才他走过来的画面。他本事太大了，她很难不被他影响，她真的无法确定，自己继续保持今天这种状态住在这里，会不会对他产生什么疯狂的念头。

女人有慕强心理，也总会不由自主地对英俊和优秀的男人产生好感，这无法控制。

餐厅里的气氛有些奇怪，盛潮汐偶尔会抬头看看安静吃饭的男人，却在他看过来时立马就转开，好像刚才什么事都没发生过一样。

宁箴放慢吃饭的速度，她作为房客，照顾他的人，说白了就是一个保姆，肯定不能在他吃完饭之前离开，因为她还要收拾碗筷，所以她还非得在这等着，受着诱惑与煎熬。

须臾，她实在受不了了，站起来说："我有点不舒服，先去休息一下，你吃完了喊我，我来收拾。"她说完就快步离开，并没看见宁箴流连在她身上那意味深长的视线。

回到自己的房间，盛潮汐就开始匆忙地找东西，找了半天，把睡着的猫都惊醒了，最后终于在背包深处找到一盒烟。

她拿着烟来到独立的露台，站在外面点了一根漫不经心地抽着，紧蹙眉头，心情复杂。

其实上次和宁箴谈话，有个问题她并没问出结果，那就是他为她做这一切，到底是为什么。

他当时没回答，只是给了一个她可以报答他的方式，可这方式配上那个未知的可能，让盛潮汐不得不想到那个她一直认为不可能的原因上。

很快，一根烟就见底了，她看看手里的烟蒂，叹了口气，熄灭之后丢进了纸篓。

她其实本不愿意来这间卧室的露台，因为这个位置正好对着姚垣舟家，这会儿他家里亮着灯，他应该就在里面，这是她觉得住在这最不方便的地方。

如果真要长期住下去，她早晚会和姚垣舟见面，虽然上次已经解释得很清楚，可如果被对方看见这样一幕，免不得又要误会了。

虽说就算误会，她和姚垣舟之间也没有谁对不起谁，她的人生她可以自己做主，可总觉得会很麻烦，他曾真心为她好，甚至卖掉了自己的车，拿钱给她脱离苦海，她无法报答他的好心就算了，也不希望再因为自己的事伤害到他。

收拾了餐厅之后，盛潮汐想了一整个晚上，第二天早上做完早餐，等宁箴下来吃饭的时候，她就说出了自己的决定。

"我还是搬回去住吧，我会每天早上六点到这里，帮你打扫房间做早饭，晚上再过来，做好晚饭收拾好再离开，你觉得如何？"

这是她能想出的最好的办法，余下的时间还可以做点别的兼职来赚钱，争取早日还清他。

宁箴看了她一会儿，没回答这个问题，只是将手上的袋子拿到桌上。这个袋子她之前见过，她昨晚在门口遇见他时他手里就提着这个袋子，薄薄的，里面应该是文件之类的东西。

果不其然，他将一份文件从袋子里拿出来，放到桌面上推给她，轻慢地说了一句话，让她方才坚定不移的态度瞬间有些动摇。

"这是我让律师拟好的合同终止协议，李峰和葛杨已经在上面签字，你签好之后，这份协议就会正式生效，从今往后，你就是个自由人，不再与他们有任何瓜葛。"

多么动听的话，动听到她坚硬的外壳都变得柔软。她深深地望向他，半晌才吐出一句话，这句话，让宁箴稍稍错开了视线。

"你，是不是喜欢我？"

其实宁箴是个非常理智的人。

他可以很精准地分析出他所面对的人真实的想法。

这个时候也是一样。

他没有说话，只是看着她，那种眼神，她几乎都要以为他会说"是"，可等了半天，他却说了句……

"不是。"

自己的臆想一下子被打碎，她忽然感觉尴尬，转开眼望向别处，那一分窘迫昭示着她心里曾对他的回答抱有无法言喻的期待。

宁箴微微勾唇，这么微小的弧度，她是察觉不到的，因为她根本不敢看他。

还不是时候。

现在说出来完全是火上浇油，目前的盛潮汐刚走出一个困境，她需要树立独立的自我，有自己的工作，有自己的经济能力，她需要变得自信，变得阳光，到那时候，他才能直白地讲出那句"喜欢"，因为那时候，她才会认真考虑是否接受。

如果他刚刚坦白说"是"，那她肯定会毫不犹豫地拒绝，并且说明她不希望他的感情被利用，然后又钻回自己的壳里，抗拒地过着不被期待的人生。

他可以很好地克制自己的感情，不露出任何痕迹，但他又总会刻意留下一丝蛛丝马迹，让她在心里烦恼和发愁。因为只有这样，她才不会完全将他排除到不可能发展的人之中，免得以后他打算吐露真心了却变得非常困难。

他那么智慧，那么游刃有余，那么运筹帷幄，可他有时候也会忘记，爱情本来就不是什么理智的事情，有时候理智，反而会让你失去一些东西。

"那是我想多了。"她笑着说说，转身去厨房，好像是拿什么东西。

两人各怀心事地吃完了早饭，宁箴便离开去训练，盛潮汐一个人待在家里，将他的房间收拾干净，又把整栋房子从里到外打扫了一遍，全部做完之后已经是中午十二点多了。

房子太大，浪费太多体力，她现在连动都不想动，更别提吃饭了。

宁箴说过，他白天不回来，那应该不用准备午饭了，她闭上眼靠在沙发上，就那么睡着了。

其实宁箴本来是不打算回来的。

按照惯例，他都会随便找家餐厅解决午饭，随后回训练室继续训练，晚上再吃过晚饭，然后回家休息。

只是今天有些不同。

他走出大厦，上了车，就想起家里那个人，不自觉便踩了油门，慢悠悠地回去。

因为雪天路滑，他开得很慢，约莫一小时才到家，他轻轻开了门，走进去望了望，在沙发上看见了睡着的盛潮汐。

她看上去有些疲惫，应该出过汗，发丝在眉头弯曲地贴着，轻轻一抚就会落下去。

他抬起手腕看了看表，已经一点多，两点半他还要回去训练，这会儿她睡着，应该也没做饭，可能自己都没吃。他直起身来到厨房，看了看，果然锅碗瓢盆都十分干净，这是还没开伙。

他脱掉大衣放到一边，系上围裙，瞥了一眼还睡着的盛潮汐，轻手轻脚地开始做饭。

家里多了一个人，冰箱都满了起来，随便两样都可以做出一顿饭菜，他从头到尾动作都很轻，生怕吵醒她，但炒菜的时候还是会有些声音。

盛潮汐慢慢醒过来，听到响动，警惕地转身望去，在厨房里看见了宁箴的背影。

他站在那儿，身材挺拔，脊背笔直，像一棵树。

她赶忙从沙发上下去，走到厨房这边望向他，他回眸睨了她一眼，餐厅的桌上已经摆好饭和两道凉菜。

"你回来了？那个，你之前说白天不在，我就没做午饭，今早打扫房子有点累，所以就……"

"去餐厅等。"他将锅里的青菜装盘，收拾了一下东西说，"先吃饭。"

她不太想去："还是我来吧，怎么能让你做呢。"

宁箴转开手，拒绝她的帮助，空着的手直接拉住她的手腕，把她拉到了餐厅。

闻着清淡的饭菜味道，她竟然肚子咕咕叫，可见是干了一早上的活儿没吃饭，真的饿了。

宁箴没戳穿她，她倒不必尴尬，他安静地开始吃饭，她也跟着吃了一点。

他做饭很精细，放调料都要经过计算一样，做出来的菜也非常美味，家常小菜，却十分可口，她吃了一整碗米饭，自己都吓了一跳。

她抬眼看看他，如画的眉眼，以前觉得那是温润，最近越看越觉得，那是温柔。

这两者之间，有很大的不同。

盛潮汐低下头，默默地等待他吃完，收拾了碗筷去洗碗，这次他倒是没有不允许。

"我走了，你下午好好休息。"

他说完话，也不等她回答便离开了，盛潮汐看看表，已经两点多了，路上雪滑难走，他肯定得迟到了。

盛潮汐靠在流理台边，总觉得他们的相处模式非常奇怪，但就是说不上哪里奇怪。

他口口声声说他不喜欢她，可他的言行举止完全不是那个样子。

他怎么不对魏瑶这样？怎么不对其他女性这样？偏偏对她？

他真不喜欢她？

盛潮汐万分苦恼，收拾完之后就回了自己的房间，陪着猫和阿黄玩了一整个下午，最后得出一个结论，她真的太闲了。以前总是很忙，根本没时间考虑这些，现在闲了，就整天胡思乱想，这不是一个好兆头，她必须让自己忙碌起来。

她维持现状在宁箴家里住了四天，发现他之前说的话真的非常具有参考价值。

她得在白天找点事情做，一直待在家里，迟早会发霉，然后和社会脱轨。

最后，虽然觉得自己这样很不靠谱，但她还是决定找份工作，早上早起一会儿，给他做好早饭再走，中午如果他回去，她就赶回来做午饭，晚上做好晚饭之后收拾一天没打理过的房子，其他时间就在公司工作，这样的话，算是最忙碌和紧实的安排了。

她做了决定，就跟宁箴说这件事，宁箴看上去一点都不意外，也不生气，她刚说完他就点了头。

"好。"

他说着最简单的一个字，可从他的神色来看，她总觉得他想说的是：你早该如此。

半晌，她抿唇说："我不会耽误你的三餐和房间的打扫。对了，你的衣服不用自己送干洗了，以后我会帮你送，需要干洗的送干洗，需要手洗的我会帮你洗，你……总得让我有点事情做。"

宁箴撑着球杆站在球桌边，家中的训练室比队伍的训练室要小一点，满满当当的，灯又亮，他整个人就好像在发光一样。

"好。"

他总是那么好说话，又答应了，他此刻的样子让她以为就算她要求再过分，他也会点头一样。她忽然就有点想尝试一下，这个男人的底线在哪里？

她上前一步，他一怔，后撤，身子紧贴着球桌，盛潮汐望着他的眼睛，虽然没说话，可眼神在不断地问着：你真的不喜欢我？

宁簌蹙眉回望她，她难得会有如此具有侵略性的表情，倒让他一时不知该如何是好。

她几乎整个人贴在了他身上，他呼吸停滞，看着她，眼睫颤动。

盛潮汐突然踮起脚，宁簌下意识闭起眼，但半晌没有任何异动，他再次睁开眼，她已经后撤开来，站在离他一步远的地方，眼神奇异地望着他。

"那我先走了。"她说着，告辞离开，心中翻涌着异样的情绪。

刚刚那个吻，她几乎就要落下了，甚至忘记了她一开始只是想试试他而已。

她这是怎么了？为什么心跳得这么厉害？为什么会脸红？

为什么会……因为没有继续下去，而感觉到些微的失落？

这是从什么时候开始的？

这同样也是姚垣舟现在很想问她的问题。

这天，他没去上班，早上九点，就站在宁簌家门口。

他抬眼望着二楼一个房间的露台那里，可以看见一些女性衣物，外套、裙子，都很眼熟，他对盛潮汐的一切都记得清清楚楚，那就是她的衣服。

他的手有点颤抖，拿出手机拨打盛潮汐的电话，无人接听，他又开始按宁簌家的门铃，没人开门。

是不敢开门，还是人出去了？

姚垣舟不死心地按着门铃，最后学习了上次盛潮汐的选择，翻门而入，越过花园，来到别墅门前，再次按着这里的门铃，还是无人开门。

他后撤身子看看整栋房子，透过一楼的窗子望进去，空荡荡的，是真的没人。

姚垣舟无比失望，只好离开。

回到自己家里，他又开始给盛潮汐打电话，可打了好几个她也没接。

这会儿，盛潮汐正在面试。

她在招聘网站上投了几份简历，大多是些不怎么要求学历的内勤工作，薪水普遍不高，但总归是份工作，先做着也比坐吃山空强，毕竟她还欠着宁簌一笔巨额债款。

准备面试时，盛潮汐便将手机调成了静音模式，所以任凭姚垣舟打了多少电话，她都没听见。

他开始绝望的时候，把电话拨给了宁箴，宁箴正在训练，拿出手机看见他的名字，手指从接听键挪到挂断键，最后还是挪了回去，接了电话。

"是我。"姚垣舟声音消极，"见个面吧，这次我冷静了。"

其实见不见面有何所谓？事情已经不会有什么改变。

宁箴最后还是答应了。

接完电话，他放下球杆，去吸烟室一个人待着，整个人靠在椅背上，叠起双腿，漫不经心地弹着烟灰。

烟雾缭绕，模糊了视线，他稍稍眯眼，复又拿出手机，不甚娴熟地编辑了一条短信，收件人：潮汐。

"面试如何。"

四个简单的字，带着特色的句号，盛潮汐面试完出来，在看见那么多未接电话之前，先看见了平静的短信。

盛潮汐此刻心情还不错，将手机解锁，去看未接电话之前先回了短信。

"请你看电影，晚上有时间吗？"

宁箴收到短信就皱起了眉，想起他方才答应了姚垣舟见面的事，弹了一下烟灰，单手编辑了"没空"两个字，可迟迟没有发出去。

最后，他还是删除掉，发送了"好"这个字。

姚垣舟无心工作，靠在办公椅上想着晚上该如何跟宁箴交谈，很快手机再次响起来，他就收到对方的短信。

"晚上突然有事，见面改到中午。"

姚垣舟忽然有点慌乱，这么快就要见面？说心里话，他有点不知道该如何应对宁箴。那天他去找宁箴吵闹，盛潮汐的话犹在耳畔，她说她不是他的女朋友，从来没答应过他，他仔细想想，的确如此，他不该用以前的关系来绑架彼此，那他那天的指责就不作数。

可是，宁箴曾是他非常看重的兄弟，他明知道自己喜欢潮汐，还和她发生那么多事，这让他感觉自己被"背叛"了，他非常焦虑，这种心情一直持续到中午程青青打来电话。

"姚学长，我们见一面吧，我听朋友说，我姐姐从星光模特离开了，你知道她去干什么了吗？她从哪来的钱让葛杨肯放她走呀？你给了她五十万元？"

姚垣舟心里咯噔一下，瞬间想到了宁箴。

五十万元，对他这种被母亲把持着经济大权的人来说，得想想办法拿出手。

可对宁箴那样的人来说，根本不算什么。

　　他瞬间面如死灰，有些明白为什么那天晚上会在小区超市看见盛潮汐和宁箴在一起了。

　　宁箴和姚垣舟约在一家咖啡厅，姚垣舟到得比较早，坐在那里低头喝咖啡，宁箴坐到他面前的时候他才恍然发觉，抬眼望着这位曾经推心置腹的朋友，心想着，或许那只是自己单方面认为的推心置腹，对方可一直没有给过类似的回应。

　　思及此，姚垣舟开口说的第一句话就变成了："你到底有没有把我当作朋友？"他略顿，强调，"曾经，哪怕一分钟？"

　　宁箴微微蹙眉，须臾道："一直。"

　　一直。

　　这个词听起来，真是让他心情舒缓不少。

　　不过，舒缓的只是一部分，更多的却是越发悲哀。

　　"其实我不知道该怎么说。"他侧开头望着窗外，"你现在和潮汐住在一起？"

　　服务员送来咖啡，宁箴点头道谢，等对方走了，他才平静地又点了一下头。

　　"我昨天就看见了。"宁箴没否认，姚垣舟也没处发火，他目前身处的位置相当尴尬，明明是他先认识盛潮汐，也是他拜托宁箴暂时帮忙照顾，可他们俩要是真走到一起，他能责备的只有宁箴不顾朋友情分，横刀夺爱，"你们在一起了？"他眼神伤感，有点颓废，下巴有清晰可见的胡茬，想来最近工作也不是很上心。

　　宁箴这次没点头，端起咖啡喝了一口，也不看他，轻慢平淡地讲话。

　　"没有。"

　　姚垣舟心里一轻，重燃起一些希望，正要说什么，宁箴就又开口了。

　　"不过，我希望可以跟你公平竞争。"他目光直接地看着姚垣舟，"并且，我认为我更适合她。"他冷静地分析道，"你的家庭环境并不适合她，你会为了她真的和父母决裂吗？"

　　姚垣舟很想大声地说"会"，可一个简简单单的字到了嘴边，就是怎么都说不出来。

　　他茫然地望着宁箴："所以你的意思是，你的确喜欢她，也的确想和她在一起？"

　　宁箴颔首，不否认。

　　姚垣舟这下彻底忍不住了："宁箴，你得有个先来后到吧？如果不是我，你会认识潮汐吗？"

　　宁箴直视他："你忘了，在你说之前，我们就已经认识了。"

　　"……"好像的确如此，那次盛潮汐去给宁箴送大衣时，他也在场。

　　没有他，他们的确会认识。

"还有上次，你母亲来闹事，即便你不拜托我，我也会照顾她。"

他直截了当的说话方式让姚垣舟好不容易冷静下来的情绪再次翻涌，他克制着怒气，一种深深的无力感席卷了他，他深吸一口气，手放在桌上，紧握成拳。

"你这是在告诉我，我说的话全是无理取闹，你有理由并且完全可以去追求潮汐，是吗？"他眼眶发红，眼睛里布满红血丝，那模样有些狼狈，和对面正襟危坐好整以暇的宁箴简直是天壤之别。

宁箴忽然不说话了。

他看着姚垣舟，竟然有些不忍。

姚垣舟看见他眼中的怜悯简直怒火中烧，男人最无法接受的大概就是同性之间的怜悯，更不要说他们已经从朋友变成了情敌。

"收起你那种眼神，你看不起我是吧？是，你是很优秀，我没法和你比，你是世界冠军，我只是个商人，但在潮汐这里，我的起点比你高。你记着，我不会输给你，我不会就这么把潮汐让给你，你休想从我这里抢走她，一开始她就是我的，最了解她的人也是我。"姚垣舟站起来，尽量压低声音，不引起其他人的注意，但他愤怒的样子还是让其他桌的客人侧目，"那次晚上我喝醉，去了你家，我那时真心把你当朋友，我对你说的话，你一直都记得吧。"

宁箴注视着他，一丝不苟道："是的，我记忆犹新，犹如昨天。"

姚垣舟更生气了："你明明都记得，你明知道我多喜欢她，你还说你把我当朋友？朋友会明知道这一切还像你这样横刀夺爱吗！"

最后几个字，他是真的控制不住了，大声质问着。宁箴不回应，皱了皱眉，薄唇开合，像是要说什么，最终什么也没说出来，冷着脸站起身，扬长而去。

姚垣舟快步追上去，出了咖啡厅一直追到停车场，不死心地说："宁箴，你站住，我再问你最后一次，你能不能放手退出，那样我们还是朋友！"

宁箴停住脚步，回头看着他："你认真的吗？"

姚垣舟一怔："我当然是认真的。"

宁箴忽然露出一个讽刺的笑容："你觉得我们到了现在这个地步，就算我退出不跟你竞争，我们还能像以前那样做朋友？还是你觉得，只要没有我，你就有足够的把握让潮汐回到你身边？"

这两个问题，直接把姚垣舟问愣了，他呆滞地站在那，眼瞧着宁箴开车离去，直到电话铃响起，才回神后退几步，把主道让出来，其他准备离开的车辆这才得以通行，对这个神经病一样站在车行道上的人嗤之以鼻。

姚垣舟抬起手，看着手机上的"程青青"三个字，如鲠在喉。

半晌，他才接起电话，电话那头的程青青急切地说："姚学长，你怎么还没到呀？我下午还要拍戏，你再不来我可走了，你真不想知道我姐姐的事？"

姚垣舟深吸一口气，沙哑地说了声"马上到"，随后便走出停车场，打车前往约定地点。

因为把车卖了，想给盛潮汐钱，他现在没车可开，那笔钱盛潮汐没要，他也没打算再把车买回来，留着这钱，万一哪天她又有困境，他还可以帮一把手。

只是，当他见到程青青，就知道自己还是太天真了，他这点钱，真是不足挂齿，难怪盛潮汐连看都不看一眼，因为已经有人替她给出了超高的天价。

"姚学长，我真好奇，我姐姐到底哪里有魅力，可以让一个人为她掏出这么多钱。我现在的身价拍几部片子都达不到五百万元，她居然可以让人一次性拿出五百多万元来赎身，你说这奇不奇怪？"

她花了点心思从葛杨那问到这个消息，就如上次她问到盛潮汐为什么一直在他那里上班一样。葛杨对于这位影视圈风头正劲的新人，多少有拉近关系的意思，如今盛潮汐自己都知道是宁篾帮的忙了，他隐瞒与否已经没有意义，还不如卖个人情给程青青，何乐而不为呢？

姚垣舟木着脸不说话，看上去似乎刚受了什么刺激，程青青迟疑片刻，说："姚学长，上次的事我跟你道歉，其实我很希望你和我姐姐在一起的，只是……你也知道，我担心你应对不好家里的情况，没想到帮了倒忙。"

姚垣舟看着她，露出一个嘲讽的笑容，程青青干脆直接道歉："好好好，是我不对，我当时……你知道，我那时候和我姐姐吵架，不过我现在已经想开了，恋爱自由，你和她之前就相爱，隔了这么长时间，你们总算又见面了，哪里还有辜负这次相遇的道理？"未来影后又开始飙演技，"姚学长，你知道是谁替我姐姐给的那笔钱吗？"她竖起手指，"五百多万啊，你猜猜是谁？"

姚垣舟看着她，不确定地问："不可能是宁篾吧？"

程青青意味不明地笑了笑，说："就是他。"

姚垣舟已经没有表情了，就那么看着她，一言不发。

他现在就跟站在悬崖边上差不多，刚刚和宁篾见面时，他抱着最后一丝希望，但对方还是毫不犹豫地抹杀了他最后的希冀。而现在，程青青成功地又抛出了压死骆驼的最后一根稻草，让姚垣舟彻底放弃了和宁篾谈和的可能。

曾几何时，他以为即便自己是站在悬崖边，也希望推他下去的那个人，不是宁篾。

可现实，无情地给了他一个响亮的耳光。

没有反应，就是最好的反应，这是程青青所认为的。

当她知道是宁箴帮盛潮汐成功逃离葛杨和那个神秘男人的魔掌时，心里也是愤愤不平的。

当初听说姚垣舟认识宁箴，她就想着可以结交一下，她看过很多次宁箴的比赛，可以说，宁箴是她的男神，她认为自己才是可以跟他匹配的人选，没想到对方会和自己那个糟糕而狼狈的姐姐扯上关系，还付出了这么大的代价，真是让她叹为观止。她是不是该去找盛潮汐取取经，看看对方到底有什么妖魔鬼怪的伎俩？

当然了，这些想法她都烂在了心里，不会告诉任何人。

她露出天使一样的笑容，温柔地说道："姚学长，不如这样吧，我有个办法，对我们两个都非常有利。"

姚垣舟望向她，眼神总算有了点松动，要是以前，他是肯定不会跟她合作的，因为她阻挠过他和盛潮汐在一起，他非常记仇。

"是这样的，你知道，我一直想认识宁箴，也希望可以和他发展一下，你把他的联系方式和经常活动的地点给我，我来帮你搞定宁箴。一旦他喜欢上我，自然就对我姐姐没心思了，你不就可以获利了？"

这话听起来很诱人。

也是他一开始的想法。

宁箴如果可以退出，那他就算没有百分之百的把握，也不会像现在这样走投无路。

说真的，家里的阻挠已经让他精疲力竭，如果再有宁箴那样强劲的对手，姚垣舟是真的灰心丧气，没有指望了。

半晌，他抿唇说："宁箴和一般的人不一样，不是你想的那么容易喜欢上谁。"

程青青笑道："这就是我的问题了，你就别操心了，只要你肯帮我，我就有把握。"

混迹娱乐圈有段日子，程青青对这方面也算是有经验了，能跑到今天这个位置，并不全靠演技和美貌，娱乐圈里有美貌和演技的人太多了，怎么她们没红呢？

姚垣舟有点犹豫："这是不是不太好，我擅自将他的行踪告诉你，这有点……"

程青青啼笑皆非："姚学长，你这人最大的缺点就是太为别人着想了，你怎么不为你自己想想？他都横刀夺爱了，你现在只是告诉我一些他的个人信息，这两个相比起来，你觉得谁更过分呢？"

这话说得太有道理，姚垣舟根本无法反驳。

　　于是最后，他还是点了头，点完这个头，他忽然觉得自己的人生从此以后可能就是一团乱麻。

　　真不知道，再遇盛潮汐，究竟对他是好还是坏。

　　姚垣舟将宁箴训练室的地址、住址及电话等个人信息全部告诉了程青青。

　　程青青倒也没急着马上打电话，她将号码存下来，又打开微博关注了宁箴，看着对方微博上发布的几条信息，仍然是那几条关于比赛的，几乎没有个人生活内容，她不免有点失望。

　　拿着手机，程青青忽然又想起了盛潮汐，于是打开对方的微博，发现她虽然离开了星光模特公司，微博却还没有调整，大概是没想到这些。

　　她转转眼珠，一个点子在心里冒出来，她托着下巴笑了笑，放下手机继续工作。

　　此刻，宁箴正在训练，今天下午他有些心不在焉，虽然发挥得依然不错，但和往常还是有点差距。

　　王教练看出来，把他拉到一边，问他："怎么回事，心思不在训练上，有事？"

　　宁箴坐到椅子上，手握球杆，摇了摇头说："没事。"

　　"你这像是没事的样子？"王俊皱皱眉，"对了，你和上次那个叫潮汐的女孩现在怎么样了？分了没有？"

　　宁箴没回答，低下头，轻抚球杆。

　　"这是还没分啊？"王俊脸色阴晴不定，"你就非她不可？"

　　宁箴看向他说："教练你放心，我不会因此影响比赛的。"

　　"看来你是真的非她不可了。"王俊冷下了脸，"那么你想过没有，她的过去会给你的形象带来什么影响？"

　　"没有关系。"

　　他很平静地吐出四个字，王俊一口气堵在胸口，心情差到极点。

　　半晌，王俊问他："要是我不同意呢？"

　　王俊对宁箴有知遇之恩，可以说如果没有王俊，就没有宁箴的今天，宁箴也很清楚，王俊做这么多，是为了他的成绩，为了他的前途。他自己这么多年的努力，也都是为了出人头地，回报王俊的恩情，如今已经做得够多，他自认没有让对方失望过。

　　有时候，他也想为了自己而活一回。

　　他嘲笑姚垣舟家里的烂摊子都处理不好，还追求盛潮汐，他自己何尝不是也有一堆烂账。

　　"我心里有数。"

宁箴说完这五个字，便起身继续训练，王俊看着他的背影，陷入沉思。

晚上宁箴训练结束，走下楼时，手机响起来，是盛潮汐的短信。

她已经在大厦对面的公交站那里等他了，就是她上次下雪时过来站的地方。

宁箴走出大厦，刻意等大家先出去之后才抬脚朝街对面走去，他这么做的原因是怕盛潮汐会觉得尴尬，当然也不希望上一秒还劝他和盛潮汐"分手"的教练看到他们还在"约会"。

这可以称为约会吧？

这绝对是约会。

宁箴开车载着盛潮汐去影院的时候，心里就在想这个。

盛潮汐拿着一张海报说："你想看什么？科幻、恐怖还是剧情？"

宁箴抽空扫了一眼那海报，一眼就瞧见了唯一一部爱情片，于是果断地选择了那部。

"看第二排第三部，海报不错。"

盛潮汐扫了一眼海报上相拥的男女，是一部法国片，之前听口碑还不错，不过……她瞥了一眼宁箴，他看上去开车开得很认真，她原以为他这种性格的男人，会比较喜欢看剧情片或者传记，都已经想好不行就去看《霍金传》，没想到他选了部爱情片。

算了，也好，总比去看传记好。

盛潮汐点了点头，将海报放下，靠到车椅背上，目视前方，让人觉得最近几天的生活很不真实。她直接走了，没去告辞，葛杨根本不找她，李峰也不见踪影。钱的魔力真的很大，但她不确定这件事是不是一定不会再有变数，毕竟贪婪的永远贪婪，很难用一时半会儿的变化来衡量他们以后的选择。

不过也没关系，现在她有那份合同终止协议，就算他们再想搞出点事情来，她也不害怕了。

盛潮汐心里安慰着自己，车子就停在了电影院外面，她先行下车，宁箴去停车，她则去排队买票。最近天气冷，又临近过年，人们都很繁忙，来看电影的人其实不多，她没排多久就买到了票，宁箴也停好车回来，站在来来往往的人群中望着她，那么显眼。

他穿着驼色的大衣，系着灰色的围巾，高大挺拔的身材，白皙如玉的脸，见到他的人都会忍不住驻足，可能还有人认出了他，几个小姑娘跃跃欲试地上前，他却忽然抬脚离开，拉着盛潮汐的手腕就走。

"要不要吃爆米花？"

他声音低沉地问话，盛潮汐却答非所问："这地方是不是太招摇了，万一被人拿出去说怎么办？"

宁箴不回答，直接去买了爆米花，随后又牵起她的手离开。他们没注意的是，身后已经有人拍下了他们牵手的照片，随后发了微博。

"嗷嗷嗷嗷嗷，在电影院看见宁箴了！和一个挺漂亮的女孩一起看电影，男神都有主了，好伤心……"

小姑娘的文字其实问题不大，宁箴到底不是娱乐圈的人，别人也不会用对待娱乐明星的态度来对待他，她配的图又只是个牵手的背影，看不见正脸，问题本来并不大。

最棘手的，其实是别人的有心利用。

当这条微博被送上热门的时候，盛潮汐和宁箴已经开始看电影了。

看这部电影的人不少，大多是情侣，他们俩坐在一起，周边都是拥抱的人，怪尴尬的。

而微博上，关于他们关系的猜测正纷扰嘈杂地冒出来，程青青的助理看到这条消息，马上拿来给她看，因为她之前嘱咐过，任何关于宁箴的消息，都要第一时间告诉她。

程青青只看了那张照片一眼就知道宁箴牵着的女人是谁了。

看来，她得抓紧时间行动了，她姐姐明显是一副恋爱中女人的模样，虽然没主动握着宁箴的手，但她也没有推开，这代表什么，程青青比任何人都清楚。

盛潮汐算是个比较克制的人，在感情方面尤甚，在高中的时候，她对姚垣舟的感情就十分隐忍，她很清楚自己的身份，所以尽管很喜欢，但一直默默地站在后面，从来没奢望过可以正大光明地和他有什么来往。

像她现在这样，愿意与宁箴这样备受瞩目的人惹上关系，还举止亲密地一起去影院这种人的公共场合，分明是打算铤而走险，试一试她能不能就此脱离苦海，飞上枝头变凤凰了。

她怎么可能让盛潮汐如愿？

程青青轻哼一声，对助理说："你跟白姐说，让她联系之前我们买过的那些个营销号，把这个新闻炒起来。这个女孩我知道是谁，微博名字你记一下，是个内衣模特，多放一些她的裸露照片，越低俗越好，你直接告诉白姐，她会明白我的意思。"

助理不断点头，听完就马上过去告诉程青青的经纪人白姐，白姐点了根烟，吐出烟圈，轻哼一声说："这丫头自己还没站稳呢，就开始有那么些小心思了。"想起程青青之前拜托她帮忙时的承诺，白姐也没拒绝，点头应下之后，便让小助理回去报信。

得到白姐的应允，程青青彻底放下了心，心情愉悦地继续拍戏，网络上也跟着炸开了锅。

在微博上最显眼的位置，营销号新发布的爆料微博已经炒了起来，标题相当惊人——那个十八线内衣女模又杀回来了，高冷斯诺克世界冠军最终还是被低俗网红搞到手！

电影院里看手机是挺不文明的行为，所以盛潮汐和宁箴都没有这么做。

黑暗的光线下，只有大银幕是亮着的，爱情片看得人少女心泛滥，不免对身边的男人产生一丝不切实际的幻想。她侧眼，宁箴正专注地看电影，银幕的光点亮他英俊的脸，她觉得他比电影里的男主角英俊多了，他那么好，他最好，他现在和她在一起看电影，她甚至油然而生一种难以言喻的成就感。这其实有点险恶，因为这只是一场电影，出去之后，他们还是规规矩矩的宁先生和盛小姐。

"电影不好看？"

他沉澈的声音响起，她才发现自己的注视太过明显，他很难不发现。

她有点尴尬，侧开头继续看着银幕说："很好看。"

她转回去了，他却转过头来，视线直接而撩人："那你为什么不看电影，却在看我？"

你比电影更好看。

她当然没办法这样回答。

只能沉默片刻，说："我担心你会觉得无聊。"

宁箴微微勾起嘴角，收回视线直视前方，平静地说："很好。"

他对影片的评价那么高，是真的出乎盛潮汐的意料，在她看来，其实也就还行。

"你觉得很好？"她不自觉地发出疑问。

宁箴"嗯"了一声，过了一会儿才说："美好的爱情，令人向往。"

他真是分分钟一句话就说得让她无言以对。

好像这个时候回复什么都是错的。

但她还是忍不住说："你会向往爱情吗？"

他这样的人，总给人清心寡欲的感觉，像一捧雪，一眼就可以从外看到里，全部是纯洁无邪的白。他好像天生是没有七情六欲的人，总是温文尔雅，仪态非凡，淡泊名利。爱情这样的东西，似乎不该为这捧雪染上火热的色彩，因为雪那么冷的东西，怎么会烧得起来呢？

宁箴微垂眼睑，侧视着盛潮汐，勾着嘴角说："我读过一句话，说是'沐浴在五光十色的城市里，没理由不沾上一点缤纷'，我当然也不例外。"

这是肯定的回答。

盛潮汐眯眼看着他，总觉得这个男人有什么很深的东西不肯透露给她。

"是吗？"她意味不明地反问了一下，笑了笑，收回视线，继续盯着大银幕。

电影结束的时候，已经快晚上八点了，他们都还没吃饭，盛潮汐今天十足土豪做派，不但请客看电影，还请客吃饭。

倒也没去太好的地方，只是找了街角一家还算僻静的西餐厅，里面人很少，他们坐在最角落，不仔细看都看不见那里有人。

盛潮汐拿出手机，本想看看时间，但连上餐厅的 WiFi 时，微博弹出一条热门推送，"宁箴"两个字躺在上面，让她不受控制地伸手点开。

宁箴本身就不是个对网络热忱的人，更不属于低头族，有点老年人的做派，喜欢看看报纸，听听新闻。

他没兴趣连什么 WiFi，点完餐之后便坐在那里喝水，余光瞥见盛潮汐一脸呆滞，便顺着她的目光看向她的手机屏幕，手机平放在桌面上，他可以很轻易地看见上面的内容。

是他和她牵手走进电影院的照片，营销号已经炒上了天，娱乐官媒也发布了类似消息，他下意识拿出手机，因为看电影他开了静音，这会儿拿出来一看，果然有十几个未接电话，基本都来自王俊。

他今天离开训练室时，王俊又一次语重心长地嘱咐他要考虑清楚，他不断地回应会"注意"会"小心"，可晚上立马出了这样的事，王俊应该会采取一些非常手段。

新闻的内容朝好的方向发展也罢，但全篇充斥着对疑似他女友的"网红女模特"恶意的揣测和侮辱，配图还放了很尴尬的表情图片上去，即便他并不在意这些，事件的女主角和王俊恐怕都无法就这么算了。

但有趣的是，在宁箴开口之前，盛潮汐忽然收起手机，抬眼望向他，发现他好奇地注视着她，便笑着说："多吃点，饿了，电影也不错，一会儿上去打个五分。"

她没提这件事。

方才她看见新闻失神，应该也没发现他看见了。

她这是什么意思？

宁箴手里握着水杯，面露思索之色，狭长的眸子淡而温柔地凝视着她。她微垂着头，长发披肩，时下十分流行的空气刘海薄薄地遮着额头，淡妆衬得她五官越发精致，那双未语含情的桃花眼时不时瞥他一眼，她肯定不晓得，这就是实打实的"勾引"了。

外面满城风雨，这街角西餐厅的角落里，却安静平和极了。

餐点一道一道地上来，两人各自用餐，秉持着在家中的习惯，并不交谈。

盛潮汐吃得很慢，吃一点就会停一会儿，宁箴看了看她，也放下了刀叉。

"不合口味？"

他说话的语气带着不加掩饰的关切，这让心中情绪翻涌的盛潮汐稍稍缓和。

她抬起头，看了他好一会儿，才摇摇头说："不是，时间也不晚，我们慢慢吃。"

吃完出去，就得面对一些不得不面对的东西了。

宁箴并不点破，只是随口说了句："还没喂狗。"

阿黄还在家饿着。

他一向最惦记这条狗，之前他们有所深交，也多亏有阿黄存在。

盛潮汐一下子泄了气，白着一张脸说："对啊，那快点吃吧，我们抓紧时间回去。"

她重新握起刀叉，宁箴的手就在这个时候落在她手上，带着一丝暖意。

"饿它一会儿，没关系。"

简短的话语，不超过十个字，却说得盛潮汐心里矛盾重重。

其实每个人心里都生存着一个恶魔。

每个人都有自私的一面。

只是它有时候隐藏得很深很深，在一定的时间，才会展现出一丁点来。

盛潮汐像是笑了笑，又敛起笑容，两人慢吞吞地吃完了这顿，离开餐厅的时候，却再也没办法装傻充愣，以为什么都没发生过了。

回到车上，准备回去的时候，盛潮汐坐在副驾驶座上说："你看一下手机。"

宁箴面不改色道："怎么了？"

她笑笑，侧头看着他的脸说："我们去看电影被路人拍到发上了微博，有人认出了我，你之前跟我互粉的事，他们还记着呢。"

宁箴转动方向盘，看着后视镜开始倒车，意味不明地说了句："是吗。"

盛潮汐观察着他的侧脸，从下巴到喉结的线条非常优美，皮肤又白，穿什么颜色都好看，再加上年纪轻轻就有不俗的成就，她和他混在一起，的确是该被诟病和非议的对象。

"你好像并不介意？"

她说着，心里竟然产生一种"啊你看他自己并不那么认为"的庆幸感，这其实是一种预兆，她很清楚这预兆代表着什么。当初念书时，姚垣舟第一次对她表现出善意后，她便是这样的感觉，从此，一发不可收拾。

"你都不在意，我有什么好在意。"

车子倒好，开始行驶，路面上的积雪已经处理得差不多，大城市的好处体现了出来。

这会儿也已经九点多了，街上车辆行人已经不算太多，他们从餐厅回到家也就用了半个小时的时间，到达之后，她便先行下车去开门，阿黄立刻跑到门口，叼着饭盆浑身扭捏，这是饿了。

宁箴进屋的时候，就看见盛潮汐蹲在阿黄的狗窝边喂它吃东西，阿黄吃得很欢实，盛潮汐轻抚着它的头，它一点都不抗拒，以前可不是这样，谁要是想摸它，得好好劝劝。

他走到她身边蹲下，她回头看着他，他原本以为她会和以前一样很快收回视线，但是没有。

她一直看着他，眼神变幻莫测，他总觉得她和以前有点不同。

"怎么了？"

他问出口，她却不给回答。"没什么。"她站起身，"我上去喂猫。"

宁箴也站起来，看着她的背影消失在二楼转角，微微抿唇。

她这种变化，他是该高兴，还是该想想对策？

他一直很理智地安排着一切，即便教练依旧在不停地打电话，他此刻也没半分慌乱，但是她的反应让他有点游移不定了。

最后宁箴还是没想清楚，索性也不再想，回到二楼主卧换衣服，换完衣服出来准备洗漱，见到盛潮汐正抱着猫靠在门边，望着他这边。

"找我？"

只有这种可能。

盛潮汐笑笑说："要去洗澡？去吧，我没事，就是屋子里有点闷。"

他是不是该做出一个苦恼的表情？

但是没有。

他面不改色地点头离开，盛潮汐看着浴室门好一会儿，才转身进屋。

浴室里，宁箴锁好门，拿出手机，教练又来电话了。

他的主卧和盛潮汐的卧室紧挨着，如果在卧室接电话，他担心她会听见，在这里是最好的。

他接起电话，那边王俊立马开始责备："宁箴！你在干什么？你知不知道我打了多少电话给你？你眼里到底还有没有我这个教练？我看你的手机留着也没用了，反正有电话也不会接，你干脆扔了算了！天塌下来你都不关心是吧？"

宁箊将手机拿得离耳朵远一些，轻声说："之前在看电影，手机静音，没发现有电话。"

王俊愤怒道："我当然知道你在看电影！不只我知道，全世界都知道，你是真傻还是装傻？我不信你没看见新闻。"

宁箊坦白："我看了。"

"你看了？看了才不敢接电话，是不是？"王俊说话非常直接。

宁箊沉默着不说话，其实有时候解释和否认并不讨厌，总好过这样沉默不语，让人猜测众多却不给一个答案来得好。

"我马上就到你家了，你准备给我开门，新闻上说你们都同居了，我必须得弄清楚这件事。"

王俊说完就挂了电话，没有一点商量的余地。宁箊看看手机，又看看浴室的门，果断走了出去。

盛潮汐躺在床上，听见敲门声还吓了一跳，放下手里的书去开门，猫就跟在她脚边。

"你不是在洗澡？"她看着门外的宁箊问。

宁箊没回答，只是说："我忽然又有点饿了，想吃聚德轩的粥，现在应该还开着门，帮我去买一份？"他将车钥匙递给她，"会开车吧？"

盛潮汐稍稍后撤身子，疑惑地打量了他一下，摇头："没那个闲钱考驾照。"

宁箊直接拿出钱包递给她："打车去。"

盛潮汐半晌没接，过了好一会儿才说："你是不是有什么事瞒着我，想支我出去？"

宁箊依旧不回答，只说自己要说的："不管是不是，你去吗？"

盛潮汐这次没有迟疑，直接回身去穿衣服，还好她还没来得及换居家服，套上大衣就可以出门了。

"钱包就不用给我了，算我请你，你可是我的大债主。"

说完话，她笑着越过他身边，下楼，开门，离去，一系列动作行云流水，毫不扭捏。

盛潮汐离开后不久，王俊便到了宁箊家，他有宁箊家的钥匙跟密码，一开门进去，就看见宁箊靠在楼梯那等他，脚边趴着熟悉的阿黄，还有一只有些陌生的猫，缺了一只眼，卧在台阶上，百无聊赖地瞥了他一眼，不甚在意的样子。

"你什么时候养了一只猫？"王俊皱着眉问。

宁箊一步一步走下台阶，盛潮汐的猫打了个哈欠，懒洋洋地上楼去了，阿黄看它又看看主人，跑上去和它一起玩。

"坐，这么晚过来，吃饭了吗？"

他没回答，反问起别的，王俊并不在意宠物这些事，直接拿出手机给他看。

"看看我给你打了多少个电话，看看上面给我打了几个电话，你这是作什么死，放着好日子不过，非要找刺激？"王俊冷着脸问。

宁箴坐到沙发上，王俊坐到他对面，他单手抄兜，看上去并不在意这些。

"我只想谈个恋爱而已。"

他空着的手把玩着打火机，这是他心里烦躁时的小动作，王俊把他养大，对他的小习惯相当熟悉。

"谈恋爱找谁不好，找这么个女孩？找了也就算了，还闹得满城风雨，去看电影不会避让着点人吗？还让人家拍了照，现在那些营销号都是看热闹不嫌事大，各种造谣，就算你不在乎，你把那个叫盛潮汐的女孩子放在什么位置，她能承受这样的诋毁？"王俊黑着脸说。

这个问题倒是让宁箴沉默了，他放下打火机，抬手按了按额角，由此可见，他虽然什么都不说，也不表现出来，但心底里还是感到焦虑的。

王俊安静了一会儿说："这样，你发个微博，先澄清一下，反正就是一个背影，你就说不是你。"

宁箴望向他，不说话，王俊表情变得很难看："你该不会想就此公开吧？"

宁箴摇了摇头，回答的话却不尽如人意。

"不公开，但也不必否认，如果以后真的要公开，岂不是更受非议。"

王俊蹙眉："你是想冷处理？怎么可能？我现在怀疑有人在背地里当推手，否则这些营销号为什么这么口径一致？奇了怪了，你也不是娱乐圈里的人，也没得罪过谁，到底谁跟你过不去？"

似乎，不是跟他过不去，而是跟盛潮汐。

宁箴若有所思，心中有了一个人选。

"这件事我来处理。"他忽然开口说，"我大概猜到可能和谁有关。"

他确实从来不接触娱乐圈的人，盛潮汐一个十八线小模特，也碍不着谁的事，葛杨现在拿了一大笔钱，正琢磨着怎么消费呢，哪里有时间黑他们？就算要黑，又或者再弄点钱，那也是手里的钱花光之后的事了。

这次的事，如果与他无关，就和盛潮汐有关系。

宁箴依稀记得，她有一个混娱乐圈的妹妹，叫什么来着……

"你要怎么处理？"王俊不解，"你一个职业球手，难道还懂得娱乐公关的事？"

他略顿，叹了口气，"我已经让宣传部的人去做公关了，你就不用管了，你不愿意发澄清微博那就算了，但宁箴，我还是想劝你一句，这个女孩子真的不适合你，我不希望你努力了一辈子，最后死在女人身上。"

宁箴别开头，皱着眉，面上虽然看不出什么，但周身冷冽的气息暴露了他此刻烦躁的心情。

王俊察觉到，越发肯定，"你迟早会死在这个女人身上，看你的样子，这件事和你也没多大关系，必然是因她而起，搞不好还是她想红，自己买的营销号。你考虑一下吧，如果再出类似的事，我是绝对不会再给你留面子，这个女人必须得走，你们必须分手，否则……"他站起来，毫不留情道，"我们就断绝关系。"

宁箴望向王俊，眼里终于出现一些松动，半晌，他站起来，缓和地说了句："教练，不会再有这种事。"

王俊冷哼一声："我已经给足你面子了，一而再再而三地向你妥协，你也知道，按照我的性格，从姚垣舟来训练室闹开始，我就会切断你们的联系。我拿你当亲儿子看待，不愿意让你为难，但你不要以为我真的就会永远让步。"语毕，他抬脚离开，头也不曾回过一次。

二十几年了，王俊对他的养育和栽培之恩，不是他如今小有成就便可以报答的，他年纪已经大了，按理说，不应该像现在这样让王俊操心，这么晚了还没有入眠。

但是……

宁箴靠到沙发背上，抬手按着眼窝，但是总有人不希望他们安安稳稳，那又能如何？

盛潮汐已经到了聚德轩，晚上聚德轩十一点关门，但这会儿已经没什么人了，她坐在靠窗的位置，等着她的外卖，手里拿着手机，一条一条地删除自己微博上之前由钟白薇发布的客片组合。

其实，她也不用太自卑，或者感到尴尬，又不是一丝不挂的照片，那只是她的职业，她只是干好自己的本职工作而已，所以别人再怎么难听地责骂，她也不必放在心上。

尽管如此，看着那排山倒海而来的 @ 和评论，看着那些恶毒的诅咒和难听下流的话语，她心里还是相当不舒服。

特别不舒服。

微博有几百条，她坐在这里蹭着 WiFi 一条一条删着，那里就有人开始留言"别删了我心疼"附带一个恶心呕吐的表情。她从来没想到，这世间竟然有如此多的恶毒言语，竟然会有这么多陌生的人，对她毫不了解就跟风来污蔑和辱骂她。

盛潮汐百般不解，为什么这些人要对一个丝毫没有影响到他们生活，和他们素未谋面的女孩子展现出这么大的恶意？她想，她还是不要做出任何解释了，因为她很清楚以目前的状况，就算她再怎么解释，那些人也会曲解她的意思，然后来一句"这个澄清我给负分"。

等外卖做好了，她的微博都还没删完，评论仍然以一分钟几百条的速度增加着，热搜上已经出现她的微博名字"星光潮汐"，盛潮汐心里一烦，直接去后台取消了微博认证，但也需要片刻时间的审核。

她拎起外卖，朝服务员道了谢便离开，她走之后，聚德轩的服务员凑到一起说："哎你说刚才那个女孩，是不是微博上那个和宁篪一起看电影的网红啊？"

另外一个服务员打量了一下盛潮汐的背影说："还真是像，脸有点区别啊，比照片上好看，照片上 P 得妈都不认识了。"

"啧，如果真是，那长得还不错啊，人也挺安静的，倒是不像那些微博上说得那么难听。"

"那倒是。"

盛潮汐并没听见他们的这些话，她打了车坐在后面闭目养神，手里拎着外卖。

她想，发生这些事，也没有人会担心自己。她在这个世界上，真的是无牵无挂了，她父母虽然活着，可一个不想看见她，甚至不愿认她，另一个只会给她带来麻烦……还不如都不要，让她一个人流浪，那也不至于沦落到今天这个地步。

投胎，真的是门技术活。

其实，这会儿也有人担心她的，除了宁篪，还有姚垣舟。

姚垣舟看到微博上的新闻时就开始担心她会不会受到伤害，毕竟如今舆论那么厉害，搞不好会有人开始人肉她的一切，甚至把她的隐私信息公开。

他焦急地想要去对面看看，可出了门看见宁篪家里亮着灯，就知道他这个时间应该也在家，他应该会安慰她的吧，毕竟这件事因他而起。如果盛潮汐是和自己在一起，压根就不会有这样的压力，也不会被别人怀疑是炒作精。

姚垣舟失落地靠到门上，颓丧地回头进了屋，他进去没多久，出租车便停在了宁篪家门口，盛潮汐拎着外卖下来，付了钱进屋，锁门。

同一时间，已经快到家的王俊忽然发现自己的手机没在身上，稍一思索便想起来是在给宁篪看通话记录时忘在了他家，他烦躁地叹了口气，将车子掉头，准备回去拿手机。

盛潮汐输入密码进屋，就看见宁篪正蹲在沙发边和阿黄还有自己的猫玩，他一手逗猫棒，一手拿球，两边都不耽误，都能照料得很好，哪天他退役了，除了去当演员和模特之外，看来还可以去当动物饲养员。

盛潮汐关了门，半蹲着换鞋子，宁篪头也不回道："回来了。"

盛潮汐"嗯"了一声，穿着拖鞋走过来，提了提手里的袋子说："你要的外卖。"

宁箴回头看了一眼，脸上不见什么异常。

"放到餐厅，一起吃。"

"我不饿。"她虽这样说，还是朝餐厅去了。

宁箴抱起猫朝那边走，阿黄看着嫉妒极了，叫跳着也想要抱抱，可宁箴看都不看它一眼。

"我现在也不饿了。"他轻缓地说道。

盛潮汐闻言回眸："那就别吃了，晚上吃太多不好。"她略顿，像是怕他觉得浪费粮食，补充说道："可以明早热一热吃。"

宁箴顿住脚步，片刻后点了点头，算是应下了。

至此，两人都不再说话，盛潮汐走到他面前，猫便张牙舞爪地要扑向她，宁箴只好松手。

盛潮汐抱住猫，朝他点点头，转身朝楼上走，看样子是打算休息了。

宁箴站在楼下，从口袋里取出烟盒，抽了一根用打火机点燃，走到窗口安静地抽着。

盛潮汐也点了根烟，站在二楼楼梯口那里，遥遥望着他，默不作声地吐着烟雾。

宁箴似有察觉，回眸望向了她，她回望着他，毫不掩饰的目光，让宁箴心头一动。

他朝她抬起手，做了一个"过来"的动作，盛潮汐没有很快动作，过了好一会儿才一步一步走下楼梯，慢悠悠地停在他面前。

两人四目相对，总觉得有什么东西变了。

忽然，宁箴朝前一步，两人近得有些危险。他半弯下腰，慢慢靠近她的脸，烟雾交汇着，她呼吸急促起来，手里的烟都颤抖了，烟雾随着呼吸被吹到他脸上，他的亦然。盛潮汐垂下眼睑，睫毛颤动，他唇瓣微动，放下了手里的烟，浅淡的烟味弥漫在两人之间，他们就这样无言地呢喃着，纠缠着，旁若无人。

直到开门声将他们打断。

刚刚还暧昧甜蜜的两个人，因为开门声而快速分开。

他们掐了烟，丢到脚边的垃圾桶里，王俊走进来，环视一周，看见了他们俩，那一瞬间他感觉心脏不太舒服，强忍着几乎爆发的怒火，走进来，关上门，来到沙发边，找到自己的手机拿起来，回头望向他们俩。

"真意外啊，看来那些人说的也不是全都在造谣，你们还真是同居了？"王俊意味深长地说着，慢慢走到他们面前，也不看盛潮汐，直视着宁箴，"宁箴，这就是你报答我的方式吗？和一个女孩子不清不楚地同居，然后完全不顾及形象地四处浪荡？"

盛潮汐想解释一下："王教练，不是你想的那样……"

"不是我想的那样是怎样？现在几点了？三更半夜，你在他这里，难道是来做客的吗？"王俊皱着眉，"小姑娘，说实话我一开始对你印象还可以，我虽然不喜欢你的职业，但如果你可以为了宁箴放弃工作的话我也会接受你，但你已经给他带来太多麻烦了，我真的不得不怀疑，那些营销号是不是你公司的人买的。你是不是想借此来获得知名度？"

盛潮汐面无表情道："抱歉，让您产生不好的联想，但很可惜，我并没有那么做。"

王俊嗤笑一声："是吗？那就好办了，其实我刚才来过一次了，宁箴跟我说这件事他会解决，我现在想问，你们想怎么解决？是你出面解释，还是你就此离开，以后不再跟我们有任何瓜葛？"

他用的"我们"，很明显是将宁箴和他划到一个圈子内，把她排除在外了，她从内到外都感觉到一种深深的不适应。

她当然没有开口说出自己和宁箴之间的债务关系，她很清楚，宁箴必然是瞒着教练做这件事的，如果王俊知道，做梦都不会允许他那么做。宁箴的事她虽然了解得并不清楚，但之前魏瑶跟她提过一次，王教练对宁箴来说意义不同，她也不希望他们的关系因为自己受到影响，若像吴教授和姚垣舟那样，那她要背负的罪名可就太多了。

她开口欲语，但在她说话的前一秒，宁箴已经开口了。

"我已经知道这件事的幕后推手是谁，一张背影照片本不该惹出这么多事情，是有人存心跟我过不去，我会找到她处理好。教练，时间不早了，你可以先回去休息了。"

宁箴字里行间都在赶王俊走，王俊到底也不是不通情理的人，太过逼着一个小姑娘，他也觉得自己不够男人，但是宁箴这话听在他耳中，就是哪哪都不顺耳。他紧锁眉头，脸上有显而易见的失望，这些年来，他虽然对宁箴要求严苛，可那也是对他上心的表现，他自认为对他够好，无愧于心，但情同父子的两人发展到如今这样，实在太让人伤心了。

"你长大了，有自己的想法了，我的话你也听不进去了，那好，我以后什么都不说，也不再管你，我想，这样你最满意了。"他留下这样一句话，抬脚离开。

宁箴望着他的背影低下头，转过身朝楼上走去，盛潮汐看着他的背影，就知道他现在心情不好。

这个时间，她应该乖乖地回到自己的房间，给他足够的空间来自我消化一下，但这件事全部因她而起，她现在如果不做点什么，心里实在过意不去。

她抬脚来到他的房门外，轻轻一推，门开着。

她抬手在上面敲了敲，宁箴望向门口，他站在落地窗边，正在拉窗帘。

"你要睡了吗？"她站在门边问。

宁箴否认："一会儿，有事？"

盛潮汐走进去："宁箴，猜来猜去太麻烦了，我想想都头疼，我们坦白说吧。"

宁箴一怔，似乎很惊讶她会是这种反应。

"五百多万我可能一辈子都还不清，这件事如果被你教练知道，恐怕也是件大事，估计比姚垣舟他母亲来找我闹都大。"盛潮汐笑了笑，有点尴尬。

宁箴皱起眉："你不用担心，他不会知道。"

"难保。"盛潮汐做了最坏的打算，"连我和你住在一起，那些营销号都能知道，说明你猜测到的那个人和我猜到的很可能是同一个。如果她真的不想让我好过，搞不好也能从葛杨那套出你和他的交易，我可一点都不信葛杨的嘴巴会那么严。"

宁箴没有说话，沉默等同于认可她的说法。

"现在好像已经没有什么好办法了，你说呢？"她直视着他，"我和你，好像永远扯不开关系了，就算我想，也没有办法，就像以前，我必须留在葛杨那里工作。"

宁箴放下窗帘，朝前走了几步，目光如炬地看着她。

"你想说什么？"

他的语气十分低沉，带着些不确定，好像也在猜测她的用意。

片刻后，在她开口之前，他先说道："我知道了，你想离开这儿是不是？"

盛潮汐噎住，没说话，宁箴走到她面前，目不转睛地盯着她的眼睛："你是不是又想缩回你的壳里，你觉得你给我带来麻烦了，只要你离开我就可以变回原来那样，是吗？"

她不知该怎么回答，他的眼神让她觉得陌生，还有点可怕。

"不是吗？"她结结巴巴地反问。

宁箴嗤笑一声，这种笑容她本来以为这辈子都不会在他脸上看见。

"你还算给我面子，没有什么也不说就一走了之，我还应该谢谢你，给我一个缓冲的时间。"他站直身子，居高临下地俯视着她，"盛潮汐，永远不要自以为是地对别人好，你以为那是对我好，其实只是更加伤害我。"他指着自己，"我替你撑到今天，你所以为的那些伤害已经造成，你现在走，只不过是让我以前所做的努力全部白费罢了。"

盛潮汐诧异地看着他，从来没有人这样对她说过话，她也从来不觉得自己一走了之会是这样的结果。

"不是的，我走了之后，换个城市找份工作，然后每个月寄钱给你，如果你需要一个保姆，你可以请一个，她每个月的薪水由我来支付，我每个月都会寄钱给你……"

她话还没说完，宁箴便嘲讽地笑了，意味深长地看着她，好像变了一个人。

"你真觉得我缺那点钱？"

这个问题还真是让她无言以对。

半晌，她脸色苍白地说："不，你当然不缺。"

宁箴抬起手，扣住她的下巴，强迫她仰头与他对视，一字一顿道："盛潮汐，有些话我一直不想说，因为我以为你可以自己想明白，但看来你实在愚钝，我必须得直接告诉你了。"他压低声音，与往常的模样差别极大，"是不是觉得现在的我很陌生？其实这才是真正的我。你以为的只是你以为的，就像你觉得你忍耐一切自命清高地离开对大家都好，但根本就不是那样。你想让我就此跟世界讲和，但拜托你想一想，我现在后退还来得及吗？你要像对姚垣舟那样对我吗？请你提前放弃这个念头，我和他不一样，也请你记住，当你自以为是地忍耐着想要换回一时的安宁时，你也会因此而付出你意想不到的代价。"

盛潮汐眼都不眨地凝视着他，他说完话就放开了她，淡漠地收回视线说："当然，最后要怎么做，还是你自己考虑，我的话只作为一个建议，你面前有两条路，到底要走哪一条，还是要你自己选择。我必须陈述的是，换作是我，即使不能反击那些暗地里加害我的人，也不会就这么一走了之。"

他说得对。

这么久以来，她都在被动地承受一切，直到此刻也没有任何改变。她的性格已经懦弱到不管是什么陷害都毫无差别地接受，然后开始焦灼地想办法解决，从来没想过反击，实在太差劲了。

可是，她又能怎么反击呢？人做到她这个份上，已经没有反击的筹码了。

"你休息吧，我先走了。"

她尽量保持语气平静，说完话便退出了房间，还替他关上了门。

门内，门外，两个人，两颗心，都久久不能平静。

盛潮汐最近精神状态一直不好。

其实今晚本来该高高兴兴地去睡觉，明天早点起来上班，她找到了一份看上去还不错的工作，虽然只是在一间公司做前台，薪水也不算高，但感觉上比她之前的内衣模特工作要好。

她本来打算把这个好消息告诉宁箴的，但跟现在的情况比起来，那些都已经不重要了。

她一晚上没睡，早上起来的时候黑眼圈更重了，打了很厚的粉才勉强遮住。

她换好衣服，下楼准备做饭。现在是早上七点钟，宁箴一会儿就要起来，她做好饭之后就走，应该不会跟他碰面。

她想得很好，下楼却发现，宁箴已经起来了，而且看样子是刚洗过澡，正在吹头发，毛巾搭在肩上，衬衫松松垮垮的没有系纽扣，黑色的西裤也还没系上皮带。

"起来了。"

看见她下楼，他淡淡地瞥了一眼，收回视线继续吹头发。

盛潮汐噎了一下，下来之后就说："今天起得真早。"

宁箴头也不回道："没睡。"

"……"盛潮汐觉得，一晚上过去，宁箴好像变了样子，也不知是不是她的错觉。

"你今天开始上班？"

放下吹风机，宁箴靠在沙发边问她。

盛潮汐瞥了一眼他赤着的胸膛，转开头说："是的。"

"几点？"他接着问。

"九点上班。"她转身朝厨房走去，但厨房是开放式的，还是躲不开他的视线。

"那正好。"他直起身走过来，"吃完饭我先送你上班，然后再去训练。"

盛潮汐做饭的动作顿了一下，看着他不说话，她也不说话，两人对峙半晌，都不肯退步的样子。

须臾，盛潮汐吸了口气，点头，算是答应了。

其实昨晚宁箴的话让她十分触动。

这些年，她总想着捡芝麻，却从来没想过会因此丢了西瓜。

一晚上的时间，她其实也没琢磨出多好的结果，如今的日子，也只能过一天算一天，还能怎么样呢？

看着宁箴转身去楼上，大概是去穿衣服了，盛潮汐精神上松懈了一些。

其实，有时候她也单纯地希望，有一个优秀的人愿意接纳这样卑贱的她，但当那个人真的出现，梦想就变得残酷而现实，各种问题蜂拥而出，它所能带来的美好与要解决的问题比起来，似乎微不足道。

宁箴换好衣服下来的时候，盛潮汐已经做好了饭，昨晚聚德轩买的晚餐热一热正好可以吃，反正都是粥，再炒两个小菜，一顿早饭就可以解决了。

其实她以前没有吃早饭的习惯。

不吃可以节省时间休息，不用那么早起来，因为她还要化妆，工作又累，多休息一会儿比吃早饭对她的诱惑力更大，再加上那份工作需要保持身材，所以她坚持了很多年，只吃午饭，午饭都吃得很少，还是自从搬到宁箴这里，三餐才被迫规律起来。

吃饭的时候，宁箴不看她也不说话，气氛安静祥和，她一直汹涌澎湃的心情也安宁了许多。

吃完饭，她收拾了碗筷，宁箴已经穿好大衣等在门口，这是在等她一起去上班。

"我马上就来，拿东西。"她说了句话就快步上楼，随后又一阵风似的刮下来，一边穿大衣一边说，"好了，可以走了。"

宁箴观察了她一下，抬手替她将了将因为太着急而弄乱的头发。

"今天第一天上班，不要有太大压力。"

他语气和缓地说着，似乎昨晚的那个他就是一个梦。

但是，紧接着他下面那句话就让她知道昨晚不是她的幻觉。

"还有，别再自以为是地胡思乱想，否则，我不会再惯着你。"

他说完话便抬脚先行一步，盛潮汐看着他的背影，有点窘迫地跟了上去，总觉得自己像个孩子，被家长给教训了。

上了车，她依然有这种感觉，宁箴大概是觉得她早饭吃得太少，半路又给她买了点别的吃的，她本想拒绝，但一看他那个眼神，立刻就塞进了嘴里。

"可是我真的吃饱了……"她有点委屈地小声说，食物在嘴里，还不忘咀嚼。

宁箴直视前方："你吃得太少。"

盛潮汐扁扁嘴："我哪有，我吃得挺多了，你不知道，我是那种喝凉水都胖的体质，不能吃太多，一吃就胖。"她指着自己的腰，"你别看我现在穿这个套裙看着肚子挺平的，吃完这个就鼓起来了。"

宁箴无情地揭穿她："消化完之后就会好。"

"不会好的。"她嘀咕，"只会留下一块一块的肥肉。"

宁箴不言语，直接开了广播，声音太大吓坏了她，她诧异地看向他，他这才想起，自从上次把声音调到最大，后来就一直没开，也就没调回来，他赶紧去调小，盛潮汐却因为吃东西时受到惊吓开始不断打嗝。

"完了完了，我一会儿就到公司了，今天第一天上班，还是前台，这样一直打嗝可怎么办？"她焦虑地拍着胸口，拆开奶茶直接往嘴里灌，也不嫌里面糖分高会发胖了，那副紧张的样子十分可爱。

宁箴看着她，心情缓和不少，他毫无预兆地抬手拍了拍她的背，结果又把正在喝奶茶的她吓了一跳，喉咙一噎，直接喷了出来。

"……"

真是毫无形象可言。

她今天到底是怎么了，怎么忽然变得这么蠢。

完了完了。

她放下奶茶杯之后，就有人递来纸巾，但她的第一反应居然不是擦嘴，而是去擦前面被她喷上奶茶的车台。宁箴面不改色地又抽出几张纸巾递给她，她这才意识到擦嘴，低头看看身上，白衬衣和黑色外套上都有奶茶的痕迹，她顿时面如死灰。

"完了，现在回去换衣服也来不及了，这要是被老板看见……"

的确，前台是很注重形象的工作，她被选上自然是因为她过人的美貌，但长得再好看，衣衫不整地过去，也不会被青睐。

"你在哪家公司做前台？"宁箴随口问着，像是并不在意。

盛潮汐说："就你们训练室附近，有一家影视公司。"

"影视公司？"

宁箴说话的语气有点意味深长，搞得盛潮汐心里十分忐忑。

"怎么了？有什么问题吗？"她一时紧张，竟然连打嗝都给忘了。

宁箴微微摇头，表示没有问题，从车前的抽屉里取出湿纸巾递给她。

"用这个擦。"

盛潮汐顿时笑了："你早拿出来呀！"

她接过湿纸巾，开始专心致志地收拾自己的衣服，车子很快就到了她要上班的地方，她都没察觉到，宁箴不用她告诉他名字和详细地址就能找到这里，分明是有原因的。

"那我先去上班了，你也赶紧去吧。"她说完话就快速下了车，因为对新工作感到万分不确定，她忘记了很多细节，也出了很多错，但这些其实都没什么，宁箴会替她解决一切的。

他坐在车上，今天压根就没想去训练。

王俊安排的公关已经将那些关于他的新闻压了下来，盛潮汐一晚上没睡自然也做了点事，她将微博清空了，认证也取消了，甚至名字都改了，大家无处留言，便也消停了点。

一切都朝着好的局面发展，这是之前推出这场风波的人不愿意看到的，在对方再做什么之前，宁箴要先找到对方。

他倒车离开，路过训练室大厦时，无意识地瞥了一眼，就这一眼，他便决定掉转方向，去训练室。

有个人在训练室门口站着，用纱巾围着脸，戴着墨镜，一副时尚的样子，他本来不认识这个人，但昨晚的事让他对这个人有了一些了解。

盛潮汐的这个妹妹，生活的环境、受到的教育都比盛潮汐好很多，可她的成长十分失败。

宁箴将车子停到车库，下车朝大厦门口走去，一个矮个子短发的女生看见他立刻转身走了，等他走到大厦门口时，这里已经见不到方才那个女人的身影了。

他不着痕迹地抬脚上楼梯，很快身后就响起了高跟鞋的声音，他也不回头，就那么继续走着，好像没听见一样。

身后的脚步声开始有些着急，加快了速度达到与他并肩的程度，来人笑着打招呼说："你好，请问一下这里是国家台球队的训练室吗？"

宁箴侧头看向说话的人，长得和盛潮汐有几分相似，但不如盛潮汐好看，差得很远。

"是。"

他简短地作答，收回视线继续朝前走，他个子高腿又长，走路就快，后面的女人跟得很费力。

"那个，稍等一下。"她又努力追了上来，热切地笑着说，"那请问你是宁箴对吗？我没认错吧？"

"不是。"

宁箴看都不看她一眼。

那人显然有点无语，这不是睁眼说瞎话吗？你不是那谁是？

"你好，是这样的，我叫程青青，是盛潮汐的妹妹，我来找你有点事。"

她说完这话，宁箴才彻底停住脚步，将视线落在她身上。

程青青稍稍扯开纱巾，漂亮的面容露了出来，的确是有大红的资本。

"是吗？"宁箴勾出一个讳莫如深的笑容，"你找我是来道歉的？"

程青青一怔。

"如果是，那大可不必了，因为我不会原谅你。"

说完话，宁箴头也不回地离开，程青青有点蒙了，半晌才反应过来又追上去，还险些崴了脚。

"宁先生，你这是什么意思，为什么你会觉得我是来道歉的？"她拉住宁箴的衣袖蹙眉问道。

宁箴立刻扯回了衣袖，好像她碰他一下，他就会满身污渍一样，这让她有些难堪。

"看来你不打算坦白。"宁箴立在那，淡漠地睨着她，"昨天下午到晚上那场好戏，你一定很满意。"

程青青这下彻底维持不住笑容了，她千算万算，没算到宁箴会知道是她做的。

她抱着最后一丝希望说："宁先生，你可能误会了，是我姐姐这样告诉你的吗？"

"不是。"他否认，语气冷硬无情，"你的那点小把戏还瞒不住我，我虽然不涉足那个圈子，但几个朋友还是有的。"

这话直接点醒了程青青。

是了，宁箴的地位多高啊，人家拿了多少冠军回来？她只是一个演戏的，还是新人，在圈内自然没有人家的人脉与关系，白姐买的那点营销号，肯定也没舍得给多少钱，稍微一打听对方就能和盘托出，比葛杨的嘴巴还松，宁箴会知道简直太容易了。

"那么我道歉。"程青青坦然道，"是我做错了，不好意思，但我的目的其实很简单，我想认识你，我比我姐姐更适合你。"

宁箴看着她不说话，那表情分明是在说：你哪来的自信。

程青青吸了口气，露出一个笑容，在宁箴转身离开之前说："既然你已经知道那是我做的，那我也没必要再装小白兔了。是这样的，你替我姐姐给了葛老板五百多万元赎身的事我也知道，相信你的父母和教练听见这个消息，一定会大吃一惊。"

父母？

这并不需要担心。

至于教练……

宁箴回眸睨着她，他其实根本不是真的想走，只是在试探她，看她接下来要做什么，她的目的又是什么。他很清楚，只要他不回头，她就会不断露出她的底牌，事实也正是如此。

他彻底停下脚步，回过身来，好整以暇地看着她，她还以为自己的威胁起了作用，摆正笑脸说："那么，你现在有时间和我一起喝点东西好好谈谈了吗？这寒冬腊月的，外面可真冷。"

宁箴明明没做什么表情，程青青却总觉得他看不起她。

甚至于，他在嘲讽她。

他长久不回答，她开始变得僵硬，本打算硬着头皮再说些什么，忽然听见他开了口。

"可以。"

简单的两个字，好像恩赐一般施舍了下来。

程青青早就挑好了地方，只等宁箴点头。

他答应之后，她便立刻叫来保姆车，本想叫宁箴一起上去，哪料他径直朝停车场走，她迟疑半晌，最后咬咬牙，裹紧纱巾，扶正墨镜，小碎步跟了上去。

"宁先生，麻烦你走慢一点，我高跟鞋不太好走路。"程青青娇声说着。

宁箴头也没回过一次，但也不知是不是她的错觉，她总觉得他走得更快了。

这男人太不怜香惜玉了，可如此不怜香惜玉的他，也真得太酷了。

程青青这一生过得可谓顺风顺水，不管是学习、事业还是爱情，从来都是胜者，从来都是她甩别人，还没有别人主动甩她的时候，进入娱乐圈之后，第一部电视剧就是大制作，现在公司高层又要捧她，不断有女主戏签下来，她未来的事业可以预料到有多红火，所以在宁箴这里受挫，对她来说非常有新鲜感和挑战性。

"我们就去通山路尽头那家咖啡厅，我已经订好了位置，那里比较安静，也没那么多闲杂人等。"她话里的深意是，在那里不会被什么媒体和私人拍到，免得见光，但宁箴根本没有把车子朝通山路那边开，而是开到了另外一家不太起眼的茶馆，挺简陋的，这个时间也没几个人来喝茶，除了老板在前台玩电脑，见不到第二个人。

程青青彻底服了，这里的确比她挑选的地方更安全和清静，但同时，这里也相当没有情调，完全是那种退休老干部比较喜欢来的地方。

"宁先生来了啊。"老板显然认识宁箴，上前热络地打招呼，"你好久没来了，今天想喝点什么？"

"找个雅间，谈事情。"

宁箴言简意赅地说完便朝里面走，老板也跟上去，时不时瞥一眼全副武装的程青青。

她刻意走在后面,也不在意老板的打量,虽然她心里很讨厌,但她现在有更重要的事情做。

她悄悄拿着手机,翻出盛潮汐的电话号码,其实她早就有了,但跟对方主动联系,这还是第一次。

并且,她也不会让对方知道,这个号码是她的,这是她今天早上特地让助理买的黑卡,就算盛潮汐去查,也查不到她头上。

她编辑了一条短信给对方,在进入包间前看了看包间门上的字,梅兰苑,很好,她加上包间名字,一起发了过去,随后收起手机,走了进去。

第一天入职的盛潮汐还在熟悉工作就收到了这条陌生号码发来的短信。

短信上写着"宁箴正和你妹妹在一起约会",后面还附带一个地址以及包间名字。

如此详细的信息,应该是巴不得她去一探究竟,所以内容大概没有作假。

盛潮汐收起手机,继续打扫前台的卫生。这家影视公司的主要业务就是拍摄电影和电视剧,随后卖出赚取收益,经常可以看到脸熟的明星过来转一圈,不过因为公司规模不算大,所以能看见的大多也不算太过热门的明星,偶尔有几个二线三线,倒也不至于让人激动。

盛潮汐这份工作,每天主要就是接待各个到访的人,她这张脸是很好的门面,面试那天 HR 很满意,但今天真的来上班了,对方看她的眼神却有点奇怪。

其实不只是 HR,其他路过前台的员工看见她都会仔细瞧一眼,好像她是什么观赏性动物。

盛潮汐就算知道自己长得不难看,却也不认为好看到让人人驻足观瞻的地步。

她坐下来,低着头,不多会儿一个人站定在台前,屈起手指敲了一下前台道:"抬头。"

盛潮汐一怔,抬起头与那人面对面,很快就意识到自己低着头影响了工作。

"先生您好,很抱歉,请问您有什么事?"

站在那儿的男人身高中等,在一米七八左右,皮肤白皙,面容英俊,端端正正地戴着一副金丝边眼镜,年纪瞧着也就二十七八岁,和她差不多的样子,要比宁箴年轻。

"做前台,上班时间不要低着头,前台是公司的形象,你要随时保持无懈可击的状态。"

这人说话很严肃,板着脸,不苟言笑的样子,薄唇一抿,显得苛刻而冷淡。

盛潮汐双臂下垂,双手交握,点头说:"我知道了。"

这时候,办公大厅那边出来一个人,那人一见这男人便立刻恭敬道:"杨总。"

原来这就是公司那位叫杨瀚的总经理,她方才看 HR 给的资料时注意到他了。这位可真的算是年轻有为，今年刚满二十七岁，之前在国内知名的影视公司做高管，离开之后便建立了如今这家公司，公司成立也不过三年，就已经做出不少收视率很好的剧集，相信假以时日，一定可以做出一定规模。

杨瀚又看了一眼盛潮汐，片刻后直言道："有点面熟。"他拿出手机，应该是在翻看什么，看完之后放下手机十分笃定道："你就是那个跟宁箴谈恋爱的女模特？"

盛潮汐脸色有点难看，僵硬地说："我们没有谈恋爱。"

"能让他和你牵手出门看电影，你也是有点本事。"杨瀚面不改色道，"你不用担心我会因此辞退你或是如何，我很喜欢像你这样的聪明人，毕竟以我对宁箴那个人的了解，不太好接触的。"他说完话就抬手看表，随后和一直站在他旁边的员工一起进去了。

盛潮汐坐回椅子上，总觉得自己挑选这种对娱乐圈消息灵通的地方工作，根本就是个错误。

在她考虑是否要换工作时，宁箴正和程青青一起"喝茶"。

程青青觉得压力很大。

半天了，宁箴一个字不说，就那么盯着她喝茶，换作别的男人，她早就怀疑对方对她有意思了，可这个是宁箴啊，再加上他那锐利而尖刻的眼神，她总觉得自己所有底牌都被他看清楚了。

为了不让自己显得太被动，程青青开口想说什么，话还没说出来，宁箴便先说了一句话，把她堵得哑口无言。

"姚垣舟都告诉你什么了。"他特别平静地说，"我的住址、工作地点、作息时间，还有什么？"

程青青面色尴尬道："宁先生，你何必这么咄咄逼人呢，我也只是……"

"你没有否认，说明我猜对了。"他不打算让她说出一句连贯话的样子，"你之前说，你觉得你比你姐姐更适合我。"

程青青挺直腰杆："事实上，我从你刚开始打球就关注你，国家台球队出的所有相关周边我都有收藏，你的每次比赛不管直播、重播我都收看，无论那个时候我有多忙，我都会准时守着。"

宁箴对此反应十分平淡。

"你这听起来，只是一个狂热粉丝做的事。"

程青青正色："但我认为，每一个狂热粉丝的终极目标，就是和自己的偶像在一起。"

宁箴斜睨着她："那你也应该很清楚，这种事基本上不可能发生。"

程青青皱眉："为什么不可能？"

　　"坐在这里浪费时间没有意义。"宁箴靠在椅背上，如玉的手端着茶杯，颇有仙风道骨的味道，"程小姐，我必须告诉你，你姐姐的所有过去我都很清楚，所以你不必觉得这是你的底牌。至于我为她赎身的那几百万元，我并不放在心上。"他放下茶杯，轻缓地睨着她，带着一丝不易察觉的不屑，"如果你觉得，把这件事告诉我的教练会成为威胁我的方式，你大可以去试试。"他站起来，轻抚过肩上并不存在的灰尘，"但我得提醒你，夜路走多了，迟早会遇见鬼，这个圈子里有很多比你手段高的人，多加小心。"

　　语毕，宁箴抬脚离开，程青青看着自己面前那杯茶，心里那股怒火和征服欲几乎烧昏了她的脑子，她差点就追上去拉住他宣战了，但最后她还是及时找回了理智。

　　她很清楚，自己还是新人，星途看上去一片坦荡，但只要上面的人稍稍变个心思，又或者她身上发生什么负面事件，这条路就会布满荆棘。

　　她主要是混娱乐圈的，宁箴却不是，所以她身上的新闻，要比宁箴更具有致命性。

　　宁箴虽然没明说，但字里行间就是在警告她。

　　尽管如此，她还是没打算放弃，反而更加坚定了一定要得到他的心。

　　这样的男人，如果不能为她所用，毁掉才会万无一失。

　　宁箴中午没回家，和程青青分开之后，他便回到训练室训练。

　　王俊并不理会他，除非必要，否则绝不跟他说话。

　　魏瑶看出问题，扫了一眼正热切地恭维王俊的另一个男球员，走到宁箴身边叹了口气。

　　"宁箴，你和教练是不是因为那件事闹矛盾了？"

　　显然，他和盛潮汐的事因为程青青的推波助澜，已经闹得天下皆知，他还可以应对得很好，就是不知道盛潮汐那边怎么样了。他真是有点不确定晚上回去之后还会不会见到她的行李，搞不好她又会自以为是地离开。

　　想到这些，宁箴的心情就更差劲，对于魏瑶关切的问话，他只是缄默不语，冷淡应对。

　　魏瑶已经面对宁箴这尊冰山好多年了，早就对他的冷漠习以为常，尽管家里给了她很大压力，一直逼着她去相亲，逼着她赶紧结婚生子，可她宁可和家人决裂，也不愿意就这么放弃宁箴。

　　她对宁箴的心，别人都十分敬佩，但他们了解得其实还不够深刻。

　　如果不能和宁箴在一起，她宁可一辈子不嫁人，其他男人在她眼里，都比不上宁箴的一根头发。

　　"教练嘴硬心软，你跟了他那么多年是最清楚的，别因为不要紧的事和他怄气了。"

魏瑶语重心长地说，"宁箴，子欲养而亲不待啊，教练心脏不好，年纪也大了，别让自己后悔。"

她说到这里，宁箴总算有了点反应，他从球框里捡了球，看了她一眼，微微点头。

虽然依然没说话，但至少他点了头，魏瑶已经很满足了。

"那你专心训练，我不打搅你了。"魏瑶笑笑，提着球杆离开，宁箴看着她的背影，慢慢皱起眉头。

他现在可以体会到魏瑶是什么心情了。

因为目前的他就和她差不多，对一个不喜欢自己的人一往情深。

其实挺累的，也有些难堪，他直直地看了她很久，她察觉到之后还有点不自在，回眸望向他，有些脸红的样子。

她大概以为他回心转意了吧。其实怎么可能呢？

但当宁箴走到她面前时，她还是忍不住想，也许，他突然觉得我比那个女孩更好了呢？

"你中午有时间的话，我们一起吃个饭。"

宁箴这话的分量，对魏瑶来说是无法用语言来描述的，她激动得甚至忘记了自己还握着球杆，扬起手想摸摸头掩饰尴尬，球杆跟着上来差点打到自己，幸好宁箴握住了。

"好，我有时间。"她匆忙答应下来，红着脸说，"我，我去个洗手间。"说完话，她就快步跑走了。

王俊瞧见这一幕，冷着脸跑过来说："你这又是要做什么？我虽然不赞同你和那个女模特搞在一起，但你也不能选魏瑶啊。"

"我只是想跟她说清楚。"

宁箴解释了一下就走开了，王俊有点尴尬，都不知道该怎么说，站在他旁边的其他球员都有点忍俊不禁。教练真是爱之深恨之切啊，换作是他们，他才不会管那些，还不是因为看重宁箴，把他当成了自己的儿子，才会连个人生活也干涉。而宁箴，从根本意义上来讲，还真算是王俊的儿子，是王俊一手把宁箴带大，供他读书，他能有今天，除了自身的天赋和努力，更多的是王俊爱才，提供了这个平台。

王俊和宁箴的关系千丝万缕的，其实所有国家台球队的成员，都不认为宁箴会为了那样一个认识不足一年的女孩和王俊决裂。

魏瑶也是这样想的。

所以对于宁箴今天忽然的转变，她推测为，既然王教练不喜欢那个叫盛潮汐的女孩，那他就准备选择等了他这么多年的她了。魏瑶很高兴，尽管吃饭是在中午训练结束之后，但她还是抽时间在洗手间补了妆，但没法回去换衣服，她还是有点遗憾。

十二点的时候，宁箴结束训练，和魏瑶一起离开，盛潮汐也下班了，准备赶回家给宁箴做饭，但他没打来电话，公司门口也没他的车子，她猜测他可能是回去了吧，毕竟以前没有被他接送的习惯，她也没多想，便直接走向地铁站。

只是，等她匆忙赶到家时，发现家里一个人都没有。

她愣了一下，拿出手机给宁箴打电话，这会儿宁箴已经到了饭店，并且和魏瑶点了餐，在吃饭了。

他拿起手机接电话时，魏瑶下意识瞥了一眼，他的手机就放在桌上，真不是她故意要偷看的。

来电话的人是"潮汐"。

魏瑶整个人都紧张起来。

吃饭到现在，宁箴一句话都没说，她原本知道他的习惯，也没多想，可这会儿还是有点担心。

宁箴很快接了电话，站起身朝外走，他微低着头，嘴角扬着好看的弧线。

他在笑，他接到那个女人的电话感到很高兴，那他今天约自己来的目的是什么？她完全不认为宁箴是那种会脚踩两只船的人。

难道……

魏瑶忽然有些毛骨悚然。

她意识到自己可能误会了宁箴的本意，并且大错特错。

她错在太希望和宁箴在一起，也将未来想得太简单，将他的感情想得太轻易。

魏瑶站起来，拎着背包就想走，但宁箴已经打完电话回来了。

盛潮汐并没有什么事，只是想问他吃饭了没有。

她打通电话时，甚至都没说自己在家。

"你在哪呀？"她只是这样问着，听到那边有点吵闹，就说，"你在街上吗？"

宁箴回答说："我在饭店，在包间外接电话，外面人正多，有点吵。"

盛潮汐恍然，看来是自己太想当然了，人家根本没想回家吃饭，否则……他应该会去接她吧。

这样想着，来回赶路的劳累也不见了，她勾着嘴角说："那你多吃点。"

"你在哪里？"

听他这么问，盛潮汐过了会儿才含糊其词地说："我啊，我还在公司，一会儿就出去吃饭，你不用管我。"

宁篦听着她那里挺安静，猜测应该也是在公司，所以没多想，又说了几句就挂了电话。

她这个电话，让他感觉到自己在被人关心着，衣食住行也有了人打理，本来还因为王俊和一些杂事而有些不快，这会儿心情也好了许多。

所以回去的时候，宁篦周身的气息都温和了，不再那么拒人于千里之外。

"你要走了？"

见魏瑶拎着包想离开，宁篦站在门口淡淡地问了一句。

魏瑶勉强一笑："忽然有点事，我得先走，你慢慢吃，我们下次再约。"

她说完抬脚便要离开，但当她想越过宁篦出门时，对方横出手臂拦住了她。

"不要急，再等两分钟，我只说几句话。"

此话一出，魏瑶彻底害怕了，哽咽道："宁篦，你别说，算我求你了。"

宁篦看着她，她那么可怜，他却没有怜惜这样的她，两片薄唇开开合合，直接将人打入地狱。

"我以为你迟早会有想通的一天，没想到会耽误你这么久，现在我有了自己喜欢的人，也希望你可以幸福。"

宁篦的话直截了当，像一把刀，直接插在魏瑶心尖上，她血流不止，他却无动于衷。

"你别说了……"魏瑶低下头，已经哭了出来。

"我不喜欢你，这是没有办法的事，我希望你可以早点找到你的那个人，求而不得的滋味我深有体会，所以希望你不要再这样痛苦。"

他难得像今天这样和她说那么多话，可她一点都高兴不起来。

"我知道了，我会的，我走了，祝你，祝你幸福。"

魏瑶哽咽着说完话就冲出了包间，脑海中还回荡着他方才说的话。

他不喜欢她，是真的不喜欢。他说他了解求而不得的滋味，希望她不用那么痛苦，这意思是……他喜欢的那个女孩不喜欢他吗？怎么可能？他那么好！

魏瑶离开饭店之后越想越生气，越想越想不通，她可以放弃，但她不希望她视为珍宝的人，对其他人来说一文不值。

她忽然就想见一见盛潮汐，上次用宁篦的手机给她打电话时，她偷偷存了一下电话号码，本来是为了再次应对类似的情况，没想到会在这种情况下派上用场。

盛潮汐回来上班时差点迟到，她根本没时间吃饭，坐下之后肚子就开始叫，长时间三餐规律，忽然不规律了，这五脏庙就开始抱怨了。

她忍着胃部的不适感，坐在椅子上干着本职工作，手机在背包里振动，她拿出来一看，是个陌生的号码。她本不打算接，但对方锲而不舍地打来，她最后还是看了看周围，确定没人之后，接了电话。

"你好？"

当魏瑶听见盛潮汐的声音时，心里面那些无措和愤怒都像是找到了发泄的途径，她吸了口气，克制地说："我是魏瑶，我想见见你，晚上有时间吗？"

方才中午，宁箴才用这种语气问过自己有没有时间，现在，换她用这样的语气来问他喜欢的人有没有时间。

世间轮回，挺有意思的，不是吗？

第一天上班，就一堆事情，盛潮汐真是百感交集。

临近下班的时候，宁箴打来电话，说已经在公司门外等候，她想起自己和魏瑶的约定，只好说自己要加班。

只是，宁箴似乎不打算独自离开。

"我等你。"

他坚定地说了三个字，不容置喙，盛潮汐噎了半晌，还是小声说："可能加完班老板要请吃饭，要不你先回去，我自己回去……"

宁箴这次没有很快回答，过了一会儿，在她以为没戏了的时候，他才轻轻地说了句："好。"

那语气里，带着无限的遗憾。

她心里忽然很不舒服，觉得对不起他。她近来总会对他产生这样的情绪，却不确定是基于自己给他带来的麻烦，还有对他的亏欠，抑或是……其他什么。

她低下头叹了口气，心里满满的负罪感，下一秒身后响起一个冷硬的声音："我可没说过要加班，也没说过要请客吃饭。"

盛潮汐立刻回头，杨瀚站在不远处，手里拿着文件，看上去是路过。

她僵在那，不言语，杨瀚若有所思地看了一会儿，转身离开。

其实他也不明白，宁箴为什么会看上这个女人，她的特别之处在哪里？方才那个电话，还不知道是另外哪个凯子打来的，这样的女人他见多了，不管三七二十一，先占上好几个，哪怕哪个吹了，还有其他的可以替上来。

下意识地，杨瀚就来到窗前，拉开百叶窗朝外开，一个挺拔的身影站在车子边，收起手机便开车离去，走之前又抬眼看了看公司上面，这一眼杨瀚就瞧见了他的长相。

居然是宁箴啊。

他来接那个女孩下班？那可真是用真情了，杨瀚也没想到。

那女孩到底有什么过人之处？她居然还放着宁箴这样的大鱼不钓，安排别的会面，该不会是更厉害的角色吧？

他都要对她肃然起敬了。

到了下班时间，盛潮汐便收拾东西离开了，杨瀚跟在后面，本想一探究竟，看她跟谁走，可她到了楼下，居然进了地铁站。

这是怎么回事？

要真是有凯子，该是会来接她的。

杨瀚百思不得其解。

她和魏瑶约在一家离家挺近的饭店，她也没打算和魏瑶真的吃点什么，但到的时候发现魏瑶都点好菜在等了。

"不好意思，我来晚了。"盛潮汐坐下，和对方道歉，一身职业套裙，穿着长大衣，如瀑的青丝绾着发髻，妆容淡而雅致，漂亮极了。

的确有让男人神魂颠倒的资本。

魏瑶自嘲地笑笑，道："没事，你这是刚下班？"

盛潮汐端起果汁喝了一口，轻声说："嗯，换了份工作，刚下班。"

魏瑶眉头一跳："换工作了？现在在做什么？"

"在一家公司做前台。"盛潮汐不愿多谈，开门见山道，"魏小姐有什么话就直说吧。"

魏瑶扯扯嘴角："别着急，其实我也没什么大事，我们边吃边聊。"她拿起筷子，"先吃点东西吧。"

说实话，中午没吃饭，就早上吃的那点，撑到现在盛潮汐早就饿了，见对方不愿意直接说，她也没再端着，开始动筷子。

这家饭店的饭菜做得还算可以，也不知是不是最近自己在家总是变着花样给宁箴做饭，嘴巴跟着养刁了，吃了几口盛潮汐就没什么胃口了，放下筷子只喝果汁。

魏瑶见此，心知有些话必须该说了，她观察盛潮汐那么长时间，这个女孩话不多，吃饭的时候斯斯文文的，倒不像是那些新闻里说的那样。

魏瑶思忖片刻，轻声说："我今天中午和宁箴一起吃饭来着。"

盛潮汐表情一顿，他还真忙，早上和程青青喝茶，中午和魏瑶吃饭，她心底里莫名其妙就滋生出一股酸味。她又不傻，很清楚那是为什么。

也正是清楚知道这是为什么，她才会更加心慌。

她与宁箴结识的这段时间，尽管她一直觉得两人之间隔着山江湖海，却还是不自觉地对他产生了好感。她一直将这种好感当作是一种对优秀的人的仰慕，其实根本不是那样。

难怪，难怪曾经深深喜欢过的人再次回来想和她在一起，还为她做了那么多事，她除了感动，却从来没想过真的和对方重归于好，原来，她早就变了心。

魏瑶瞧见盛潮汐脸上的嘲讽，以为那是对她产生的，心里也不太舒服。

她斟酌片刻说："你比我年纪小，我就叫你一声小姑娘好了。我和宁筱认识十几年，他的一切我都很了解，我一直以为，他就算不和我在一起，至少不会和别人，即便他前阵子和你纠缠不清，但我也认为，他总会浪子回头的，但我没料到，他今天中午会那么直截了当地让我死心。"

盛潮汐诧异地看向她，看得出来魏瑶也挺伤感的，她强撑着最后的自尊说："我找你来，也不是找你吵架，只是想让你知道，宁筱为你都做了些什么。我和他认识这么久，就算没有男女之间的感情，朋友情谊也是有的，他冒着失去一个朋友的风险为你解除后顾之忧，让你可以独享他一个人，你一定不会知道。"

盛潮汐是真的不知道，也没想到宁筱会做到这样。

她沉默半晌才说："也许，他也是不想耽误你。你也说了，他把你当作朋友，这么多年的情义，如果你因为他而耽误了好年华，他应该会自责一辈子。"

魏瑶怔住，半晌不说话，过了许久才说："也许吧，但我不感谢他这样替我操心，等着他，对我来说就是最好的青春。"

她这样的宣言，真是让人不知如何应对，她这一腔纯挚的爱意，对于爱她的人来说是幸福的，对于不喜欢她的人……在某种意义上来说，也是一种深深的压力。

"盛潮汐，我希望你能好好对宁筱，因为在他看来，你是他求而不得的人，他说不希望我像他一样痛苦。我当时就很生气，我想着要好好指责你，为什么我那么宝贝的人，在你面前变得那么卑微，为什么你明明可以拥有那么好的人，却不屑一顾。"她哽咽着说，"但我看到你，又说不出来了，我何必指责你呢，说到底大家都一样，只是喜欢上了不喜欢自己的人，人家又不是非得喜欢我们。"

这一句句反问，让盛潮汐有些无地自容，她低着头抿唇，半晌才说："没有，他没有求而不得。"

魏瑶闻言一愣，惊讶地看着她，只见盛潮汐抬起头，直视着她的眼睛说："我也喜欢他，是我自己一直不敢承认罢了，我害怕这份爱给我带来的结果。如果知道迟早会分开，那我宁愿从来都没得到过，当我尝试过拥有他的感觉，最后又把他从我这里夺走，我也受不了。"

魏瑶安静极了，不言不语，只是静静地看着盛潮汐，两个女人因为同一个男人头一次产生了惺惺相惜的感觉。其实何止魏瑶是狼狈的，以盛潮汐目前尴尬的处境，她也是极其狼狈的。

"我没你想的那么多。"过了许久，魏瑶才哑着嗓子说，"我只知道，就算你明知道你们两情相悦，他是你的，别人谁也夺不走，但如果你一直不去拿，他也不会来。"

她说完这话就站起来走了，盛潮汐一个人在包间里坐了很久，想了很多，想她和宁箴从认识开始到现在发生过的一切，原来在很多不着痕迹的小细节里，他一直在照顾她，但是他从来都不说。当她一次一次自以为是地想要远离他时，他从有耐心地引导到现在强势地挽留，想来也经历过很多个夜晚的思考和为难。她一直不想做个矫情又作的女人，也自认为没有作的资本，可到头来，当她一遍又一遍地在脑海中叙述着"他不可能是你的，他是你得不到的人"时，她就已经开始大作特作了。

她失魂落魄地回了家，进门时发现拖鞋已经放好，换了鞋走进去，见到宁箴穿着简单的居家服，手里端着水杯，看她的眼神虽然清清冷冷的，嘴角却勾得很温柔。

"回来了，这么早。"

他那么相信她，以为她真是去老板请的饭局了，人多难免就要晚一点，但其实她根本没有。

"其实我没加班，老板也没请吃饭。"

盛潮汐说着，将背包丢到沙发上，走到他面前，仰头与他对视。

去掉高跟鞋，他们的身高差距更大了一些，他这样站在她面前，影子可以将她完全覆盖住，那样的安全感，是姚垣舟从来没有给过她的。

"是吗？"他一点都不生气的样子，"那你一定是有别的事。"他甚至都不责怪，"下次你可以直说，我不会硬要强迫你跟我回来的。"

是的，他就是这样好，只要她不偷偷走开，他就会尽可能地满足她的所有要求。

盛潮汐吸了口气，说："我去见了魏瑶，她约我见面，和我说了一些事。"

宁箴的表情终于有了一些变化，狭长的眸子扫过她的脸，随后转开身朝楼上走去。

"我给你煮了粥，以为你去和同事吃饭，那种场合应该吃不饱，既然不是，也不知道你会不会饿，如果饿就去吃一点。"

他说完话时已经快到二楼了，本可以远离她的，但没想到，往日里从来不会紧紧跟随的她竟然追了上来，在离他还有一段距离的时候伸手扯住了他的袖口。

宁箴怔住，回眸望向她，她在下面几级台阶上，脸上的表情有点委屈，还有点后悔，大概还有一点……依赖。

"你别走，你去哪？你要是走了，那我就真没人可以依靠了。"她上前几步，吸了吸鼻子，眼眶红红的，"我和魏瑶吃饭你生气了吗？你别担心，她没说什么，只是告诉我……一些事。"她抬手抹了抹眼角，"你也不要怪她，如果她今晚不找我，不和我说这些，我可能还要钻牛角尖，我可能还要浪费时间。"

她说完话忽然抱住了他，震惊已经不足以形容宁箴此刻的心情。

"虽然你不承认你喜欢我，但我知道不是那样的。你要是不喜欢我，怎么会为我做那么多事，怎么会替我承受那么多非议。你原本可以过很好的日子，但是你没有，你和你的教练情同父子，但他那么生气地要求你和我划清界限，可你没那么做。"她抬起头，注视着他的眼睛里蕴藏着一种豁出去的感情，"除了你喜欢我，我想不出别的理由。"

"你可以当我喜欢行善积德。"

听听，这虚浮的用词，这干巴巴的语气，分明就不是真心的。

"那就当我喜欢你吧。"盛潮汐说完，就抱紧了他，一秒钟都舍不得松开，"我知道我可能配不上你，还只会给你带来麻烦，让你和教练之间为难，但是……我也想自私一次。"

其实她有很多话想说，但真到了点上，就觉得那些话都没必要说了，因为她知道他都懂。

从搬到宁箴这里开始，即便心里有一千一百个不安稳，可只有每天早上醒来的时候才不得不承认，其实她很安稳。因为在这里，她再也不会半夜惊醒，一开始她觉得是远离了那个别人都知道的地方，可以放心了，但后来想想，那是因为在这里就不用担心醒来以后再物是人非。

"其实，你可以不用对我那么好。"她长舒一口气，惭愧地说。

良久，宁箴才伸出双臂抱住了她，她身子一颤，听见他冷静悦耳的声音在耳边响起。

"一开始，只是因为想对你好一点，后来就是下意识的行为。"他的声音有些紧绷，"只是习惯了，习惯了对你好。你不用有压力。"

习惯是很难养成的东西。

当一个人对你好甚至成为一种习惯，它所代表的意义，不言而喻。

恋爱该是个什么样子？

恋爱时应该做些什么？

宁箴一晚上没睡觉，满脑子都是这两个问题。

没有正式确定在一起之前，他什么都做不了，现在在一起了，当然要改变以前那种

"朋友"似的状态。

昨晚盛潮汐拉着他看了好久的电视,一直锁定体育频道,平时他在电视上看到自己的比赛,倒是没有什么特别的感觉,和她一起看时,却总觉得很不自在。

这可能就是恋人的特别之处。

总之,睡觉的时候,两人的状态都很好,仿佛那些迟早要面对的难题都远在天边,根本不需要去在意。

也许的确是那样的,当你们真的相爱,再大的难题都变得不再那么影响你,只要想到这个人会永远陪在你身边,你就会觉得浑身充满了力量,感觉马上可以拯救全世界。

第二天醒来的时候,宁箴依然觉得浑身的劲儿没处使。

盛潮汐下楼就瞧见他刚跑步回来,他一见她便先转开了视线,过了一会儿又转了回来,瞧着像是有点不习惯一样。其实何必不习惯呢,他们早就是这种相处模式,只是现在关系确认了,感情和心态上跟以前不同了。

比方说现在,盛潮汐穿的毛衣领口开得很大,袖子又长,慵懒又舒适的模样。屋子里暖洋洋地供着暖,毛衣扯开一点也不会察觉到冷,她一步步走下台阶,圆润的肩头露在外面,宁箴的视线便控制不住地往那里移动,以前这种事根本不可能发生。

大概是因为身份转换了,想法也转换了吧,毕竟以前就算看,也摸不到,但是,现在……

"今天是周末。"

宁箴开口说话,克制着心里那种不健康的臆想。

盛潮汐伸了个懒腰说:"我知道,不过生物钟啊,睡不着了,所以早点起来给你做饭。"她笑着说,"你今天要去训练吗?"

"今天不用。"

其实宁箴是个非常努力的人,大多时间尽管周末,他也都会去训练室报到,再加上王俊一个人住,年纪大了也没什么事做,刚好他们一老一少可以一起单独加班。宁箴现在能有这样的成就,也和这样加班加点地训练离不开。

"那……"盛潮汐走到厨房,偷偷摸摸地看他,"那你要是没事儿,我们待会儿一起出去逛街吧?没几天就是除夕了,我们得置办点年货,也买一点你带回家给爸妈还有教练的礼物。"

她倒是没把自己安排进去,因为她知道过年自己只能是一个人,倒是宁箴,肯定会回家和父母团聚,总不会留在这里和她一起过年吧?

然而,宁箴的回答让她大跌眼镜。

"准备我们要用的东西就可以，不用给别人准备。"

他说完话，就朝楼上走去，应该是去洗澡了，他刚晨跑回来。

盛潮汐有点不确定他的意思是什么，是说不用准备给父母和教练的礼物吗？那怎么行呢？一年到头了，难道真的可以不回家吗？

她心里产生一个猜测，魏瑶和她见面的次数不多，每次几乎都提到过宁箴和教练情同父子，但从来没提过宁箴的父母如何。就算王教练也没提过，他不希望她和宁箴走到一起，可也不曾拿父母当理由来说服宁箴，难不成……

这个大胆的猜测让她有点不安，宁箴洗完澡下来，就看见她心不在焉地切着菜，刀刃差一点点就要切到的手指上，要不是他及时阻拦，今天就要见红了。

"你在想什么。"他皱着眉责备道，"切菜就要专心，切到手怎么办？"

盛潮汐愣了愣说："没事，这不是没切到嘛……"

"切到就晚了。"

他的语气有点重，但她一点都不会觉得讨厌，因为她知道对方只是因为太关心她。

"我没事，我下次会小心的，你别担心。"盛潮汐笑容满满地保证。

其实宁箴很喜欢她现在的样子，看上去元气满满的，不像往日里那样总是愁眉苦脸。

只是，她越是这样，联想到自己此刻的身份，他便有一种说不上来的青涩和不自然，总会不自觉地因为她的只言片语而感觉耳根发热。这样的情况让作为一个而立之年男人的宁箴感到十分懊恼，索性转开身，抬脚离开，只丢下一句……

"我没担心。"

简简单单四个字，语气却和往日那种陈述的感觉不同，似乎带着点困惑和尴尬。盛潮汐注视着他开门出去拿今天的报纸，心想，原来宁箴这样几百年没谈过恋爱的人突然谈起恋爱来，是这种青涩的模样，他心里一定很不解恋爱要怎么进行吧？

她抬手摩挲着下巴，决定用双休日这两天时间来好好教他要怎么谈恋爱。虽然她也不擅长，但她是女孩子，言情小说也没少看，在恋爱这方面，是不需要学习，是天赋自成的。

盛潮汐今天早上做了很丰盛的早餐，当她大盘小盘一样一样端上来的时候，宁箴都有点惊讶了。

"吃这么多？"

他皱着眉，如临大敌的模样。

盛潮汐解开围裙挂好，来到餐厅坐到他对面说："我今天有很多事要做，早餐一定要多吃点，不然会体力不支哦。"

宁箴看上去有些不解："很多事要做？不只是逛街？"

"对啊，只逛街多没意思，我们还有很多事要做。"盛潮汐一边给他盛饭一边说，"我们在谈恋爱嘛，只出去办年货岂不是太单调了。上午先去买东西，买完东西我们再去做点别的。"她笑笑，"只是买东西啊，估计你就要累死了。"

这是实话，女孩子和女孩子逛街可能察觉不到什么，她们甚至可以穿着高跟鞋走一上午都不觉得累，但是男人就不一样了，这种不断逛来逛去的行为在他们看来是匪夷所思的。

只是，盛潮汐没料到的是，宁箴和大部分男人好像不一样。

对于逛街这件事，他甚至可以说是比较期待的。

反正他们的事在网络上已经闹得风风雨雨，还不如坦坦荡荡地出门，既然大家都写他们同居了，他们不把这个事情坐实，不就白被他们说了一场？

盛潮汐的微博已经清空，本来也不怎么爱上那东西，少了那些信息来源，她就感觉不到那么多恶意，和宁箴恋爱的兴奋和甜蜜，让她暂时忘记了一切烦恼。

吃过早饭，两人便收拾妥当出发了。

今天天气还不错，就是有点冷，天气预报说有寒潮，未来两天可能会下雪，好在今天没下，不然出行又会变得不方便。

"我们先去超市。"盛潮汐给自己系好安全带，呼了一口气说，"过两天要下雪，又马上要春节，超市估计有好多好多人，你会习惯吗？"

宁箴没说话，但从他勾着嘴角的模样来看，他是不把这些放在眼里的。

为了担心拥挤，宁箴选择了江城市最大的一间超市，地方大，总不会太拥挤吧？但没想到的是，越是大超市，人们就越爱来，因为东西齐全，可挑选品牌也更多。

过年的气氛在超市里体现得淋漓尽致，到处都是红灯笼以及各种象征着中国年的海报和装饰品，他们简直像走在一片红色的海洋里，超市大门口还有红色的金猴雕塑，看样子也是刚刚弄好，上面一点泥土都没有。盛潮汐站在下面看着，张大了嘴巴。

"这个猴子好丑啊。"她皱着眉说。

宁箴抬眼看了看说："是专门设计的吉祥物，叫康康。"

盛潮汐瞠目结舌："那猴子下巴上的两个球是什么？"

宁箴仔细看了一会儿才说："我前几天在微博上看到，人家管这个叫猴腮雷。"

盛潮汐诧异地看了他好一会儿，然后忍不住大笑起来，她笑起来的时候特别好看，弯成月牙的桃花眼，白得发亮的肌肤，漂亮的两个酒窝，纯素颜没化妆，明明该是寡淡的，却光彩照人。

这个女孩，哦不对，或许她的年龄更应该称呼为女人，这个女人，真是素颜比化妆都要美。

"你老看着我做什么？进去了。"

盛潮汐笑完了发现宁箧正呆呆地注视着她，眼睛都不眨一下，那个眼神和他平日里冷静睿智的模样相差太远，她尴尬的同时便开始脸红，于是干脆直接挽住他的手臂，直接把他拉进了超市里。

这会儿，程青青可没心思安排过年的事，她还有好几个通告要赶，过年还要参加江城电视台的春节联欢晚会，根本没工夫回家。

她正忙着化妆和彩排，那边就传来了消息，说是她的经纪人白姐又看到了新的料。助理拿来给她看，她一瞧，又有人拍到了宁箧和盛潮汐在一起。这一次是娱乐媒体拍的，比路人拍得更清晰和真实一点，应该是看上次宁箧的新闻大家关注度都很高，所以开始跟拍他了。

照片上，盛潮汐显得特别开心，挽着宁箧的胳膊，宁箧英俊的脸上带着温柔的笑容，两人不时耳语，看上去亲密无间。而不化妆的盛潮汐，竟与宁箧有着强烈的般配感。

看看新闻的配字，连媒体都在说两人看起来有CP感，标题更是打上了毫无恶意的"斯诺克世界冠军宁箧和女友甜蜜携手逛超市置办年货"……

"拿走，给我看这些做什么？白姐做事也是越来越不靠谱了，本来舆论一直是对我们有利的，现在却跑去向着那个野模网红说话，真有意思。"

程青青一生气就有些口无遮拦，忘记了这里是什么地方，白姐进来时正好听见这句话。

她慢悠悠地走到程青青面前，成功地看见程青青的脸变成猪肝色，随后冷淡地说："青青，我看你是安逸惯了，你现在的处境，管好你自己就行了，别老想着去破坏别人。既然人家喜欢，你也别总是想着插手，你接下来的工作安排，我可是尽了力的，你要是还不满意，我就收回来，交给手下别的艺人做，大家肯定不会拒绝的。"

程青青急忙赔笑道："哪里哪里，白姐说得对，我该发奋工作，不该老想那些有的没的。您说得对，您千万别生气，我刚才是说胡话。"

白姐冷笑一声，转身离开。程青青面如死灰地坐在那里，脸上一点笑容都没了，助理噤若寒蝉，生怕被殃及。

就在这时，程青青的手机又响了，她拿起来一看，是一条短信，发信人是父亲。

看完父亲发来的短信内容，程青青决定重整旗鼓。

真是缺什么来什么，刚刚还拿盛潮汐没办法，父亲就出现了，他要和母亲一起回国陪她过年，这真是个令人欢喜的好消息。

　　父亲大概是盛潮汐心里最深的痛了，越是缺什么，就越是想要什么，从小到大，她都没感受过父爱，用父亲来伤害她，肯定可以替自己出一口恶气。

　　程青青脸上露出笑容，志得意满。

超市里是人挤人，热门的东西想要买到全靠抢的，还好盛潮汐对那些打特价的瓜子糖果不感兴趣。

"过年家里会有客人来吗？"

她回头问跟在后面的宁箴，他今天戴了一副眼镜，看上去斯文极了，与往日里绅士儒雅的模样有些微变化，瞧着端肃理智，颇有学者风度。

宁箴想了想，往年是没有的，只有他会跟教练一起回家过年，但是今年……

"会，会有。"他指着那些人哄抢的东西，"我们需要吗？"

盛潮汐看了一眼说："你除夕还会在家里住？不用回去看父母吗？"

这已经不知道是她第几次提起他父母了，宁箴以前没回答过，似乎并不在意，至于现在……

"我没有父母，不用回去。"

他简要地说完，便自发地去买糖果了，一群大妈里突然出现一个高挑颀长的俊美身影，倒是吸引了不少人的注意。

他往那一站，大家就开始侧目耳语。盛潮汐惊讶地站在原地，见到他丈量了一下距离，仅仅一弯腰，长臂一伸，便拿到了人群内的包装袋，扯了袋子下来，绕到另一边人少些的地方，仗着腿长胳膊长，很快就装了满满一袋子。

那个画面，其实用语言很难形容出来，她一直觉得，宁箴天生就是该在那种高端上流的场所出现的，突然一下，他出现在特别吵闹的超市里，还和一群大妈一起装东西，那种强烈的矛盾和冲突感，真是让人哭笑不得。

更让她心里惊讶的，其实是他方才说的话。

他没有父母。

难怪，难怪魏瑶和他的教练从来不提父母如何，他做什么事也从来没有父母这一辈来管着，从来都是王教练操心。由此可见，王教练和宁箴的感情，肯定也比普通的教练和球员之间更亲密，她不想妄自揣测，还是等有机会让他亲口告诉她吧。

宁箴很快就拎着一袋称好的糖果过来了，身后跟了一串小姑娘，似乎想要签名，这是认出他了。

可宁箴好像没看见一样，拉住盛潮汐的手腕说："这些糖看上去不太好。"

盛潮汐看看他身后说："我本来也想着买点好的，你的朋友该是比较挑剔的。"

宁箴皱皱眉说："对他们来说，什么样的都可以。"他说完话拉着她就走，片刻后她又听见他补充了一句，"反正他们又不吃。"

盛潮汐被动地跟上去，两个人一前一后，一高一矮，男的英俊，女的漂亮，走在人多的地方其实挺扎眼的，不过当他们不去在意这些的时候，别人的目光也就算不上什么了。

"你喜欢吃肉吗？"

站在生鲜区，盛潮汐指着正在疯抢排骨的人问道。

宁箴皱皱眉，半晌才说："叫外卖可以吗？"

盛潮汐噎住："除夕那天好像没人会来送外卖……"

"那么不敬业？"

"谁都是要过年的。"

"那看来得去买了。"

宁箴眉头越皱越紧，最后将手里的糖果袋子递给盛潮汐，将大衣袖口挽上来一些，一脸严肃地走了上去。

盛潮汐拉住他的手，他一脸疑惑地回过头，她笑着说："我去就行了，你在这里等着。"

她说完话便越过他要上去，宁箴却把她拉了回来，一本正经道："你在这里等我，我去。那里那么多人，万一挤到你怎么办。"

盛潮汐很想说，这样其实没什么的，又没有怀孕，挤一下有什么关系……但是，未婚女孩子说这样的话好像不太好，于是她就闭上了嘴。

眼见着宁箴走到一群人中间，高高的个子鹤立鸡群，一帮人本来还在热火朝天地挑三拣四，只见宁箴这么一个异类到了，扫视一圈，指着最好的那一大块排骨扣上了自己的名字。

"我要那块。"

卖肉的姑娘一听这中气十足的声音便看了过来，好家伙，大帅哥啊，顿时放下了一群老头老太太，热情地将宁箴选上的那一大块排骨抱起来，那力气，连宁箴眼里都露出了惊讶之色。

　　"要帮您分开吗帅哥？"卖肉姑娘豪爽地说。

　　宁簌点点头："谢谢。"

　　"甭客气，应该的。"

　　卖肉姑娘乐呵呵地拎着大排走了，其他人有点嫌弃地看看宁簌，似乎对于插队的人很不屑。而事实上，这种地方买东西，哪里谈得上插不插队，谁先挑好，人家当然先给谁称了。

　　一个老太太有点不确定地说："小伙子，你买那么多，吃得完吗？"

　　的确，那么一大块，分开之后至少得装两个袋子，但家里其实就只有盛潮汐和他两个人，估计得吃好久，不过……

　　"没关系，冰箱很大。"

　　盛潮汐走过来的时候正好听见他说这句话，她又望了望正在分排骨的卖肉姑娘，诧异地说："买了那么多？"

　　"慢慢吃。"宁簌强调着自己的理念。

　　"行，慢慢吃，实在吃不完，你可以等周一去训练时拿给教练一袋，反正过年了，总是要吃的……"她安排着。

　　宁簌想想也对，以前去教练家过年，阿婆都会做满满一桌子菜，鸡鸭鱼肉样样俱全，排骨更是不能少的一样，他拿去给教练，他们也省得再买了。

　　"对，你是怎么想到的？"

　　他看上去非常好奇的样子，盛潮汐也算是确定了，其实他不和人交际是对的，他在人际交往方面真的是有点迟钝，也难怪至今没有什么要好的朋友。他最好的朋友，大概也就是不拘小节的姚垣舟了……

　　说起姚垣舟，已经好些日子没见过他，尽管他就住在对面，她却没和他碰见，这概率太不可思议，如果不是其中一个人刻意回避，那就解释不清了。

　　姚垣舟在刻意避开和她见面，其实她也乐得轻松。时间是治疗一切的良药，只要不见面不来往一段时间，姚垣舟会很快忘记她的。

　　她这样想，其实一点都不准确，要是姚垣舟知道，估计会很心酸，因为他的爱被对方看得那么不长久。

　　如果他真的是那样一段时间就可以忘记一个人的人，那么这么多年过去，他何必又回来锲而不舍地追她？

　　他之所以不见她，是因为真的不知道该怎么面对她，他其实是个非常善良的人，只是有时候会很懦弱，比方说这个时候。

其实他每天都有看见她，只是她看不见他罢了。他都是躲在家里，算好了她出门的时间，站在窗户那里远远地看她一眼。他感觉自己就像老鼠一样，在自己黑暗的巢穴里渴盼着每天那一丝丝阳光。

快要过年了，吴教授也不想让儿子继续这么堕落下去，连公司老板最近都在敲打他了，他工作不上心，生活也不上心，这样下去，一辈子就毁掉了。

当姚垣舟接到母亲的电话时，还不想接，但转念想想，万一她再来这里闹，让盛潮汐看见就更丢人了，还不如早点接起来。

电话接通，吴教授在那边软硬兼施，劝他回去过年，他一口回绝，吴教授没办法，只好祭出撒手锏。

"你不是喜欢那个叫什么潮汐的女孩吗？你要是非要她，那你过年就带她回来，我看看她到底哪里好，让我儿子整天茶不思饭不想，恨不得和我这把老骨头决裂。"

这是示弱的表现，姚垣舟很了解自己的母亲，她不会直接说愿意接受谁，她需要一个台阶下，现在是最好的机会。没想到他抗议这么久，母亲还真的给他机会了。

姚垣舟高兴极了，不断地应声，可挂了电话之后他才想起来，如今已经今非昔比了。

盛潮汐已经和宁箴在一起了，自己又算什么呢？

今天早上，他们俩还甜甜蜜蜜地出门了，有说有笑的，他认识她那么久，看得出来她对谁是什么样的感情，她看着宁箴的那双眼睛里带着爱意，那不是看朋友的眼神。

他已经没有那个资本了，机会却来了，真是讽刺啊，不是吗？

姚垣舟拿出手机，本想问问程青青她的计划实施得如何了，可转念想想，程青青的目的无非就是伤害潮汐，他真的要做那个罪恶的帮手吗？

那只会将她推得离他越来越远吧。

可是除了这个，他还有什么办法？

不行，他不可以放弃，他费了那么大的力，终于换到母亲态度松动，如果现在放弃，那他的努力就全白费了。

他认识她这么多年，难道就真的比不过认识不到一年的宁箴吗？

姚垣舟又准备开始重新进攻，而现实是，对的人，来得多晚都不是问题，但错的人，早来多少年都没用。

超市采购了大半天，他们买得后备厢都装满了，连车后座都放了很多东西。盛潮汐原本打算自己付钱的，她欠他那么一大笔巨款，能先还一点就还一点，但想想都知道宁箴肯定不会同意了，为了不让他本来很好的心情就此毁灭，她还是依了他。

当然，她也更加不希望他们今天的第一次约会以那种不愉快的结果收场。

买完东西，他们直接回了家，在家门口往下一点点将东西拿出来，一趟一趟地运回去。全部运完的时候，盛潮汐已经累坏了，靠在车后面喘息，宁箴回来瞧见她这样，皱起了眉。

"你缺乏锻炼，以后每天早上起来和我一起晨跑。"

盛潮汐瞪大眼睛："什么？你每天几点起来晨跑？"

"五点钟，为了迁就你，可以改到六点。"

他的语气里带着显而易见的迁就。

盛潮汐靠在车后面哀号："六点钟，起那么早？不行，我肯定起不来，我需要睡眠，没有充足的睡眠会毁了我的皮肤。"

宁箴指着自己的脸说："我皮肤好吗？"

这，这太有说服力了，她完全没理由反驳了。

"可是，我还是想多睡一会儿，不然上班时间犯困，老板要不高兴了。"盛潮汐拧眉道，"我们老板人看着就不是善茬，我上班第一天就挨了一顿骂，真是不敢再在他面前出错了。"

宁箴微微挑眉，像是对她的老板很有微词，意味不明地说了句："是吗？"

盛潮汐见此，连忙又解释说："不过没事，你不用担心，在哪里上班老板都要有点老板的脾气嘛，是我自己做得不够好。"

宁箴不为所动的样子，她几乎以为他下一句就是要她辞职换工作了，但他到底还是没有。

"如果无法忍受，就换一份工作，实在找不到合适的，你可以不工作。"

他转身朝大门那边走，丢下一句："我不希望你受委屈。"

盛潮汐感觉自己最近心脏一定不太好，不然不会像现在这样动不动就觉得心乱如麻。

宁箴对她真的很好，是那种可以切身感受到的好，很可靠的好。

但越是这样，她就越害怕他变心的那一天。他看上去并不是个会变心的人，但如今这个社会，有多少感情是可以永恒不变的？她当然希望能和他永远在一起，当他们真正面临各种考验时，有多大的概率再走下去？到时候，她也不确定自己是否可以承受。

看来老话说得没错，当一个女人陷入爱情，就会开始胡思乱想，担心将来那些还没有发生的事情。

盛潮汐舒了口气，抬脚跟上宁箴，远远地说："下午你没事吧？没事的话可以跟我一起出去吗？"

宁篪没回头，但问了一句："做什么？"

盛潮汐跑上去拉住他的手："一会儿我做饭，我们吃饭，吃完休息一会儿，然后去看电影好不好？"

她眼睛亮晶晶的，十分期待的样子，宁篪其实很想去，特别想去，简直想马上回答一个"好"字，可是又怕自己表现得太殷切之后，会让盛潮汐不太珍惜他们难得的约会。其实他心里多少也是担心的，他担心她不坚定，不珍惜这得来不易的时间，就好像盛潮汐担心他们迟早会分开一样，他也有一样的顾虑。

他理智地思考着，或许他应该保持着冷静克制的情绪来对待她的每一件事，但事实上这很难。

他还是马上脱口道："好。"

盛潮汐垂下头，掩饰着嘴角的笑容，这样的模样，颇有羞涩与依赖的味道。

姚垣舟就在窗前看见了这一幕。

从他们回来，到开始往屋子里搬运东西，再到甜甜蜜蜜地进屋，他都看得清清楚楚。

他刚刚建立起来的那些信心，被打击得荡然无存，恨不得直接找个坑钻进去，一辈子不出来。

他泄气地坐到沙发上，忽然想起程青青说的话。

只要有宁篪在一天，那他就不可能挽回盛潮汐。原先他还不甚确定，现在从盛潮汐看宁篪的眼神里，他已经可以百分之百确认了。

也许，他除了和程青青合作之外，已经没别的办法再做什么了。

姚垣舟沉默良久，才拿出手机拨通程青青的电话。她似乎早就料到了他会打过来，笑着打了招呼，随后便直截了当地说："我现在的行动遇到点困难，我想你应该比我更有身份更方便去做这件事。你知道吗，宁篪替盛潮汐花了五百多万元赎身，他的教练要是知道这件事，他们还能不能再喜气洋洋地采办年货，准备一起跨年呢？"

宁篪警告过程青青，这件事上她再乱做手脚，保不齐会激怒他，然后给自己找麻烦。

她向来是很聪明的，宁篪对姚垣舟，在某种意义上来说有着一些亏欠，毕竟他们曾是朋友，如果换作姚垣舟来做这件事，肯定比她做好，至少她可以确定，宁篪找不到什么好办法来报复这位曾经的好友，估计也不会真的想要回敬他。

程青青把一切都算得很好，最后还要把自己摘出去："你可千万别让宁篪知道这是我告诉你的，否则的话我以后可再也没机会帮你了。我姐姐以前的老板是个下三烂，只要有钱什么都干，你说是他告诉你的，宁篪肯定相信。"她说完就笑出声，"我还有通告要赶，就不跟你多聊了，我等着你的好消息。姚学长你一定要记住，可能会伤害到潮汐，但都是暂时的，而且这也是你的机会，只要拆散他们，她难过煎熬的时候，你天神一样出现去安慰她，一定可以得到她的心。女人就是这样，我是女人，我最了解了。"

程青青的话，让姚垣舟想了很久很久，今天是周末，就算他真要这么做，现在去也没用。

他想了很久很久，最后还是决定出去找个地方冷静一下，再在这么安静的地方待下去，他非得做出什么变态的事情不可。

然而，当他出门准备去转转时，正好遇见宁箴和盛潮汐一起出来。冬天天黑得早，这会儿已经暗下来，他们手牵着手，宁箴在车库拿车，她在外面守候，替他拿着东西，完完全全的女友模样。她本该这样站在自己身边的，与其说这全怪宁箴，倒不如说，里面也有他一份。如果他真的争气，也不会沦落到今天这个地步。

宁箴和盛潮汐这是第二次去看电影，第一次看的时候发生了很不愉快的事，这次再去，他们已经不再在意那些事，身份也发生了转变。

"你要吃爆米花吗？"

换了一家电影院，宁箴去买票时顺便问盛潮汐要不要吃爆米花。

盛潮汐点头说："还要可乐。"

宁箴好像不太赞同的样子。

"碳酸饮料不太好，喝果汁。"

其实喝什么她都没太大意见，听他这么说便也答应喝果汁。

她在等他的时候，偶尔回头瞧见一个熟悉的身影，那人站在人群后望着她这边，脸上是伤感和羡慕的表情。

是姚垣舟。

他怎么会在这里？

盛潮汐一怔，匆忙收回视线，转开身朝买票那里走，只当作没见到他。

姚垣舟脚步一动，不自觉地跟了上去，可她像避瘟神一样逃到了宁箴身边，挽住了他的胳膊。

宁箴低下头在她耳边轻声询问了什么，她只摇了摇头，他随后回过头用眼神四处搜寻，姚垣舟提前躲到了墙壁后面。

最后，宁箴搜寻无果，便带着盛潮汐进去看电影。姚垣舟看看眼前那些电影海报，因为马上过年了，电影处于贺岁档，全是喜气洋洋的片子，那些海报上的一张张笑脸，看得他越发心酸。

在这样的情况下，他已经很难保持理智和清醒，他拿出手机拨给魏瑶，先是拜了个年，随后便问出了自己最想知道的问题。

"魏小姐，我这儿买了东西，打算去给王教练拜个年，上次把他气坏了，实在不应该，你能告诉我他的地址吗？"

他的话太无懈可击，逻辑和理由全部满分，魏瑶根本找不到拒绝的理由。

她还非常欣慰地说："你能这么想就太好了，以后和宁箴好好相处，你们本来就是好朋友，不要因为一些别的事闹得不可开交。你找教练好好说说，他最近和宁箴关系也比较僵，你解释一下，他应该会高兴一点。"

魏瑶是绝对好心，可有时候，好心还就容易办坏事。

她把地址用短信发给了姚垣舟。

姚垣舟看着那一行字，在影院门口打了车，报给出租车司机，车子缓缓消失在逐渐加深的夜色中。

其实他真的不想这样做，但程青青的话太诱人了，只有先把宁箴和盛潮汐拆散，他们才有在一起的可能，为了和她在一起，他不得不先让她难过。

当出租车缓缓停在王俊家楼下时，姚垣舟还抱着最后一丝希望。

他拿出手机，选择盛潮汐的号码，猜想她在看电影会无法接电话，所以发了条短信。

黑暗的环境中，手机的明亮闪光异常明显，盛潮汐是用手拿着手机的，没放在口袋里，所以来短信时清楚地感觉到了。

她低头看了看，宁箴还在看大银幕，没有注意到，短信上的内容让盛潮汐心里一涩。

"真的不能再给我一次机会了吗？"

单单看文字，就可以预想到姚垣舟此刻是多么卑微的样子。

盛潮汐抿抿唇，侧头看了宁箴一眼，他专注的侧脸英俊而迷人。察觉到她的视线，他立刻看了过来，凑过来低声询问，问她是不是不舒服，又或者是不是不喜欢这部电影，抑或有什么别的事。

她摇摇头，笑着说"没事"，在他收回视线之后，便低头回了姚垣舟一条短信。

很简单的三个字：对不起。

姚垣舟收到的时候就知道自己必须铤而走险了。

其实他说服过自己潇洒放弃，不要为曾经的美好留下凄惨的结局，但当他看见他们携手离开时，心中的不平和嫉妒便彻底毁掉了他的理智。

他给出租车付了钱，走进单元楼内，手里提着一些营养品，看上去真的是去拜年一样。

当王俊打开门瞧见姚垣舟时，立刻皱起了眉。

"你来做什么？"他不悦地问。

姚垣舟提着东西，露出一个浅淡的笑容："我想，我走之后，王教练会庆幸我今天来了。"

电影还是很好看的，贺岁片，看完心情都好很多，走出影院的时候，宁箴本以为这就该回家了吧，拿了车便载着她朝回家的方向开。但盛潮汐拉住了他的手腕，他一滞，若有所思地望向她，她笑眯眯的，像只打坏主意的小狐狸。

"才五点多，时间还早呢，我们先不回家。"她神秘兮兮地说，"我饿了，我们去吃点东西，然后……"

"然后怎么样？"

他看上去有点兴趣了，将车靠边停下，扫了一眼车窗外，指着不远处一家看上去就很贵的餐厅做了安排。

"去那儿吃。"

盛潮汐看了一眼，咬咬牙说："好，不过说好了，这次我请客。你要是不允许，下次我就不和你出来吃饭了。"

宁箴微微蹙眉，似乎不怎么高兴。

"你我之间，何必分得那么清楚。"

这话说得在理，但是盛潮汐有她的原则："我已经欠你很多了，虽然我们是现在这种关系，但我也不会赖掉那笔钱，只不过可能要多等一些时间我才能还清，毕竟我现在薪水太低了。还有这顿饭，我付钱的话，心里会舒服很多，吃得也开心点。"

这一句句听下来，好像他不同意的话，就是存心让她不开心、不舒服了。

宁箴看了她好一会儿，才在她期待的注视下点了一下头。

"小丫头，年纪不大，心眼倒是越来越多了。"

他说着，拉开车门下去，绕到车这边给她开了车门，手很自然地挡在她的头顶，防止她撞到头。

宁箴有两辆车子，大多数时间，他会开看上去很敦实的路虎出行，而一小部分私人时间，他会开一辆十分低调的普通轿车出门，不引人注目。

盛潮汐从车上下来，有点遗憾地说："我都快三十岁了，还小丫头呢？按照年龄段算，我这个年纪应该算是轻熟女了。"她煞有介事的样子。

宁箴其实挺喜欢她现在这个状态，因为现在的她身上少了以前那种愁绪，她以前有时候看上去也挺开心，可开心里总带着忧虑和防备，就算开心也不是真的开心。

现在的她就不是那样，她会很轻松地谈笑风生，也会很认真地做着每一个月的还款计划，虽然她从来没说过，也没打算让他知道，但两人住在同一个屋檐下，有些东西他就算不刻意探究，也能够了解一些。

这笔钱对她来说压力还是很大，虽然她没有表现出来。

宁簋随手一指的是间西餐厅，他们俩的模样走进去，倒是蛮合契，就是这地方一看消费水平就很高，拿到菜单的时候盛潮汐就确定了自己的猜想，一张俏脸险些变成猪肝色。

宁簋相当流利地点了餐，对于价位并不怎么在意的样子，盛潮汐抿抿唇，放下菜单说："我要一样的。"

侍者点头离开，宁簋靠在十分奢华的沙发上看着她，嘴角挂着意味深长的笑容。盛潮汐窘迫地抬手捂住半张脸，表情有点蒙的样子，好像在苦恼什么。

"在想什么？"

宁簋好奇地问出口，好像真不知道一样。

盛潮汐咬咬牙，哼了一声说："没什么，就是心算不太好。"

宁簋嘴角笑意加深，他其实很少笑得这么明显和欣悦，往往都是轻抿嘴角意思一下，最多也就是轻轻淡淡地一笑，很快收起。但是今天不同，他几乎一整天都弯着嘴角，足可见他的心情也是非常好的。

西餐吃起来时间都比较长，他们吃完饭的时候，已经八点钟了。招来侍者结账时，盛潮汐说刷卡，但等侍者拿来刷卡机，递过来银行卡的却是宁簋。

盛潮汐拧眉看向他，宁簋做了一个少安毋躁的动作，等他刷完卡付了钱，两人一起走出西餐厅的时候，盛潮汐才问他："不是说好我结账吗？"

宁簋拿出刚才的刷卡单给她看，她看了一眼就蔫了，半晌才说："有钱人的销金窟。"

宁簋抿唇浅笑，斯文儒雅的侧脸像一幅画，看得人心旷神怡。

须臾，走到车前时，他轻声问她："我们这算是吃了烛光晚餐吗？"

其实西餐厅里光线很好的，装修也十分奢华，桌上点了蜡烛，坐下来的时候，宁簋就在想，这应该就是谈恋爱时必然会有的"烛光晚餐"吧。

电视上不是都这么演？

他不想这顿饭吃得不开心，又或者因为谁结账的问题搞砸了，所以当时便假作同意她的要求。

他很清楚，在结账时有外人在，盛潮汐肯定不会跟他推推让让，白让外人看笑话，好像他们多疏远似的。其实要是这顿饭不贵，他也愿意顺着她来，但这顿饭其实……真挺贵的。

"好了，回家吧。"

见盛潮汐怏怏的不说话，宁筬拉着她的手腕上车，她上了车，等他也上来，才嘟囔地说了一句："不回家。"

宁筬这下真有点惊讶和不解了。

"还不回家？"他看看表，"八点了。"

盛潮汐眼睛亮晶晶的："一起办年货、一起吃烛光晚餐我们都做过了，还差一样呢。"

"还有什么？"

他弯了眸子，笑得十分宠溺，但光线有点暗，她没察觉到。

"你有没有试过晚上去游乐场？"

游乐场？

那地方，宁筬一次都没去过。

以前是没机会，没钱，虽然羡慕别的孩子，但没法去。

等长大之后有了钱，是没心情也没有欲望去了。

"你想去游乐场？"

他不确定地问了一句，最后车子还是停在了游乐场外面。

尽管在这个时间，国内知名的江城某游乐场还是灯火繁华。不少人正准备进去，他们站在门口，夜色掩盖了显眼的长相，系上围巾之后倒是没有多少人注意他们。

"晚上玩过山车一定很刺激。"盛潮汐挽着他的手臂朝里面走，宁筬却有点迟疑。

"真的要进去吗？"

他仰头看着摩天轮和过山车的方向，游乐设施正在运行，尖叫和欢笑声不绝于耳，引人深入的同时也给某个惧高症患者带来了不小的刺激。

"其实我……"

宁筬想说什么，但看到盛潮汐一脸兴奋和好奇，到嘴边的话又咽了回去。

"走，进去。"

舍命陪君子。

真的是舍命陪君子。

其实对他来说，每年出去打比赛坐飞机都是一种煎熬，他从来不会选择靠窗的位置，一上飞机就开始睡觉，到了之后才睁眼，这么多年下来倒也缓和了一些症状。

可这种游乐设施，就是为了刺激而存在，除了必要的安全措施之外全部暴露在外面，还真是让他心里不太有底。

脚步虚浮地走进游乐场，盛潮汐挤在一群小孩子后面去买票，宁箴下意识别开眼望向周围，好像在确定万一设施出意外是否有足够的急救措施一样，不过最后急救措施没找到，倒是看见了卖棉花糖的。

他看看盛潮汐，她还在排队，纤细高挑的身影在一众路人中十分显眼，她现在的样子一点都不像是二十七岁，倒像是十八岁，脸上的兴奋和那些小孩子如出一辙，而宁箴站在这里，倒像是她的监护人。

想着想着，他就站在了卖棉花糖的摊位前，很神奇的是摊位老板可以卷出彩虹色的棉花糖，棉花糖的颜色被游乐场晚上的灯光一照好像会发光一样，漂亮极了。

很快，宁箴就掏钱买了棉花糖，像他这样五官清俊气质高冷的男人，穿着英伦的长大衣走在游乐场里本就已经充满了违和感，现在又举着彩虹色的棉花糖，真是违和感爆表。

盛潮汐买好票就发现他不见了，走了几步四处张望，很容易就找到了他，他拿着棉花糖走过来，紧蹙眉头，一脸严肃地递过来，那模样一点都不像是给她棉花糖，倒像是要责备她一样。

盛潮汐小心翼翼地接过来，怯生生地问了句："怎么了啊，你好像不高兴？"

宁箴半晌才说："没有。"

语气闷闷的，分明就是有问题。

盛潮汐跟上他的脚步，拿着手里的票说："我们先去玩过山车吧，然后去玩恐怖屋，怎么样？"

宁箴全部点头答应，时不时瞥一眼她手里的棉花糖，意味不明。

盛潮汐看着他又看看自己手里的棉花糖，好长时间才说："你想尝尝吗？"

宁箴眉头一挑，没有回答，但他没有回答就是一种回答啊，如果不想要，平时的他都会主动拒绝的！

看看她发现了什么，我们的斯诺克世界冠军，冷漠傲然的宁箴先生，竟然想尝尝棉花糖的味道……不得不说，这种反差真是让盛潮汐觉得心都醉了。

她笑眯眯地咬了一口棉花糖，几乎入口即化，她快速地贴上他的嘴唇，甜甜的水润的感觉，宁箴愣在原地，余光满是路过的人群，尴尬和脸红之余，更多的却是心悦。

"甜吗？"

她吻着他的唇，在被路人围观之前撤开，拉着他的手躲到一边去，红着脸问他。

宁箴抬手轻抚着唇瓣，没有说话，盛潮汐将棉花糖递给他："这里没人，来尝尝。"

宁箴停顿片刻，低头抿了一口棉花糖，长臂一伸将她揽入怀中，低头吻上她的唇。

她踮着脚，仰头与他接吻，这样的身高差距，在别人看来，真是要酥死了。

五颜六色的灯光之下，腊月寒冬仿佛也不那么寒冷了，他的怀抱那么温暖、宽阔，她靠在他怀里，一切烦恼和忧愁都不必放在心上，因为她知道，他会永远为她遮风挡雨。

玩过山车是对宁箴形象的一个巨大考验。

其实，他惧高时不会有太明显的表现，就像现在，他坐在盛潮汐身边，看着过山车慢慢启动，一点点朝那个最陡峭的位置行驶，面上看着还是相当淡定的。

盛潮汐就有点紧张了，转过头问他："我有点害怕，你怕吗？"

宁箴脸色苍白如纸，但还是毫不犹豫地说："这没什么好怕的，这种等级的游乐场设施都已经经过最严格的检验，不会有事。"

他这话说出来，也不知道是在安慰自己还是在安慰女友，他吸了口气，闭上眼短暂放空。

盛潮汐察觉到一点不对劲："你是不是哪里不舒服？"

宁箴没来得及回答，因为过山车已经到了陡坡，停滞几秒便开始往下，他耳边顿时响起盛潮汐的尖叫声，他克制着、强忍着，勉强自己睁开眼，看着自己在夜幕中飞起又落下，脑子一片空白，嘴巴紧抿，一声不吭，除了头发被猛烈的风吹得造型全无之外，简直如履平地。

这在别人眼中，那就是相当厉害了，胆子超级大，男友力爆炸，但其实……他心里有苦，说不出来。

盛潮汐吓坏了，一直紧闭着眼，在快要结束的时候，忽然想起宁箴，好奇他的反应，于是努力控制着自己的感官，一边尖叫一边睁开眼望向身边，只见宁箴除了脸色苍白之外，表情和没开始之前没有任何区别，真的是相当让人敬佩。

然而，当过山车停下来，大家都准备下去的时候，宁箴却好半天没动。

"怎么了？是不是哪里打不开了？"盛潮汐凑过来询问。

宁箴摇摇头，深吸一口气，将安全措施打开，缓慢地站起来，一步一步地走出来，简直像电影在放慢动作一样。

"你怎么样？没事吧？"盛潮汐开始有点担心了，"是不是腿抽筋了？"

宁箴黑了脸："没有，我很好，还要玩什么？"

他真的是打算奉陪到底的节奏。

盛潮汐看他这样子，始终有点担心，也顾不上什么鬼屋了，找了个很简单的项目，摩天轮。

当宁箴站在摩天轮下面的时候，双臂下垂直望顶端的样子甚至带着一丝虔诚。

"怎么了，不想坐吗？"盛潮汐担心地问道，"你要是哪里不舒服就和我说啊，我们回家休息，不玩了。"她看看手机，"时间也差不多了。"

宁箴拉住她的手腕，严肃地说："票都买了，不要浪费，上去。"

于是，盛潮汐就被宁箴拉了上去，两人坐上摩天轮，从透明窗望出去，随着位置一点点升高，视线越来越高，景色也越来越漂亮，到达顶端时，整个游乐场乃至周围的建筑都尽收眼底。

"宁箴你看。"盛潮汐把一直正襟危坐的他拉到身边，"好美啊。"

宁箴顺着她指的地方看去，万家灯火，炊烟袅袅，一幅祥和的景象，那是江城的郊区，大部分是平房，游乐场的面积很大，基本都建在临近市郊的地方，所以坐在摩天轮上可以看见。

"我妈就住在那里。"盛潮汐指着那边说，"她一个人，年纪很大了，身体也不好，医生说是抑郁成疾，主要还是得看好心病，否则就算治疗，效果也不会太好。"

宁箴望向她，从他的眼神可以看出来，他大概没想到她会提起她母亲。

盛潮汐的母亲是个漂亮而懦弱的女人，她没什么主见，但父母安排她嫁给村里第一个大学生的时候，她很高兴地答应了，在对方不同意的时候，还配合着对方的父母玩着一哭二闹三上吊的把戏，一门心思地放在了那个男人身上。

可惜，那个男人最后就算和她结了婚，甚至有了孩子，心里却还是没有她，一直想着念大学时候的同学，等他们在江城工作时遇见，便立刻旧情复燃，抛弃了她。

再后来，她受不了村里人的风言风语，随便找了一个男人嫁了，在那个男人的哄骗下强行把已经长大的盛潮汐从生父那里要回来，目的其实很简单，就是因为那个男人懒得干农活，想让这丫头回来帮她母亲种地，盛潮汐的母亲居然还答应了，很奇葩也很讽刺，不是吗？

"我妈其实一开始对我还可以，至少比我的继母好多了。"盛潮汐和宁箴肩并肩坐下来，叹了口气说，"但是她找的那个男人真的不行，他之前帮她干农活也好，帮忙也好，都是为了她那些存款，她可能察觉到一些，但还是抱着美好的幻想，可惜最后还是破灭了。

盛潮汐絮絮叨叨地和他说了很多，说到最后，她鼓起勇气说："你上次说你……没有父母，我想，我们其实差不多，我就算有，也和没有差不多，可能还不如没有。我说这些，只是希望你知道，其实没有父母也没什么不好的，至少你还有看重你的教练，你还有……"她悄悄打量他，"你还有我。"

宁箴沉默着，其实他从来没跟盛潮汐说起过自己的身世，最多也就提了一句"没有父母"。

倒不是他不想和她坦诚相对，而是他不知该以什么方式说出来。

在她眼里，他是无坚不摧、无所不能的那个宁箴。她一定猜不到，这个宁箴经历过什么，才成长为今天的样子。

他有时也会担心，担心她知道那些之后，自己在她心里的形象会大打折扣。

虽然有很多知道他身世的所谓"朋友"也曾笑眯眯地说着"是那些过去成就了你，不要在意那些"这样的话，但其实，如果他今天没有这样的成就，那么拥有不堪过去的他，一样会成为他们看不起的对象。

"我是和教练一起长大的。"

宁箴慢慢开口，声音在狭小的空间里仿佛有回音一般。

"确切地说，我是七岁之后才跟着教练。"他仰起头，眼里没有焦距，什么都没看，"七岁之前，我一直过着沿街乞讨的生活，跟一个老乞丐一起，勉强活着。"

盛潮汐目瞪口呆地看着他，她就算猜想过他的过去，却也没料到会是这样。

宁箴这样的人，怎么可以有这样的过去？

"我不知道自己是被遗弃，还是被拐卖了，反正记事起，就跟着那个老乞丐，他叫我宁箴。路人看我可怜，会给点钱。公安也曾经来找过我，想确定我是不是被拐卖的，但也没查出个所以然来，直到如今，DNA 库里还是没有比对上我的，可能我就是谁不想要的，随意丢弃在马路边的孩子。"他说完，勾起嘴角笑了笑，笑容十分温和，像是对那些经历并不在意，"再后来，我七岁的时候，在市郊一家便利店门外的露天台球桌上玩球，大晚上的，也没人赶我走，恰好遇见了我现在的教练王俊，他那时候刚失去一个孩子，见到我，就动了恻隐之心，收留了我。再后来，我便努力回报他，改善自己的生活。"他表情平和，甚至还用调侃的语气说起那些虚伪的人曾安慰他的话，"但没关系，正是那样的过去成就了现在的我，我应该感谢那段经历，对吧。"他望向她，目光灼灼，像在寻找一份肯定。

盛潮汐皱皱眉，半晌没说话，与他对视许久才说："如果我是你，我真的会很恨你的父母。"

宁箴一怔，显然没料到她会这样回答。

"我不赞同你去比对 DNA，甚至就算有一天他们后悔了再来找你，你也不要回到他们身边，也不要认他们。"她冷着脸说，"他们应该为自己的错误承担应有的罪责。"她笃定道，"这样的人，现在过得肯定也很不好。"

宁箴注视了她好一会儿，才露出无奈的笑容："我原以为你是个非常温和的人，没想到也会说出这样的话。"还不待她回答什么，他便顺着说，"你说得对，我也是这样想的，既然当初选择不要我，以后就别来找我。"片刻，他用一种执着的眼神看着她说，"包括你，你也是。"

盛潮汐一愣，有点诧异地看着他。

"我们现在在一起，如果有一天你主动选择放弃我，以后就不要再来找我。"他用不容置喙的语气说，"我也不会再接受你。"

曾经遭遇过抛弃和背叛的人，对此都会变得很敏感，底线也比别人更高。

盛潮汐很理解他的原则，但她还是露出了委屈的表情。

"你就不会挽留我一下吗？"她假设着，"万一我是迫不得已离开你呢？"

宁箴不为所动："无论怎样，都不要离开我，一旦离开我，我也不会再去找你。"

不在一起还好，他还可以说服自己不断追逐，但在一起之后又被抛下，这种事经历过一次，改变了他的人生，他便不想再有第二次。

只是，今夜在摩天轮上所说的那些不好的事，在他们之后的生活中并未发生过。

　　在宁箴和盛潮汐逛游乐场的时候，姚垣舟已经离开了王俊的家。

　　王俊错愕地靠在沙发上，耳边还回荡着姚垣舟刚才的话。

　　他最得意的门生，最疼爱的孩子，当作亲生儿子一样养大的宁箴，居然瞒着他，不声不响地替那个女孩拿了五百多万去赎身。

　　难怪，难怪前段时间他会忽然想要做代言，他当时还说想买房子，其实是因为替那个女孩给了那么一大笔钱，囊中羞涩了吧。

　　王俊感觉心脏特别不舒服，难受得不行，颤抖着想去附近的桌上拿药，可还没走到那里就倒在了地上。他心悸得难受，脸上苍白毫无血色，昏死过去之前，只来得及拨了一个120，吞吞吐吐地说出自己的地址。

　　独居老人就是这样艰难。

　　当你身体难受时，依然要挺着疲惫衰老的身子自己照顾自己。

　　当你命在旦夕时，也要自己打电话救自己。

　　姚垣舟离开王俊的住处后没有走远，而是在附近的花园坐了一会儿。

　　他不想太早回到那个大房子里，里面一点人气都没有，还不如深夜的街上让他有安全感。

　　他坐了一会儿，就听见了救护车的声音，车子呼啸而过，停在王俊住的那栋楼下。姚垣舟不由得想起他走的时候王俊难看的脸色和捂着心口的动作，他立刻站起来跑过去，医护人员已经上了楼，他想追上去看看，可最后还是躲在暗处观察着。

　　很快，医护人员抬着担架下来，上面躺着昏迷不醒的王俊。

　　姚垣舟迅速后退几步，心想，如果王俊因此有什么意外，那他可是犯了大错。

　　他拿出手机，哆哆嗦嗦地拨给宁箴，宁箴很快接起来，快速地询问他什么事。

　　姚垣舟吸了口气说：“你在哪里？”

　　“开车。”

开车，自然是在街上，姚垣舟想起他是和盛潮汐一起离开的，他们竟然约会到现在还没回去？

他忽然就产生一种特别恶意的想法。

他这么痛苦，为什么不能让宁箴也痛苦一下？

他其实也没说什么，只是告诉王俊事实，如果王俊自己接受不了出了意外，那又关他什么事？

姚垣舟的脑子像被两只手拉扯着，一个说着不能这样，这不道德，另一个却说着就该让宁箴尝尝为难煎熬的滋味。

"如果你没事，我就挂电话了。"

许久听不见姚垣舟的声音，宁箴便冷声催促，姚垣舟听着他说话，但就是不开口，于是宁箴便挂了电话。

姚垣舟看着变成忙音的手机，在心里说了句，宁箴，这是你自己挂的，不关我的事。

车上，盛潮汐见宁箴摘掉蓝牙耳机，问他："谁的电话呀？"

宁箴不苟言笑道："一个朋友，不说话，可能按错了。"

她"哦"了一声，继续低头看手机，在玩连连看，挺简单的游戏，她却好几关都过不去。宁箴偶尔等红灯时会看一眼，瞧着她实在太笨，便拿过来很轻松地替她解开了难局。

"你真厉害。"盛潮汐一脸崇拜地看着他。

宁箴淡淡地把手机还给她，晚上路上车子不多，他可以多停在这里几秒，却不可以太久，这会儿必须得离开了。

今晚对他们俩来说，是一个美好的夜晚，直到他们回到家时，这个美好的假象才被彻底打碎。

宁箴的手机不要命地响起，他接起来听了几句话后脸色一变，拿着车钥匙就走，盛潮汐立刻跟上去，他一路都在说"我马上到"，挂了电话便去车库拿车。他看见身后的盛潮汐，迟疑片刻还是没有带她。

"教练身体出了点问题，我现在必须赶到医院，你留在家，早点休息。"

宁箴的教练不喜欢她，这个她是知道的，现在他身体出问题了，她这个不讨喜的人还是不要出现惹他心烦了。

盛潮汐很顺从地留了下来，在他走时还不断嘱咐他一定要小心开车，别着急。

等他真走了，她还是有点放心不下，自从知道宁箴和王教练之间的情意非同一般时，她就在烦恼该如何缓解她和王教练之间的关系。他们的关系已经不仅仅是师徒那么简单，毫不夸张地说，没有王教练就没有今日的宁箴，他对宁箴来说是比父母更重要的人。

宁箴赶到医院时，王俊已经被推进了急救室，他之前心脏搭过一次桥，情绪本就不能有太大的起伏，一直以来也还算克制，最近因为宁箴的事，他几次三番地复发，这次更严重，如今已经不容乐观。

"王先生这次的问题比较严重，需要留院观察，可能需要再次手术。"

抢救结束后，王俊被推进监护室，大夫语重心长地对宁箴说出了上面的话。

"王先生年纪大了，最好不要太刺激他。"

这是大夫最后的忠告。

宁箴来到监护室时，王俊仍然昏迷不醒。他的情况如何，还需要仔细观察。他现在面色苍白地躺在那，就好像快要不行了一样，一下子苍老了好几岁。

宁箴坐到病床边的椅子上，看了他一会儿就低下了头，手机上发来短信，是盛潮汐询问他是否安全抵达，王俊情况如何。

他全部如实相告，只隐瞒了王俊的病情，他不希望她太担心。

"我今晚不回去了。"

宁箴的话在她的预料之内，她应了声说："那你也注意休息，教练不会有事的。"

宁箴"嗯"了一声，电话挂断，他抬眼看看王俊，他还昏迷着，像是永远不会醒过来了。

说实话，王俊如今的情形让宁箴仿佛回到了几年前，王俊第一次心脏搭桥的时候。

那时候大夫说有一定风险，宁箴在手术室外面等了很久，出了一身的汗，等王俊被推出来，医生说没事了的时候，他才放下一直悬着的心。

这些年下来，他们两个人算是相依为命，感情自然十分深厚，不是一般人可以相比的，他在心里，也早就把王俊当成了亲生父亲看待。

直到盛潮汐出现，他们一直十分和谐的关系才有了一点改变，当然，到目前为止，这些改变都还在宁箴的掌控和承受范围之内，他唯一不确定的是，今晚王俊为什么会旧病复发，甚至进了医院。

这一切谜团，大概要等他醒过来才能解开。

这一夜过得很漫长，宁箴就一直坐在椅子上，没有睡觉。

第二天早晨六点多，王俊迷迷糊糊地醒过来，就看见宁箴坐在一边，一直守着他，见他醒了，便立刻去喊值班的大夫。大夫来之后替王俊做了检查，表示还是需要观察几天，只是醒过来了，有一点好转，可以进行一些保守治疗，如果再有什么变数，就得再次进行手术了。

尽管这不算个好消息，也不算个彻底的坏消息，宁箴送走大夫，回过身，就看见王俊想要坐起来。

他的呼吸器已经被大夫摘掉了，暂时不用戴着，但还需要挂水。宁箴走过去把他扶起来，等他坐好之后才无声地吐了口气。

"饿了吗？我去帮您买点早饭。"

宁箴抬脚要走，王俊轻声叫住了他，王俊现在不能太大声说话，也没多少力气，但他忍不了，必须现在就问清楚，他等不下去了。

"你坐下。"他喘着气，短促道，"我问你个事。"

宁箴坐下，总觉得王俊看上去不太正常，等他说出那些话，他就知道到底是哪里不正常了。

"你拿了五百多万给那个女孩子赎身，是不是？"王俊脸色苍白，嘴唇干涩起皮，满脸皱纹，被医院病房里的一片白色衬得奄奄一息。

宁箴眉头一皱，目光尖锐地问道："是不是一个女孩告诉您的？"

王俊冷着脸说："你还管是谁告诉我的做什么？哪来的女孩？还不是一直跟你不对付的姚垣舟。"他倒吸一口气，呼吸不稳，宁箴见此，上前扶住他。

"您先休息，等身体好一些我再跟您解释这件事。"

宁箴劝着他，可他根本不听。

"你现在就告诉我，是真的还是假的？"他坚持道，"如果你不说，那这病，我看也不用治了，让我死了算了。"

宁箴沉默片刻，点了一下头，这一点头，王俊差点厥过去。

"你真是长本事了。"他在宁箴的搀扶下强忍着身体的难受说，"我从来不过问你的经济状况，是因为知道你肯定不会乱开销，我也很清楚你是个什么样的孩子，没想到你倒是不鸣则已，一鸣惊人，一下子拿出那么多钱……连和我说一声都不说，你真是越来越了不起了宁箴，我看我也管不了你了，咱们以后断绝关系，你走，你走……"

他咳嗽着倒在病床上，宁箴一语不发地轻拍着他的后背，两人许久都没有交谈。

等王俊的情况好不容易稳定一些了，他才躺在那，深深地看了一眼宁箴，长叹一声说："你把那个女孩子叫来，我要见她。"

宁箴立刻皱起眉："您有话可以直接跟我说，这件事因我而起，是我自愿这么做的，她事先并不知情。"

王俊根本不相信："她会不知情？她不知情你怎么会知道这些事？难不成还是你喜欢她喜欢到发疯，自己去查的不成！"

宁箴冷静地站在病床边，毫不犹豫地说道："是，就是我爱她爱疯了，替她还了钱，希望她可以因为觉得亏欠我而和我在一起。"

王俊难以置信道："你疯了，这种话你说给谁谁会相信？宁箴，你到底中了什么邪，为什么好好的一个人，遇见她之后就变成这样？！"

为了避免教练再次因为情绪激动而加重病情，宁箴开启了沉默模式。

王俊见他不语，冷声丢下一句话："要么，你让她来见我，要么，你就离开这，从此以后咱们断绝关系，再不往来。"

宁箴望向王俊，两人四目相对良久，王俊完全不肯妥协，脸色越发难看，手捂着心口，看上去脆弱极了。

最终，宁箴做出了让步。

"好，我会让她来见您。"他沉下声，"但在这之前，我需要得到大夫的肯定，确定您的病情得到控制。"

王俊其实很了解自己的徒弟，让他做出这样的让步已经很不容易，也正因为他很了解宁箴的性格，才打算从盛潮汐入手来解决这件事。

现在，他也不再为难宁箴，沉默以对，算是默许了他的要求。

接下来几天，宁箴除了偶尔回家洗澡换衣服之外，一直在医院照顾王俊。

盛潮汐继续开始工作，上司不断丢出难题，让她焦头烂额。她十分不解，自己一个小前台，为什么杨瀚总来为难她？他犯得上吗，他不是应该很忙吗？

她苦恼于是否要换个工作，本想和宁箴商量一下，却很少有机会可以和他见面。

这一天，她总算是在家里看见了他，短短几天时间他就好像瘦了许多，她正准备做一些丰盛的晚餐让他好好补一补，便听见他说了话。

"教练想见你，我来接你过去。"

他这样说时，眉头皱着，眼睫下晕染着淡淡的黑。

"见我？"盛潮汐指着自己，一脸诧异。

宁箴点头，缄默不语，这样的沉默，让她觉得风雨欲来。

宁箴这几天为了照顾王俊，几乎衣不解带。

盛潮汐作为他身边的人，自然感觉得到王俊对于他的意义。

所以这次王俊要求见她，她是比较抗拒的。

对于这种事，她早就心领神会，心里已经猜到今天见王俊对方会说什么。如果对方真的说了，她实在不知道应不应该答应。

如果因为她不答应而激怒了对方，导致他的病情加重，宁箴会置她于何地？

尽管心中百般不愿，但她还是和宁箴一起去了医院。

晚上，本已经过了可以探视病人的时间，但宁箴和这里的医护人员很熟悉，又是看护王俊的人，走之前和对方打过招呼会回来，所以进去时并没什么困难。

当他们两个站在病房外时，盛潮汐忽然停住了脚步，拉住他的手腕说："你知不知教练要对我说什么？"

宁箴好像本来也不打算进去的样子，他拉着她坐到一旁的长椅上，看了她好一会儿，才抬手摸摸她的头，安抚她焦灼不安的心。

"不管他要说什么，你都记住，不要做出任何承诺，这些都不关你的事，你不用离开我，我也可以处理好和他的关系，知道了吗？"

他的声音十分柔和，难得会听见他这么说话，大概也是真的担心她进去之后再出来后会发生什么翻天覆地的变化吧。

盛潮汐和他对视片刻，点头说："我知道了。"

宁箴微微低头，在她脸颊上落下一个吻，轻声说："别担心，好好地进去，好好地出来，这不是什么刑场，只是我的教练，他可能说话难听，请你迁就他。"

盛潮汐颔首说："我会的，他是长辈，说什么我都会听着。"

宁箴微微一笑，柔声说："那就没事了。"

盛潮汐还是有点不安，两人再次来到那扇门前时，她还是不想进去，总觉得这次进去了，出来之后就不会像以前那样了。

"我真的非得见他吗？"她为难地拉着宁箴的手，"我不见他不行吗？"

宁箴没有说话，眉宇间有深深的刻痕，从他的表情不难看出，他也十分为难。

她是最不忍心为她做了那么多事的他为难的。

"算了，我就是说说，我没事，我进去了，你进来吗？"

她推开门，回眸询问他，眼里充满留恋和依赖，宁箴自然而然地跟着她走了进去。

他们进去的时候，王俊还闭着眼，看上去睡着了，盛潮汐正想说既然睡着了那就先离开，等醒了再说，可王俊偏巧就在她开口之前睁开了眼，眼神清明，原来他根本没有睡着。

"来了。"他说话声音很轻，语气倒还算和善。

盛潮汐点头说："王教练，身体好点了吗？"

王俊扫了她一眼，不回答，直接对宁箴说："我要单独和她聊聊，你先出去。"

宁箴听见了他的话，却站在那里纹丝不动，王俊露出讽刺的笑容："怎么，怕我吃了她？你如果还要守在这里听着，那她来不来也没有什么所谓了，你直接把她带回去，以后你们爱怎么闹怎么闹，跟我再没有关系。"

听他这么说，盛潮汐当然不能任由事情发展下去，赶紧对宁箴说："这样，教练刚醒，肯定有点饿，你去买点热粥回来。"

王俊闻言，瞥了她一眼，微蹙眉头，直到宁箴转身离开，他的表情才有所转变，但不是朝好的方向转变，而是朝坏的。

"五百五十万，对吧？"

他忽然开口，病房里安静极了，这句话就响得清晰而隆重。

盛潮汐望向他，没有很快回答，王俊倒是不介意，冷笑着说："盛小姐还真是贵，要拿我徒弟一年赚到的钱来买。"

盛潮汐吸了口气，尽量用谦卑的语气说："王教练，对不起，给您造成这样的困扰。事情有点复杂，我也解释不太清楚，但您放心，我会把钱还给宁箴的。"

王俊嘲笑道："还钱？就凭你？你一个月薪水多少？你多久能还上这笔钱？"他冷漠地说，"据我所知，你现在就住在我徒弟家里，吃他的住他的，你还说还他钱？盛小姐，你别逗了，你直接说你还想从他身上拿到什么好处吧。"

盛潮汐沉默下来，站在那里一语不发，王俊看了她一会儿，不可思议道："你该不会还真想着嫁给他吧？"

盛潮汐眉头一跳，尽管什么也没说，可那表情分明就是有期盼的。

王俊无语半晌才说："盛小姐，如果没有这五百多万的事，我可能还会放行，毕竟我那时还不了解你的人品，只知道你从事着我不喜欢的行业，但那毕竟是你的工作，我选择尊重，但是现在……"他一顿，眼神厌恶，"你已经拿走了宁箴五百多万，你还想怎么样？他那样一个对自己都不舍得花钱的孩子，一下子拿出那么多钱替你赎身，你有没有想过他是怎样的用心？你怎么舍得再害他？"

盛潮汐拧眉解释说："我没有想害他，我只是……我们在一起，我想尽可能让他快乐。"

"让他快乐？别开玩笑了，你看他现在快乐吗？他在你和我之间左右为难，他的冠军形象在万众的嘲笑和指责中一点点跌下神坛，这就是你所谓的快乐？"王俊一声声的指责让盛潮汐哑口无言，但仅仅是这些他还觉得不够，接着说道，"盛小姐，我劝你一句，做人要有良心，你要是真觉得亏欠他，真的想让他快乐，你就让他从你设下的陷阱里出来，还他一个清净，让他找个身家清白的女孩子，而不是像现在那样，但凡网上有一条关于他的消息，都要牵扯上你这个'网红'，牵扯上你那些不堪入目的照片。"

这些话有些难听了，但想起进来之前宁箴说的话，盛潮汐强忍着沸腾的情绪，闭了闭眼让自己冷静一些，安静地站在那，保持缄默。

王俊看了她好一会儿，淡声说："你倒是很能忍，应该是宁箴给你吃定心丸了吧，他是不是说，不管我说了什么，他都不会放弃你，一定会和你在一起？不得不说，小姑娘年纪不大，本事不小，能把宁箴迷成那副样子。"说到这他有些自嘲，"我养他这么大，到头来还不如一个认识不到一年的人，说到底，我比你更可悲。"

盛潮汐抿了抿唇，坐到病床边的椅子上低声说："王教练，您可能不信我的话，也不爱听我说话，但有些事我还是想说。我对宁箴没有任何您所想象的那种企图，他替我给了以前老板那么多钱，我也感到非常惊讶，我一定会把这笔钱还上，不管需要多长时间，但只要我还活着，我就会努力还钱。我现在只是想……只想可以好好照顾他，和他安安稳稳地在一起，我已经换了工作，只要过一段时间，其他人忘记这件事，就……"

王俊不得不在此处打断她："忘记？你觉得他们多久会忘记？一个月？一年？还是三年五年？盛小姐，你把问题想得太天真了，宁箴才而立之年，未来还有很多发展，他本就已经成就不凡，原可以有更好的未来，但你的出现让他以后不管再有多好的成绩，人们所关注的依旧是他那个不正经的女友！"

王俊的话很难听，但是事实上，一个人在个人成绩方面再优秀，还是抵不过大众的八卦之心，盛潮汐是半只脚踏进过娱乐圈的人，对这些非常清楚。

王俊还嫌不够，继续说道："有件事你可能不知道，马上4月份宁箴要打世锦赛，因为他和你的事闹得很糟糕，现在上面的领导已经勒令我管好队员的私生活，这样的丑闻不要再有第二次。你知道丑闻的意思吧？"

盛潮汐面如死灰，眼神毫无焦距地直视前方，王俊继续打击她："因为你的出现，他现在的新闻都变成了丑闻，以前上面的领导都特别器重这个孩子，但是现在……"他冷笑一声，"我想不只是领导，他的那些粉丝，还有他的朋友，都在心里看不起他。"

盛潮汐低下头轻声说："您别说了……"

"我为什么不说，这都是事实，我有骗你吗？我只是分析给你听，如果你心里真的有他，就该赶紧离开他，放他自由。他可能现在会痛苦一阵子，但时间长了，他会好起来的，而不是像现在这样，留下一颗毒瘤，一辈子翻不了身！"

王俊的话让盛潮汐有些喘不上气来，她仰起头看着天花板，耳边还有人在喋喋不休地陈述着什么。

"盛小姐，你真的爱他吗？你真爱他就不会这么自私地捆着他。你不是还有那个姚垣舟吗，我看你们俩倒是很合适，一个卑鄙，一个无耻，加在一起简直天下无敌！他家里也挺有钱的，你和他在一起也不吃亏，你去找他，放过宁箴吧，好不好？"王俊不断地重复着最后一句话，"你放过宁箴吧好不好？当我求你了，你放过他吧！"他不顾在挂水的手，勉强从病床上坐起来，步履蹒跚地下地，几乎要给她跪下。盛潮汐惊呆了，眼前的老人从刚才的强势和冷漠一下子变得苍白和脆弱，那张冷硬的面具下其实也不过是一颗可怜的父母心。

"盛小姐，我老头子求你，你还要多少钱，我给你，我就求你放过宁箴，这个孩子不容易，我一路看他成长起来，我不希望他的后半生葬送在这上面啊！"

王俊的哭诉要比咄咄逼人的分析更加让盛潮汐抵抗不了。

她僵在那里，努力想把他扶起来，但失败了。

王俊脸色苍白，身体状况极差的样子，可盛潮汐脑海中还清晰地记得宁箴在摩天轮上说过的话。

无论她以何种理由离开他，他都不会再来找她，他不接受任何理由的抛弃。如果她真的那么做了，可能一辈子都无法再和他有任何瓜葛了。没有正式和他在一起时，她还不觉得这有多难受，可现在只要一想，她就觉得人生都没指望了。

"可是，我真的很爱他……"她也跪了下来，在王俊面前低声哭泣，呢喃着。

王俊看着她，眼里多少有些讶异，更多的却是愤慨。

"我都这样求你了，你还是不肯放过他？你还说你爱他，都是谎话！你只是为了你的好日子，为了你自己，你太自私了！"

王俊激动地说着话，一口气没喘上来，晕死在病床边，盛潮汐一慌，赶紧扶住他高声喊道："宁箴，你快进来，你快来！"

王俊被推进了手术室。

宁箴走进病房时，盛潮汐和王俊都跪在地上，前者扶着后者，后者已经没有意识。

盛潮汐泪眼模糊地喊着宁箴的名字，眉梢眼角都是浓浓的无助。

坐在急救室外面的长椅上，宁箴侧头看看身边的女孩，她面无表情地直视前方，双手交握，看上去似乎已经平静下来。

察觉到宁箴的目光，盛潮汐转过头望着他说："如果王教练因此有什么意外，你会不会非常恨我？"

宁箴没有直接回答，反而问了另外一个问题。

"他和你都说了什么？"

盛潮汐保持沉默不说话，但宁箴也可以猜到一些。

他慢慢站起来，双手抄兜，黑色的大衣带着冷漠而拒人于千里之外的气息。

"你不说我也知道。"他看着她，"无非就是让你离开我。"

盛潮汐没有隐瞒，坦然地点头，宁箴看了她一会儿，又问了一个问题。

"那你答应了吗？"

这句话他说得很轻，眼睛也从她身上挪开了，仿佛对她的回答已经了然于心，至于为什么还要问出来，大概连他自己也说不清楚。

只是，盛潮汐的回答让他有些意外。

"我没有答应。"她皱眉说，"正因为这样，他才气成那个样子。"她望向宁篪，"宁篪，你的教练跪下来求我放过你，你说我该不该放过你？"

宁篪一向不会有什么太过明显的表情，这会儿也不例外，他甚至表情空白了几秒，才露出一种很难用语言形容的神色，接近于自嘲，但又不像是。

他没回话，或许这个问题的答案连他也不清楚，大夫进手术室之前说情况不容乐观，王俊年纪已经不小了，身体本来就不好，能不能下手术台都是个问题。

如果真的因为这件事导致王俊离世又或者加重病情，那么"忘恩负义"这个词就成了为宁篪量身打造的了。

只是，这件事本不该让盛潮汐来做选择，她是最无辜的人，是他将她强行拉到他身边，自以为是地觉得自己可以处理好一切，但现实是，感情这种事，理智不起来，也处理不清楚。他们如今能做的，都只有走一步算一步。

"无论如何……"宁篪坐回椅子上，直视前方，像在看什么，又像什么也没看，"我都希望不要成为被抛弃的那个人，不管是被谁抛弃。"

理想是很好的。

只是现实中哪有那么多天随人愿的事。

想要两全其美的前提是，三个人里有一个人愿意做出让步。

很可惜，这三个人，似乎都不想让步。

盛潮汐第二天还要上班，夜深的时候，宁篪便把她送回了家。

说实话，按常理她大概需要请假等待王俊最后的手术结果，然后好好照顾对方。只是，她是个不被王俊承认的人，他看见她留在那里恐怕会更生气，而她也实在不想再面对他，所以回去，离开，是最好的选择。

宁篪将车子停在家门口，已经午夜三点多，小区里除了路灯之外一片黑暗，等他将车子熄火，周围的能见度就低了许多，但还能看清彼此的面容。

他从车上下去，给她开了车门，她走下来，看了他一眼，说："还有三天就是除夕，如果王教练的情况好转，你就回去陪他过年吧。"

原本他们打算一起过年的，但现在的情形，显然不允许这样了。

宁篪这一路都没说话，也没什么特别的表情，这会儿听见她这么说话，忽然叹了口气，倾身抱住了她，力道紧得她几乎无法呼吸。

"不管怎么样，等着我，我会努力，让你不再因为这些事烦恼。"

他说话的声音有些发颤，像在努力克制着什么，却异常坚定。

"总之，先别离开我，我知道这很自私，让你承受本不该由你承受的东西，但是……一想到要和你分开，我就……"

他沉默许久，才接着说："我真的舍不得你。"

只可惜，事与愿违。

宁箴走的时候，盛潮汐在门口注视着他离开的方向好一会儿。

她已经睡不着了，今夜注定无眠，明日估计黑眼圈会变得更重。

不过，这也没什么，没几天班可上了，新年有假期，有什么事情，都留在那几天处理吧。

回到房间里，猫和狗都已经睡了，她来到自己的房间，小猫躺在被子上睡觉，她走过去时它醒了过来，眯着眼瞧她。她伸手轻轻摸摸它的身子，它一点都不慌张，也不躲闪，闭上眼睛继续睡，这个小东西，最懂得什么是信任。

其实盛潮汐现在的压力比宁箴大很多，她很想一走了之，圆了王俊的念头，可真想到要走，心里就疼得不行，脑海中不断浮现出宁箴离开前说的话，以及他看着她的眼神，他眼眶发红，眼中有什么东西在发光，他看上去是那么痛苦。

如果她这个时候再一走了之，他应该会更痛苦吧。

不过，王俊说，这种痛苦是一时的，而她留在这带给他的痛苦却是一辈子的，这是真的吗？

的确，他们之间隔着十万八千里，一个在地上，一个在天上，可难道因为差距太大，就真的不能在一起吗？

感情这东西，也真是奇妙。来来回回这么久，从认识宁箴到现在，她从一开始怎么让他远离她，变成了现在这样，怎么才能不离开他。

因为一夜未眠，第二天上班时，盛潮汐精神状态很不好，尽管化了妆，瞧着气色好一些，但也好得有限。

杨瀚带着女演员来谈工作时，就发现盛潮汐不在状态。他是个严苛的老板，但今天和他一起谈工作的女演员目前在圈里风头正劲，他也不打算当着对方的面训斥下属，那显得他档次也不太高，于是便没有理会，直接过去。

有趣的是，他直接走了，跟在他身边的女演员却停下了脚步。

盛潮汐这时也认出了那个围着纱巾戴着墨镜一副高高在上模样的女人是谁，能有谁呢？程青青罢了。

"哎哟，看我瞧见谁了。"程青青摘掉墨镜，一副惊讶万分的样子，"你居然跑这里来上班了？"

她上下打量着盛潮汐，盛潮汐穿着黑色的职业套装，长裤衬得她双腿笔直修长，白色的衬衫纤尘不染，脚上踩着黑色的高跟鞋，那么简单的职业打扮，在她身上却风情万种，妖媚漂亮，气场十足，难怪可以让那么多男人神魂颠倒。只是，心里虽然这样想，程青青脸上却是不屑的表情。

杨瀚走了一段发现程青青没跟上去，便走出来一探究竟，瞧见她和盛潮汐僵持着，眉头一皱，心里隐约知道不寻常。

"程小姐，我们到里面谈。"杨瀚走出来喊她。

程青青慢条斯理地说："杨总，你这个前台真是太没有礼貌了，说话真难听，你们公司虽然不大，但你以前也在大公司待过，不至于找个这样的吧？"

杨瀚望向盛潮汐："你说什么了？"

盛潮汐面无表情道："我什么也没说。"

程青青一笑："难不成还是我要栽赃陷害你？你一个小前台，我犯得上吗？"

的确犯不上。

但她们如果有前仇旧恨，那就犯得上了。

"潮汐，给程小姐道歉。"杨瀚立刻说。

盛潮汐拧眉说："我什么也没说，为什么要道歉？"

程青青立刻说："你不道歉的话，那杨总，咱们今天就不谈了。"

她转身就走，杨瀚的新戏正要她上，那部戏靠她挑大梁，怎么可能让她这么走了。

"程小姐稍等。"杨瀚叫住她，在她看回来时直接对盛潮汐说，"你不道歉？"

盛潮汐不为所动。

"那你现在被解雇了，收拾东西离开。"杨瀚毫不留情道，"马上走。"

盛潮汐一怔，还不待她反应，程青青就刻薄地说："还愣着干什么？赶紧走啊！赖在这里不走，等钱吃饭啊？"

她从背包里掏出钱包，抽出一张一百的扔到她面前，恩赐般地说："拿了钱赶紧滚吧！"

盛潮汐低头看了看那张钞票，一语不发地收拾东西走人，走出来时，方才在周围看见那一幕的其他人都忍着笑对她指指点点。

走出大门之前，盛潮汐的表情一直无懈可击，可走出大门，越走越远后，盛潮汐还是掉了眼泪。

凭什么?

她靠自己的能力赚钱,为什么到最后别人一句话她就得走?

她好恨,可她不知道该恨谁。恨杨瀚吗?他也是为了他的生意。恨程青青?是的,她恨程青青,真的好恨好恨,为什么大家同一个父亲,却有着截然不同的命运?

她现在特别想见宁箴,想在他怀里哭诉自己的委屈,可她知道自己不能。

王俊还没脱离生命危险,宁箴已经足够疲惫,她不能再给他增添负担。

算了,算了,早该习惯了,这么多年,不一直都是这样吗。不能因为有了喜欢自己的人,就变得那么脆弱吧,她若伤心,那伤害她的人目的就达到了。

她不能哭,不能被打倒。

盛潮汐吸了口气,抹掉眼泪,从路边的报亭又买了一份报纸,随后乘坐地铁回家。

在家门口,她遇见了也正回家拿东西的姚垣舟,他风尘仆仆的样子,她眼睛红肿,手里拿着招聘报纸,模样极其狼狈。

想起自己那夜的所作所为,姚垣舟眼睛一涩,脚步不自觉跟上了她。

盛潮汐开了铁艺门回身关门时才见到他。

他远远地走过来,她不愿与他交谈,直接关门想走,姚垣舟快步上来喊住了她。

"潮汐,你先别走,你眼睛怎么肿了,是不是宁箴欺负你了?"

盛潮汐根本不理会,继续往里面走,姚垣舟站在铁艺门外,担心得不得了。

"潮汐,你跟我说句话啊,你别难过,王教练出事跟你没关系,是宁箴自己办事前瞒着他,这个责任不该让你来背!"

姚垣舟这句话可把盛潮汐拦住了,她拧眉回过头,一眨不眨地看了他好一会儿,才用难以置信的语气说:"是你跑去告诉王俊,宁箴替我给了葛杨五百多万赎身的?"

姚垣舟一怔,这才反应过来自己居然说漏嘴了,他停顿几秒才说:"这件事王俊不是早就该知道吗?怎么会现在才知道?宁箴这么做之前也不跟他商量一下,闹成这样子还要你受伤害,你为什么还要和他在一起?"

盛潮汐一步一步走回来,脸上带着讽刺的笑:"姚垣舟,你别再试图打马虎眼了,你刚才说那句话,分明是知道我这边发生了什么事。是谁告诉你的?让我想想,该不会是程青青吧?"她扯开嘴角,"我想,搞不好也是她让你去把宁箴为我做的事告诉王教练,以此来挑拨我们的关系,是不是?"

姚垣舟别开视线不敢和她对视,她却直接开了门走出来,站在他眼前,让他无处闪躲。

"潮汐,你听我解释……"他苍白无力地说着。

盛潮汐冷笑："好啊，你解释啊，你倒是好好解释一下为什么你会变成现在这样。我以前认识的姚垣舟虽然懦弱，可他至少不会去害人！他甚至会很善良地迁就那些不被青睐的人，比如我！"

姚垣舟伤心极了，那天晚上的事同样也是他心里的一根刺，这几天他做什么都魂不守舍，还丢了几笔大单，工作成绩一路下滑，在盛潮汐这里也没有好脸色，他到底图什么？

他做这些到底是为什么？为什么就因为喜欢了一个人，他就变得不像自己了？

"对不起潮汐，我是一时糊涂，我也不想那么做，对不起……"他红着眼眶道歉，抓住她的手说，"潮汐，事已至此，也没办法挽回了，不如你回到我身边，让我好好弥补你。"

盛潮汐冷着脸扯回手，一字一顿道："姚垣舟，你记住，就算我不和宁箴在一起，我也永远不会和你在一起。你想弥补我是吗？我倒是有一个方法让你弥补我。"

姚垣舟一怔，她前一句话让他绝望到底，后一句话又让他重新燃起希望，他近乎于迫切地说："什么方法？只要你开口，我一定能做到。"

盛潮汐轻笑一声，她忽然笑了，他反而越发不安，心里有不祥的预感，而它很快就成了真。

"从现在开始，离我远远的，永远不要再管我的事，这就是对我最大的弥补。"她冷声强调，"另外，你不是想知道我怎么了吗？我现在告诉你，就因为程青青，我被老板开除了，我千辛万苦得来的工作机会，我那么想做好那份工作，可就因为程青青一句话，她污蔑我说话难听，可我根本一句话没和她说！"

姚垣舟诧异道："你说什么？程青青她害你被开除？！"

盛潮汐意味深长道："你和她来往之前，不就该知道会这样吗？她能有什么目的？你认识她这么多年，不应该比谁都清楚吗？"盛潮汐冷淡一笑，转身进去，将铁艺门关上，两人隔绝开来，姚垣舟一脸后悔和绝望。

"以后不要再来找我了，也不要再打听我的事，姚垣舟，我们回不去了。"

盛潮汐站在铁艺门里，最后对他说了一句话，接着转身离开，头也没回过一次。

姚垣舟站在那，望着曾经唾手可得的人，如今已经连说句话都是奢求。

他愤怒、难过，想到最后，把这一切变得如此糟糕的无非就是他和程青青，程青青现在居然还在想着伤害盛潮汐。姚垣舟越想越生气，忍着即将爆发的怒火拨通了程青青的电话，那边响了很久才有人接听，还一股闲适懒散的语调。

"姚学长，什么事呀，我好不容易休息一会儿。"

姚垣舟吸了口气，半响才说："你在哪里？见个面。"

"我很忙的，你的事办得怎么样了？"程青青意兴阑珊地问。

"你不见我，就没法知道我办得好不好了。"

程青青一听，这是有门儿啊，于是跟他约了见面地点，傍晚的时候见了面。

她刚看见姚垣舟的时候，他还挺正常的，没什么表情，他坐下，两人点了咖啡，她开门见山地询问事情进展，姚垣舟一字不发，就那么直勾勾地看着她，看得她心头发虚。

"你老看着我干什么，你倒是说话呀，事情办得怎么样？王教练知道那件事了吗？"程青青端着咖啡聚精会神地问。

姚垣舟笑了笑，也端起了咖啡杯，里面的咖啡还很热，他吹了吹，不说话。

程青青喋喋不休地催促，又开始给他洗脑，可现在的他已经听不进去了。

他不断地轻抚着咖啡杯的杯壁，待里面的咖啡变成温的，他才终于开口，打断了对方不断冒出来的惹人厌烦的字眼："程青青，你能不能别老是自作聪明地给别人安排事情？你把别人的感情当成什么？用来达到你目的的工具？为了实现你的目的，你可以利用朋友，利用身边一切可以利用的人，这我能理解，但是我不能理解，你为什么总是想方设法地去伤害你的亲姐姐！"他站起来，质问着她，那样的语气让程青青有些慌乱。

她匆忙否认："她根本不是我姐姐！"

"她和你是一个父亲，就算你不承认，她也永远是你姐姐，你逃不掉这份关系！我就不信，你父亲真的会对自己的亲生女儿不管不顾，那也枉费我当年对他的敬慕。我想，他这些年在国外，肯定对你姐姐的遭遇一概不知吧。"姚垣舟阴阳怪气地笑了笑，"没关系，一旦有机会，我肯定会告诉他的。"

程青青指着他的鼻子说："我们家的事不用你管，你别来这瞎操心，我告诉你，你敢跑到我爸那乱说话我一定不会放过你！"

姚垣舟直接将咖啡朝她泼了过去，美艳的女人立刻变成了落汤鸡，一脸一身的咖啡，还带着温度和咖啡味道。

程青青呆住了，这辈子还是第一次有人泼她东西，她不可思议地看着他，反应过来之后就开始尖叫："姚垣舟你疯了！你敢泼我！"

姚垣舟冷笑一声，转身就走，完全不管她有多狼狈。

可笑程青青一个公众人物，得亏这是在包间，要是在外面，明天绝对上头条。

姚垣舟走出咖啡厅之后还觉得不够，拿出手机拨给一个在报社上班的朋友，将这个料爆给对方，随后打车离开，深藏功与名。

程青青肯定想不到姚垣舟会做得这么绝，一边在包间里擦着脸上头发上的咖啡一边打电话给助理让对方拿衣服来换，顺便还叫化妆师也进去。报社记者赶到的时候，程青青的助理刚把化妆师给请过来，进去的全程都被拍了下来。程青青现在正是红的时候，记者巴不得挖到她的丑闻，这下可是有开年大戏了。

然而盛潮汐其实并不关心这些。

临近过年，很多公司都停止招聘，要到年后才正式开始招聘，她将报纸叠起来开始收拾屋子。小时候在农村，到了过年时，母亲都会招呼她帮忙打扫房间，将房子扫一扫，屋顶的蜘蛛网还有屋子里的东西都擦一遍。这栋别墅比以前住的平房大多了，但是只有她一个人打扫，所以她断断续续用了两天才暂时告一段落。

这一天，就是除夕夜了，宁箴这段时间一直没有回来，但他每天都会给她打个电话，像是怕她偷偷走掉一样，总会找这样那样的理由确定她是在家接的电话，比如说让她去他卧室找一本书读出上面的文字。虽然他明面上没说自己的目的，但盛潮汐可以猜到。

她心里很不是滋味，想去医院看看，又怕再刺激到王俊，这大过年的，可千万别再有什么意外。

然而，最终发生意外的，不是她，也不是王俊，而是她的母亲。

在除夕夜晚上七点钟，她接到一个电话，是李峰打来的，说她母亲脑血栓，已经被送进医院。

李峰，她原本以为和这个人再不会有什么关系了，他为什么会在除夕夜出现在她母亲身边？他会不会又有什么不可告人的目的？母亲突发脑血栓是否和他有关系？

盛潮汐满心疑惑，却也无从了解，到底还是得去一趟医院。

尽管她的母亲从来没有尽到做母亲的责任，甚至一次又一次将她推向火坑，但她始终是自己的母亲，她如今生命垂危，盛潮汐怎么可能不去看看。

巧的是，盛潮汐母亲所在的医院恰好就是王俊所在的医院，也不知他出院了没有，今天宁箴还没给她打电话。

盛潮汐心焦地上了出租车，左思右想了半天，还是拿出手机拨给了宁箴，他接得很快，像是担心她有什么事一样，接起来就问她："出事了？"

其实不怪他会这样想，这阵子她从来没有主动给他打过电话，哪怕一次。

事出反常必有因。

按照盛潮汐以往的性格，肯定会为了怕他担心而隐瞒自己的事，可现在她忽然不想了，发生了那么多事，他们经历了那么多辛苦的煎熬，如今还没有分开，这不是万幸吗？在还可以依赖他的时候，为什么还要辛苦地自我坚持呢？

"我妈突发脑血栓住院了，就在王教练住的那个医院。"

她就那么说出了自己的烦恼，她不想浪费时间了。

盛潮汐赶到医院的时候，李峰还没离开，他倒不是好心，只是因为住院费的问题。他一看见盛潮汐就直接伸手要钱，盛潮汐盯着他看了好一会儿，看得他心焦又不耐烦，抬手一推将她推远了好几步。

"看什么看，有什么好看的？赶紧把钱给我，替你垫付就不错了，我这是看你后来找的那姘头还算大方，给你点面子，别给脸不要脸。"李峰一脸凶恶地说。

的确，宁篪可不是大方吗，就是太大方了，一出手就是五百多万，李峰估计没少分到，但他那么爱赌博和出去嫖，那笔钱也花不了多久。

"我妈为什么会突发脑血栓？"盛潮汐皱着眉问，"除夕夜，你又为什么会出现在她那里？"

李峰瞪着眼睛说："你哪来那么多问题？我当然是去拜年啦，你这么有本事，我不得让你妈知道吗，你把自己卖了个好价钱啊，她可能是太高兴了，一下子承受不了才突发脑血栓的吧。"

听他这么冷嘲热讽，盛潮汐就知道他没安好心，他这是不想让她过一个好年，存心来找事儿的。

果然，李峰很快就问她："你那个姘头呢？怎么没跟你一起来？啧，有钱人真是不靠谱，大过年丢你一个人，连你妈脑血栓都不放在眼里啊，哪像我，还知道把你妈送到医院来，垫付医药费。"说到这他又开始着急，"别废话了，赶紧给我钱。"

盛潮汐冷笑一声说："医药费？你想要多少？你已经拿了那么多钱，这点小钱你还看得上？"

李峰阴狠道："再多钱也是我该拿的，你是我老婆，他想拿过去用，当然得给点好处。你长得这么漂亮，伺候他这么久，也不算亏了。"

盛潮汐一巴掌打在他脸上，李峰不可思议地看向她，"李峰，你记住，这是最后一次了，你以后别想再从我身上弄到一分钱。我警告你，我不是你老婆，不要再乱说话！"

李峰狞笑道："是啊，你现在不是了，你有好姘头了嘛，那有钱人说要娶你了吗？白痴，等人家把你玩残了、玩腻了，就把你扔了，到时候我看你怎么办，我看谁还会要你这残花败柳！"

这里是医院，盛潮汐不想和他吵架，母亲还在急救，她也没心思和他在这里打嘴仗。

"把单据拿来。"她朝李峰伸出手。

李峰负手道："没单据，三万块，拿钱就行。"

盛潮汐拧眉："三万？李峰，你改名叫李疯好了，你迟早会死在钱上！"

"那也是得好死了。"李峰得意地笑笑，催促说，"赶紧拿钱，否则你今天别想进去看你妈。"

盛潮汐还没说话，一个声音便从身后传来，那男声太熟悉，冷清而威严，李峰听见就脸色一变。

"李先生，我刚才已经找朋友打听过，潮汐母亲目前的治疗费可根本没达到那个数字。"宁箴一步一步走到盛潮汐身边，面不改色道，"你现在的行为已经达到了敲诈勒索的程度，是我现在报警，还是你说实话？"

李峰望向宁箴，两人四目相对，火花四溅，谁也不肯退让一步。

半晌，还是李峰先败下阵来，宁箴天生一副高贵冷漠样，李峰这种骨子里就低贱的人是对付不了的。面对盛潮汐，李峰还可以强装着架势，因为他打心底里看不起她，但对宁箴，他就底气不足了，他知道自己玩不过他。

"宁先生，好久不见了，看您说的，哪有那么严重，我和她开个玩笑而已，这是收费单，您就照着给我付了就行。"

李峰这才拿出缴费单据，宁箴接过来看了一眼，从西装侧口袋里取出钱包，拿了钱给他。盛潮汐在一边看着，一语不发，但目光一直追随着李峰，眼底是一览无余的愤恨，那种恨意让人险些觉得，如果杀人不犯法，她早就把他杀了。

李峰点了钱，笑着离开，很得意的样子，他来这一趟无非就是不想让盛潮汐过个好年。对这个女人，他是既看不起又放不下，但如今她有个好靠山，他也不好做什么，一旦宁箴玩够了她，他肯定还是会要回来的。

这样想着，李峰走时就用一种显而易见的威胁眼神瞥了盛潮汐一眼，他本想这么满意地离开，可走之前又听见宁箴开了口。

"对了，忘了提醒你，以后不管是潮汐本人还是潮汐的母亲，你都不要再接触了，我会在和潮汐结婚之后把她母亲接过来一起住，如果我再看见你招惹她们母女……"宁箴转过身，面上不见得有什么阴鸷的表情，可他的语气听得令人浑身发冷，噤若寒蝉，

"那这件事，可就没那么容易算了。"他意味深长道，"你从我这吃下去的，不但得全吐出来，我还要扒下你一层皮。"

宁箴总是斯文有礼、文质彬彬的，这是盛潮汐第一次听见他说这样的话。

她现在觉得，王俊的话其实没错，她的出现让宁箴改变了很多，且这种改变还并非朝着好的方向去。

她是不是真的连累了他？

这其实是毋庸置疑的。

的确是连累了，她将他拉下了神坛，让他在大众面前形象受损，甚至遭到调侃。

这一切都是她的错。

包括现在，他还在替她解决麻烦。

可是，她一点都不想因为这些就离开他。

他做了这么多，无非就是为了两个人未来可以安稳地在一起，如果她真的就这么一走了之，也许他可以恢复到以前的状态，但他肯定会很伤心，他一直以来的努力也全部白费了。

她不能走，不管是出于私心，还是出于……爱。

盛潮汐吸了口气，在李峰不甘心地离开之后，低下头拉住了宁箴的衣袖。

宁箴转回头看着她，柔声询问："怎么了？他走了，不用怕。"

盛潮汐抿抿唇，小声说："不是那个……我是想说，我不想和我妈住在一起。"

宁箴眉头一跳："是吗？"

盛潮汐点头说："她那样对我……我虽然不会置她于不顾，但实在也没勇气和她朝夕相处。我们理念不同，在一起住着，今后会很多烦恼。"

宁箴没言语，只是眼神轻柔地看着她。她想了想，又抬头说："还有，我又给你找麻烦了，我总是给你惹麻烦，你本来可以过得很轻松，都是因为我，变成现在这样，我想，我得跟你说声对不起。"

宁箴的表情本来很好看很柔和的，听她这么说反而冷淡了起来。

"不要跟我道歉。"

她一怔，不解地看着他。

宁箴面无表情道："你觉得你给我带来了很多麻烦，让我本来平静的人生波澜四起，不再一帆风顺，所以很愧疚，是吗？"

盛潮汐停滞片刻，点头。

宁箴压低声音，半弯着腰靠近她耳边，一字一顿道："那你就想错了。"他黑白分明的眸子里蕴藏着无尽的暗潮，"正是因为你，我的人生才不再像以前那样一潭死水。"

是这样吗？

盛潮汐有点不自信，怯怯地看着他，他眼中丝毫没有面对别人时那种不可侵犯的尖锐。

"如果你不信，就当你是我的劫数吧。"

他说的这些话，听起来是温柔的情话，但其实，"劫数"这个词，对他来说十分残忍。

急救室的灯灭了，医生走出来，看见他们俩就问："患者的家属到了？"

"是我。"盛潮汐走过去，"我是她女儿。"

医生点点头说："你母亲本来高血压的情况就很严重，但一直不治疗，发病之前又受到了强烈刺激，现在的情况不容乐观，有很大可能会瘫痪。"

盛潮汐顿时如被雷劈。瘫痪？如果她真的瘫痪，自己的后半生，是必然要和她一起度过的。她方才跟宁箴说的话，就等于白说了。不过到那时候，估计母亲也不会记得她是谁了。之前她没有发病的时候，就开始记忆混乱，盛潮汐最近一次去见她也是好几个月之前。她醒过来之后还会认识自己吗？

其实，这个世界上最惨的不是无父无母、无枝可依，而是明明父母双全，却没有一个人真正为你着想，将你当作他们的儿女，你也感受不到任何来自他们的爱。

盛潮汐有些疲惫，当母亲被推进监护室的时候，她就坐在外面，宁箴坐在她身边陪伴着，她安静了好一会儿，才问他："王教练怎么样？"

宁箴指了指上方："还在住院，手术还算成功。"

但相对的，身体也更加脆弱，今后恐怕是半点刺激都受不了了，能不能再从事教练这个职业，也要看领导意思。

这些宁箴都没说，盛潮汐从他不见变化的表情上也看不出什么，但她相信他可以处理得很好，所以并不担心，她唯一担心的，是他因此太过劳累。

"你眼睛里都是红血丝，这几天一直睡得不好吧？"她叹了口气说，"王教练那里，我们可以慢慢磨，我没关系的，这么多年都过来了，也不在意再多等几年。现在的新闻那么多，我们在一起时间久了，他们就会淡忘这件事，那个时候王教练可能会愿意接受我。"

其实这件事宁箴也没什么好办法，他现在只能选择温和的方式，不能再刺激到王俊，盛潮汐的方法是最可行的。

但是……

"我不会让你等太久。"

他抬手轻抚过她的脸，明亮的眼睛像宝石一样，他用那双眼睛看着她时，她就觉得不管为他付出多少，都是理所应当，心甘情愿的。

除夕夜，大年初一，本该是阖家团圆的日子，盛潮汐和宁簌却在医院里度过。

王俊住的病房和盛潮汐母亲的病房只隔了三层楼，宁簌回去之后，她单独照顾母亲，心里也更踏实，因为她知道只要她需要，他很快就会出现在她身边。

第二天中午的时候，盛潮汐的母亲盛云才慢慢醒过来，她仍然神志不清的样子，睁眼看着前方，身边有人也察觉不到，就那么看了一会儿，又闭上了眼，好像睡着了。

从盛云憔悴苍老的面容上，完全看不出她曾经有多美，她以前的容颜，也只能从盛潮汐的五官上窥到一些了。

看到她这样，盛潮汐心里也不是滋味，现在时间快到中午，她一会儿应该会饿，盛潮汐起身出去给她准备午饭，将她刚才醒过的事情告诉了大夫。大夫去看了之后说病情还算稳定，恢复到和以前一样是没希望了，但不至于有生命危险。

这在盛潮汐看来，已经是最好的结果了。

她离开病房，去准备午餐，回来的时候却发现这小小的病房里已经挤满了人，还都是她不想看见的人。

程青青衣着华丽地站在最前头，兴致勃勃地打量着昏迷的盛云，她母亲紧随其后，一脸轻蔑，倒是那个中年男人紧锁眉头，好像不怎么愉悦的样子。

"谁让你们进来的？"盛潮汐走进病房，把午餐放到柜子上，冷淡地望向他们一家人，命令道，"马上出去。"

程青青嘲笑地看着她："你以为我们愿意在这里待着啊，还不是听说你妈突发脑血栓，我爸非要来看看才过来的，还真把自己当盘菜了。"

盛潮汐望向在场的唯一一个男人，勾勾嘴角说："来看什么？看笑话吗？这里不欢迎你们，请你们马上离开，不然的话，我要叫保安了。"

程青青的母亲闻言可不高兴了，嫌弃地说："盛小姐，我们不像你和你母亲那样是乡下人，没有素质，既然你不欢迎我们，我们自然会马上离开。"她转身说，"老程，咱们走吧，她都不想见我们，你还来看她们做什么？"

盛潮汐的父亲叫程勋，尽管年纪已经不小了，但还可以瞧见年轻时的风采，他如今依旧是儒雅斯文、博学睿智的模样，那副金丝边眼镜，真是衬得他风度不凡。

他这副样子，和床上的盛云差别太大，盛潮汐都无法相信这两个人曾经是夫妻。岁月在盛云脸上和身上留下了太多痕迹，她经历过背叛、抛弃和被利用，人生最后阶段还患上脑血栓，神志不清地在本不待见的女儿身边混日子。

听起来，她似乎比盛潮汐还要惨，盛潮汐至少还年轻，现在又遇见了宁箴这样的男人，未来还有很多机会，但盛云这辈子，从她嫁给程勋开始，就注定了终将悲剧收尾。

她的遭遇让人清楚地意识到，不管那个男人多优秀、多英俊，如果他不爱你，千万不要想方设法地嫁给他，因为一旦开始，给你带来的不会是幸福，只能是痛苦。

可惜，这个道理，程青青还不明白。

她一心想着将宁箴从盛潮汐身边夺走，就像母亲将父亲夺回来一样。她很年轻的时候就仰慕宁箴，如今终于有机会接触到真实的偶像，怎么可能那么简单地放弃？

她看向盛潮汐，挽住父亲的手，意味深长道："爸，你不知道啊，她现在可厉害了，有人愿意出几百万替她解约赎身，她现在还住在人家家里。你看她那一身衣服，估计全是人家给她买的，你说她年纪也不算大，怎么就不学好呢？"

这话里话外，是想让程勋误会盛潮汐被人包养了。盛潮汐懒得解释，直接拿起电话要叫保安，程勋上前制止她，皱眉问："青青说的是真的？"

盛潮汐莫名其妙道："松手，我怎么样关你什么事？"

程勋不悦道："我是你的父亲，怎么不关我的事？！"

盛潮汐一脸虚伪地惊喜道："哎呀，原来你还知道你是我的父亲啊，那这么多年你去哪里了？你的抚养费呢？你的父爱呢？都给谁了？"她看向程青青，做出恍然大悟的表情，"啊，我知道了，原来是给了她对不对？"

程勋面子上有些挂不住，沉吟片刻说："这些年我一直试着联系你，也一直让青青在国内照顾你，你怎么这么说话？"

盛潮汐嘲讽地说："你那个宝贝女儿和你的妻子一样，都不希望你和我还有我妈联系，你觉得你拜托她照顾我，她会真的照顾我？不过也是，的确也有照顾，就在前几天，我好不容易换了份正常的工作，就是你的宝贝女儿一句毫无缘由的污蔑，我就被辞退了。"她眼眶发红，声嘶力竭，"我恨你，程勋，你滚出去，我是姓盛的，和你一点关系都没有，不要来这里假好心。我被别人要挟、被人逼迫陪人喝酒、被人拿酒瓶子砸头的时候，你在哪里？！"

年少的时候，她也曾经幻想过父亲天神般出现，将她带离这片苦海，可他从来没有出现，甚至一个电话都没打过。也许他的电话和关爱是被身边的妻子跟女儿挡住了，但如果他真的有心，这么多年毫无音信，他会亲自回来一探究竟。

说到底，在他心里，盛潮汐和盛云都是不重要的。

"我……"程勋想解释，可也不知该如何解释，最后只是说，"潮汐，你妈的医药费我来支付，青青害你辞职的事，她之前和我说了，你不要和她吵架，她脾气不好，容易说气话，你是姐姐，迁就她一点。"

盛潮汐简直啼笑皆非，不想再和他说一句话。恰好在这时，有人敲响病房的门，众人朝门口望去，宁篪一身深蓝色西装，戴着一副端庄的无框眼镜，不苟言笑地走了进来。

"程先生是吗？"

他走到程勋面前，自上而下俯视着他，那种气势，让人无法忽视。

"你是？"程勋疑惑地问。

宁篪扫了一眼有点激动和脸红的程青青，随后站到盛潮汐身边，面无表情道："我是潮汐的男朋友，我叫宁篪。"

程青青的母亲是知道宁篪的，程勋也知道，因为程青青一直很喜欢这个球手，在家里时买了许多他的周边，只是他忽然出现在这里，大家都不敢认罢了。

"还真是你？"程青青的母亲诧异道，"你说什么？你是她男朋友？"她不可思议道，"她凭什么？！"

程青青也愤愤不平，看着盛潮汐的眼神特别鄙视。宁篪侧身挡住她的视线，淡淡地扫了一眼他们一家三口，最后将视线定在程青青的母亲身上，轻蔑地笑了笑："你们又凭什么？"

他慢条斯理地反问回去，直接问得程青青的母亲愣住了。

对方半晌才说："我们青青学历高，又是大明星，长得还漂亮，身家清白，我和她爸都是知识分子，这不比她强多了？"她指着盛潮汐责问道。

宁篪瞥了一眼程勋，程勋被这一眼看得，直觉他将说出口的话会让他大受打击。

果不其然，宁篪很快开了口，说得在场除了盛潮汐和盛云之外的三人无地自容。

"不可否认程小姐的条件面上看着的确要比潮汐好。"

这话说完，程青青和她母亲还很骄傲的样子。

但宁篪紧接着说："但是，你们素质太低。"

程青青睁大眼睛："你说什么？我素质低？"

宁篪不紧不慢地从口袋里取出一张折叠得很整齐的报纸，拆开之后面对着她们母女俩："今天的晨报，你们还没看过吧，但程小姐没接到经纪公司的电话吗？"

程青青看向报纸，头版头条，白底黑字地写着"新晋小花咖啡厅遭人泼咖啡疑似第三者插足"。

程青青是混娱乐圈的，还是新人，即便起点再高，现在人气再好，也经不住第三者插足这样的丑闻。

宁篪等她们的脸变了色，便收起报纸，漫不经心道："照片拍得那么清晰，程小姐要怎么解释这件事？冷处理？"他笑笑，看上去很不友善，"那肯定是不行的。忘了告诉你，你上次买营销号黑我和潮汐的事，我没打算就那么算了。"他笑意加深，"你还是新人，我们两个比起来，现在还是我比较有钱一点，这个世界上，没有钱办不到的事情。"

程青青脸都白了，她不想当着父亲的面和宁箴说这些，拉着母亲的手快速道："妈，我们先走，回去再说。"

她母亲犹豫了一下，也没说话，拉着她要走，程勋却不动。

"怎么回事？第三者插足？"程勋皱眉看着宁箴，"你解释清楚，我的女儿不可能做这种事。"

宁箴一笑："不可能？她做的坏事还少吗？程先生，您太天真了，像个天使一样，可您的女儿，却是个不折不扣的恶魔。"

程青青上前想阻拦，可宁箴根本不给她机会，将她做过的那些恶心事全部说了出来，程青青有点激动，也不顾母亲的阻拦，直接跑出了病房。程勋黑着脸立在那，天知道他现在有多尴尬，感觉连躺着昏迷不醒的盛云都在看他笑话一样。

"无论如何，潮汐母亲的医药费我会支付。"程勋僵硬地说。

宁箴微笑道："程先生还是省省吧，那么点钱，我和潮汐还是支付得起的。"

盛潮汐一直没说话，现在才开口，冷淡的语气让程勋浑身发凉。

"你走吧，离开这里，再也不要出现在我和我妈面前，管好你的女人和女儿，就是大发慈悲了。"她嗤笑一声，"至于钱，你该给的时候没给，现在，我也不需要了。"她转开头，不去看他，程勋望了她许久，终究转头离开。

人都走干净了，盛云还闭着眼，也不知中途是否醒来过，不过就算醒过，估计也不认识这些人了吧。

她连盛潮汐都记不清了，又怎么会记得清那些人呢。

有时候想想，像她这样全部忘了，其实也是好事。

"我觉得好烦。"盛潮汐按按额角，"为什么我总要接触这些人？"

宁箴面不改色道："以后不必了。"

"真的？"她困惑地皱着眉，"真的可以摆脱吗？"

宁箴点头，语气极其坚定："他们不会有时间再来烦我们。"

接下来，他们大概自保都应接不暇，哪里还有工夫来招惹别人。

王俊醒过来的时候，明显感觉到身体大不如前。

他是个聪明人，第一时间就意识到，自己很可能无法继续做国家队教练了。

这个身体状况，即便他自己坚持说没事，上面可能也会担心他因此有什么生命危险而换掉他。

教练是个高压职业，要承受队员比赛成绩的起起伏伏，心脏不好的话，很容易出问题。

王俊忽然觉得自己的人生失去了意义，他靠在枕头上，宁箴还在这里照顾他，这个世界上，他也就剩下这么一个"亲人"了。

"你最近，和那个小姑娘还有联系吗？"王俊接过宁箴递来的水果，没有吃。

宁箴有点答非所问："她母亲突发脑血栓，就在楼下住院。"

王俊一皱眉："脑血栓？"

"她身世挺可怜的。"宁箴知道这是个机会，平静地陈述事实，将盛潮汐的所有经历如实告诉了王俊，王俊从一开始的云淡风轻到最后眉头紧蹙，心境的变化显而易见。

宁箴说完，沉默了好一会儿，才轻声说："教练，你好好休息，养好身子，工作的事不会有问题，我也不会耽误训练，不会让你失望。"

王俊听他这么说，心里更难受了，闭上眼叹息半晌，才慢慢说道："其实，我也不是想逼你，我都是为了你好，希望你可以有个好的未来，不要像我一样，最后妻离子散，孤家寡人。"他略顿，皱眉道，"那个女孩，听你这么说，的确是不容易。她母亲那样对她，她还能以德报怨，心地也算善良，只是你不声不响替她拿了五百多万去解约，完全不通过我，我怎么可能理解？"

其实，宁箴如果先和王俊商量，王俊也不会同意他那么做，但宁箴没说什么，点头称是。

王俊说完这些便不再言语，但宁箴很了解他，他会说这些话已经是一种让步，接下来的事会好进行很多，也许盛潮汐还可以上来看看他。

带着这样的想法，宁箴在几天后对王俊说："我好几天没训练，今天训练室开门，我想过去，我叫潮汐来照顾你好不好？"

王俊皱起眉："她不用照顾她母亲吗？"

"她母亲这几天一直昏昏沉沉，大部分时间在睡觉，我让她上来照顾你吃饭。"

虽然宁箴都这样说了，可王俊还犹犹豫豫不说话，宁箴只当他默认了。

"那我先去训练了，她一会儿上来。"

宁箴说完便转身走了，王俊赌气靠在那也不睡觉，就等着看盛潮汐要多久才上来，没想到的是，她居然在宁箴走后十几分钟就过来了，还端着温热的早餐。

"教练，身体好点了吗？"盛潮汐笑着走过来，将早餐一样一样放到桌上，温和地说，"您还没吃早饭吧？饭菜还是热的，把小桌支起来，可以吃早饭了。"

不得不说，排除这个女孩曾经那么惹他讨厌和生气不谈，她照顾他的样子真的不烦人。盛潮汐本来就好看，笑起来时就更招人喜欢，一个人一旦开始觉得另外一个人顺眼，那就表示离不讨厌她很近了。

王俊肯吃她带来的早餐，也没有再开口劝她离开宁箴，又或者责备她，这是好的现象，盛潮汐一整天心情都很好。

在王俊睡下之后，她就回到楼下照顾母亲，她进屋的时候盛云睁着眼，听见声音就望过来，眼神困惑，分明是不知道她是谁了。

盛潮汐这几天一直面对这样的情况，她也不解释，盛云也不问。盛云的性格就是这样，懦弱里带着些固执，盛潮汐给她什么她就吃什么，她自己不能动弹，尽管脑子不算太清醒，但也可以分辨出谁对自己抱有善意或者恶意。

她这样的状态，倒是比以前好一些，因为至少不会再出口伤人。

盛潮汐把她扶起来，打开电视给她看，她看得挺仔细，似乎很喜欢的样子，盛潮汐也乐得轻松，靠在一边的椅子上休息。

生活就这样平淡地过了几天，一直到正月十五元宵节，王俊嚷嚷着要出院，医生看过他的情况后表示如果一定非要出院，一定要有专人照顾，目前他的情况还不可以自己行动，也不能再去指导训练。

上面的领导得知他要出院的消息，也都派了人下来慰问，他的那些徒弟当然也得过来看看教练，这个时候，盛潮汐就难免要和他们见一面了。

魏瑶和小南一起走进来的时候，盛潮汐正在给王俊穿外套，因为刀口的关系，他胳膊动作不是很方便，牵动伤口会很疼，所以穿衣服需要人帮忙。

他自己一点点穿好了里面的，盛潮汐就手把手地替他把外面的穿好，魏瑶瞧见这一幕，也不知道自己是该高兴还是难受。

其实她已经想通了，自己和宁箴既然绝无可能，那么只要他可以幸福，可以越来越好，她也就满足了。可是，当她真的看见这样的状况，心里还是有点放不下。

小南有点替她抱不平，不高兴地说："这个女人怎么在这儿？居然让她来照顾教练？宁师兄也不知道怎么想的。"

魏瑶皱皱眉，低声说："这话到里面可别说，惹大家不高兴。"

现在里面的气氛还是很和谐，上面派下来的人倒是没直接说让王俊以后就在家休养、不用去上班了，只是说让他把身体养好，毕竟身体是革命的本钱。

这样还留有一线希望，王俊心情也好了很多，连带着对盛潮汐也算和颜悦色了。

"小盛，去倒点水。"他顺口吩咐着，盛潮汐也没觉得有什么，转身去帮忙倒水给慰问的领导。

宁箴进来的时候，就看见她忙进忙出的，来慰问的领导有点好奇地问王俊："那位是？以前没见过呀。"

王俊瞥了一眼走进来的宁箴，等他停在他的病床边，他才说："宁箴的女朋友，挺好的小姑娘，孝顺。"

领导恍然，望向宁箴说："你那个事，我也听说了，看着那女孩倒不像是新闻上说的那样。"

宁箴眉眼清俊，面色平和，语气也无丝毫异常，足可见他对此事是真的不介意。

"娱乐新闻，自然当不了真。"

他刚说完话，盛潮汐就端着几杯热水过来，他上前帮忙，两人之间相处自然，真是将那些还想乱讲话的人堵得无言以对。

人家两人好好的，他们再唱衰有什么用？徒惹人讨厌罢了。

王俊最后还是出院了，盛云次日也出了院，王俊需要人照顾，盛潮汐目前还没找到工作，宁箴和她商量了一下，就把王俊直接接到了他家里。盛云也在这里，反正房子大房间多，这样照顾起来也方便。

"你会不会觉得，整天闷在家里照顾老人很烦闷？"

虽然王俊不在，但他们还是得抓紧训练，4月份的世锦赛迫在眉睫，没有时间再耽搁了，上面会安排别的人先过来暂代。

只是暂代，不是替代，王俊听了这个消息，也没多大反对意见。

"我没事，王教练可以自己行动之后肯定也不会再让我照顾，到那时候我再去找工作，至于我妈……"她皱皱眉头，苦笑，"我总算明白你之前说的缺个保姆的感觉了。"

宁箴抿唇浅笑，低头在她脸上亲了一下，轻声说："等教练好一些，我会请个阿姨来照顾你母亲，你还很年轻，肯定希望可以出去工作。"

盛潮汐苦了脸："不是吧，请保姆？我赚的都不一定有保姆的薪水高，我还欠你那么多钱……"

宁箴她耳边说了一句话，她立刻红了脸，有点不知所措。

他轻轻地说："你嫁给我，我的就是你的，不用再分那么清。"

盛潮汐望向他，眼神闪烁，半晌才说："那也不能白拿你的钱，你的钱也是辛苦打比赛赚来的。"

宁箴皱皱眉："也不全是。"

盛潮汐歪了歪头，一脸好奇。

"以前不喜欢，不过现在发现，做代言也挺好。"他抬起手腕，拉开衣袖，露出腕表，"钱多，又有东西戴。"

盛潮汐哑口无言，最后干脆一伸手，露出空空如也的手腕："也给来一块儿呗。"

事情就算这么先定下来了。

王俊每天享受着盛潮汐无微不至的照顾，吃着人家亲手做出来的饭菜，也不好再挑人家毛病。这老头儿挺别扭，大冬天的，在屋子里虽然暖和却很闷，他就老想着去外面，可是傲娇地不肯说，就站在窗户那往外看，苦大仇深的，好几次盛潮汐看见，都有点担心他是不是想跳楼，可这是二楼，跳下去也没什么事儿啊。

连续观察了几天，后来盛潮汐就弄了一辆轮椅回来，往王俊面前一推，笑着说："教练，今天阳光不错，我妈睡觉了，我们出去转转吧。"

王俊正在一楼的窗前看风景，闻言表情微妙，半晌才说："那么冷，要去你自己去，我才不去呢。"

盛潮汐眯眯眼说："真不去啊？外面一点都不冷，您围上我给您买的懒人毯，穿上棉靴，坐在轮椅上，我推着您，保证不冷。"

王俊哼了一声："你买的那个毯子上画的是什么你自己看看，我能围出去？"

盛潮汐瞟了一眼："这不是只剩下熊大、熊二的图案了嘛，这毯子质量很好，我觉得特别适合您才买的，钱都花了咱别浪费了。"她上前扶住王俊，王俊又不是真不想出去，他早就想出去透透气了，这会儿也没站那儿不动，让她扶着坐到了轮椅上。

"我刀口好多了，可以自己走。"坐下之后，他还老大不愿意地说。

盛潮汐将毯子给他围上，又蹲下去给他换鞋子，一开始这种事他是不让她做的，她又不是他的子女，这么做他怎么受得起，可是久而久之，他也习惯了。

等换好鞋子，盛潮汐就推着他出了门，一边走一边絮絮叨叨："一会儿宁箴训练就该结束了，我们去花园转一圈，然后到小区门口的超市买点东西，回头在门口等他一起回家。"

王俊哼了一声，不说话，可也没拒绝。

一老一少就这么去了花园，住在宁箴家对面的姚垣舟从事金融行业，下班比一般单位要早，他进屋的时候刚巧看见盛潮汐推王俊出来，他们相处时虽然大部分时间是盛潮汐在说话，王俊不吭声地听着，但那种融洽的气氛，看见的人都可以感到。

姚垣舟打开门进了屋，这样也许就是最好的结果吧，但不该就这么简单结束。

　　把他和盛潮汐害成现在这样见面不相识的结果，程青青不该有好下场。

　　于是，当报社的朋友打来电话，问他是否可以以程青青朋友的身份接受采访时，姚垣舟毫不犹豫地答应了。

　　为什么程青青的人生可以一帆风顺，潮汐就要颠沛流离？

　　程青青该尝一尝盛潮汐受过的苦。

第 十 七 章　　脸 红

虽然春节那几天过得不太好，但后来的日子还算平静。

王俊的病情一点点好起来，对盛潮汐的态度也越来越和缓，他好得差不多的时候，就着急地要回去继续参与训练。正月十五一结束，马上就到 3 月份，他们只剩下一个月的时间准备，他都不知道那些孩子训练得怎么样了。

王俊离开了，盛潮汐也该再找份工作，在家里闲了这么长时间，她也快发霉了。

在她提出这件事之前，宁箴先带了一个四十多岁的阿姨回来，她面目和善，常常笑着，见到盛潮汐便热情地自我介绍。

"小姐你好，你叫我吴阿姨就好，我是宁先生请来的老人看护。"

盛潮汐闻言诧异地望向宁箴，满脸都写着"你怎么这么聪明"几个字，宁箴不为所动，宠辱不惊地将家里的情况给吴阿姨介绍了一下，吴阿姨一件件地记下来，认真的样子让人放心。

"照顾老人是件乏味的事，脑血栓的老人更需要特别用心，吴阿姨如果有什么难处，尽管提出来。"

宁箴说着，便掏出钱包递给她一张卡。

"我预存了三个月的薪水在上面，您收好。"

照顾老人的看护，特别需要用心挑选，常言道久病床前无孝子，连亲生子女都可能受不了漫长的看护生活，更不要说非亲非故的人了。

如果想让自家老人过得好，那么对待老人的看护，就一定要出手大方。

宁箴十分完美地做到了这一点，吴阿姨本就是个面善心也善的人，见老板这么有诚意，当即保证一定会好好照顾老人。

盛潮汐本来想说什么，但看宁箴把事情安排得这么完美，也就闭上了嘴。

因为是老人看护，日夜都要在，所以吴阿姨就直接住在盛云的房间里，大床边放了一张小床，屋子很大，倒也不显得拥挤。这样舒适的居所，吴阿姨也是第一次住，做任何事都小心翼翼的，生怕弄坏什么东西。

盛潮汐回了二楼，就看见宁箴刚洗完澡出来，头发还在往下滴水，下身松松垮垮地穿了件宽松的黑色长裤，上身赤着，有水珠慢慢滑落下来，如玉的肌肤，平日里很注重锻炼的人，肌肉线条当然也不会差，这样一幅"美人出浴"的画卷，真让盛潮汐几乎流了鼻血。

宁箴见盛潮汐紧紧盯着自己看，微微挑眉，走到她面前站定，让她看得更仔细。

"家里还有别的人，以后不要这样就出来。"盛潮汐的脸由红转黑，一本正经地嘱咐道。

宁箴将毛巾搭在肩上，眼神散漫地落在她身上，看了好一会儿，才收回那种灼热的视线，漫不经心地问："要洗澡吗？"

盛潮汐点点头，用自己的毛巾捂住脸，在宁箴准备回房间的时候忽然拉住他的手。他一怔，惊讶地回过头来，盛潮汐也不转身与他对视，只是背对着他说了一句话。

"一会儿我找你有点事，不要锁门。"

宁箴闻言，表情变得有些微妙，他勾着嘴角，笑了。

"你不知道吗，我从来不锁门的。"

不知为何，明明还是平日里那种清矜冷静的语气，但这句话怎么听怎么觉得……十分暧昧。

他自己知不知道？

盛潮汐忍不住回头，眼睛盯着他。对于这样的盯视，对方笑得意味深长，好像暗示什么一样。

盛潮汐顿时脸红心跳，说实话他们认识时间不算长但也不短了，这段日子也一直住在同一屋檐下，她原以为自己已经可以平静地面对任何样子的他，但今天才发现，她太异想天开了，也太看得起自己了，那根本不可能。

"我先去洗澡了。"

盛潮汐说完话就闷头朝浴室走，走进去关上门之后很快又走出来，看见宁箴还站在那，便黑着脸直接越过去，去自己房间拿了换洗衣物捂着脸又走回去，进了浴室关上门。

宁箴目睹了全程，脸上一直带着笑意，不是那种对着陌生人时冷淡疏离的礼貌笑容，是那种温暖，却好像可以刺穿人的笑容。

盛潮汐进了浴室还是有些呼吸不稳，她照照镜子，果然，面红耳赤，都不像她了，好丑好丑。

她低下头，看到流理台上摆着的沐浴和洗漱用品，有她的，也有男士的。前阵子都是事，她也没注意到这些，现在看看，心中顿时产生一种很莫名的成就感。

她抬手拿起宁箴的沐浴露、洗发水、护发素以及其他洗漱用品，一样一样地摸过来，最后再看看镜子里的自己，简直像个花痴一样，就差抱着这些东西转三圈，尖叫着说一句"啊，这是男神的东西"了……

真是的，一把年纪了，居然做这种小姑娘才做的事。

盛潮汐赶紧把东西放下，脱了衣服躺到浴缸里，把自己全部沉下去，直到快要不能呼吸，才慢慢浮出来。

她今晚，其实的确有些打算的。

他们认识时间不短了，他一直恪守礼节，不曾逾矩，最多也就是短暂亲吻，从来没有更过一点的行为。

那一次，他说了对今后的安排，还说要和她结婚，其实这是盛潮汐连想都不敢想的事。

她念大学时学的是服装设计，最大的梦想就是可以设计让人幸福的婚纱，看到每一个新娘穿着自己设计的婚纱结婚，会让她也感觉到幸福。

那个时候，她还会幻想自己可以穿着自己设计的婚纱嫁给喜欢的男人，但后来李峰的出现彻底让她将梦想封锁在了心中，七年来再也没提过。

如今，那件事发生后，已经过去了八个年头，这一年，她遇见了宁箴，那个她想嫁他也愿意娶的人，她不禁又重燃起那个最初的梦想。

洗完澡出来，盛潮汐就回了房间，打开电脑开始在网上查夜校的信息。既然有阿姨照顾母亲了，那她也可以充分利用时间，晚上去上个夜校。

很快，她锁定了一家，报名是 8 月份，离现在还有一段时间，她在脑子里算着这段时间的复习和准备，把洗澡之前对宁箴说的话忘到了一边。宁先生在隔壁等了好一会儿，把阿黄送到了楼下都不见她过来，终于还是没忍住，自己走了过去。

盛潮汐房间的门半掩着，这是对他十分放心的表现，其实她搬过来之后，除了前几天会锁门之外，其他时间都只是把门关上，没锁过。宁箴没想过夜袭，所以也不知道这件事。

因为盛潮汐正专心致志地在纸上写着复习计划，所以没注意到身后轻微的脚步声。宁箴慢慢走进来，站在她身后看了看电脑上停留的网页，又看看她在纸上写的字，对她现在想做的事已经知道得七七八八了。

当然，偷看别人的电脑和写下的字是不礼貌的行为，不过他对她的一切都很好奇，他们俩如今的关系，相信她也不介意他知道。

所以，他就这么开了口。

"你想考夜校？"

盛潮汐被身后突然出现的声音吓了一跳，差点从椅子上跳起来，没跳起来的原因是头顶是宁箴的下巴，两人触碰的一瞬间，一个痛呼一声，一个克制地"嘶"了一声。

盛潮汐起身离开一点，捂着脑袋看向宁箴，皱眉道："你怎么进来也不敲门？"

宁箴轻抚着下巴，意味深长地看着她说："我敲了，但你没听见。"

盛潮汐寻思着可能是自己刚才太专心了所以忽视了，也没说什么，揉着脑袋抱怨："疼死了，下巴真硬。"

宁箴眯了眯眼："你的脑袋应该比我的下巴更硬。"

"哪有？"盛潮汐嘴上小声说着，但还是走过去仰头检查他的下巴，等他的手拿开之后，果然发现一片红色，"不会肿了吧？你下巴太脆弱了。"她抬手给他揉着，关切道，"好点了吗？"

宁箴垂眼睨着她近在咫尺的脸，耳边其实听不清她在说什么，满脑子都充斥着一个冲动的想法，但他很清楚冲动是魔鬼，不能那么做，现在还不是时候，可是……

那个毛茸茸的脑袋总是不知死活地使劲挤过来，不断地仰头关心地问他好点了没，他简直快被她逼疯了。她刚洗过澡，身上还冒着水汽，头发也没干，潮湿地落在肩上，白色的睡衣被水染湿，肩部几乎透明，她因为仰着头，所以没察觉，他却看得清清楚楚。

"我没事了，你早点睡觉。"

宁箴匆忙推开她，眼神很勉强地从她身上收回来，转身想走。

盛潮汐顺着他方才的视线低头看去，发现了他在看哪里，尴尬地想去穿外套的同时，心里更多的却是别的想法。

"哎……"她又拉住了他的手腕，咳了一声说，"那个，时间还早呢，再坐一会儿？"

宁箴眼神复杂地望向她，她直接看回去，他心弦一动，她手指勾着他的手心，画了一圈又一圈，宁箴心烦意乱，焦灼烦躁，耐心全无，直接回身将她横抱起来。她轻呼一声，下一秒就被他扔到了床上，他粗鲁地扯掉了身上宽松的白衬衣，俯下身去双臂撑在她头边，目不转睛地看着她。

"你再留我在这里，我保不齐会做出什么事来。"

他的声音沙哑而富有磁性，像迷惑了行船者的美人鱼歌声，让盛潮汐有点脑袋发晕。

"我拉住你的时候就知道了。"盛潮汐低垂着眼睑，不去看他的眼睛，脸红彤彤的，妩媚里透着几分可爱，"那个，你把门关上，锁好，万一被吴阿姨碰见……"

宁箴不等她说完就低下头狠狠地吻上了她的唇，拉起一旁的被子把两个人给盖住了。正在被子边上睡得香喷喷的猫咪被吓了一跳，跳起来"喵喵"叫了几声，听见被子里女主人的低吟，不解地走上去想一探究竟，可脚下不断起起伏伏，它根本站不稳，只好从被子上跳开，站在桌子上纳闷地望着那张床。

平时总是安静铺着的被子不断地上上下下，暧昧的声响从里面传出来，依稀可以听见下面的对话……

"先关门……嗯。"

"一会儿，一会儿就去。"

"好吧……"

因为上次的泼咖啡事件，程青青的事业受到了不小的影响。

经纪公司在她身上花了那么多钱，也不希望她就此销声匿迹，所以费了很大功夫把她弄进了一档亲子节目《我和母亲的一天》，由她和母亲来上。

上次报纸上的丑闻里，还涉及一些她母亲也是小三的叙述，公司虽然发了律师函，但她自己也很清楚，尽管父亲和母亲是先认识并且恋爱的，可父亲到底是和盛潮汐的母亲结了婚，就算他们是先认识的，也不得不承认母亲是在父亲离婚后才和他结婚的，严格意义上来讲，还真的是第三者。

为了缓和父母和自己的公众形象，两人在这档亲子节目里可是费尽了心思，不但开通微博每日秀亲情，还一直做慈善活动。几天过去，那风头也渐渐熄了，程青青原以为这就没事了，高高兴兴地继续拍电视剧，但她不知道，还有更麻烦的事在后面等着她。

姚垣舟接受完采访之后，就跟记者说，不要那么快放出这篇报道。

记者是他的老朋友，一开始还不明白，但经过他一提马上就清楚了。

程青青要上亲子节目的消息已经放出来，这篇报道可是猛料，正是关于她那个复杂的小三再组家庭和她本人的斑斑劣迹，如果放到亲子节目做出一定成绩时播出，会引起更大的轰动，将是爆炸性的。

"垣舟，这次我还得谢谢你，肯向我爆这么多料。"

朋友伸出手，姚垣舟和对方握手，面色疲惫，却还是微笑着。

"哪里，该说谢谢的人是我才对。"他轻嗤一声说，"以我的能力，还做不到我想要做的事，全是靠你，才能达到目的。"

朋友不解道："那个程青青和你之前是出过什么事吗？为什么你会这么对她？"

姚垣舟望向窗外，淡淡地说："其实这些事就算我不说，你觉得她可以保密一辈子吗？会有另外一个人把这些爆出来的，与其是他，还不如是我。"

这样，至少他可以以此来安慰自己，他也算弥补了盛潮汐一些，就算他现在不这么做，宁篪早晚也不会放过程青青。他不相信那样一个伤害过盛潮汐，还试图威胁他破坏他们感情的女人，宁篪会放过。

其实宁篪真的没打算放过她，但也没筹划过要怎么做。

第一，他现在很忙，忙着筹备4月份在英国的世锦赛；第二，他很清楚姚垣舟会去做这件事，所以他不需要多费心思，他要做的，只是维持住盛潮汐平静安稳的生活，然后等世锦赛一结束，他们就结婚。

王俊对这件事已经不反对了，虽然还无法做到表面上的赞成，但在宁篪询问结婚怎么张罗的时候，王俊还是黑着脸说："你不用考虑这些事，这是长辈要做的事，你好好训练，等世锦赛结束，我给你们安排。"

宁篪提着球杆，嘴角是显而易见的笑容，王俊见到他的笑容还有点不自在，嘀嘀咕咕地说："一天到晚只会给我出难题，我看你少年的叛逆期挪到青年了，真不知道你什么时候才能彻底长大。"

宁篪只是浅浅笑着，并不言语，当他本次训练的队友走过来之后，他便询问对方谁开球，队友笑着请他开球，宁篪推辞，对方坚持，他再三确认对方不会改变主意后，才提起球杆开球。

这一开球，队友就没机会出手了。

又是一杆清台。

王俊在旁边看着，忍不住赞叹："你真是天才啊。"

他说这话时，宁篪的手机响了，他正接起电话，所以没注意到。

电话是盛潮汐打来的，她找到了一份新工作，虽然听起来不太上档次，却是她想做的。

"我们小区附近有一家服装店，是做定制的，你可能没注意过，但我每次路过都会看一眼。我今天回来的时候又路过，瞧见外面贴了招聘启事，就进去试了试，没想到成了。"盛潮汐越说越兴奋，"虽然只是做个学徒，也只是非常普通的定制店，给的薪水也不多，但是做这个……"

"是你想做的事，你会开心。"

宁篪接过她的话继续补全，盛潮汐激动之下，心里满是暖意。

"宁篪，我真的谢谢你，我现在还欠你五百四十多万，你等着我，等我实现自己的梦想，一定可以还清你。"

前几天，盛潮汐忽然拿来一个信封塞给他，他打开一看，里面是一万块钱。他本来不打算要的，可她十分坚持，他想着如果自己不收，她心里会更不安，左右她和他住在一起，他可以每天看到她的生活状态，她不会吃亏就是了。

所以最后，他还是收下了那一万块钱，即便它对于那个总数来说，只是微不足道的一丁点儿，但积少成多，水滴石穿，并且，他也坚信，以她的努力和天分，一定会实现她的梦想。

这剩下的五百多万元，就做催她努力和成功的动力之源吧。

这动力之源来自他，还是让他非常高兴的。

今年的斯诺克世锦赛将在英国谢菲尔德克鲁斯堡剧院开始，总共有来自世界各地的三十余人争夺比赛冠军，由抽签的方式产生首轮对阵，冠军奖金高达 30 万英镑，亚军也将收获 12.5 万英镑。而满分 147 分奖金已滚动累计至 2 万英镑。

也就是说，这次宁篪如果打到冠军，再拿到 147 分的满分奖金，又会有三百多万人民币的收入进账。

坐在沙发上，盛潮汐端着一盘水果，身边坐着吴阿姨和气色不错的母亲，三人全神贯注地盯着电视，CCTV5 正在转播宁篪的首轮比赛。

今天是 4 月 18 日，宁篪抽签的位置靠前，第一天比赛就轮到他出场，他和走之前好像没什么不一样，可站在赛场上的他，看着和以前就是有很大不同。

他的个子很高，站在白人里丝毫不觉得逊色，反而还比对手高半个头的样子。

他提着球杆，潇洒俊逸的模样在网络上收获了不少女性粉丝的赞美，大家似乎已经忘记了比赛之前他闹得满城风雨的"和女内衣模特恋爱"事件，将全部心思放在了他的比赛和他个人的成绩与美貌上。

宁篪的确有引人关注的资本。

当他提着球杆信步上前，半弯下腰认真击球的时候，那种果断而自信的模样，真是瞬间击溃了少女们的所有防备。

盛潮汐捂着心口，手里的水果不小心掉在了身上，她也没心思去捡，目不转睛地盯着电视机，也没尖叫，反而叹了口气。

吴阿姨不解道："潮汐，你叹什么气呀？宁先生表现多好，我觉得他这次还可以拿冠军。"

盛潮汐深以为然地点头，但表情还是有点失落。

盛云望向她，看了好一会儿才收回视线，又盯着电视。

盛潮汐半晌才叹了口气说："他越是优秀，我压力就越大，我是他的污点啊，我没有辉煌的成绩，空有美貌，还是成了负担的美貌。"

吴阿姨不怎么关注娱乐新闻，对这些事不太清楚，她只知道宁箴拿过很多冠军，给国家争了不少光。

"女孩子嘛，不用太有压力，潮汐你这样已经很好了，阿姨觉得你们很般配。"

听了吴阿姨的话，盛潮汐心里舒服了点，她望向电视机，宁箴以无法超越的分数轻松取得了首轮比赛的胜利，开门红。

"他是我的骄傲。"盛潮汐微笑着说出这句话，并不晓得，王俊和她说了一模一样的话。

因为时差关系，比赛不是直播，是录播，在现场看比赛的王俊在听见比赛结果的时候，就情不自禁地讲出了这句话。

而被两人当作骄傲的宁箴，比赛结束就回了酒店，算算时间，现在国内应该是晚上，她应该已经睡觉了，还是不要吵醒她。

宁箴关闭通信软件，本想也关闭电脑看会儿书，就看见盛潮汐的头像闪了闪，发来了消息。

她最近应该也很忙，要上班，还要补习，等待8月份考夜校，拿到一个文凭，这样才可以去具体地实现她的梦想。

这个时间，她应该是已经睡着了的，这条消息，很可能是她定了闹钟，专门起来发给他的。

他打开，里面简简单单四个字，熟悉的中文，让人亲切。

"爱你，晚安。"

实际上很久很久以前，他见到过别的队友收到这样的短信，无非来自父母和爱人，那时他还在想，总是把爱挂在嘴边反而显得虚假，可现在换到自己身上，他就觉得完全不一样了。

他忽然感觉浑身充满了力量没处发泄，站起来在屋子里转了一圈，一会儿拿起书翻几页，一会儿又走到窗边往外望望，又或者研究一下酒店的壁纸，再打电话让客房服务送点运动器材来，一个人在房间里折腾来折腾去，大半夜累得一身汗，才躺到床上睡着了。

那一刻，他心里想的是，虽然是有点累，但真的……很幸福。

宁箴的比赛要打到5月初才能结束，当然如果进不了决赛就不用等到那天，但他肯定是可以进决赛的，盛潮汐对他非常有信心。

姚垣舟偶尔会在出门时见到她，她总是目不斜视，也不知是真的没看到他，还是已经不愿意和他有任何交流了。

也是，对于害过她的人，她从来都是这种态度，一开始就是他做错了，被贪念冲昏了头脑，自己造成了今天这个结果，怪不得别人。

盛潮汐最近挺忙的，她在现在的服装店工作的这段时间一直很勤奋，她的工作态度和能力得到了上司的认可，也被允许参与到一些初步的设计当中。

闲暇时间，盛潮汐开始写写画画，做一点自己的设计，但她从来没拿出来给别人看过，她老觉得这些设计还很稚嫩，需要再反复修改，每一次修改结束，又觉得都还不如之前那样。

这样的时间久了，她就开始有点烦，觉得没希望，开始失望。她将日常时间都打发在了店里的服装定制上，从量体裁衣到挑选面料、制衣，她都参与了一些，她做这么多，算是好几个人的工作了，薪水本该涨一点的，但她自己一直没要求，老板自然也乐得装傻。

这种生活一直持续到4月底，一个不速之客的到访，彻底打破了她的平静生活。

那天是休班日，盛潮汐在家陪吴阿姨一起照顾母亲，闲暇的时候就看看电视和书。本来是与平常无异的一天，本以为就会那么平平淡淡地度过，但紧接着门铃响起，她坐在沙发上，当即心头一跳，下意识产生一种不祥的预感。哪料到从可视门禁里看到的，还真是那个她这辈子都不想再见到的人。

李峰站在门口，鬼鬼祟祟的，左顾右盼，眼里带着艳羡和一种显而易见的猥琐。

盛潮汐直接无视了他，但他一直不断按门铃，吴阿姨从房间里出来，看盛潮汐在外面，不解地问："潮汐，为什么不开门呀？"

盛潮汐停滞了一下说："不认识的人，我们家里没男人，还是不要开了。"

吴阿姨一听恍然："那还真是不要开，虽然年关过了，但现在也很不安全，不认识就不要给他开门。"

她话音刚落，门外就响起"啪啪啪"的敲门声，还伴随着破口大骂："盛潮汐你给我开门，我知道你住在这儿，别装不在家，我都打听到了，你今天休息！宁箴也不在家！"

盛潮汐顿时毛骨悚然，他该不会还知道她在哪里工作吧？

吴阿姨一听这喊叫也吓了一跳，打量了盛潮汐好一会儿才说："潮汐，他好像认识你啊，你没事吧？"

盛潮汐沉默了一会儿说："吴阿姨，你进屋休息一会儿，我去把他打发走。"

吴阿姨闻言立刻回了房间，还把门反锁了，盛潮汐看了一眼，走到门口，打开门，自里向外冷漠地看着那个乱吼乱叫的男人，毫不掩饰自己鄙夷的表情。

"你可算舍得开门了。"李峰阴笑着说，"我还以为你要躲我一辈子呢。"

盛潮汐轻嗤一声说："我为什么要躲着你？你现在对我还能构成什么威胁？"她扫了一眼他身上，"难不成你还敢杀了我？"

李峰看似是个恶人，其实他不是个大恶人，因为他虽然贪婪，但胆子还不够大，只会欺负女人，嘴巴厉害得很，威胁这个威胁那个，真到了事儿上，自己反而会吓得尿裤子。这么多年下来，盛潮汐已经彻底看明白他了。

"不管你今天到这里来是做什么，我已经叫了保安，一会儿物业保安就会来，你是想被人赶出小区，还是想自己有面子地离开？"盛潮汐冷漠地问。

她这副高高在上的样子，与以前在农村时求他放过她时那副可怜相完全不同，简直像变了一个人，李峰都快不敢认她了。

他迟疑了一下，冷哼一声说："你少来吓唬我，你就不怕我把你以前的破事都张扬出去？"

盛潮汐冷静道："哦，是吗？你可以说啊，去说，没关系，我不嫌丢人，反正你也说不了几句，这里住的都是有头有脸的人，你觉得他们会信你这种人的话？"

她话中深意让李峰无地自容，他看看自己身上的衣服，恶狠狠道："识相的就赶紧给我拿几十万花花，否则的话，别以为我不敢做什么。"

盛潮汐还没回答，保安就过来了，李峰一见，顿时发了狠似的说："你还真叫保安！"

"下次就是叫警察了。"盛潮汐轻蔑地看着他，"李峰，今时不同往日，你要是改不掉赌博那个恶习，就算给你一个亿，你也会很快挥霍一空，你居然还有脸来找我要钱？我不找你要就不错了，你好自为之吧。"

她说完话就直接关上了门，门外李峰吵吵闹闹地被保安拉走，她根本不想去关注他接下来要做什么，不管他要做什么，她都已经想好了要怎么解决。

她不会再坐以待毙了。

她要学会主动，不能再被动地在他来找麻烦的时候才想着如何应对。

盛潮汐拿出手机，里面存着一个宁箴走之前告诉她的电话，他说如果李峰或者葛杨再来找麻烦，就给这个人打电话，这是处理她那件事律师的电话。

电话接通之后，她将情况告诉了律师，并推测道："他应该是赌博把钱输光了，所以又想从我这里弄钱，我没答应他，他接下来大概还会来找我的麻烦。"

律师闻言立刻说："盛小姐放心，我知道该怎么做了，他不会有时间去找你麻烦的。"

虽然不知道律师会怎么做，但盛潮汐很相信宁箴的朋友，更相信这位也算帮过她的律师先生。

跟对方道了谢，她便心无旁骛地继续做自己的事，吴阿姨被这么一闹，对这个小姑娘倒是不像以前那么亲近，主要是她们这些"平民"，实在不想惹上什么大麻烦，她们可承受不起。

不过，这之后，那个人就再也没出现过，盛潮汐也没再见过李峰，只在很久之后听宁簌说，他因为涉嫌参与赌博和抢劫而被抓了，这会儿恐怕已经在坐牢。

这是后话，暂且不谈。

眼下最令人关切的，是另外一件事。

这对盛潮汐来说算是喜事。

在宁簌即将开始决赛的前两天，国内的娱乐圈爆出一条大新闻，某亲子节目的一对母女嘉宾曾经都做过小三，虽然这则爆料里没有具体写明是谁，又是什么节目，但目前最火的亲子节目就是《我和母亲的一天》，而参加节目的程青青和母亲很早就被人说过都有当过小三的嫌疑，这会儿人家这么模棱两可一说，自然就猜到了是她们。

很快，在程青青的经纪公司还来不及反应时，圈内知名的娱乐早报便把这件事给曝光了，里面还有身为程青青曾经的学长，与她来往过密的某知情人士爆料，以及这家报纸之前拍到的程青青被泼咖啡，以及其母亲与父亲关系的调查举证，这件事就等于有了铁锤。

盛潮汐吃中饭的时候看到这条新闻，到嘴里的面差点吐出来。她咳了一声看看周围的同事，大家都没察觉，她这才拿起纸巾擦了擦嘴，详细地看了看评论。

这评论怎么看怎么眼熟，转念想想，这不是当初她和宁簌的事爆出来之后她被骂的那些论调吗，左右差不了多少，都一样那么恶毒，好像要让被责骂的人万劫不复一样。只是比起她和宁簌的问题，程青青的问题要更差劲，她的微博已经被围观党给占领了，这种调侃和责骂，简直不堪入耳。

程青青那么爱面子的人，被这样骂，肯定受不了。

她一直顺风顺水，就算上次被泼咖啡的事，也在公关之下不了了之，这次的事件想来会给她很大打击。

事情果然也不出盛潮汐所料，她到底是程青青的姐姐，虽然不是一个母亲，可都十分了解彼此。

程青青现在已经气炸了，在被公司高层臭骂了一顿之后，她回到经纪人的办公室就开始砸东西，砸的都是轻软的东西，例如沙发抱枕，不会发出什么声音，却也不够撒气。

"大小姐，还真把公司当你家了，进来就砸东西？"白姐翻了个白眼，将抱枕捡起来，扫了程青青一眼，冷淡道，"你家里那点破事，我是真不想管了，你记得我签下你的时候对你说过什么吗？你要把你家里和你身上发生过的所有事，你们所有的家庭成员的资料给我，这样才能确保你真的红了之后万无一失，否则就算不是今天这样被人爆料，也会被媒体给挖出来。"

程青青现在根本听不了这些话，她愤怒地说："那个学长，肯定是姚垣舟，他对我怀恨在心，一而再再而三地陷害我，我不会放过他的！"

"你能怎么样？"白姐露出可笑的表情，"你先告诉我，他说的是实话吗？"

程青青哑口无言。

"看来是实话了，是实话你怎么不放过人家？你忘了，你是公众人物，可他不是，一旦有问题，你是弱势，因为全中国的人都在看你，谁知道他是谁？！"

白姐的一句话惊醒了梦中人，程青青慌乱地靠在沙发上："那现在怎么办？"

"怎么办？"白姐扫了她一眼，"能怎么办？那要看老板还要不要替你办了。"

程青青顿时如被雷劈般愣在原地，这是什么意思？难道就因为这件事，她就要被雪藏和放弃了吗？！

第 十 八 章 冠 军 还 有 五 秒 抵 达

今年的斯诺克世锦赛总决赛在5月5日正式上演，毫无疑问，这是顶级高手的较量，宁箴碰到了他的老对手奥赛德，两人曾在三年前有一场较量，奥赛德的水平和宁箴不相上下，甚至在三年前，还略胜一筹。

说心里话，宁箴前阵子的训练并不算到位，因为盛潮汐的事，他分了很多心，王俊虽然已经不再反对他们，却还是担心他因此而在此输掉与奥赛德的比赛。

站在赛场外围，王俊双臂环胸不苟言笑地看着场上，宁箴和奥赛德握了手，黄种人的皮肤和白种人比起来竟然还要白皙一些，那种健康而质地无瑕的白令人赏心悦目。他微微勾唇，露出一个礼貌的笑容，奥赛德也回了一个笑容，眼中是十足的自信，他确信自己依旧可以赢得这场比赛。

宁箴的反应，就有些耐人寻味了，他不慌不忙的样子，好像也没多大压力，等裁判扔了硬币确定由奥赛德先开球后，他便平静地坐到一边等待。

奥赛德的开场打得很好，宁箴扫了一眼，还是不怎么着急的模样，眼神十分平静，大家都开始猜测他是不是早就想好了就算输也没关系？

奥赛德有点儿要一杆清台的意思，每一次击球，现场都爆发出雷鸣般的掌声，王俊在台下看得揪心，时不时观察一下宁箴。他依旧十分淡然，靠在椅背上安静地看着奥赛德不断击球，耳边掌声不断，他也没什么特别的反应，甚至还会一起鼓掌表示赞赏。

就这么过了十来分钟，奥赛德终于有了一次小小的失误，他皱皱眉，将球台交给宁箴，原本打算一杆清台的想法破灭了。

宁箴提起球杆上场，紧张的已经不仅仅是王俊，还有熬夜看直播的盛潮汐。

守在电脑前，盛潮汐心跳得飞快，不断地喝水，嘴里不停地念叨着"加油"。

等宁箴开始击球的时候，她便放下了一切，全神贯注地盯着屏幕。身在异国他乡的宁箴按理说应该压力比较大的，不像奥赛德，是本土选手，不过宁箴打球时，真的一点都看不出他有任何紧张，他将球杆握得很稳，在场下应该也研究了球桌上的情况，上去后几乎没有迟疑便开始击球。奥赛德本来志得意满，但随着宁篾的球打的时间越来越长，他的脸色也越来越难看，不由得看向场下的教练，对方也是一脸凝重。

本来，因为奥赛德一直想一杆清台，前期打得还算顺，分数已经不低，宁篾要想追上去有些难度，大家也觉得这场比赛他可能要输了，但等他上场之后，所有人的想法都改变了。

盛潮汐激动地看着屏幕，看着比分被一点点追平，再到超过对方，嘴角勾着大大的微笑，眼角却流出了泪，那当然不是因为难过，那是激动喜悦的泪水。

王俊一筹莫展的模样也随着赛场比分的变化而变化，紧握双拳，盯着赛场上运筹帷幄的宁篾。周围不断地响起掌声，宁篾却好像听不见一样，没有一点自得的表情，仍然那么云淡风轻，直到最后一杆打完，他回头看了一眼奥赛德的脸，点了点头。

三年前，奥赛德赢了宁篾拿到冠军，宁篾其实并不是个热衷于追求名利的人，但那时候王俊一副失魂落魄的样子，他就在心里想，有朝一日，如果可以和奥赛德再战，一定要拿到冠军，那样王俊就会开心了。

王俊是真的很开心，他旁边就是奥赛德的教练，对方虽然心情不太好，但还是硬着头皮恭喜他，王俊虽然高兴，却也不嚣张，谦逊温和地与对方握手，并且预祝奥赛德明年可以取得更好的成绩。

比赛结束后，盛潮汐看了看表，她得睡觉了，明天还得上班，再不睡就起不来了。

可是，躺到床上，她怎么都睡不着，迟疑片刻还是将笔记本电脑抱在了怀里，打开网页继续看直播。

这会儿直播间的人还不少，由此可见这场赛事国人也是非常关注的。也不知道宁篾这次的获胜，是否可以将之前她给他带来的麻烦给抵消，让大众不再关注他的女朋友，而是去关注他的成绩。

只不过，宁篾本人似乎还不打算让大家完全不关注他的女友。

比赛结束，国内媒体几经波折找到他采访，宁篾还穿着比赛时的衣服，手里握着他的决胜球杆，黑色马甲的胸前贴满了广告纸，那是人气与金钱的象征，这场比赛打下来，广告费加上奖金，他算是把之前给盛潮汐赎身的那笔钱给赚了回来。

"宁篾你好，首先祝贺你获得了本次斯诺克世锦赛的冠军，请问你此刻的心情怎么样呢？"记者激动地举着麦克风问他。

宁篾面色平静地说："还好。"

他惜字如金的风格体育记者早就很清楚了，所以也不介意，接着问他："这次决赛的对手是你三年前的对手奥赛德，三年前你输给了他，三年后赢了他，对此你想说些什么吗？"

宁箴回了一下头，再转过头时才说："感谢我的教练，没有他就没有今天的我。"

站在后方的王俊闻言露出欣慰的笑容，在镜头转过来拍他的时候赶紧转开脸，挥着手说："别拍我，拍他就好，我一把年纪了。"

因为是直播，他的话大家都能听见，记者忍俊不禁，接着问宁箴："那宁箴，这次得奖之后接下来你最想做的是什么呢？"

这算是个大众都比较关注的问题，宁箴垂下眼睑思索片刻，抬眼看着记者说："回家结婚。"

此话一出，连记者都惊讶了。王俊先是一愣，随后无奈地叹气摇头，倒是没有阻拦和不悦。

"好的，那先祝福你新婚愉快。"记者只能这么说。

宁箴道了谢便离开了，采访全程加在一起不到一分钟，透露出来的信息量却很惊人。

一夜之间，网络上又开始铺天盖地地讨论盛潮汐和宁箴的恋情，他们之前被拍到的照片，和之后无意间被人偶遇的照片被组合到了一起。大概是因为宁箴刚为国争光，大家的评论也从之前的充满恶意变成了现在的模棱两可，大多数人选择了祝福，毕竟他们都快要结婚了。

作为快要结婚的人之一，盛潮汐犹记得那天宁箴提起这件事时她的心情。她其实不需要任何浪漫的求婚，宁箴也不是愿意把时间浪费在那种事情上的人，仅仅是这样兑现诺言，娶她回家，她就已经非常满足了。

冠军的关注度是相当高的，盛潮汐次日去上班的时候，老板看她的眼神就有点不一样了，她拿着手机过来，比照了许久，才惊讶地说："潮汐，这个微博上说的该不会就是你吧，我还以为是同名同姓呢，可是长得很像啊。"

盛潮汐嘴角抽了一下，还没回答，另外一个同事就说："怎么可能只是同名同姓啊老板，我早就看出来了，只是你们不说，我都有点不确定了，潮汐的名字那么特别，全国一样的估计也没几个。"

老板诧异地望着盛潮汐："原来你就是那个冠军宁箴的女朋友啊，你们现在是要结婚了吗？"

盛潮汐也没隐瞒，坦然地点头说："嗯，对，他既然都那么说了，那他回来之后我们应该就会结婚了吧。"

同事一脸怅然："哎，我就说吧，好男人不是有主了就是有女朋友了，这个社会一点都不给我们大龄单身女青年机会啊。"

另一个同事白了她一眼说："就算人家没有要结婚，你觉得以你的条件人家能看上你吗？学学潮汐，人家可是冠军太太，居然还在我们这小地方工作，薪水没多少，却非常用心。"

老板对此深以为然，也有点尴尬地说："潮汐啊，这也怪我，你每天做好几个人的工作，什么都尽心尽力，薪水我一直也没给你涨。这样吧，如果你以后还在我这里做，我给你涨薪水，怎么样？"

盛潮汐抿唇笑了笑说："老板您太客气了，涨薪水的事就算了，我做到这个月底就不做了。"

老板一愣，忙道："为什么不做了啊？"

这可是块金字招牌，以后她就可以告诉别人，他们这里的衣服是冠军太太设计制作的，她怎么可能心甘情愿地放走这棵摇钱树？

"潮汐，你看，你在我这干的这些日子，我对你也还算不错吧，你明说，是不是别的地方高薪挖你了？你告诉我，我一定出比他们多的钱。"

盛潮汐放下手里的设计图，温和地说："不是的老板，只是我接下来要结婚的话，在你这里工作也不方便，我不希望给我先生带来什么麻烦，所以我得辞职了。"

另一个同事不太赞同："你结婚了就做全职太太啊？女人还是要有自己的事业，不能太依赖男人，否则将来你们要是有什么问题……"说到这里她的嘴巴被人捂住了，哪有她这样口无遮拦的，在人家即将新婚的人面前唱衰未来。

盛潮汐倒是不在意，收拾了一下东西说："没有，我有别的打算，还是谢谢你的提醒，时间差不多了，我先下班了。"

她转身离开，大家看着她的背影，感慨中也多了几分佩服。像盛潮汐这样的条件，虽说长相不错，但她还是太接地气了，那么平凡的身份和工作，和冠军太太那个头衔实在距离太远，她能有这样的未来，倒是让身边的人也对将来充满了信心。

盛潮汐其实并不关心这些，她最关心的是，宁篌马上就要回来了。

真好，春天来了，走在路上风都是温柔的，离开一个月的宁篌也终于要回来了，她的人生就像这春风一样，吹来的都是希望与生机。

比赛结束后第二天，宁篌便和王俊乘坐飞机回国。

其实王俊的身体，坐飞机压力比较大，每次起飞之前都要经过医生的检查，确定目前的状况可以承受长途飞行之后才走。他这样的状态，对比每年都要到处跑打比赛的宁篌，已经有点力不从心了。

飞机上，他也不怎么睡得着，偶尔想起宁箢的未来和自己的身体，他就不停地叹气，他到底年事已高，再怎么放不开，也得赶紧找一个人来接替自己，培养那些可造之才。

在宁箢眼里，王俊总是很坚强并且不服老的，所以他根本没想到王俊此刻心里会产生这样的想法。

在回国的飞机上，因为时间很长，宁箢睡了一会儿起来就睡不着了，看了会儿书，便坐起来思考接下来要做的事。

结婚是人生大事，虽然之前王俊说过他会一手安排，但宁箢想和盛潮汐一起商量之后再安排，因为这是一辈子只有一次的事，他不想让她留下遗憾。

飞机到达江城的时候，江城下着小雨，细雨绵绵，地面潮湿，温度却不低，路人们穿着风衣和单外套就足以保暖，这场雨也就显得没那么讨厌，反而还有些情调。

以前，和教练回国之后，宁箢都会直接从停车场拿车载着教练离开，至于其他参赛的队友则各自开车回家，他们与王俊的关系和宁箢有明显不同。

但是这次，宁箢没去停车场，而是直接出了机场，在接机的那里，见到了等候已久的盛潮汐。

因为机场是公众场合，他又刚刚拿到冠军，关注度比较高，所以为了不引起不必要的麻烦，宁箢戴了口罩和墨镜，连王俊也戴了口罩。

尽管如此，盛潮汐还是可以一眼认出他，她满脸喜色地朝他挥手，王俊瞧见她那么活泼，板着脸说："这丫头，真是生怕别人注意不到我们。"

宁箢没说话，但挑起了嘴角，加快脚步，在距离她还有一段距离的时候盛潮汐就忍不住飞奔过来扑到了他怀里，王俊马上抬手捂住脸，一副无法直视的样子。

"你可回来了。"盛潮汐紧紧搂着他说，"你都不知道我这段日子怎么过的，阿黄可想你了，海报已经不能满足它了，它每天晚上都不睡觉和我一起看直播，我们俩因为你可是夜不能寐，你要怎么补偿我们？"

王俊咳了一声，成功让几乎化身为树懒的盛潮汐从宁箢身上下去，端庄而正经地说："教练，身体还好吗？"

王俊白了她一眼："现在看见我了啊？我以为我是透明的呢。"

盛潮汐笑了："怎么会呢，您存在感那么强。"

王俊冷笑："别以为我不懂你们年轻人的话，这是贬我呢，我还就不走了，跟着你们回去。"

盛潮汐故作苦恼地看向宁箢，宁箢单手揽住她的腰，也不顾旁边川流不息的路人，直接低头摘下口罩亲了一下她的唇，飞快地离开后，拎起行李朝前走。

王俊气得吹胡子瞪眼，追上去说："你这小子，真是不学好了，这么多人在这，你又想上头条是不是？我看你是不把我气死不罢休，我死了你就开心了！"

盛潮汐赶紧追上去："王教练您别这么说，怎么会呢，宁箴他最爱您了。"

王教练呸了一声："他最爱你才是真的！"

"别，我们不要争宠，我们要互相关爱。"盛潮汐强调着。

他们一行三人，可谓有说有笑，十分幸福，偶然路过的人也可以感受到他们之间那种融洽的气氛。程青青今天恰好也在机场，她前几天飞去总公司找老板求情，接下来的片约和通告因为之前的母女小三丑闻几乎所剩无几，她还那么年轻，不想因为这件事就彻底无法翻身，甚至透露了愿意被潜规则。可老板不但没同意，还说她自轻自贱，本来走的是清高路线，偏偏自砸招牌，这下连他都看不起她了。

满腔怒火地回江城，就是那么巧，她刚下飞机，就看见盛潮汐和宁箴他们，哦，当然还有宁箴那个教练。看来大病一场之后，对方不但没有成功地让盛潮汐离开宁箴，自己反而被搞定了，真是可笑。

程青青一路跟在他们后面出去，他们三人开车离开后，接她的车也来了。公司已经不给她派车了，来接她的是程勋，她母亲不是混娱乐圈的人，因为被大家责骂小三的事心理压力很大，躲在家里不出门，整天疑神疑鬼的，程勋压力也很大，烦躁得不行。

在来接程青青时，他还接到一个匿名电话，打电话的男人将程青青做过的那些事，在报道里没说出来的那些，更加详细地告诉了他，另外还特别说了一件事，那就是在盛潮汐被母亲要回去之后发生的事，包括为什么签葛杨的公司，七年来遭受到的又是什么样的待遇。

他接完这个电话，还来不及震惊，又接到程青青经纪人的电话，原来程青青不顾经纪人的阻拦独自去找了老板，还抱着献身的想法，实在是蠢透了。她根本不知道，她的老板可不像圈子里那些人，喜欢在女演员身上弄点油水，程青青如今的商业价值已经非常低，她还不老老实实地增加自身修养，居然跑去勾引老板妄图得到支持翻身，简直傻到家了。

于是，程青青坐进车里的时候，里面的气压很低，程勋面无表情，紧蹙眉头，握着方向盘的力道也很大，程青青还没发觉，只顾着自己烦闷，看程勋没开空调还开口抱怨说："怎么不开空调啊，是要冻死我啊？"

程青青真的是被惯坏了，从小到大，父亲对她百衣百顺，没有一次不顺她的心，所以对于父亲的关爱，程青青不甚在意，因为她觉得自己永远不会失去，她可以尽情地抱怨和发牢骚。

然而，这次事情有了例外。

"是吗，这样就冻死了？你姐姐在农村，家里连煤都生不起，她要是像你这么娇贵，现在已经冻死了。"

程青青刚刚才见到盛潮汐如今幸福的样子，心里正不对付呢，被父亲这么一说更生气了。

"她算什么东西，能和我比？"程青青怒气冲冲地说，"一个下贱人生的东西，现在攀上高枝了就想飞上枝头变凤凰，我等着她被人抛弃踩在脚下的一天。"

程勋倏地停下车，程青青没系安全带，直接朝前摔去，她回过神来惊诧地看向父亲："爸，你怎么开车呢？"

程勋黑着脸说："刚才你说的话，让我很意外，我怎么会有这么恶毒的女儿？你以前和她不好就算了，她经历过什么，你对她做过什么，我也不想再追究，但她好不容易有了好生活，你这样诅咒她，就不怕折福吗？"

程青青可笑地说："折福？我怕什么？要不是她，我会变成现在这样？爸你到底知不知道是谁把我害成这样？是姚垣舟！那个男人喜欢盛潮汐，现在是替盛潮汐出气呢，肯定是她让那个男人这么做的，你居然还替她说话？"

"你没做伤害她的事，她为什么要招惹你？"程勋说完话再次发动车子，"你闭上嘴，不要再跟我说话，我不会再容忍你像以前那样胡闹，你居然还想去让人家白睡，我程勋怎么会教出你这种女儿？你也不要给我留在国内了，我已经订了机票，后天就走，到国外去。"

程青青顿时大惊："我不要去！我不要就这么认输！我的梦想还没实现呢！"

程勋意味深长地瞥了她一眼："你要是继续留在这里，就跟我断绝父女关系，我丢不起这个人。"

程青青愣住了，这一刻她才清醒地意识到，父亲已经不是原来那个什么都依着自己的父亲了，一旦她再出现什么问题，他真的可能会放弃她。她仍然记得当初盛潮汐被母亲强行带走时乞求父亲的画面，她那么可怜地跪下来求父亲留她在身边让她继续读书，可父亲看都没看一眼，那种绝情的样子，程青青以前只觉得解气，却从来没想过，有一天会发生在自己身上。

姚垣舟给程勋打完电话，就跑到酒吧开始喝酒。他一个人，有姑娘来他身边暧昧地问他能不能请一杯酒，他每次都无视，最后也没人来找他了。

他一杯接一杯地喝着酒，脑海中浮现出他去找葛杨时了解到的一切，他原本的目的其实只是关心一下盛潮汐，将她与葛杨的事收个尾，免得哪天葛杨又来找她麻烦。既然宁箴替她花了五百多万，那他肯定也不能就这么什么也不做，他没那么多钱，却也认识不少律师朋友。

其实，在葛杨那里他得到的算是个不错的结果，葛杨不比李峰，欲壑难填，他有自己的准则，只要价钱达到他的要求，他会痛快放人。

当姚垣舟知道盛潮汐在与他分开之后，都经历过什么才变成如今这样的时候，已经不会因为宁箴抢走她而愤怒了。他给宁箴发了短信，宁箴很晚才来到酒吧，那时他已经喝得醉醺醺了。

看见宁箴，姚垣舟笑着说："还记得上次吗？我也是喝成这样，跑到你家里发牢骚，吵醒了你。"

宁箴坐在那里，要了一杯鸡尾酒，看姚垣舟还在猛喝，直接将他手里的酒杯夺了过来。

"你再喝可别指望我送你回去。"

宁箴说得不近人情，姚垣舟只是笑："我们住在对面，你送我在情理之中嘛。其实我这次找你出来，也没什么别的事，就是……想谢谢你。"

宁箴望向他，眼底有显而易见的惊讶，姚垣舟盯着自己的酒杯说："我当然得谢谢你了，如果不是你，潮汐现在说不定还在葛杨的陷阱里逃不出来。我怎么没早些知道那些事呢？可是我知道了又能怎么样呢？我拿不出那么多钱，也没那个勇气，我到底还是懦弱，潮汐跟你在一起，我不怪你了，是我自己没本事，我要感谢你将她救出来，谢谢你。"

宁箴望向他，姚垣舟虽然有点醉了，但眼神还很清醒的样子，应该不是说胡话。

"兄弟，之前的事，我给你道个歉，你喝了这杯，我们以后冰释前嫌，我祝福你们，你们也好好生活，咱们以后还是朋友，怎么样？"

他眼里带着渴盼，要让他那么快忘记盛潮汐，那当然是不可能的，但没关系，只要给他时间，他会忘记的。时间就是这么可怕的东西，它足以让你忘记任何令你觉得完全无法承受的痛苦，一个人连亲人去世都能挺过来，还有什么事无法承受呢？

最终，宁箴还是端起了酒杯，在姚垣舟的注视之下跟他碰了碰，抿了一口。

姚垣舟眼眶发热，仰起头不让泪水流出来。这就是最好的结果了，他们都好好的，他，也会好好的。

人都说小别胜新婚，用来形容宁箴和盛潮汐一点都没错。

宁箴刚刚得胜归来，可以休息一段时间，这段时间，盛潮汐和他几乎形影不离，两人好像连体婴一样，不是宁箴跟着她，就是她跟着宁箴。

盛潮汐辞掉了工作，宁箴一回来就听说了，她将她的想法告诉了他。

"我想自己开个店。"盛潮汐拿着自己画的图纸说，"不用太大的店面，位置在我们小区附近就可以。这边的人流量还行，然后在网上买点水军打广告，我相信只要衣服好看，肯定会有人关注的。"

宁箴对房屋设计图不甚在意，他比较关注的是她的服装设计图。

他将她递给自己的房屋设计图放到一边，拿起下面一沓服装设计图看，盛潮汐有点脸红地想拿回来，可宁箴直接站起来躲得远远的，她不由分说地追上去，他就把设计图举得很高。他本来个子就高，手举上去她就更够不着了，最后只能眼巴巴地看着他把一张一张设计图看完。

"我帮你联系工厂。"

他直接说了他要做什么，盛潮汐却不打算接受他的帮助。

"虽说以我们的关系，你帮我是理所应当的，但是我已经联系好工厂了。"她得意地挑着眉，"我在之前那个服装店上班的时候，有几家固定接单的工厂，我已经跟其中一家说好了，他们的价格虽然贵一点，但不管是做工还是用料都很良心。"

宁箴闻言，看了她好一会儿，才像是感慨地舒了口气，拿着她的设计图回到床边，等她过来之后，抽出了其中一张。

"但是这套，不用他们做。"

盛潮汐看过去，那是一套婚纱，她修修改改了好几次，打算自己结婚的时候穿。不过后来又觉得这样会不会太麻烦，宁箴搞不好已经安排了别的，所以她就没打算说了，如今他主动提出来，她还有点羞怯。

"这个……"她把那张设计图抽过来，"这个你打算怎么办？"

宁箴好整以暇地看着，手指抚过设计图上婚纱的图案，半晌不说话，等盛潮汐等不及了开始焦躁不安，他才慢条斯理地看了她一眼，开了口。

"之前在英国打比赛，认识一个不错的裁缝，他应该可以把这件婚纱做得很好。"

他略顿，像是在仔细考虑斟酌一样，过了好一会儿才再次开口。

"嗯，应该赶得上我们下个月的婚礼。"

盛潮汐愣住了，惊讶地说："下个月？"

宁箴直接开始说自己的安排："我7月份还有比赛，只有6月份时间多一点。我已经跟教练说好，他来选婚宴场所，你来选婚宴风格，至于其他的，我来安排。"

盛潮汐还有点蒙："等一下，这么快啊……还有不到一个月的时间，6月几日？"

宁箴一本正经道："6月18日是个好日子。"他认真地说，"你喜欢这个房子吗？如果你不喜欢，或者觉得不方便，那我们就再买一套房子，我刚收到奖金。"

盛潮汐红着脸把他推到一边："买什么呀，这里就挺好的，有钱也不要乱花，我还欠你好几百万没还呢……"

"没关系。"宁箴晃了晃手里的设计图，"我觉得你很快就有钱还我了。"

盛潮汐十分窝心地看着他，先是无奈，最后还是笑了。

现在是5月初，离6月18日还有一个多月，准备婚礼的时间还算充足。

王俊将婚礼的举办地点定在了丽景酒店，宁箴要结婚这个消息，其他队员是在庆功宴上知道的。

所谓庆功宴，无非就是大家一起聚聚餐，几个领导来走走过场，慰问一下这次辛苦了的选手们。

盛潮汐作为宁箴的准媳妇儿，自然也在受邀行列。她和宁箴能走到今天，其实大家都没想到，但想想宁箴的性格，又觉得也在意料之中。

他们到的时候，大家已经到得差不多了，小南和魏瑶坐在一起，见到盛潮汐跟在宁箴身后进来，宁箴对她那么体贴，不但替她拉椅子，还神色温柔，忍不住看了一眼身边的魏瑶。

这一看，小南不由地有点担心，魏瑶脸色苍白，表情尴尬，小南赶紧说："魏瑶姐，你没事吧？你要是不舒服，我可以陪你出去转转。"

魏瑶吐了口气说："没事，不用，我挺好的，大家都正高兴，别扫了兴。"

她说话的时候，其他人正围着宁箴道贺，盛潮汐站在他身后，不怎么与人交际，但会很礼貌地微笑。两人并肩站着，倒有些才子佳人的味道。

魏瑶苦涩一笑，端起酒杯喝了一口，等大家都落座之后，她就越喝越多，喝到最后小南有点拦不住了，紧张地站起来说："宁师兄，我敬你一杯。"

宁箴这才看向她们这边，方才他根本连一个余光都没施舍过来，也因此，魏瑶才会那么难受。

虽然已经说服自己要放弃，可喜欢了这么多年，让她说放下就毫不伤心，那是不可能的。

盛潮汐也望向了小南那边，对于她，小南是喜欢不起来的，她始终记得那次在海边看见盛潮汐大冬天穿着单薄拍比基尼照片的样子。她心里的宁师兄是神一样的人物，怎么会和这样的女人在一起？他本该和魏瑶这样旗鼓相当的优秀者在一起的，盛潮汐现在虽然得意，但她料定他们长不了。

其实小南怎么想，怎么诅咒她，盛潮汐都不介意的，她接收到对方冷淡不屑的视线，甚至都没皱一下眉头，只是平静地端起果汁喝了一口，继续吃饭。

她最近很容易饿，也有点嗜睡，这会儿才七点多，她就开始犯迷糊了，没心思管那些无关紧要的人。

倒是宁箴，见魏瑶不断喝酒，便让守在一边的服务员将那边的酒拿了过来。魏瑶找不到酒，本来烦躁的心情越发差劲，她起先只是和小南在那里抱怨为什么没酒了，小南劝了半天她都不听，最后她越说越大声，在大家交谈的时候突然就冒出了她的大喊声。

"为什么不给我酒喝？难道我现在连喝个酒都不行吗？我连喝酒的资格都没有了吗？！"魏瑶使劲拍着桌子，引来了王俊的注意。

"瑶瑶，你喝多了。"王俊皱眉说，"小南，送你师姐回家休息。"

小南立刻照办，可魏瑶酒劲上来了，根本不肯走，她看见宁箴，就开始说着清醒时根本不可能说出来的话。

"宁箴，你现在要结婚了，你身边的人，却不是我，你知道我有多难受吗？"魏瑶苦笑，"现在我连酒都没的喝，凭什么啊？为什么是她，不能是我？我们认识的时间不比她和你认识的时间久吗？是，我是没她漂亮，可以色待人焉能长久？你为什么就是看不见我呢？"

这一声声质问真是让宁箴和盛潮汐有些尴尬，盛潮汐放下果汁，站起来说："我去个洗手间，你们慢慢吃。"

她想给宁箴一点空间处理这件事，毕竟她才是后来者，和在场的人都不熟悉，但宁箴并不赞同她的做法。

"吃得也差不多了，先回家吧。"

宁箴直接站起来拉着盛潮汐就要走，可魏瑶不死心地还想追上来，王俊此刻无比庆幸领导们早走了，否则的话这种丢脸的场面岂不是要闹笑话？

"拉住她。"王俊对小南高声说，小南哪里敢怠慢，紧紧拽住了魏瑶，魏瑶这会儿也有点清醒了，她靠在那儿，失魂落魄地掉眼泪，这副样子，倒是让王俊想起自己年轻的时候，孩子去世时的模样。

想想这些，他皱皱眉，没言语，拿了外套便离开，其他人见此，也纷纷离开。

这会儿，盛潮汐和宁箴已经上了车，走在回家的路上谁都没说话。到了家之后，盛潮汐先去喂了阿黄和猫，接着又去看了母亲，回到卧室之后，看见宁箴在阳台那里站着抽烟。

他侧着的身材高挑修长，还没换衣服，他那样的身材，最适合西装衬衣，身材瘦削却非常有料，盛潮汐是见识过的。

她摸摸脸，走过去仰头看着他："怎么又抽烟了，心情不好？"

宁箴低头看向她，其实在他们的感情里，他一直非常理智，理智从来不应该是贬义词，然而当今晚魏瑶不断质问他的时候，他才发现，越是自以为理智的感情，越会产生让人发疯的爱情。

"没事。"他开口，只说了这两个字，随后把她抱起来，回到床边，在她迟疑的注视下轻声说，"只是觉得，和一个能让我觉得轻松平稳的人在一起，是一件很好的事。"

因为过往的经历，盛潮汐养成了那种很容易满足的性格，一件很小的好事，就可以让她很高兴，和她在一起，他不用担心无法预测的未来，也不会像和其他人在一起时那样有压力，和她在一起，他会觉得非常自在。

她对他来说具备一种很强的吸引力，他想，那大概就是他喜欢她的原因。他们有着相似的过去，她可以让他用最好的状态去面对一切，无论前方有多少艰险，他都无所畏惧。

宁箴把盛潮汐的婚纱设计图送给了英国设计师定制婚纱，这事儿好像就这么平静地过去了，但是很快，他们家里就接连发生了两件大事。

这应该算是好事吧？

在 5 月 20 日这个有特别寓意的日子，宁箴和盛潮汐一起到民政局领取结婚证。

在办理手续的时候，自然免不得要被工作人员认出来。宁箴心情很好，和善地答应了所有人签名合影的要求，在时间实在拖得有点长的时候，才微微皱眉，催促对方尽快办好手续。

工作人员脸一红，立马开始工作，盛潮汐笑得嘴角都僵了，等好不容易拿了结婚证从民政局出来，有点脸色发白。

"哪里不舒服？"

宁箴侧脸时见她状态不好便柔声询问，盛潮汐摇摇头，松了松领口说："可能是里面太闷了，有点头晕。没事的，我回家休息一会儿就好了。"

宁箴还是有点不放心，两人顺着台阶走了一段路，他正打算带她去医院看看，她就捂着嘴到一边去吐了。其实也没吐出什么，她从早上开始就没什么胃口，早饭也没吃什么，这几天一直这样，宁箴走到她身边轻抚着她的背，尽管她一直说自己可能只是季节交替有点不适应，他还是强行把她带到了医院。

在等待检查的时候，盛潮汐还是有点抗拒："没病来医院花什么钱呀，我真没事，我现在都好了。"

宁箴瞥了她一眼，脸色是好看点了，但还是不怎么健康，于是他直接无视她的话，纹丝不动地坐在那里。

"趁现在，我们走吧？"盛潮汐用胳膊肘推了他一下。

宁箴不苟言笑道："不可能。"

盛潮汐叹了口气，心想这也对，这位爷做的决定向来很少有人可以改变，她还是老老实实等着检查吧，虽然她很不想花这份冤枉钱。

当医生问盛潮汐这个月"大姨妈"来了没有时，盛潮汐有点迟钝地想起，的确是还没有来……

她的表情变得有点微妙，下意识看向身后的宁箴。宁箴立在那里，紧锁眉头，显然也想到了一些有的没的。

"看来是没来，那你们上一次房事是什么时候？"大夫接着问。

尽管是一位上了年纪的大夫，可盛潮汐还是有点脸红，憋了半天才吐出三个字："前几天。"

老大夫点点头："最近两三个月都有吧。"

盛潮汐脸都烧起来了，得亏这会儿房间里没有太多人，要不然她估计会直接找个地缝钻进去。

见盛潮汐尴尬窘迫，宁箴直接上前一步，坦坦荡荡地说："有。"

大夫看了他一眼，皱皱眉头，大概是觉得眼熟，不过最后也没说什么，直接给开了检验单丢过来，让盛潮汐去做检查，看是不是怀孕了。

"不会吧。"走出房间的时候盛潮汐还有点难以置信，"其实……也没有几次，而且又做了措施啊，应该不是吧……"

宁箴的脸上倒是看不出什么不自在，但从他的说话语气来看，心底里的迟疑与复杂情绪大概只比盛潮汐多。

"第一次没有。"

他绷着脸说完这五个字，坐在她身边等待她做检查。

等了好久才轮到他们，大医院就是这一点不好，人太多。

盛潮汐进去了，宁箴却不能进去，他只能在外面等着。外面还有许多等待检查的人排排坐着，大多是情侣，偶尔有女孩子会看他，眼里是羡慕的情绪，再看看自己身边的男友或是老公，颇有恨铁不成钢的意味。

宁箴并不在意这些，他比较关注的是盛潮汐的检查结果，他很想像其他那些不遵守规则的人一样进去偷听一下，可自身的修养到底是不允许他如此，他只能在外面等着。

等待的过程漫长而焦躁，其实她进去检查的时间并不长，但大概是心境不一样，他才觉得漫长和压力大吧。

其实在里面检查的盛潮汐也没多轻松，她紧张地挺着身子，医生不断地说着"放松"，可她就是放松不下来。

"大夫，我不会真的怀孕了吧。"她白着脸问。

大夫皱起眉说："怎么，你不想要孩子吗？"

盛潮汐忙说："不是的。"

"那为什么一副很不高兴的样子？"大夫不解，"小姑娘啊，我跟你说，如果真的怀孕了，可千万别想着自己还年轻，这么小就生孩子以后没办法吃喝玩乐了。现在多少姑娘想要孩子怀不上的，你都不知道，一个个每次来了失望而归，哭得跟泪人一样。"

盛潮汐闻言，深深地舒了口气，低声说："大夫，我不是不想要，其实我挺想要的，就是……我以前饮食习惯不太好，经常内分泌失调，我觉得我的身体肯定是有点问题的，不太容易怀上，我都做好以后调养几年的准备了……"

大夫闻言笑了出来："这也看缘分的，你应该先来做一个全面检查，你自己不是医生，肯定不专业，乱搞的话反而会把身子搞坏。好了，先不说这些，我帮你仔细看看。"

盛潮汐点点头，聊了几句也算放松了一些，全神贯注地盯着检查的仪器。等了好一会儿，医生才说："看这个情况，应该是怀了，你别着急，我再仔细看看。"

盛潮汐整个人都蒙了，有一种天上掉馅饼砸到她的感觉，她前一秒才领了结婚证，下一秒就可以得到一个宝宝吗？

难道说老天爷考验了她二十七年，终于要放过她了吗？

她真的开始转运了吗？

片刻后。

盛潮汐拿着检查结果出来，一出门就看见了宁箴，他立在那儿实在太显眼了，和其他陪同妻子来检查的男人有显而易见的不同。

宁箴皱着眉走过来，拉住她的手，从她手里接过检查结果，看了几眼，虽然不甚了解这些，但从那字里行间，也能分析出个大概。

"真的怀孕了。"盛潮汐还在激动中没缓过来，"只是时间还早……应该就是那次怀上的……"她越说越脸红，低着头不敢看宁箴，宁箴却目不转睛地看着她。

当两人听完大夫的嘱咐，开了一些药离开医院时，依然无法平静下来。宁箴是表面平静，心潮翻涌，盛潮汐是表面兴奋，心里其实已经渐渐平静。

她靠在车椅背上，已经开始畅想做母亲的生活，偶尔侧头看见宁箴一脸凝重，她猛地心头一跳，高兴不起来了。

半晌，在车子停下等红灯的时候，盛潮汐才小声问他："你现在不想要孩子吗？如果你不想的话，我可以……"

"你可以什么？"宁箴倏地转头望向她，"你什么都不可以，安心养胎，什么都不要想。"

盛潮汐愣了愣说："我看你表情不好看，还以为你不想要呢。"

宁箴抿唇，半晌才说："不是不想要，只是的确还没有心理准备。我还没准备好给孩子的一切，不确定能否做个合格的父亲。"

盛潮汐莞尔一笑："你一定可以的。"

宁箴还有点迟疑："是吗？"他甚至有些无措。

盛潮汐坚定地说："当然，其实照顾孩子和照顾老婆一样哦，你能把我照顾得这么好，为什么不能照顾好孩子呢？"

她半真半假地开玩笑，宁箴的心情也缓和了不少，忧愁散去之后，只剩下喜悦。

孩子，是未来的希望，是爱情的结晶，可以这么快拥有一个孩子，虽说会少过一些二人世界，但三口之家听起来也很美好。

王俊得到这个消息的时候，正在楼下下象棋，本来都要输了，接电话时眉头紧锁，接完电话顿时眉开眼笑，其他人还以为他想到了翻盘的妙招，哪料老爷子直接认输，美滋滋地站起来就要走。

"哎老王，才玩儿盘啊，难得有时间，你干吗去？"

王俊背着手说："你们玩吧，我可没空了，我儿媳妇怀孕了，我得去瞧瞧。"

这里的都是邻里街坊，大家都知道他称作儿子的其实是收养的宁箴，并非很久以前去世的亲儿子，这会儿听说宁箴老婆怀孕了，都有点好奇。

"这孩子结婚了吗？没听说呀。"

王俊笑着说："今天去领的证，顺便去医院检查了一下，没想到老天爷这么照顾我王老头，让我这么快抱上孙子。你嫉妒啊？嫉妒去吧，下个月别忘了拿礼金，来参加婚礼！"

大伙儿听这话都乐了，王俊笑眯眯地走了。开年到现在，真是喜事不断，或许他之前就不应该反对宁箴和盛潮汐，指不定人家旺夫呢？现在还搞得自己身体不好，真是得不偿失。

就在王俊赶到宁箴家来看他们俩的时候，宁箴又接到了一个电话。

他接起电话之后没多久就望向不远处坐着的盛潮汐，她正在看电视上的比赛重播，一脸花痴的样子，电视上的人就站在旁边，画面哪有真人好？

然而，现在这些都不重要，重要的是，他们家今天发生的第二件喜事。

对她来说，应该算是喜事吧，不过对他……也应该算是喜事。

至少，也许未来一段日子，在英国打排位赛，不会那么孤单了。

"我刚才接到帮我们制作婚纱的那位设计师的电话。"

宁箴转过身面对盛潮汐，盛潮汐还以为是要选择面料，直接说："我把面料和一些我个人的想法都写在一封信里了，他应该有收到吧？虽然我大学没毕业，但英文还是很好的，因为以前想着万一可以出国留学，好好学习服装设计，所以学得很用心。"

听她这么说，宁箴越发确定，她听见接下来的消息会大为惊喜。

"收到了。"宁箴走到她身边坐下，在她全神贯注的凝视下轻声说，"他很喜欢你的设计，觉得你非常有灵气，希望认识你。"

盛潮汐愣住，半晌才说："你是说，英国那个名设计师，想要认识我？"

宁箴点头，等待着盛潮汐狂喜的表情，可对方对此的反应其实有点平淡。

"哦……"她垂下眼睑，像是在看自己的肚子，良久无话。

宁箴不免有些好奇："为什么你一点都不高兴？"

盛潮汐长叹一声，靠到床头，无奈地看着他说："高兴啊，但我现在怀了孩子，大夫也说了，我本来身体状态就不好，需要好好调养，不能劳累，不然容易出意外，如果我现在努力工作，我们的孩子……"

原来她在担心这个。

宁箴收回视线，看着地板，不知在想什么，片刻之后，他再次看向她，说了句让她心里不是滋味的话。

"如果你觉得这个孩子可能耽误你的未来，那么……"

"别说下去了。"盛潮汐捂住他的嘴，"没有什么比孩子更重要，如果你把那样的话说出来，以后看见孩子，会内疚的。"

宁箴抿唇，没再说什么，但从他的眼神可以看出，他是真的很抱歉。

盛潮汐扑到他怀里，仰头看着他说："其实这没什么，你可以和那位设计师说我现在怀孕了，等孩子出生再和他见面，他应该会理解的。而且，你为我做了那么多，我都没为你做过什么，这次，就让我为你做点事情吧。"她略顿，失笑，"怎么说话呢，哪里是为你，同样也是为我自己……毕竟，这是我们两个人的孩子，这是我们两个的责任。"

当两个人从恋爱关系变成婚姻关系，一切都不必再分得那么清楚，你为他付出，他为你付出，其实都是为同一个家付出。

盛潮汐和宁箴的婚礼如期举行。

这一天，也是程勋要带着家里两个发疯的女人离开国内的日子。

临走之前，他接到一个电话，号码有些熟悉，他还没接起来，程青青就抢了过去，一看顿时了然，接起来就开始大骂。

"姚垣舟，你居然还敢打电话来，你害得我们家还不够吗？你就不怕出门被车撞死吗？！"程青青毫无形象地撒泼，程勋听得皱眉，夺过手机斥责地看了她一眼。

"不好意思，姚先生。"程勋接起电话，冷淡地道歉。

姚垣舟轻声说："没关系，听说你们今天要走了，有件事想告诉你。"

程勋皱起眉："姚先生，我们家现在已经够乱了，不管是什么事，我现在都不想知道了，我还想把这个家经营下去。"

姚垣舟在那边似乎笑了一下，沉默了一会儿道："既然你不想知道，那就算了，我一个人去参加。"

程勋担心再出现什么意外，赶紧追问道："姚先生要去参加什么？"

姚垣舟漠然道："看来你没得到通知，潮汐连我这样的人都会给请柬，却没有给你这个身为父亲的人，可见她内心对你有多恨。"

程勋沉默了，他大概猜到是什么事情了。从宁箴拿到冠军，在采访时说要回家结婚，他就已经知道他们的好日子不远了。说到底，即便与盛潮汐的母亲没感情，可她到底还是他的女儿，程勋打心眼里也是会担心这个女儿的，知道她熬了这么多年终于有了好结果，他心里也高兴。

"是她要结婚了吧。"程勋走到一边，避开程青青母女，安静片刻道，"她大概不希望我出现，她的大好日子，我还是别去讨她烦了。"

姚垣舟慢声说："你真的这样认为吗？潮汐的母亲现在已经谁都不认识，只有告诉她她才会勉强相信，这样的她也只能在婚礼上观礼，难道你希望潮汐结婚，连一个可以出面说两句话的亲人都没有？"

程勋沉默，他看看腕表，时间已经快到他要上飞机的时候，广播很快开始催促登机，程青青的母亲开始让他挂电话，他吸了口气，闭起眼说："算了吧，姚先生，我很感激你能告诉我这件事，但在我看来，潮汐不会希望我出现的。我们是父女，她的性格很像我，我很清楚就算我去了，也不会有什么好结果，搞不好还会搅乱她的婚礼。"

姚垣舟似乎叹了口气，过了很长时间才说："那么，祝您一路顺风。"

程勋谢过他，挂断电话收起手机，和程青青母女一起登机。

上了飞机，在飞机渐渐起飞后，程勋透过车窗望着逐渐缩小的江城，记忆仿佛回到了刚念完大学的时候。

当他学成归来，本想着是让家人过上好日子，可谁知道，家里已经帮他定了一门亲事，还是村里有名的美人盛云，他们小时候也是认识的，玩得还不错，可那时他在大学已经找了女朋友，只是因为意见不同，他想回家，对方想留在城市，所以才分开了。

那时候，他是真的不想和盛云结婚，但耐不住父母的逼迫以及盛云本人的闹腾，最后不得不点头，与这个自己并不喜欢的女人举办了婚礼，领取了结婚证。

结婚第二年，盛云就怀孕了，并且很快生下了一个健康的女儿。他是觉得挺好的，盛云自己却觉得十分内疚，觉得自己没能给他生个儿子，一直很自责，想要再生一个，可医生之前嘱咐过，她的身体不适合再生育，她那样强行想要再生个男孩让程勋无法赞同，最后他去江城工作之后，两人的来往便很少了。

其实对于盛潮汐，程勋一开始也是很疼爱的，去了江城工作之后，还经常会寄一点孩子用的东西回去，还会准备一些早教的书籍给盛云，可盛云不识字，也完全没意识让身为女孩的盛潮汐去读，险些将孩子耽误。

再后来，他和她离婚，她闹得不可开交，要把孩子的名字改掉，他也依了她，让孩子跟她姓。可后来盛云又改变主意，不想让他和新婚妻子过安宁日子，硬是把盛潮汐送到他这里，本想让女儿闹得他们鸡犬不宁，哪料盛潮汐本身就不是那种性格的孩子。

她总是很安静，学习不需要多关照，就可以取得很好的成绩，她总会在他回家时小心翼翼地叫一声"爸爸"，每次程青青拿着奖状来求表扬的时候，其实她也有，可她不敢上前，她知道自己在这个家里没有地位。

说对盛潮汐没有亏欠，那是不可能的，但事已至此，他能为她做的，也只剩下远离她这点了。

盛潮汐的婚礼并不算隆重，甚至十分简单。

她没什么朋友和亲戚，除了母亲和吴阿姨，其他基本都是王俊和宁篌的朋友。

其实宁篌也没什么朋友，就是国球队的队友们，王俊的是一些老朋友，所有人加起来，还凑不到十桌，他们挑选的宴会厅也不大，布置得温馨充实，所以也不觉得冷清。

婚礼很简单，也没有请司仪，王俊亲自担当主持人一职，说着说着就开始掉眼泪，一场婚礼办得让人心酸又幸福。

魏瑶今天没来，姚垣舟倒是来了。盛潮汐换了衣服给每一桌的人敬酒的时候，就看见他坐在最末尾那一桌，安静地望着她，见她看过去，还露出温和祝福的笑容。

这应该就是他们之间最好的结果了，从今往后，他是他，她也只是她，不管在好多年前的那个单纯的高中年代彼此之间发生过什么事，也都只是过去了。

自此后，盛潮汐的世界里只有宁篌，而宁篌的世界里也只有她。

宁篌今天比往日都要更英俊，黑色的西装，配上她亲自设计的婚纱，两人站在那里，就像一幅画。

他笑着，看任何人的眼神都十分温和，她的手被他握在手里，肚子里孕育着两人的爱情结晶，她耳边响起他的说话声，他温柔地问她："你在想什么？"

她仰头看向他，嘴角的笑容羞涩而美丽："也没什么，只是在想今后的打算。"

"你有什么打算？"

他眉眼柔和，望着她的目光专注而宁静，她可以在他黑宝石似的眼中看见自己的身影。

她嘴角笑意加深，微垂眼睑说："我今后的打算就是，继续不顾一切地爱你。"

花花世界，繁华万千，每个人都有自己想要去不顾一切做的事，却不是每个人都有勇气去付诸行动。其实，万般皆虚幻，唯有你眼下所想所看见的才是真实的。不要因为顾虑和担心就放弃追逐和可能得到的巨大幸福，当你真正迈出那一步，完成了你的愿望，你会发现，那比你想象的更加美丽。

= The end =

一

潮汐，来了又退，停留的时间很短暂。

盛潮汐曾以为自己的人生就会像潮汐一样，短暂而寂寞，但她遇见了宁箴。

宁箴是一位非常好的情人。

在结婚之后，也是一位非常好的丈夫。

为了好好养家，宁先生婚后比婚前更加努力地打比赛，本来就在斯诺克上有着非凡成就的他，越发让圈内人闻风丧胆了。

王俊见他婚后没有懈怠反而更加努力了，对盛潮汐的印象更好了一点，觉得她没有拖宁箴的后腿，还算是一位不错的太太。

不仅如此，为了让宁箴心无旁骛地比赛，王俊还把他们俩的第一个宝贝给接到了他的家里，亲自抚养，宣称要养出另一个斯诺克小神童，来接他父亲的班。

没错，潮汐和宁箴的第一个孩子已经出生了，是一个健康的男孩，由王俊起名为宁越，寓意为会超越父亲的意思，可谓寄予厚望。

只是如此一来，既没有丈夫陪伴，又没有孩子在身边的盛潮汐，就有点空虚寂寞冷了。

趴在家里的沙发上，望着电视上宁箴的比赛直播，看着屏幕上男人英俊挺拔的身材，想象着他平时在家里是什么样子，盛潮汐的脸上微微泛红，明明是大冬天，却有点浑身发热。

不行，她得出去透透气，不能再这么胡思乱想了。

想到这里，盛潮汐换了衣服，披上大衣，戴上帽子，自己出去遛弯儿了。

自从和宁箴结婚以后，她的生活就趋向于正常了。不再有过去的负担，也没有那些繁杂的人际关系，她的事业也发展得不错，除了自己做服装设计之外，还担任了自己品牌部分服装的模特，偶尔走秀。好像离走上人生巅峰不远了，但为什么她依然总是心里不太踏实呢？

冬日的夜晚街道上人不算多，昨天才刚下过雪，她穿着厚厚的雪地鞋踩在雪上面，会发出"咯吱咯吱"的脚步声，让人听着异常踏实。

盛潮汐呼吸了一下，呵出很多白气，她的眼前有点模糊，模糊之后好像看见了宁箴的身影。

愣了一下，她抬手揉揉眼睛，眼前的人已经消失了，别说是人影了，鬼影子都没一个。

幻觉啊。

看来她已经病入膏肓了。

还不是她自己要当个贤惠的妻子吗？现在整日独守空房，都是自找的啊……

路过路边摊，这里倒是有点热闹，盛潮汐不自觉朝那边走去，走得近了可以闻到食物的味道。因为过几天有一场大秀，她最近一直在节食减肥，如今这大排档飘出来的香味简直就是天堂里的美食，让她情不自禁地迈开步子走了过去。

可就当她走到摊位旁边，准备叫点东西吃的时候，胃里忽然一阵犯恶心，她下意识便捂住嘴巴转开头干呕起来。

正在吃大排档的人们目光迥异地盯着她，为了不被打，盛潮汐迅速拉紧围巾转身就跑。

只是，人虽然离开了，这股子恶心劲儿还是没消除，这么一路回了家，盛潮汐依然觉得很不舒服，到了家便跑到洗手间继续吐。

因为她本来就没吃什么，所以吐也没吐出什么，除了难受之外，没别的感觉。

这样的情况，一下子持续了好几天。

这天，是盛潮汐大秀开场的日子，也是宁箴回家的日子。

他从国外飞回来，到家的时候正好是她上台的时候，盛潮汐没办法去接他，繁忙期间也不能打电话，干脆便发了条短信，解释了一下情况，便将手机收起来去忙了。

今天她压轴，当所有模特全部走完之后，才是她上场。

对照镜子检查自己的衣服和鞋子，确定没有任何不妥之后，盛潮汐深呼吸了一下，在督导的示意下走出了后台。

尽管已经快要三十岁了，但岁月没有在她脸上留下一丁点痕迹，走在T台上，她就像聚光灯下最闪亮的那颗星，看秀的每一个人都无法将目光从她身上移开。

而站在台上的盛潮汐，在专业走秀的同时，当然也可以看到台下的人。

看秀的人里不乏大腕明星，哪怕不认识对方的脸，对方也一定非富即贵，毕竟可以拿到国际大牌邀请函的，都不会是差劲的人。

就在这些人里，盛潮汐看到了一个不该出现在这里的人。

人群之中，他的位置并不靠前，甚至有些贴近角落，聚光灯停留在T台上，他所在的位置有些暗，如果不往那边看，压根不会发现他。

但是她看到了。

也不知道相爱的人之间是不是会有感应，盛潮汐几乎在第一时间就发现了坐在角落里的宁箴。

他一身黑色西装，大约是刚下飞机，显得有些疲惫，却并不狼狈，依旧挺拔干净，玉树临风。

盛潮汐走秀的心情瞬间就变了，自信里多了一点害羞，虽然宁箴以前也会看她的秀，但那都是在电视上或者视频上，很少现场来看的，毕竟作为体育明星，他有自己的事情要做，时尚圈的事儿也很少接触，如今居然亲临现场来看她的秀，还是在刚下飞机的时候，盛潮汐心里面的小鹿都快跳出来了。

还好，她很快就走完了一圈，最后和设计师一起出场谢幕，这时候她再往台下看，他已经不见了。

她下意识四处寻找他的身影，可都没发现，心里不由得一阵失落，有点担心刚才是不是自己的幻觉……她最近真是有点疯魔了，以后得和他好好谈谈，在家的时间多一点，彼此都不要那么忙，要不然他们的感情很可能会产生问题啊。

心里想着有的没的，盛潮汐跟其他人一起谢幕之后便去了后台，换下身上的衣服，也懒得卸妆，拿了东西便准备回家。

设计师走上来疑惑道："潮汐，不一起去庆功宴吗？"

她摇摇头说："不去了，有点累，想先回家休息。"

设计师拍了拍她的肩膀笑道："我知道了，今早看到新闻，宁先生又拿到了冠军，今天差不多该回家了吧，宁太太要先回家也可以理解。"

盛潮汐笑了一下，有点不自然，设计师也没再揶揄她，转身走了。

看了一眼对方的背影，心里莫名不踏实，盛潮汐转身预备回家，路过一个小隔间的时候，隔间的帘子忽然被人从里面掀开，她毫无防备地被拉了进去。

"啊！"

被突然袭击，盛潮汐吓了一跳，惊呼出声，但尾音全被那人的手给捂住了，她很快听到身后有一个无奈的声音道："别叫，是我。"

略显疲倦的男性嗓音带着独特的磁性，盛潮汐猛地回头看去，见到了宁箴。

真的是宁箴。

他捂着她的嘴的手带着温度，虽然是低温，但那证明这至少不是自己的幻觉。

"你真的来了。"当他放下手之后，盛潮汐有点激动地红着眼圈道。

看到她眼底毫不掩饰的怀念与不舍，宁箴如果意识不到她的委屈和思念，那就太迟钝了。

"对不起，我……"

他的话还没说完，还想着俩人在这儿温存一会儿，就忽然看到眼前的妻子捂着嘴巴跑出了隔间。他迅速撩开帘子望去，见到盛潮汐正弯着腰在垃圾桶旁边干呕。

她什么东西都没吃，依然吐不出什么，只是还是想吐，不停的干呕吸引了不少视线，有人想围上来关怀一下，宁箴便先一步现了身。在这种场合出现的人，有几个会不认识他呢？见到人家夫妻俩在一起，就知道不用自己来当电灯泡了，欲来关怀的其他人便都走了。

宁箴站在盛潮汐身边，有点担忧地望着她的背影，轻轻抚着她的背道："很难受？"他略顿，有些无言地沉默，须臾才说，"是我身上有什么怪味道吗？居然让你吐了。"

盛潮汐吐完了，拿纸巾擦了擦嘴巴，有点无奈地直起身道："不是。"她脸色难看道，"最近也不知道怎么了，总是这样，也没什么精神，可能是因为节食所以肠胃不太舒服吧。"

"最近一直这样？"宁箴蹙眉问道。

盛潮汐赶紧说："没事，你不用担心，我回家喝点粥就可以了，短时间内也没什么工作安排，不用那么严格控制饮食了。"

宁箴二话不说拉着她便走，任凭她再怎么强调自己没事也不听，她就这么被刚刚回国的宁箴马不停蹄地带到了医院。

医院的大夫都下班了，只有急诊有人值班。

盛潮汐就这么被带到了急诊，急诊大夫听完她无奈的叙述之后，推了推眼镜道："我建议你们明天再来一趟。"

宁箴蹙眉道："很严重吗？"

盛潮汐嘴角抽了一下，喃喃道："你就不能盼着我点好吗？"

大夫附和说："是的，你老公太紧张了，其实我的想法是……你可能怀孕了。我建议你们明天再来一趟，到妇科做个检查。"

怀孕了。

孕了。

了。

盛潮汐当时整个人都是蒙的。

她惊讶道："不会吧？其实我……最近身体情况并不太好，而且我老公工作很忙，我以为……"

越说越脸红，说到最后干脆把脸埋到了宁箴身后。宁箴憋了半天，也有点脸红，但还强撑着说："是……这样啊。那我们明天再来一趟。"

走出医院的时候，俩人都是脸红红的，和冬日的寒风无关。

盛潮汐穿得少，属于典型的要风度不要温度，宁箴倒是穿着大衣裹着围巾，严严实实的。

看盛潮汐这副瑟瑟发抖的样子，宁箴无语半晌，脱掉自己的衣服披在她身上，围巾也给了她。

盛潮汐捂着脸说："我没事，马上就到停车场了，这点路一点都不冷。"

宁箴脸上一片红，说话的语气却依旧一本正经，严肃到不容拒绝的程度："你现在不是一个人了，你不冷，不代表别人不冷。"

盛潮汐瞄了他一眼，发现他说完这句话之后脸更红了，她一方面觉得很稀奇可爱，一方面又有点心慌意乱的。等上了车，空调暖和起来之后，她扯掉围巾对开车的丈夫说："其实……我有点担心只是大夫猜错了，万一明天做检查发现没怀孕，你……会不会很失望？"她嘀嘀咕咕道，"你整天不在家，我们那个的次数少之又少，怎么会那么容易中招？而且我才生了小越没多久……"

她话越说声音越小，到后面就跟蚊子嗡嗡差不多了，宁箴看了一眼前方的红灯，停好车后忽然拉住了她的手。

盛潮汐愣了一下，讷讷地看着他，宁箴望向她，沉默了一会儿，温声道："其实我刚才一直都很兴奋。"

潮汐抿唇，没言语。

"但听你这么一说，我也意识到一切都还没定论，一味地提前高兴，只会给你压力。"

他说得一点都没错，她现在压力山大啊，盛潮汐笑笑，没说话，只是笑容有点牵强。

"其实不管明天检查的结果是什么，都不会改变一个事实。"

"什么事实？"

"我爱你的事实，这是不管你变成什么样子，都不会改变的事实。"他略顿，坚定道，"其实这件事也提醒了我。我好像太专注于比赛，有些疏忽家庭了。不知道到了教练那里，小越还记不记得我这个爸爸。"

盛潮汐嘟囔道："别说你了，恐怕他连我这个妈都不认识了，只认识球杆和教练，跟你一样。"话说到最后，还有点赌气的意思。

宁篨微微抿唇，静默了片刻，凝神说道："这次回来，我会跟教练谈的。以后减少比赛，留更多的时间在家里陪你和孩子。"他望着她，眼神安然温馨，"我从小就没有体会什么父母的爱，如今有了小越，也许……还会有第二个孩子，也不该让他们体会我过去的感觉。是我的错，没有考虑周全，你会怨恨我吗？"

盛潮汐微微一怔，摇了摇头，没有说话，只是紧紧地抱住了他。

宁篨回抱住她，把下巴抵在她的肩膀上，低声沉沉道："我会做他们的好父亲的。"

盛潮汐动容地看着他，片刻之后忽然笑道："你还说你知道不该提前高兴，可你现在还是觉得我们肯定有二娃了，快开车吧，都绿灯好久了。"

幸好夜深了，后面没车，要不然"嘟嘟嘟"的喇叭早就催起来了。

宁篨略有些窘迫地转回头专心开车，盛潮汐望着他的侧脸，情不自禁地抬手捂住了肚子，之前还不觉得，这一刻似乎突然发现，肚子里好像真的再次孕育了小生命。

二

潮汐是真的怀孕了。

当两个大人拿着检查结果坐在椅子上认真阅读的时候，颇有小时候上学的模样。

要说他俩里面的"学霸"，那肯定就是宁篨了。

不，不应该说是学霸，他简直就是学神，盯着手里的检查结果不肯移开视线，回想起大夫恭喜他们时的表情，他嘴角情不自禁地勾起，比第一次听到盛潮汐怀孕的消息时看起来更高兴。

盛潮汐本来也沉浸在喜悦里，可看到他这么高兴心里又有点不舒服。

人家都说孕妇情绪起伏比较大，可她明明才知道自己怀孕，又不是怀孕好几个月了，而且她也是想要高兴的呀，为什么就不舒服了？

等回到了家，盛潮汐才知道自己为什么心里难受。

因为她觉得宁篨太在意他们的孩子了，这不，一回家就端端正正地开始陪刚刚被抱回家握着球杆不撒手的小宁越，好不容易得了空，就坐在电脑前面开始花大价钱到官网去给孩子买小衣服小鞋子，连奶粉都在挑选牌子了。

平时都是宝妈们去网上讨论什么牌子的奶粉比较好，宁篨一点都不介意自己是个男人，跟大家打成一片。盛潮汐凑过去偷看了一下，嚯，宁先生的账号名字和那些宝妈相当搭配，是：柚柚妈。

盛潮汐皱了皱鼻子，好像女鬼一样趴在他身上道："柚柚妈？"

宁箴一怔，身子僵了一下，随后侧头来说："怎么不打个招呼，突然说话吓到我了。"

盛潮汐睨着他说："不做亏心事，怕什么鬼敲门呀？"

宁箴无奈地把她拉到怀里，沉默了一会儿说："你在不高兴吗？"

潮汐皱皱眉，没言语，算是默认了。

宁箴有些奇怪，想了好半天才问："为什么你不高兴？我们可能要有第二个孩子了，我觉得你应该非常开心才对。"

她的确是很开心的，可看到宁箴对孩子那么关注，对她的爱意都减少了，她就非常不高兴。

扁着嘴不想告诉他自己的小私心，盛潮汐转移话题道："你为什么要叫柚柚妈？你明明是柚柚爸才对。"

宁箴一本正经道："因为要融入一个圈子，就要让自己的外在和她们没什么区别。"

盛潮汐认真地看了他好一会儿，忽然把头埋进他怀里不说话了。

宁箴低头看去，换了个柔和的语气说："你生气我冒用你的身份了？"

她才不可能为那种事情生气，冒用妈妈的身份什么的，他自己都不介意她有什么好介意的。

她闷闷不乐的原因，其实……

过了好一会儿，盛潮汐才小声说道："你现在满心都是两个孩子了，都没有我了。你都好久没回家了，这才回来没几天，时间全放在他们身上，把我放在哪了。"

孕妇的小心酸。

宁箴初听时还算平静，听到最后真是忍不住笑出了声。

他伸手揉了揉她的脸，把她扶起来两人四目相对，盯着她看了好一会儿才说："在这个世界上，对我最重要的人是你。对我最重要的东西是斯诺克。除了你们之外，其他的人和事再好也只是锦上添花，有固然好，没有也不会太坏。"

盛潮汐懵懵懂懂地看着他，宁箴又凝视了她一会儿忽然说："你现在的样子，比孩子可爱多了。"

盛潮汐脸一红，后撤身子想走，可抱着他的人用了些力气，她再想动已经不那么容易了。

"松手啦。"她脸颊红红地说。

宁箴低声道："你不是在吃孩子的醋吗，不如我证明一下，现在的你和他们哪个对我来说更重要。"

盛潮汐直接用力把他推开，快速跳下地跑回屋，一边跑一边说："我困了我要睡了，你自己慢慢查吧！"

盯着她匆匆离去的背影，宁箴抬手按了按额角，虽然回来几天了，也努力在调时差，但还是有点头疼。不过也没关系，看到潮汐，再想到他们的孩子，他所有的疲惫就都消失了。

对着卧室门的方向，宁箴高声嘱咐道："不要跑那么快，你现在和以前不一样了，还有，别想着孕期节食减肥，我会看着你的。"

"呜——"

卧室里传来一声哀号，听在宁箴耳中，却窝心而甜蜜。

宁箴是个说到做到的人。

他说要看着潮汐，就真的看着她了。

潮汐发现他回来之后居然一反常态地没有去俱乐部训练，整天待在家里琢磨着给她做什么营养餐，她已经不被允许节食减肥了，还要吃这么好，天知道吃几顿之后会长多少肉。

捂住嘴巴不肯接受面前的美食，盛潮汐十分坚定地瞪着宁箴。宁箴倒是没吹胡子瞪眼，他只是抬着勺子放在她嘴边，目光平静毫无波澜地望着她，姿态一点都不带变的，哪怕已经坚持了挺长时间，好像也不会胳膊酸，就那么端着，仿佛她不肯吃，他就不松手。

也对，你跟一个斯诺克冠军比谁手上功夫更好，这不是自取其辱吗？

最终，还是不忍心他手腕酸疼，自己捂着嘴的手反而有些累了，盛潮汐无奈之下只好放下手，老老实实喝了勺子里的鸡汤。

"我肯定会变成二百斤的胖姑娘。"她断定道，"到那时候你肯定不会再喜欢我了，我也不能做模特了，我会沦落到去路边捡垃圾度日的下场。"

听着她离谱的想法，宁箴并未像平时那样迁就和解释，反而冷了一张脸，放下勺子盯着她说："在你眼里我就是那样的人吗？"

盛潮汐注视着他的眼睛观察了一会儿，确定他是真的生气了，赶紧老老实实拿起勺子低声道："开个玩笑嘛，为什么生气。"

看她肯老老实实吃东西了，宁箴有些无奈又好笑地靠到椅背上，过了一会儿才说："我已经跟教练请假了。"

盛潮汐吃东西的动作一顿。

宁箴继续道："今后一年我都不会参加比赛，会待在家里照顾你和小越的饮食起居，和你一起做孕妇可以做的锻炼，让你可以不用胖，又能健康地喂好自己和孩子。"

宁箴说过，这个世界上对他最重要的人是她，对他最重要的东西是斯诺克。

这是他的话，盛潮汐一辈子都不会忘记。

然而，接下来一整年的时间，他都不会参加比赛，时间全放在家里陪她，真的让盛潮汐有些惶恐。

"王教练肯答应你吗？"她不自信道，"他一定不会答应的，我又不是第一次怀孕，我们都有小越了，他肯定觉得你这样太兴师动众了。"她有点担心道，"教练对我的印象肯定更差了。"

宁箴古怪地看了她一会儿，才跟她说："我看是你对教练的印象差。"

盛潮汐摸摸鼻子，没说话。

宁箴继续道："教练没有任何犹豫，就答应我了。"

她意外地抬起头。

宁箴一字一顿道："他跟我说，他相信我不会疏于训练，明年会取得更好的成绩，而且……"他微微脸红，但神情坚定，"他也很希望我们快点再生一个，好把小越'还'给他。"

盛潮汐脸上青一阵白一阵，最后只能无奈地笑笑。

看来，小宁越是真的逃不掉成为斯诺克小神童的命运了。

也是直到这会儿，她才算是真正意识到自己今后直到第二个孩子出生都可以让他陪在自己身边，惊喜之余抱住他便要转三圈，还好被宁箴阻止了。这以前喜欢的亲密行为现在是完全不能做了，就算要做……也得等孩子稳定之后。

从这一天开始，宁箴就开始了二十四孝老公和老爸的生活。

他没有幸福的童年，甚至不记得自己的亲生父母是谁、是什么样子。

他发过誓，一定不会让自己未来的孩子有这样的童年，所以，从孩子没有出生开始，他就要做好一切。

"我想吃酸梨。"

去买。

"我想吃猕猴桃。"

去买。

"我想吃榴梿。"

去买。

"好想吃辣椒啊。"

买……

"我想喝酸奶！"

这个必须买。

"特别想吃猕猴桃味的香蕉怎么办？"

宁箎茫然了一会儿，转身进了厨房折腾。

盛潮汐好奇地跟进去，很想知道这位总是可以把她想要的东西都做出来的丈夫，如何烹饪出猕猴桃味的香蕉。

接着，她很快就发现还是自己太嫩了，抑或是宁箎段数实在太高了。

只见他小心仔细地把香蕉剥开，又用猕猴桃榨了汁放在干净漂亮的盘子里，把香蕉放进猕猴桃汁里，转过身对偷看的她说："等一会儿就有的吃了。"

盛潮汐有点脸红地直起身道："你早就发现我了？"

宁箎勾起嘴角，似笑非笑道："从你跟着我出门开始，我就发现你了。"

被发现了，盛潮汐也没矫情，走上去站在他身边看着盘子里的猕猴桃和香蕉，很慢很慢地说："这段时间……辛苦你了。"

宁箎没有回答，直接伸手将她拉到了怀里。如今她的肚子已经明显隆起来了，她本来很瘦，肚子就异常明显，虽然也请了私教做孕期训练，但肚子还是与日俱增，如今他们拥抱，他都不能太抱紧她，担心碰到肚子里的孩子。

"其实辛苦的是你。"想起她这次孕期反应严重的那段时间，什么东西都吃不下去，吃什么吐什么，整个人瘦了好几圈，宁箎就非常心疼，"明明第一次生小越没有这样。早知道会这么辛苦，我倒宁愿不要这个孩子。"

盛潮汐直接抬手捂住了他的唇，有点生气道："说的这是什么话，被孩子听见他多伤心啊。"

宁箎皱皱眉，一本正经道："他听不见的。"

盛潮汐强调："能听到！"

"是吗？"

"是的！"

"怎么听？"他笑着问她，有些无可奈何。

盛潮汐也跟着笑，笑得脸像绽放的花儿一样，满满都是幸福。

她说："你的每一句话，我都放在心上，宝宝在我的肚子里，我心里的人和话，他都能知道。"

宁箎直接低头吻住了她的唇。

喘息间，他沙哑低沉道："那看来，以后不能说情话了。"

"为什么？"盛潮汐有点着急。

他莞尔道："因为……少儿不宜。"

自讨苦吃……

三

生娃的感觉，是盛潮汐第二次体验了。

比起第一次，这次要轻松许多。

虽然怀孕的时候，柚柚给老妈惹来了许多不舒服和麻烦，遭了父亲嫌弃，出生的时候却干净利落极了，嗖嗖嗖，就结束了，速度之快，让一众产妇羡慕无比。

虽然如此，但被推进产房之前，盛潮汐可是完全不知道自己会那么幸运。

那时候，感受着阵痛，她忽然想起自己之前在网上看过的很多新闻。

孕妇最喜欢乱看新闻了，尤其是和生孩子有关的。

她先是想起第一次生孩子的可怕，还没完全进产房呢就吓哭了，后来又想起难产时保大保小的问题，也顾不上旁边多少人，会不会笑话她，她赶紧拉住宁箴说："如果难产的话，你要小的还是大的？"

助产护士在一边听到她这句话，不由得扑哧笑出了声，随后不好意思道："抱歉抱歉，不该笑的，真的很不好意思。"

盛潮汐吸吸鼻子说："没事，不单单是你，我自己都想笑我自己，为什么要问出这么愚蠢的问题。"

宁箴站在一边，本来他作为男人是不能进产房的，但她突然和他说话他只好走过来。

走过来就正好听见她这句话，他无奈地抬手替她擦去额头的汗珠，跟她说："你不是说过，我们说过什么话孩子都会知道吗？你也不希望他出生之后笑自己的妈妈胆子小吧。"

盛潮汐红着眼圈看他，还是有点害怕，宁箴直接道："不然我们不生了，现在回家。"

原以为他只是开玩笑逗自己，可盛潮汐才几秒钟没表态他便开始安排一切，把助产护士都吓了一跳，盛潮汐赶紧说："我生我生！快推我进去！"

宁箴直接道："我们不生了，我们回家，不进去。"

盛潮汐推开他瞪着眼睛道："我傻了你就跟我一起犯傻？快推我进去！"后半句话是跟护士说的。

看护士急急忙忙把她推了进去，不多时里面便传出她痛苦的声音，宁箴坐在外面好像热锅上的蚂蚁。

其实他刚才是真的想不生了，虽然不是第一次陪产了，但他依然有些紧张，从盛潮汐开始阵痛，他就处于精神紧绷的状态，听着她辛苦的声音，他是真的不希望她继续辛苦下去，可他自己也知道……走了也没用。

回家了，孩子还是在肚子里，更难受。

这孩子，必须得出来。

从一开始得知盛潮汐再次怀孕，到此刻她即将生产，宁箴对这个孩子的喜爱程度已经下了一个大坡路，完全是嫌弃的状态。

所以在孩子被抱出来，他知道母女平安的消息时，几乎都没去看孩子一眼，直接跑过去接盛潮汐出来。

生完孩子，盛潮汐已经脱力了，完全昏了过去，大夫一遍又一遍地告诉宁箴这很正常，不会有事，但宁箴还是很不安心，每隔五分钟就要问一次。大夫也是从来不知道那位拿了无数次冠军的斯诺克球员居然会这么……唠叨。

这还是人生第一次有人觉得宁箴唠叨。

要知道在前半生，宁箴真的是个非常非常冷静的人，别说是无关紧要的人了，就算有点关系的人也懒得管，那个时候他眼睛里只有斯诺克，每天除了训练吃饭睡觉之外没有其他事情，当然也就不会有其他状况外的感情。

他曾经以为自己的人生会一直这么平静地按照剧本走下去，直到有一天，他认识了盛潮汐。

"嗯……"

正思索间，床上的人有了动静，宁箴立刻低头望去，谢天谢地，盛潮汐终于醒了，要不然大夫估计……会为五分钟之后宁箴可能的再次出现而感到崩溃。

"你醒了。"

他立刻坐到床边去帮她擦汗，盛潮汐慢慢睁开眼，看了他一会才说："孩子呢？"
宁箴有点冷淡道："在那边躺着睡觉呢。"

"那边？"盛潮汐疑惑道，"哪边？"

宁箴面无表情地往身后一指，盛潮汐努力看过去，顿时怒了："你就让她自己一个人躺在那里？也不过去照看一下？"她有些哭笑不得道，"这还是你梦寐以求的二娃小柚柚吗？"

宁箴该怎么解释生娃前和生娃后夫妻俩的态度转变？

刚开始的时候是盛潮汐自己觉得难受，嫉妒孩子夺走了宁箴的爱，现在嘛……直到未来很长一段时间，两人估计都会处于相反的状态。

盛潮汐生了一个女儿。

宁箴已经有了个儿子，如今又有了个女儿，可谓儿女双全。

真让人羡慕，年纪轻轻的，就儿女双全了——大夫如是说。

抱着孩子，盛潮汐看孩子乖乖睡着，想起他给孩子起的名字，十分好奇道："你很爱吃柚子吗？"

宁箴瞥了一眼身后的果盘道："不爱吃，只是你爱吃，当时家里有，随便起的。"

"你对孩子未来的大事情真是……太慎重了。"盛潮汐哭笑不得地说出这番话，然后灵光一闪道，"不如这样吧？"

"嗯？"

"我们不换音，换一个字。"盛潮汐星星眼道。

她这样的神情，别说是给孩子起名字了，就算是让他上刀山下火海，他也不会皱一下眉头。

"你说。"

宁箴坐到她对面，严肃认真地看着她，好像聆听上级指导一样。

盛潮汐清了清嗓子道："'柚'这个字，和'保佑'的'佑'同音，我们就叫她宁佑吧，意义也很好，让她爸爸保佑她，将来也可以成为斯诺克冠军，怎么样？"

"我们家有两个冠军已经够了。"他意有所指，"这个，要让她的妈妈保佑她，保佑她……"他微微凝眸，嘴角勾起，笑得英俊极了，"保佑她和妈妈一样美丽聪慧。"

盛潮汐挑挑眉："怎么，要是我们小宁佑长得不漂亮不聪明，你这个做爸爸的就不喜欢她了吗？"

宁箴一本正经道："喜欢。就算她是个笨蛋，我也喜欢她。"

小宁佑当时在睡觉。

而且还很小。

她爸妈都觉得她不可能知道他们说过什么。

可是小小的婴儿在听到父亲疑似说她是个笨蛋的时候，倏地睁开了眼，眼底似乎还有些悲愤色彩。

那个时候宁箴根本不知道，这个小婴儿，从此就决定和自己的父亲较劲了。

并且是非常具体的较劲。

哪怕已经到了该独自睡觉的年纪，宁佑也不肯放弃母亲的怀抱。

"回房间睡觉。"

宁箴面无表情地看着对面的小萝莉。

小萝莉也一样板着脸学着父亲的模样道："回房间睡觉。"

宁箴也不生气，问她："你让我回房间睡觉？我的房间就在这里。"他指着身后的主卧室。

宁佑继续学舌："你让我回房间睡觉？我的房间就在这里。"她抬起小手指着妈妈的房间。

宁箴挑起眉。

宁佑学着挑起眉。

宁箴似笑非笑道："你要学我到底？"

宁佑继续："你要学我到底？"

宁箴直接抬脚往宁佑的房间走，按照常理来说，她真要学他的话该跟着来的，可宁佑……没跟着来。

她看爸爸进了自己的房间，赶紧把门关上了，然后自己颠颠地跑进了主卧室，往大床上一扑，幸福道："妈咪，我来啦！"

盛潮汐瞄了一眼有点生气地回到主卧室的宁箴，在床上笑得前仰后合。

曾经以为在宁越被教练霸占的情况下，有个小女儿陪在身边是件好事。

可目前来看，这简直是无比影响他幸福生活的坏事。

看着床上不肯走的小萝莉，宁箴只得换了睡衣，继续容忍她在自己和妻子之间添乱。

夜里。

两点多。

宁箴倏地睁开眼，侧头望向了身边的孩子和盛潮汐。

两人已经睡得很熟，孩子白日里很不亲近他，晚上睡着了却情不自禁地抱着父亲的胳膊。

其实，宁箴也知道，在他不在家的时候，宁佑总是偷偷跑到他的训练室里面去拿着他的球杆乱来。她那么小，肯定挥不动球杆，能拿动都已经不错了，但她对斯诺克表现出来的热爱，还是让他十分欣慰。

他从未在言语上表现过对孩子多么喜爱和宠溺，因为潮汐是个慈母，他必须扮演一个严父的角色，但是……

低头看看抱着自己胳膊的女儿，宁箴弯了眸子，轻轻抬手摸了一下她娇嫩的小脸蛋，想到一家四口未来的生活，心里止不住地喜悦。

"你醒了？"

刻意压低的声音在身边响起，宁箴抬眼看去，盛潮汐睁开了眼睛，正赤裸裸地注视着他。

宁箴忽然觉得自己是不是该把身上的被子拉高一点。

"额，醒了。"

他轻声回答。

盛潮汐伸手过来轻抚过他的脸："还困吗？"

半夜三点，你说困不困？

可他如果说困，肯定会被盛潮汐揍一顿，看她威胁的眼神就知道了。

于是他只好说："不困。"

盛潮汐直接掀开被子坐起来，起身到了门边，轻手轻脚地走了出去。她留了门没关，宁箴也不知道怎么了，下意识跟着起来出去了，关门时回头看了女儿一眼，确定她没醒之后，关上了门。

他刚关门转过身，就被突然出现的盛潮汐吓了一跳，对方手里端着水杯奇怪地看着他："你出来干什么？"

宁箴没说话，只是脸一红，幸好天色已晚，彼此都看不清彼此的脸色。

"你出来做什么？"他反问道。

盛潮汐端着水杯喝了一口水道："倒杯水喝啊，很渴，倒是你，奇奇怪怪的。"

语毕，她转身想回屋睡觉，刚把手放在门把手上，顿时就被人给拉了回去，直接去了客房。

客房的门关上，手里的水杯被抢走，盛潮汐面红耳赤地看着把她压在门上的宁箴，咳了一声道："你这是要干吗？"

宁箴微垂眼睑，没有言语，直接吻住了她的唇，而在两人情动，就要开始的时候，门外忽然传来一阵孩子的哭声。宁箴顿时僵住，盯着身下的盛潮汐，她眼底……满是笑意。

"爸爸！妈妈！"

砰砰砰——门外有小家伙在敲门。

宁箴直接翻身躺在了床侧，盛潮汐一边起身开门，一边哄孩子，眼中是止不住的笑意。

宁箴躺在床上，明明有点生气，嘴角却扬着。

他决定了。

这辈子，他跟宁佑这小丫头，势不两立！

番外完